广东省优秀社会科学家文库(系列一)

饶芃子自选集

饶芃子 ◎ 著

· 广州 ·

版权所有　翻印必究

图书在版编目（CIP）数据

饶芃子自选集/饶芃子著. —广州：中山大学出版社，2015.11
［广东省优秀社会科学家文库（系列一）］
ISBN 978-7-306-05452-4

Ⅰ. ①饶…　Ⅱ. ①饶…　Ⅲ. ①文学研究—文集　Ⅳ. ①I0-53

中国版本图书馆 CIP 数据核字（2015）第 224582 号

出 版 人：徐　劲
策划编辑：嵇春霞
责任编辑：王　睿
封面设计：曾　斌
版式设计：曾　斌
责任校对：陈　霞
责任技编：何雅涛
出版发行：中山大学出版社
电　　话：编辑部 020-84111996，84113349，84111997，84110779
　　　　　发行部 020-84111998，84111981，84111160
地　　址：广州市新港西路 135 号
邮　　编：510275　　　　传　真：020-84036565
网　　址：http://www.zsup.com.cn　　E-mail：zdcbs@mail.sysu.edu.cn
印 刷 者：广州家联印刷有限公司
规　　格：787mm×1092mm　1/16　17.75 印张　310 千字
版次印次：2015 年 11 月第 1 版　2015 年 11 月第 1 次印刷
定　　价：60.00 元

如发现本书因印装质量影响阅读，请与出版社发行部联系调换

饶芃子

  1935年生于广东潮州。暨南大学中文系教授、博士生导师，历任暨南大学中文系主任、副校长、校学位委员会主席。曾任广东省社会科学界联合会副主席、广东省作家协会副主席、中国文艺理论学会副会长、中国比较文学学会副会长、中国世界华文文学学会会长、国家社会科学基金中文学科评委。现任中国世界华文文学学会名誉会长、世界华文文学联会副会长。1993年领衔建立暨南大学文艺学博士点，在国内首创"比较文艺学"方向。出版《中西比较文艺学》《比较文学与海外华文文学》等15部著作（含合著），主编《中西戏剧比较教程》《海外华文文学教程》及学术丛书多种。先后主持完成国家和省部级规划项目10个，现为国家社会科学基金重大项目"百年海外华文文学研究"首席专家。迄今培养硕士数十名、博士56名，教研成果13次获省部级奖励。1992年起享受国务院颁发的政府特殊津贴，被评为广东省首届优秀社会科学家，获"中国比较文学终身成就奖"。

"广东省优秀社会科学家文库"（系列一）

主　任　慎海雄

副主任　蒋　斌　王　晓　李　萍

委　员　林有能　丁晋清　徐　劲

　　　　魏安雄　姜　波　嵇春霞

"广东省优秀社会科学家文库"（系列一）

出版说明

  哲学社会科学是人们认识和改造世界、推动社会进步的强大思想武器，哲学社会科学的研究能力是文化软实力和综合国力的重要组成部分。广东改革开放30多年所取得的巨大成绩离不开广大哲学社会科学工作者的辛勤劳动和聪明才智，广东要实现"三个定位、两个率先"的目标更需要充分调动和发挥广大哲学社会科学工作者的积极性、主动性和创造性。省委、省政府高度重视哲学社会科学，始终把哲学社会科学作为推动经济社会发展的重要力量。省委明确提出，要打造"理论粤军"、建设学术强省，提升广东哲学社会科学的学术形象和影响力。2015年11月，中共中央政治局委员、广东省委书记胡春华在广东省社会科学界联合会、广东省社会科学院调研时强调："要努力占领哲学社会科学研究的学术高地，扎扎实实抓学术、做学问，坚持独立思考、求真务实、开拓创新，提升研究质量，形成高水平的科研成果、优势学科、学术权威、领军人物和研究团队。"这次出版的"广东省优秀社会科学家文库"，就是广东打造"理论粤军"、建设学术强省的一项重要工程，是广东社科界领军人物代表性成果的集中展现。

  这次入选"广东省优秀社会科学家文库"的作者，均为广东省首届优秀社会科学家。2011年3月，中共广东省委宣传部和广东省社会科学界联合会启动"广东省首届优秀社会科学家"

评选活动。经过严格的评审，于当年7月评选出广东省首届优秀社会科学家16人。他们分别是（以姓氏笔画为序）：李锦全（中山大学）、陈金龙（华南师范大学）、陈鸿宇（中共广东省委党校）、张磊（广东省社会科学院）、罗必良（华南农业大学）、饶芃子（暨南大学）、姜伯勤（中山大学）、桂诗春（广东外语外贸大学）、莫雷（华南师范大学）、夏书章（中山大学）、黄天骥（中山大学）、黄淑娉（中山大学）、梁桂全（广东省社会科学院）、蓝海林（华南理工大学）、詹伯慧（暨南大学）、蔡鸿生（中山大学）。这些优秀社会科学家，在评选当年最年长的已92岁、最年轻的只有48岁，可谓三代同堂、师生同榜。他们是我省哲学社会科学工作者的杰出代表，是体现广东文化软实力的学术标杆。为进一步宣传、推介我省优秀社会科学家，充分发挥他们的示范引领作用，推动我省哲学社会科学繁荣发展，根据省委宣传部打造"理论粤军"系列工程的工作安排，我们决定编选16位优秀社会科学家的自选集，这便是出版"广东省优秀社会科学家文库"的缘起。

本文库自选集编选的原则是：（1）尽量收集作者最具代表性的学术论文和调研报告，专著中的章节尽量少收。（2）书前有作者的"学术自传"或者"个人小传"，叙述学术经历，分享治学经验；书末附"作者主要著述目录"或者"作者主要著述索引"。(3)为尊重历史，所收文章原则上不做修改，尽量保持原貌。（4）每本自选集控制在30万字左右。我们希望，本文库能够让读者比较方便地进入这些岭南大家的思想世界，领略其学术精华，了解其治学方法，感受其思想魅力。

16位优秀社会科学家中，有的年事已高，有的身体欠佳，有的工作繁忙，但他们对编选工作都非常重视。大部分专家亲自编选，亲自校对；有些即使不能亲自编选的，也对全书做最后的审订。他们认真严谨、精益求精的精神和学风，令人肃然起敬。

在编辑出版过程中，除了 16 位优秀社会科学家外，我们还得到中山大学、华南理工大学、暨南大学、华南师范大学、华南农业大学、广东外语外贸大学、广东省社会科学院、中共广东省委党校等有关单位的大力支持，在此一并致以衷心的感谢。

广东省优秀社会科学家每三年评选一次。"广东省优秀社会科学家文库"将按照"统一封面、统一版式、统一标准"的要求，陆续推出每一届优秀社会科学家的自选集，把这些珍贵的思想精华结集出版，使广东哲学社会科学学术之薪火燃烧得更旺、烛照得更远。我们希望，本文库的出版能为打造"理论粤军"、建设学术强省做出积极的贡献。

"广东省优秀社会科学家文库"编委会
2015 年 11 月

目录

学术自传 / 1

第一部分　文艺评论选辑

关于文学批评的思考 / 3
中国文学批评现代转型的起点
　　——论王国维《红楼梦评论》及其他 / 9
全球化语境中的雅俗文学 / 17
宛转动人　缠绵悱恻
　　——白居易《长恨歌》的艺术个性 / 21
文化影响的"宫廷模式"
　　——《三国演义》在泰国 / 26
《红楼梦》的艺术结构和悲剧意蕴 / 32
张爱玲和张爱玲的"冷" / 40
敞亮的情感空间
　　——秦牧散文精选《花街十里》前言 / 45
肖殷文艺批评风格论 / 49
从本土学术到海外汉学
　　——对饶宗颐先生治学方法的体会 / 55

第二部分　比较文艺学选辑

新时期比较文学在中国的复兴 / 63
中西戏剧起源、形成过程比较 / 73
中西戏剧接触、影响和融合 / 85
中西小说的渊源与形成过程比较 / 104

中西艺术性格理论比较 / 118
中西灵感说与文化差异 / 132
论中西诗学之比较
　　——《中西比较文艺学》导论 / 141
澳门文化的历史坐标与未来意义 / 152
文学的澳门与澳门的文学 / 159
"根"的追寻
　　——澳门"土生"文学中一个难解的情结 / 170

第三部分　海外华文文学选辑

海外华文文学的命名意义 / 181
海外华文文学与文化认同 / 194
海外华文文学理论建设与方法论问题 / 204
海外华文文学的新视野 / 210
海外华文文学与比较文学 / 216
拓展海外华文文学的诗学研究 / 224
海外华文文学在中国学界的兴起及其意义 / 229
全球语境下的海外华文文学研究 / 238
多元文化视野中的海外华文文学 / 246
百年海外华文文学经典研究之思 / 255

附录　饶芃子主要著述目录 / 264
后记 / 266

学术自传

◎ 饶芃子

我于1935年出生在广东潮州一个世代知识分子的家庭，受家中长辈的影响，自幼对文学有浓厚的兴趣。1953年，我考入中山大学中文系。那时，中山大学中文系名师荟萃，我修读了许多著名教授的课，在老师们的指导下，系统地阅读各种中外文学名著，思考、领悟从文学折射的人生奥秘，从而加深了我对文学的向往。在大学读书期间，我主要的兴趣是古典文学，在词学专家詹安泰先生指导下，我撰写的毕业论文《试论柳永的词》，得到老师们一致的好评。1957年我毕业后留校任教，师从元曲专家王起（季思）先生，主修宋元文学史。此时，我还修听了著名历史学家陈寅恪先生为文、史两系青年教师开的元白诗证史课。先生们的学术造诣、治学精神和研究方法，深深教育了我，在我心中内化成一种精神，一种与个人情感和生命相联系的追求；我后来在教学与研究工作中，能面对曲折和困难，在学术上保持积极进取的态度，正是得益于那段时间所奠下的基础。

1958年，暨南大学在广州重建，我被调到暨南大学中文系任教，师从文艺理论家肖殷先生，讲授文艺理论课。为了适应新的教学工作，我开始关注当代学界有争议的文学作品和理论文章，从中发现问题，进行辨析，有针对性地撰写文艺评论。由于我一直没有间断过对中外经典作品的阅读，所以我的文章和讲课都不是从理论到理论，很受学生欢迎，曾获多种教学奖励，在广东文学界也逐渐为人所知。"文革"初期，我遭受激烈的冲击，在各种压力面前，文学成了我生命的守护神，因自知无论在教学还是在写作上都没有方向性的问题，所以能自持着走过那段艰难的道路。1970—1977年暨南大学停办期间，我在广东师范学院（今华南师范大学）中文系任教，先后为该校七届学生讲授文艺理论课，和他们建立了深厚的师生情谊。至今，这些老学生相聚，仍然认同"那是他们印象最深的课程之一"。

1978年暨南大学复办，我返回暨南大学执教。应该说，我真正的学术之路是在这时才开始的。五十几年来，我执教的学科是文艺学，但我的学术研究，却跨越文艺学、比较文学和海外华文文学三个领域。表面看，这个"跨度"很大，事实上，在我的学术"世界"里，这三者是紧密联系在一起的。可以说，文艺学是我的"出身"学科，也是我学术之"根"，而我的比较文学与海外华文文学成果是后来在这一"基点"上拓展开来的。

改革开放初期，我的学术研究主要是对曾被视为"禁区"的一些文艺理论问题进行辨析。例如，我较早发表的《论形象大于思想》《形象思维是文艺创作的规律和方法》《谈社会主义时期的悲剧》等系列论文，这些论文从不同角度反映了我对中国当代文艺理论的反思，发表以后都不同程度地引起学界的关注和回应。我还应中国社会科学院文学研究所张大明先生之约，对由于某种历史原因而被淡忘的左联重要作家戴平万及其创作进行研究，撰写出版了《戴平万研究》一书（与黄仲文合作），填补了中国现代文学史上的一个空白点。与此同时，我结合自己的文艺理论教学，写了不少当代作家作品的评论文章，并结集为《文学批评与比较文学》《艺术的心镜》《心影》《文心丝语》等出版。我的文学评论，重视作家对现实和文化现象的审美思考，是自己对作品诗性感悟的表述，是一种与作者文心的"对话"，正是这种评论特点和姿态，学界有论者称我为"诗性批评家"。

1981年，我协助肖殷先生成功申报文艺学硕士点，使暨南大学中文系成为国内第一批获得硕士点的授权单位，创点方向是"创作理论与批评方法"。之后，随着国家改革开放政策的实施，中外文化、文学交流日多，比较文学在中国学界复兴，我有幸参与了这一历史性的学术进程，从中发现比较文学与文艺学在研究对象和目的上有若干交叉的地方，从而在自己的科研和研究生教学中，引入比较文学的视野与方法，开启对其交叉领域的研究。1983年，我被遴选为文艺学硕士生导师，并开始招收硕士研究生。1984年我出任暨南大学中文系主任，经北京大学乐黛云教授提议，得到学校领导的支持，在暨南大学举办"第二次全国比较文学讨论会"。这次会议让我们了解到国内外学坛许多比较文学的信息，也为我们的文艺理论研究找到了一种新的思路：中西文学比较研究。

由于我以往对中西戏剧的有关资料触及较多，从1984年起，我个人的科研就围绕"中西戏剧比较"这一课题进行，先后发表了《中西戏剧起源、形成过程比较》《中西戏剧接触、影响和融合》等论文，还为硕士研究生开出中西戏剧比较专题课。在此基础上，1989年主编、出版了《中西戏剧比较教程》一书。该书从框架到内部观点的建立，都是"白手起家"的，从中西戏剧的起源与形成过程、戏剧观、戏剧主题、情节结构、悲喜剧诸方面，阐明了中西戏剧的不同特质及其相互影响的历程。因此前学界对中西戏剧比较的研究成果十分有限，该书出版后，有学者著文称它为中西戏剧比较的"拓荒之作"；而作为国家教委"七五"教材规划项目成果，结项时也被评审专家认为具有创新性和明显的学术价值。1992年，《中西戏剧比较教程》获"广东省规划及省属院校自编文科优秀教材一等奖"，同年获"国家教委第二届普通高等学校优秀教材奖"。1994年，为了拓展学科内涵，由我领衔与一些中青年学者合作撰写出版了《中西小说比较》一书。中西小说比较研究，前人已有不少成果，但多为微观研究，该书从宏观的角度对中西小说的若干基本问题作尝试性的理论探讨，有填空补缺的作用。1996年，我的《中西文学戏剧比较论文集》（英文版，谭时霖等译）出版。之后，我与我校东南亚研究所的几位专家合作，主编出版了《中国文学在东南亚》一书，这是国内首部从比较文学视角研究中国文学在东南亚地区传播、影响的学术著作。

20世纪八九十年代之交，随着比较文学在中国学坛的发展，比较诗学兴起，中西比较诗学研究也成为比较文学一个新的拓展方向。1988年，在我任暨南大学副校长期间，受王元化先生之托，由暨南大学承办在广州召开全国第一次"《文心雕龙》国际研讨会"，邀请国内外著名学者参加，围绕中国古代这部体大精深的经典文论著作，交流研究成果。会后由我主编出版了研讨会论文集《文心雕龙研究荟萃》。正是由于这次会议的启示，我们通过论证，在原来的文艺学硕士点增设了"文艺理论与比较文学"方向。1993年，在培养多届硕士生的基础上，以"比较文艺学"为创点方向，由我领衔成功申报暨南大学文艺学博士点，同时国务院学位办也批准我为博士生导师。这是当时长江以南第一个文艺学博士点，也是国内第一个"比较文艺学"方向的文艺学博士点。1999年，我主持完成了国家教委"八五"人文、社科规划项目《中西比较文艺学》，并由中国社会科学出版社出版。该书共分三编，分别以"中西文学观念比较""中西文论形态比较""中西文论范畴比较"为题，着重对中西诗学的差异性和相似性进行"体"与"质"层面上的比较研究，注重各论题自身"理论依据"的反思和说明，以跨文化的诗学立场，在中西不同的诗学体系中考察所选取的论题和范畴，为中西诗学的互识、互补，为建立更具世界性的现代文学理论探索道路。2000年，我个人的学术论文集《比较诗学》，被列入钱中文、童庆炳主编的《新时期文艺学建设丛书》出版。之后，我还结合博士生的教学成果，主编出版了《比较文艺学论集》、《比较文艺学丛书》和《比较诗学丛书》。

由于暨南大学是我国一所历史悠久的华侨高等学府，面向海外、面向港澳台，是学校的办学特色。20世纪七八十年代之交，台港澳暨海外华文文学在学坛勃兴，暨大是其发源地。我在80年代中期已参与这一领域的学术活动，撰写海外华文作家作品的评论文章，参加主编《台港澳暨海外华文文学大辞典》，并在澳门招收研究生。此期间，我曾多次应邀参加澳门文坛的各种学术活动，注意到澳门地区特殊的文化、文学形态，发表了系列论文，引起学界的关注。我还鼓励和指导研究生以此为题撰写学位论文，并与他们合作，出版专著《边缘的解读：澳门文学论稿》。在我撰写的系列论文中，《澳门文化两题》、《文学的澳门和澳门的文学》（与费勇合作）、《"根"的追寻：澳门"土生"文学一个难解的情结》被收进具有文献意义的《澳门人文社会科学研究文选》。我有关澳门研究的学术成果曾先后获"首届澳门人文社会科学研究优秀成果奖"一等奖（论文类）和"第二届澳门人文社会科学研究优秀成果奖"二等奖（著作类）。

正是在上述的教研实践中，我逐渐认识到海外华文文学作为一种世界性的文学现象，具有多种中外文化复合的跨文化特色，与比较文学有一种不寻常的天然的学术联系，于是将其作为比较诗学的一个对象进行研究，特别是对当中所蕴含独特的跨文化诗学命题，进行"解读"，发表了《90年代海外华文文学研究的思考》《海外华文文学的命名意义》《海外华文文学的新视野》《海外华文文学与比较文学》等系列学术论文，曾先后获"广东省哲学社会科学研究成果奖"一等奖和二等奖（论文类）。与此同时，我还在学界倡导比较文学视野下的海外华文文学研究，并于1994年首次提出将海外华文文学与海外华人非母语文学"打通"研究，得到比较文学界高层学者的认同和支持。从90年代中期开始，在历届"中国比较文学国际研讨会"上，均设立这方面的学术"圆桌"，将其看作"比较文学应当要去拓展的领域"。2011年，在中国比较文学复兴30年之际，创刊于19世纪末著名的法国《比较文学》杂志，为了让世界学坛了解中国比较文学的成就，于2011年第1期首次推出"中国专辑"，选登14位中国学者的学术论文，其中也刊登了我的论文《全球语境下的海外华文文学研究》（英文版）。与此同时，国内学界为系统回顾新时期以来中国比较文学学科发展的历史和领域拓展的经验，复旦大学出版社出版了谢天振、陈思和、宋炳辉主编的《当代中国比较文学研究文库》，当中也选入我的论文集《比较文学与海外华文文学》。同时，复旦大学出版社还出版了我的《华文流散文学论集》（英译本，蒲若茜等译）。

我一直认为，对于中国学者来说，开展海外华人文学中具有特殊意义的诗学问题研究，是一个极具民族特色、探讨中华文化、文学通向世界的特殊文论领域，是我们应当重视并进一步去拓展的新的学术空间。所以近20年，我主要的精力是投注在此项研究上，发表了《拓展海外华文文学的诗学研究》等专题学术论文，并结集为《海外华文文学的新视野》出版。我还与费勇合作出版了著作《本土以外——论边缘的现代汉语文学》一书，2009年我领衔主编出版了国内第一本《海外华文文学教程》，这两本书均先后获"广东省社会科学优秀成果奖"（著作类）。《海外华文文学教程》还入选教育部第一批"十二五"普通高等教育本科国家级规划教材书目。2011年，我作为首席专家，成功申报国家社科基金重大项目"百年海外华文文学研究"，现正在进行中。

在高学位教学上，我于20世纪80年代中期开始招硕士生，90年代中期开始招博士生，至今共培养数十名硕士和56名博士，有29篇博士论文出版，25位博士已晋升为教授，其中有10位已是博士生导师。我的研究生教学曾先后三次获"广东省普通高等学校优秀教学成果奖"。

岁月匆匆，不觉间我在大学执教已58个春秋。在这半个多世纪的时间里，我在从事教研工作的同时，蒙学界同仁的信任，还先后兼任广东省社会科学联合会第三、第四届副主席，广东省作家协会第四、第五届副主席，广东省文艺批评家协会第一届副主席，曾任中国世界华文文学学会会长、中国文艺理论学会副会长、中国比较文学学会副会长、中国作家协会文学批评理论委员会委员，现任中国世界华文文学学会名誉会长、世界华文文学联会副会长、广东省社会科学联合会第六届委员会顾问，是《岭南文库》等大型学术丛书的编委。

回顾自己 58 年来走过的学术道路，无论是从文艺学到中西比较文艺学，还是从文艺学到海外华文文学、诗学，以及澳门地区的文学研究，在学术理念上，都有一个共同的特点，那就是：重视从理论上研究不同文化相遇、碰撞和融合的文学现象、文化问题，关注中外文化的对话和不同文化之间的相互诠释。也许，正是这些"跨界"的思考和研究成果，显示出自己的某种学术"个性"和新意。2011 年 7 月，为了进一步繁荣社会科学，推动学术创新，经广东省委、省政府批准，中共广东省委宣传部及广东省社会科学界联合会表彰首届"优秀社会科学家"（16 位），我有幸名列其中。

回顾自己半个多世纪的学术历程，最深的一点体会就是学科的融通、互动，对于学科的发展具有一种双赢的力量。我在自己的教研实践中，一次又一次地感受到跨学科研究的那种不可名状的勃发生命力。事实上，自改革开放以来，随着学科和方法的多元发展，已经进入到可以相互融合、相互融通的阶段，因而学科的发展途径和范式也趋于多元互渗，形成了"每个学科都在边界上"的现象，完全可以在研究中进行"间性"的"对话"，通过"对话"拓展这些"间性"领域。在两个或多个相关学科的交叉地带培育新的学术思路，提出新命题，建构新方法，寻找自己所属学科建设的各种新超越。如果说，几十年来我已经收获了一些大家认可的"果实"，而我正是这样耕耘着自己的"园地"。

2014 年 10 月初稿
2015 年 9 月修订

饶芃子自选集

第一部分

文艺评论选辑

关于文学批评的思考

1985年，是我国文学批评领域空前活跃的一年。文学批评方法的讨论，引发了关于文学观念的思考，这对于打破长期以来形成的封闭的思维方式，探讨变革中的文学观念和文艺理论，都是一个良好的开端。在文学观念的探讨中，人们已注意到过去对功利性强调过多而忽略了审美价值的问题，提出要重视文学审美价值的认识和追求，要求把文学作为"一个独立存在的实体"来认识和研究；在分析作品艺术形象时，思路不再只是局限于过去习惯的主题、情节、典型性格、文学语言等几个方面，而注意对艺术形象作不同角度的审视，重视揭示作品内在的情致，艺术形象中的非人物因素，作家在作品中如何以丰富、独特的艺术形式来表现自己对生活的感受，等等。文学观念的变化必然导致批评观念的变化。在对过去文学批评的反思中，人们越来越认识到，作为一门有艺术生命的科学，文学批评对作家的创作和文学的发展具有多方面的作用。

关于文学批评，批评家们在思考中提出了各种不同的看法。有的强调批评的社会性、客观性；有的强调批评的主观性、批评家对作品的体验和感性描述；有的则认为批评过程是作为批评对象的本体与批评主体的互动过程，在观念上现在很难强求一致。笔者认为，文学批评本质上是批评家对作家、作品、评论（对文学评论的批评也是文学批评）价值的判断。对于文学作品来说，就是审美价值的判断。不是所有的批评家都已经建立起文学的价值观，但每个批评家在从事评论实践的时候都有自己的价值观，这种价值观是和他的追求相联系在一起的。对生活、文学追求不同，价值观不同，看法也就不一样。面对当前的现实，文学批评要能够在文学创作和文学发展中，起一种强有力的意识导向作用，应该在实践中坚持和发挥美学的与历史的批评原则。当今的文学，不再是过去那种封闭型的文学，而是一种具有我们鲜明民族特色的开放性的文学。任何优秀的文学作品都是植根于民族文化的深层结构，在自己的土壤上开出来的鲜花。如果没有自己的特色，我们就失去了"自己"，失去了我们在世界文学宝库中别人取代不了的位置。今天，在中外文化交流中，世界之所以要走向我们，我们之所以能够走向世界，正是因为我们拥有那些别人所无、我们民族才有的东西。我们的京剧团到西方演出，在西方人眼中，那是多么神奇和美妙的艺术啊！虽然我们也有很出色的话剧，但是在西方人心目中，真正的中国戏，还是我国传统的戏曲，而不是"五四"前后从西方传来的话剧。富有中国风味的电影《城南旧事》《茶馆》在国外拥有特别多的观众，因为人们从中可以看到真正属于中国的风土人情，透视到属于中国的民族文化心理。

  中西文化来自两个不同的源体。西方社会具有商业性和宗教性的特点，因而反映商业社会色彩的叙事文学特别发达，公元前5世纪就出现了举世闻名的史诗和悲剧。亚里士多德的《诗学》，是西方第一部具有独立完整的文学观念的著作，而这一著作所提出和阐发的一整套文学理论，就是建立在对悲剧研究的基础上。亚里士多德以其杰出的智慧研究了戏剧，从古希腊悲剧中总结出理论，来阐释文学，所以《诗学》的出现是和古希腊戏剧的繁荣分不开的。中国社会具有宗法性和农业性的特点，长期处于封闭状态，人与自然的关系十分密切，因而出现了许许多多人与大自然和谐交融的抒情作品，形成了中国文学以抒情为主的传统。中国诗歌中所创造的那种情景交融的意境，是西方诗歌所无法比拟的。就是在一些叙事性的作品中，也常常表现人对自然的爱好，人和自然在情趣上的默契欣合。早在18世纪，德国著名作家歌德第一次阅读法国汉学家阿伯尔·雷米萨特翻译的中国传奇时，就以他锐利、透辟的眼光，捕捉到我国文学的这一特点。他说：在中国，"人和大自然是生活在一起的。你经常听到金鱼在池里跳跃，鸟儿在枝头歌唱不停，白天总是阳光灿烂，夜晚也总是月白风清"①。这是他从当时能够读到的不多的中国作品中直接感受到的。20世纪初，在象征主义文学运动的影响下，英美等国出现了意象派的诗歌运动。这个运动的代表人物非常推崇中国的古典诗歌，特别推崇中国古典诗歌中所创造的意境。美国意象派代表作家庞德在1915年选择和出版了《汉诗译阐》，把我国唐代著名的诗人李白和王维的15首短诗，介绍给西方读者。中国古典诗歌中借景抒情、感物抒情的作品很多，极少是有景无情或有情无景的。意象派的诗常常借生活中的意象来抒发诗人内心的感情，形象新巧、鲜明，这跟他们推崇、学习中国古典诗歌有关。中西文

---

① 爱尔曼辑录：《歌德谈话录》，朱光潜译，人民文学出版社1978年版，第112页。

学在不同的文化背景中发展，具有不同的特点，从而形成不同的文学个性。但是文学的民族个性不是凝固的，而是在不断变化发展之中的，它既属于过去，也属于未来。我们的文学批评要有利于发展我们民族的优秀文学传统，要对我们民族的文学个性有所观照。

文学批评不是文学创作的附庸，而是一门有艺术生命力的科学。它要与整个世界文化发展同步，还应该有开放的思想、当代的审美意识，在重视吸取我国传统美学乳汁的同时注意引进西方科学的美学思想和批评理论，做到"纵向"的拓进和"横向"的借鉴相结合，广采博收，为我所用。"纵向"的拓进，不是原封不动地照搬重复民族传统的东西，而是要用当代的意识去对民族的文学传统进行考察和探索，了解我们民族传统文化的深层结构，把握民族心理建构的原型，思索它的优劣并决定我们的取舍；不断提高民族文化的素质，为建造有当代意识、有高度审美价值和民族特色的文学提供新的基点。"横向"的借鉴，并非一味地"西化"，而是借助外来的先进思想，来打破民族文化心理结构的封闭状态，把我们的眼光放远，视野打开。出发点仍然是"自己"，是为了改革自己眼前的现实。正如有的论者所说的，是为了"释放民族'自我'的现代观念的热能"，促使我们走向未来，走向世界。只有这样，才能发展自己，在发扬传统的基础上重铸一种"中国化"的世界文学，或者叫作"世界性"的中国文学。

从中外的文化史看，西方借鉴东方，东方借鉴西方，从而促进彼此文化发展的事例很多。因为每个民族要打破自己一定历史时期板结的文化结构，都需要从别处吸收一些自身缺少的养料，用以丰富和充实自己，改革民族文化心理的意向。中西两种不同文化的相遇，常常有一种相互吸引的力量。情况往往是这样的：相遇—互相吸引—产生影响—出现融合—引起演变和发展。18世纪初西方曾出现"东方狂热"和"中国狂热"，20世纪上半叶西方许多学者和艺术家也有"朝东看"的倾向。这两种思潮虽然出现在不同的历史背景下，但是究其始末，都是为了他们自己文化的发展，想从东方、从中国的不同文化源体中寻找有利于自己改革的"武器"。中西方文学交流的情况也是这样。18世纪30年代，在法国文化界"中国狂热"的高潮中，耶稣会教士马若瑟第一次把元剧《赵氏孤儿》（纪君祥作）翻译成法文，后被巴黎耶稣会的教士杜赫德收进他编的《中华帝国志》出版。西方对这个来自古老中国的悲剧反应十分强烈，在不长的时间里,它的英译本、德译本、俄译本就相继问世,流行于欧洲,在意大利、法国和英国还先后出现了四个以它为蓝本改编的剧本《中国孤儿》。文学泰斗伏尔泰是法国的《中国孤儿》的改编者,这个剧本在法国公演后产生了很大的影响。伏尔泰之所以重视《赵氏孤儿》这个剧本,并且在德国和腓特烈大帝不欢而散以后,将它改编演出,主要是被戏中的忠义之情所吸引,旨在把中国人的这种美德介绍给欧洲人,希望借助中国戏中的道德力量,去战胜现实中君王的霸道。正是从这一点出发,他把自己改写的这个中国戏称为"五幕礼孝",并且在前言中这样写道:"这是一个巨大的明证,体现了理性和才智最终必然凌驾于愚昧和野蛮。"① 用以寄托他晚年所坚持的百科全书派的理想。在这方面,他的目的达到了,因为他的《中国孤儿》公演以后,在欧洲剧坛上确实出现了热潮,人们为剧中所表现的那种献身精神所感动,在一定程度上给欧洲剧坛带来了新的气象。但由于当时西方人对中国戏曲艺术实际上并不了解,改编的《中国孤儿》从剧本到表演都和真正的中国戏剧相去甚远,当中不无误读,不过对于当时盼望改革的欧洲人来说,误读又有什么关系呢?重要的是他们已经借助这一"武器",打破了现实中的封闭状态。

20 世纪上半叶,经历了两次世界大战,西方人深感自己无法主宰自己的命运,对于未来产生了悲观主义的情绪,许多人把目光转向东方,转向中国,引进中国哲学,在道家和佛家的思想中寻求精神慰藉。随着西方人对中国思想、文化的重视,许多作家、艺术家也有意识地从中国文学中吸取营养,获得灵感。他们有的注意吸收中国文学中的抒情性的因素,有的从反写实主义出发,特别重视借鉴中国传统戏剧中的象征主义艺术,从中丰富和充实自己,提出新的文艺主张,创建新的文学流派。现代西方一些有成就的艺术家,之所以能在今日的西方剧场有所开拓,有一个共同之处,就是受到中国传统戏剧艺术的影响。西方剧坛上现在流行的开放式结构,与中国传统戏剧艺术传入西方有密切的关系。德国著名作家布莱希特,是一位大家公认的"朝东看"的艺术家。他为了改革严重脱离现实的德国戏剧,创造一种更适合表现现实生活的"剧场",早在 1929 年就提出建立叙事体戏剧的主张,认为舞台要通过叙事向观众传授人生知识,唤醒人的行动意志,促进现实的改革。他从中国传统的叙事体戏剧中总结

---

① 伏尔泰:《伏尔泰全集》(第 1 卷),第 680 页。

出许多经验,把它们融入自己的理论和实践,提出新的戏剧理论,并且公开宣称他是受到中国戏剧艺术的启发和影响。考察布莱希特的创作实践和他的戏剧理论的形成过程,就不难看出,他是在寻找德国民族戏剧缺少的"自我"时,遇到了中国戏剧,从中发现跟他美学思想相通的东西,主动去靠近它,研究它,从它身上吸取养料,达到了相互的融合;这种吸收和融合并没有使他失去自己,"朝中看"不是中国化,中国传统戏剧的艺术经验,只是为他提出的叙事体戏剧的理论催生。他的理论和作品表现的是德意志的民族精神和性格,他有完全属于自己的美学追求和理想。

为了提高整个民族文化的心理素质,为其走向世界准备条件,西方人"朝中看",我们也要"朝西看",要以开放的眼光来促进中西文化交流。回顾我国的文化史,曾经有过五次中西文化的相遇,第一次是明末清初,第二次是鸦片战争以后,第三次是五四运动,第四次是20世纪三四十年代,第五次是现在。每一次都在不同程度上对我们文化的发展有所促进。文学只不过是整体文化的一小部分,但是在文学的产品中却渗透有异常丰富的文化因素。今天,我们的文学要全面、立体地去反映现代人的生活,只靠过去我们已有的方法和技艺是不够用的,中西文化的不同特质不只表现在风俗民情,也表现在人们的灵魂和行为走向,包括意识、观念、精神、思维形式、表现方法等等。我们要建立一种新的富于建设性的文学批评观念,一方面要回顾过去,总结历史的经验和教训;一方面要引进西方一些适用于我们的新方法和理论,扩展获得最新信息理论的渠道,在开放中发展新的民族文学,建立新的文学批评。闭关锁国的政策既不利于文学创作的发展,也不利于文学批评的发展,在这方面,先行者们曾经为我们提供一些有益的经验。我国近代的改良主义者康有为、梁启超,在倡导改良的时候,就曾对中西小说进行比较,希望取法欧洲,改革中国的小说创作,以改革国民灵魂。近代著名学者、文艺批评家王国维在《论近年之学术界》《论新学语之输入》[①] 等论文中,也对中西文论进行比较,在比较中阐明其差异;在《红楼梦评论》[②] 中,则引进西方的理论来研究中国文学。"五四"时期,中西文化有大的接触,从而促进了我国新文学的诞

---

① 参见周锡山校编《王国维文学美学论著集》,北岳文艺出版社1987年版,第106~114页。
② 参见周锡山校编《王国维文学美学论著集》,北岳文艺出版社1987年版,第1~23页。

生。20世纪30年代,在世界无产阶级文艺运动蓬勃发展的时代,鲁迅、瞿秋白等革命文学家,以"普罗米修斯盗火给人类"的精神,冒着"送军火给起义奴隶"那样的危险,把马克思主义文艺理论介绍到中国来,给我们以科学观察文艺现象的理论和方法,推动了中国革命文艺运动的发展。近几年,在我国文学的发展中,出现了两种导向:一种是强调对民族传统"纵向"的继承和发扬;一种是强调对世界性现代文学"横向"的借鉴和移植。就文学创作来说,特别是具体到某一个作家,这两种追求都有美学的价值,但是从当代文学批评来说,要有大的新的发展,则应该做到这两者相结合。我们的文学批评要做到深入人心,对创作有强的渗透力,既要继承和发扬我们民族优秀的传统,从中获得一种历史的传统意蕴,又要重视借鉴世界中的科学理论,以便多方面、立体地把握批评的客体。这样,才能使文学批评具有更强的参照力、捕捉力和感应力。

中国在走向世界,世界在走向中国,时代在召唤新的文学批评,我们要立足现实,面向未来,根据时代的要求,拓新我们的文学批评,使其与世界文化发展同步。

(原载《广东社会科学》1986年第3期)

中国文学批评现代转型的起点
——论王国维《红楼梦评论》及其他

近十多年来，关于王国维的研究已经成为学术界关注的一个"热"点，出版的专著有十几种，论文就更多，这些成果涉及了王国维和他学术思想的各个侧面。本文仅就他1904年写的《红楼梦评论》所显示的对传统批评的革新思路，探讨他在中国文学批评①现代转型中的意义和作用。

中国现代文学批评的主流样式——"理论批评"，在思维方式、理论架构和批评话语等各个方面、层面，是同中国传统的文学批评样式完全不同的。中国传统的文学批评样式，主要是两种：一种是评点、妙悟式的批评，如诗话、词话、小说评点等，形式自由、重直觉、重经验和感悟，多为鉴赏式诗意语言，主要是表达一种阅读中的审美经验，启发人去发现美、感受美、评审美，赋予人精神和情感的魅力。一种是实证式的考据、注疏和索隐。这样的文学批评样式，不无精微之处，具有自己的民族特色，却缺乏西方那种抽象分析和逻辑思辨，缺少理论系统性。而20世纪初在西方文化影响下发展起来的中国现代文学批评，却已具有西方科学推理的思维特点，是一种"西化"了的"理论批评"，而不是传统的经验性批评。这里，就有一个文学批评古典形态向现代形态转型的问题，我把它称为中国文学批评的现代转型。那么，这一转型始于何时？它是怎样发生？转型前后批评形态有哪些差异？这种新的批评形态为什么会成为中国现代文学批评的主流样式？在这世纪之交，当我们面向未来，正在寻找一种新的自我超越的时候，思考、研究这些问题，总结历史上的经验教训，无疑是很有意义的。

我认为，中国文学批评的现代转型始于王国维的《红楼梦评论》。正是它，在中国文学批评史上第一次突破了传统批评的批评样式，自创一种新的批评范式，我将这一范式名之为"理论批评"。这一新的批评范式后来经过许多人的参与发展成了中国现代批评的主流样式。关于王国维

---

① 此处"批评"一词，为狭义用法，系与"文学理论"和"文学史"并列的范畴。

《红楼梦评论》在文学批评史的创新意义,在这之前,已有不少学者在他们的著作中涉及。例如:

叶嘉莹说:

《红楼梦评论》一文最初发表于《教育世界》杂志,那是在清光绪三十年(1904)的时代,比蔡元培所写的《〈石头记〉索隐》要早13年(蔡氏索隐初版于1917年),比胡适所写的《红楼梦考证》要早17年(胡氏考证初稿完成于1921年),比俞平伯写的《红楼梦辨》要早19年(俞氏文初版于1923年)。蔡氏之书仍不脱旧红学的附会色彩,以猜谜的方法硬指《红楼梦》为康熙朝之政治小说,固早被胡适讥之为牵强附会,至于胡适《红楼梦考证》之考订作者及版本与俞氏《红楼梦辨》之考订后四十回高鹗续书的真伪得失,在考证方面虽然有不少可观的成绩,可是对于以文学批评观点来衡定《红楼梦》一书之文艺价值一方面,则二者可以说都并没有什么贡献。而早在他们十几年前之静安先生的《红楼梦评论》一文,却是从哲学与美学观点来衡量《红楼梦》一书之文艺价值的一篇专门论著。从中国文学批评的历史来看,则在静安先生此文之前,在中国一向从没有任何一个曾使用这种理论和方法从事过任何一部文学著作的批评,所以静安先生此文在中国文学批评史上实在乃是一部开山之作。①

郭豫适说:

王国维的《红楼梦评论》,是《红楼梦》研究史上第一篇比较系统、比较全面地论述有关《红楼梦》诸问题的重要论文。这篇专论的出现,对于以往《红楼梦》研究来说是一个突破,虽然它本身存在着严重的思想缺陷,但在《红楼梦》研究史上却是一篇带有开创意义的著作。②

---

① 叶嘉莹:《王国维及其文学批评》,广东人民出版社1982年版,第175~176页。
② 郭豫适:《简论王国维的〈红楼梦评论〉》,见《王国维学术研究论集》(第2辑),华东师范大学出版社1987年版,第403页。

温儒敏说：

1904年王国维写的《红楼梦评论》，就是第一篇具有批评思维方法启蒙意图的论作。①

又说：

在王国维之前的中国文学批评史上，从未有过以如此系统的哲学与美学理论对作品进行批评的论作，其对《红楼梦》艺术价值的总体评价中采用的是富于逻辑思辨的分析推理，这种批评眼光与方法，连同它的文章体式，都使当时学术界与批评界感到惊奇不已。②

罗钢说：

这篇文章的价值并不在于它提出的某种具体结论，而在于它尽管仍然采用的是文言，但却显示了一种与中国传统文学批评完全不同的思维方式、理论架构和批评话语，因此在中国文学批评史上有划时代的意义。③

这些看法强调的是它的批评思维方法同传统批评的差异及其在文学批评史上的开创意义。本文则在这一基础上，将它作为中国文学批评现代转型的起点来研究。因为中国现代的理论批评④是从它开始的。

为何称《红楼梦评论》为理论批评？它与传统批评的差异何在？

首先，理论批评的基础或根据是某种"理论"，而不是读者的感性经验或作者的传记材料。王国维的《红楼梦评论》是以叔本华的哲学和美学理论作为批评的理论根据，去研究《红楼梦》的精神价值。它既不是以往那种建立在读者感性经验基础上的随感式、妙悟式的评点，也不像旧

---

① 温儒敏：《中国现代文学批评史》，北京大学出版社1993年版，第3页。
② 温儒敏：《中国现代文学批评史》，北京大学出版社1993年版，第4页。
③ 罗钢：《历史汇流中的抉择——中国现代文艺思想家与西方文艺理论》，中国社会科学出版社1993年版，第13页。
④ 所谓"理论批评"和"经验批评"，都只是一种显示"差异"的"事实性陈述"，而不是高下判定的"价值定位"。

红学的考据派、索隐派那样，把批评的基础建立在作者传记材料、作品版本和写作背景上，而是把叔本华的"欲望—解脱哲学"和"悲剧美学"作为论文美学建构的思辨基点。王国维在1905年《静庵文集自序》中谈及《红楼梦评论》这篇论文，就明确地说，其立论"全在叔氏之立脚地"①。对于中国传统文学批评少有理论旨趣问题，王国维早有认识。② 他撰写《红楼梦评论》，正是他凭借西方既有之理论体系，来革新传统批评样式的一种尝试。他从叔本华那里借来一套理论，将之应用到《红楼梦》研究中，把着眼点放在作品审美和伦理精神的总体评价上，整个思维特点是智性、思辨和逻辑的，这就使他的论文具有理论的色彩和深度。

其次，理论批评的结论是某种理论内涵的展开，被评论的作品主要是某种理论意蕴的"例证"和"见证"。在《红楼梦评论》中，作品《红楼梦》显然成了叔本华"欲望—解脱哲学"和"悲剧美学"的证明。《红楼梦评论》全文共五章。第一章"人生及美术之概观"阐述其对人生和美术的看法，实际上是他对自己人生观和文艺观的概述。他借用叔本华有关的哲学观点，重点在说明："'欲'与'生活'与'痛苦'，三者一而已矣。"认为美术之价值在使人"忘物我之关系"，从日常"生活之欲"所导致的"苦痛"中得到"解脱"，表明自己评论《红楼梦》，正是根据这样的美学与伦理的标准。第二章"《红楼梦》之精神"，论断《红楼梦》一书的精神，是借贾宝玉由"欲"所产生的痛苦及其解脱的途径，象征说明"人生之苦痛与其解脱之道"。第三章"《红楼梦》之美学上之价值"，他以叔本华的悲剧理论，阐明《红楼梦》的悲剧类型特征，指出《红楼梦》是中国文学中唯一真正具厌世解脱之精神的"彻头彻尾之悲剧"，是"悲剧中的悲剧"。第四章"《红楼梦》之伦理学上之价值"，承接第二、三章所述，说明"解脱"为"伦理学上最高之理想"，《红楼梦》正是"以解脱为理想者"，此即为《红楼梦》伦理学上之价值。第五章"余论"，主要是批评旧红学索隐派、考证派的错误观念。因为"美术之所写者非个人之性质，而人类全体之性质也"，所以文学批评需着重于

---

① 王国维：《静庵文集自序》，见周锡山编校的《王国维文学美学论著集》，北岳文艺出版社1987年版，第226页。
② 参见王国维《论新学语的输入》，见周锡山编校的《王国维文学美学论著集》，北岳文艺出版社1987年版，第111页。

"美术之性质",引叔本华"美术之源出于先天"之说,说明《红楼梦》一书的价值,不在于书的主人公是谁,而在其所表现的"人类全体之性质"①。纵观全文,《红楼梦评论》确是一篇有严密理论体系、有层次、有组织的论作。在文中,理论与作品之间互证互释,批评者以《红楼梦》来证明叔本华的理论,而叔本华的理论又为作品的意义阐释提供了一种"眼界"、一种"理论视野",使批评者有可能对《红楼梦》作出全新的意义的阐释,如果没有叔本华的哲学和美学理论框架,这种意义阐释是不可能的。至于王国维这样来阐释《红楼梦》的意义是否"误读"? 我留在本文后面再作评论。这里,我关注的是他"能读出意义"和"为何能读出意义",因为这个问题关系到中国文学的现代转型。传统的鉴赏批评和考证批评不关注作品的"意义",前者关注的是作品的审美价值,后者关注的是有关作者和作品的事实,均难以通向文学作品抽象意义的寻找。而理论批评的功能与旨趣,主要是对作品抽象意义的阐释,也就是王国维说的对作品所具有"人类全体之性质"的意义阐释,这种阐释必须具有"理论价值",是言之有理的。

最后,理论批评话语的基本语词是某些"理论术语",而不是印象形态的"经验术语";批评话语的内在结构是基于这些理论术语之上的"逻辑构成",即是推论式关联而非联想式关联。《红楼梦评论》所运用批评话语的基本语词,如"本质""欲望""意志""解脱""理想""苦痛""悲剧""壮美""优美"等等,都是一些具有哲学和美学内涵的"理论术语",而不是"经验语词";基于这些理论术语之上的批评话语的内在结构,是由严密的逻辑关系构成的,它们之间的关联是推论式的关联。我们以它的第一章"论生活的本质是'欲'"的一段论证为例:

生活之本质何? 欲而已矣。欲之为性无厌,而其原生于不足,不足之状态,"苦痛"是也。既尝一欲,则此欲以终;然欲之被尝者一而不尝者什伯,一欲既终,他欲随之,故究竟之慰藉,终不可得也。即使吾人之欲悉尝,而更无所欲之对象,倦厌之情,即起而乘之,于是吾人自己之生活,若负之而不胜其重。故人生者,如钟表之摆,实往复于苦痛与倦厌之

---

① 王国维:《〈红楼梦〉评论》,见周锡山编校的《王国维文学美学论著集》,北岳文艺出版社 1987 年版,第 19 页。

间者也，夫倦厌固可视为苦痛之一种。有能除去此二者，吾人谓之曰"快乐"，然当其求快乐也，吾人于固有之苦痛外，又不得不加以努力，而努力亦苦痛之一也。且快乐之后，其感苦痛也弥深。故苦痛而无回复之快乐者有之矣，未有快乐而不先之或继之以苦痛者也。又此苦痛与世界之文化俱增，而不由之而减。何则？文化愈进，其知识弥广，其所欲弥多，又其感苦痛亦弥甚故也。然则人生之所欲既无以逾于生活，而生活之性质又不外乎苦痛，故"欲"与"生活"与"苦痛"，三者一而已矣。①

为了说明"欲"与"生活"与"苦痛"三者是合而为一的，人生永远是痛苦的，王国维在这节文字里，进行十分精严的论证，一层一层，不断向纵深推进，整体感很强。他先论证"欲"的本性的"无厌"，"无厌"之"欲"使人永处于"不足之状态"，这就给人带来"苦痛"；其次是论证人的欲望即使"悉尝"，就会产生"倦厌之情"，而"倦厌"也为"苦痛之一种"；接着是论证虽存在可除去"苦痛"与"倦厌"的"快乐"，但为求得"快乐"，就"不得不加以努力"，"而努力也苦痛之一种也"；最后进一步指出，"欲"与"世界之文化俱增"，文化愈进，"欲"弥多，"苦痛也弥甚"。整个论证的过程，有明晰的理论术语、概念，有严密的逻辑推理，层次与层次之间有紧密的内在联系，反映出作者的一个思维过程，完全不同于以往的经验表述。

由于王国维的《红楼梦评论》主要立论的基础是叔本华的哲学和美学理论，他想完全用叔本华的理论来解释《红楼梦》，因而在结论上就有许多勉强立说牵强附会之处。例如，他完全以"生活之欲"之"苦痛"与"示人以解脱之道"作为评论《红楼梦》一书的依据，甚至认为贾宝玉之"玉"不过是"生活之欲"的"欲"的代表，就明显与作品的实际与主旨不尽符合，是一种误读。其失误在于他把德国哲学家叔本华的哲学思想，完全等同于曹雪芹在《红楼梦》中所表现的思想，把整部《红楼梦》变成叔本华"欲望—解脱哲学"的文学演绎，认为这部古典名著的价值，正在于宣传了欲望的自我解脱，从而忽略了在《红楼梦》本身去寻找它的哲学和美学的意义，它的"人类全体性质"的思想。关于王国

---

① 王国维：《〈红楼梦〉评论》，见周锡山编校《王国维文学美学论著集》，北岳文艺出版社1988年版，第2页。

维对《红楼梦》的"误读"问题,过去人们已提出过不少批评,新近又有学者从影响研究和发生学的角度,对王国维与叔本华的美学思想联系,作专门性研究,提出若干新颖的见解。① 在这里我只想说明:王国维在《红楼梦评论》中对《红楼梦》的具体结论是有缺陷的。但他以哲学与美学为批评之基础,用一种严肃的眼光和观点来探讨文学作品,重视对文学作品作整体的美学评价,在论文中建立起批评理论体系,用自己的批评实践,"尝试了一种现代性的批评视野和方法,以前所未有的理论思辨力给当时学术批评界以强烈刺激,一下子打开了人们的眼界"②,其价值和意义是深远的。

回顾20世纪的中国文学批评史,由《红楼梦评论》首开其端的"理论批评",事实上已成为一种"批评范式"。它规范着中国文学批评的现代转型,并逐步确立为现代文学批评的主流样式,进而雄霸了近一个世纪。这种"理论批评"形态之所以成为中国现代文学批评的主流样式,原因错综复杂,但至少有三点是明显的。一是整个现代思想文化在"西学东渐"影响下的"西化","西化"一再成为"现代化"的事实标准。在西方思辨化文论参照下,理论化、明晰化、系统化,是现代批评包括文学批评所要求的;二是由于外在环境的急剧变化,中国传统文学批评的两种主要样式,已经不合适注重精密和系统的现代思维习惯,自身正面临着一场彻底性的变革,需要借助西方的思维模式,来重构一种能适应时代要求的新的批评样式;三是权威学者的价值选择,而这方面是从王国维开始的。我们从《红楼梦评论》首开其端的"理论批评"样式中就可以清楚看到这种"西化"的倾向。到了"五四"时期,中西文学的大交流,无论在其规模、深度和巨大影响等方面,在中国文学史上都是空前的,那个时期著名的文艺思想家几乎没有一个不受到西方文艺思潮的影响。中国近现代文艺思想家们正是凭借这些西方的思想材料,建构起中国现代文学批评理论的"屋宇"。十分显然,"理论批评"作为中国现代文学批评的主流样式,同样是在"西方参照"、"西方影响"下逐步形成的。

在弄清楚"理论批评"原本是"西化"的这一事实之后,我们就可以尝试着对中国文学批评的现代转型作一初步的评价:

---

① 详见夏中义《世纪初的苦魂》,上海文艺出版社1995年版。
② 温儒敏:《中国现代文学批评史》,北京大学出版社1993年版,第7页。

（1）转向"理论批评"的中国现代批评获得了一个全新的角度或视野，即一个"他者"（西方）的角度或视野，从而使文学批评的"总体空间"扩展了，并增加了批评的维度。但由于这种"理论批评"唯我独尊的霸权地位的确立，以及它本身所具有的内在排他性，贬低、排斥非理性的批评，使中国传统批评失去了合法性而不登"学术"的大雅之堂，从而耽误了我们对传统文学批评的深入认识，在某种意义上也就缩小了我们文学批评的空间。

（2）转向"理论批评"的中国现代批评获得了一种"理论深度"，从而使中国文学批评由个人化的感性操作和索隐式的实证，转向某种具有"普遍有效性"的思想性论说。但由于这种"理论批评"发展到后来变成对抽象思辨的无度追逐，从而导致批评与作品之间任何感性关联的脱落。文学批评似乎不再是对作品的批评，而只是用作品作为例子来证实某种理论。

（3）作为中国现代文学批评主流样式的"理论批评"，主要是在西方近代思辨哲学和体系美学的影响下被建构的。所以，它既不同于西方前苏格拉底时代的"神话批评"，又与西方20世纪的"后现代批评"无甚关系，只是到了80年代末90年代初，这种"理论批评"才因西方后现代思潮的涌入而受到根本的挑战。

由此可见，中国现代文学批评的发展是以放弃、遗忘、忽略中国传统批评的样式为代价的。这一点，尤其是在今天，当我们对西方文学批评有较为深入的了解之后，回过头来看这种"理论批评"就更为清楚。为此，我们应该认真反思：在这一过程中，我们真正得到了什么？失去了什么？21世纪的中国文学批评还能这样下去吗？我们应如何在面对"西方"的同时返回民族文化精神性的泉源？20世纪很快就要过去，21世纪即将来临，世界正处在一个大的文化转型期，在新的中西交汇的热潮中，中国现代文学批评要超越自己，同样需要"他者"的参照；尤其重要的是要做到中西互补，在中西文化、文学的交汇重叠中寻求新的起点，所以对上述问题的思考和回答是我们所不能回避的。

（原载《文艺研究》1996年第1期）

全球化语境中的雅俗文学

雅文学与俗文学的关系，是一个老话题。但我们在这里要探讨的不是传统的雅俗文学的关系，而是经济全球化背景下的纯文学与俗文学的关系，这是一个面对当下社会、极具现实性的新问题。

中国文学有三千多年的悠久传统。一是雅文学的传统，一是俗文学的传统。从最古老的《诗经》开始，文学就有雅俗之分。《诗经》分《风》《雅》《颂》三部分，除《小雅》有6篇有目无辞外，共305篇，《风》160篇、《雅》5篇、《颂》40篇。《风》中有许多是原来流传于民间的歌谣，《雅》是典范的音乐，《颂》是宗庙祭祀的音乐。《风》重娱乐，《雅》《颂》重教化，这两种不同的文学，形成了中国文学发展中的雅、俗传统。

传统的"俗文学"，一般是指流传于民间，为大众所嗜好、所喜悦的文学，有别于学士大夫创作的正统文学。郑振铎在《中国俗文学史》中说："'俗文学'就是通俗的文学，就是民间的文学，也就是大众的文学。"还说："中国的'俗文学'，包括的范围很广。因为正统的文学范围太狭小了，于是'俗文学'的地盘便愈显其大。差不多除诗与散文之外，凡重要的文体，像小说、诗歌、戏曲、变文、弹词之类，都要归到'俗文学'的范围去。"① 但传统上这种雅俗文学的区分，也并不是一成不变，而是动态的，不断发展变化的。从文学史上考察，它们不是井水不犯河水两种毫不相干的文学，而是经常"对话"，互相渗透和影响，有不少原来是"俗文学"的作品，经历史沉淀过程，演化为经典文学作品，如《三国演义》《水浒传》等。

我们现在所说的纯文学，已不是传统意义上的雅文学，应是指那些有人文关怀，对人类美好情感有所发现，能艺术地追问、表现社会、历史、人生诸问题的文学作品。它有别于那些追求大众的娱乐性、趣味性的通俗作品。就文学本身而言，这两种作品并不互相排斥，也不是对立的。现

---

① 郑振铎：《中国俗文学史》（第一章），作家出版社1954年版，第1页。

在，纯文学与俗文学的关系问题之所以突现出来，成为大家要探究、讨论的问题，是因为在新的经济全球化的大背景下，由于社会的经济结构、文化环境、大众心理、传播媒介等的变化、影响，消费社会发展，大众文化膨胀，通俗文学崛起，读者在诸多文化消费中自觉不自觉脱离那种文学的深度享受和审美体验，精英意识在淡化。纯文学写作与读者疏离、脱节，有边缘化倾向，一部分作家放弃深度思考与审美写作，一部分作家则因失去对现实读者的把握而感到困扰凸现出生存的压力和心理的焦虑；而大量的通俗文学却在满足大众消费的商品经济的背景下涌现，它们缺乏或者不愿意介入到一种道德批判和约束之中，商品本性的力量在与人的道德约束力量的较量中往往占了上风。

这是社会转型中出现的一种新的文学态势，当中有许多需要清理和探究的问题，我们必须去面对。

如何解决这个问题？对文学来说，首先是调整自身的视角和立场，纯文学要在不失品位的前提下，寻求与读者相通的途径。

文学作品的价值在于读者阅读之中。通俗文学之所以成为当前文学的消费热点，原因很多，但其中的重要一点，就是它们与大众同乐，拥有广大读者。纯文学应该从这一点得到启发：重视读者。文学创作，就是要提供给别人看阅的文本，读者越多越好。一种文学作品如果只局限于少数的读者，缺少广大的群众基础，是不可能有大的影响的。好的纯文学作品，应该是读者愿意阅读和能够理解的。所以，对纯文学来说，调整自己的视角，改变自己高高在上的眼光，加强大众意识，以自己有审美层次的作品，介入到读者的文学活动之中，是十分必要的。

其次是革新文学观念，给当代通俗文学重新定位，从人文精神层面上给予导向，提倡纯文学与俗文学互补、互促，共进、共荣。

21世纪是开放、多元的世纪，多元共生、多元选择。文学的态势也如此。在这一大的文化背景下，各种各样的文学创作，作品的深度或浅度的意义，在读者中的影响和接受，都只能通过话语方式实现。

当今，大众文化空前膨胀，通俗文学崛起，是与经济和科技的发展、文学进入市场密切相关，正如有的学者所说，这是时代的产物，其受到大众的欢迎，也是客观存在。问题是，对于我国这样一个刚刚进入到一种商品繁荣和发展阶段的社会来说，文学的这种商品本性的力量显得过于强大，其中有许多本身就不具有文化意味，因而令人担忧和困惑，极需引导。这种引导是多方面的,最主要是人文精神的引导。读者是多种多样,文学消费也是多种多样,多元化、多样性是当前的文化现象。通俗文学反映了大众的阅读趣味、娱乐爱好和审美追求,体现了大众多元的阅读心理和价值取向。但通俗文学作家也不应该没有自己的文化立场和思考,通俗写作同样需要思想,需要立场,需要情感,也应该是一种富有个性和启发意义、充满智慧的感性的写作。金庸的武侠小说,之所以受大众欢迎,并且能登堂入殿,进入文学研究的视野,既是广大读者阅读促成的,也同它自身蕴含的中华文化意义和审美价值有关。金庸的作品不仅给大众以审美的愉悦,也有人生意义的启迪,只不过这种内涵是从他所创造的武侠故事中自然地流露出来,而不是纯哲学意义上的思想。获奥斯卡奖的流行影片《藏龙卧虎》,也是一部能给人以审美快乐和美德启迪的作品,同那些滥情、暴力表演,让禁忌与敬畏都迷失在"快乐"中的作品不一样。

我所说的人文精神,其核心是人生意义的沉思与探索,具体说来,就是人的生活目的与价值问题。而这方面,现在的许多通俗作品是很缺少的,问题也是相当多的。所以在重估通俗文学在当前地位的同时,也要看到其所存在问题在社会上的负面影响。

最后是文艺批评家要对大众保持理性。现在,通俗文学的膨胀,同大众传播媒介的介入有密切关系。特别是影视业的崛起,许多通俗文学作品被改编成电影和电视连续剧,在黄金时段播出,极大地扩大了这些作品的影响。在这种现象面前,应有批评家"在场",如何鉴别、判断、分析和阐释,仍是批评家的任务。

无论是对纯文学的困境,还是对俗文学的膨胀,都有一个读者的价值心理分析和研究问题。如纯文学读者对人生意义的追问:人是什么?人活着是为什么?人与他人、社会的关系,深沉的历史、政治或人文关怀等。又如俗文学读者心理愉悦、认知愿望、浪漫情怀与精神刺激等的寻求,都要有所了解和探究,敢于去面对和回应。在回应中就有意向,这一过程,批评家的责任、理性、情感,应是三位一体。

近20年来,文学批评的知识性、学术性、学理性已大大加强,但是随着市场经济和世俗化时代的到来,国内社会文化语境的变化,文学的多元化向文学批评提出了诸多挑战,文学批评在回应现实方面还不够有效、不够有力,如何调整和寻找更有效的切入中国文学的角度和方法,是文学界一个备受关注的问题。正如一些批评家所说,我们确实存在"阐释中国的焦虑"①。特别是在大众文化膨胀的情况下，媒体批评兴起，并且发展迅速，带有明显的时尚性、商业性特点，面对新的文本和文化现象，批评应如何回应？从批评家所处的语境和历史的实际看，有两个方面是值得注意的：一是要防止历史和理论的成见，以免对新的文本和文学发展进程中出现的新问题"误读""误解"；一是要在大众化的文学活动中显示自己的作用，要在热热闹闹、世俗化的文学活动中开始自己的思考，建立自己的理性言说空间，既与现实保持有机联系，又不被"媒体化"，避免在某些文学的商业化"炒作"中，成为变相的商业广告，失去了批判性。诚然，在现代多元化的文化、文学活动中，文学批评不可能都去回应，但在面对大众时保持自己的独立性，通过对文学品格的关怀来关怀人们的精神生活，是完全应该的。

（原载《广东社会科学》2002 年第 1 期）

---

① 王光明等：《批判：自我反思与学理寻求——关于 90 年代文学批评的对话》，载《新华文摘》2001 年第 1 期。

宛转动人　缠绵悱恻
——白居易《长恨歌》的艺术个性

《长恨歌》是唐代诗人白居易的著名诗篇,作于元和元年(806)。当时诗人35岁,正在盩厔县(县名,在陕西,今已改作周至)任县尉。这首诗是他和友人陈鸿、王质夫同游仙游寺,有感于唐玄宗、杨贵妃的故事而创作的。在这首120句的长诗里,作者以精练的语言、优美的形象、丰富的想象、叙事和抒情结合的手法,向人们叙述了一个绮丽、独特、富有传奇色彩的悲剧故事。

《长恨歌》写的不是一般的爱情悲剧,而是唐玄宗、杨贵妃在安史之乱中的爱情悲剧:他们的爱情被自己酿成的叛乱断送了,正在没完没了地吃着这一精神的苦果。唐玄宗、杨贵妃都是历史上的人物,诗人并不拘泥于历史,而是借着历史的一点影子,根据当时人们的传说、街坊的歌唱,进行艺术的再创造,从中蜕化出一个绮丽的故事,用宛转动人、缠绵悱恻的艺术形式,描摹、歌咏出来。由于诗中的故事、人物都不是简单、平面的,令人一眼见底,而是艺术化了的,是现实中人的复杂真实的再现,所以能够在历代读者的心中激起深深的涟漪。

我国传统的古典诗歌,抒情的居多,客观叙事的较少。白居易的《长恨歌》是以叙事为主,诗人着力追求的是故事本身的艺术魅力。读《长恨歌》,首先给我们艺术美的享受的是诗中那个回环曲折、宛转动人的故事。"长恨歌",就是歌"长恨","长恨"是诗歌的主题、故事的焦点,也是埋在诗里的一颗牵动人心的种子,而"恨"什么?为什么要"长恨"呢?诗人在诗歌中不是直接地抒写出来,而是通过他笔下的故事一层一层地展示给读者,让人们自己去揣摩,去感受,去回味。

诗歌开卷第一句"汉皇重色思倾国",看来很寻常,好像故事原就应该从这里写起,不需要作者花什么心思似的。事实上,这七个字含量极大,是全篇的"纲领",它既揭示了故事的悲剧因素,又唤起和统领着全诗。紧接着,诗人用极其省俭的语言,叙述了唐玄宗如何重色、求色,终于得到了"回眸一笑百媚生,六宫粉黛无颜色"的杨贵妃。描写了杨贵妃的美貌、娇媚，入宫后因有色而得宠，不但自己"新承恩泽"，而且"姊妹弟兄皆列土"。还具体描述了他们在宫中如何纵欲："春宵苦短日高起，从此君王不早朝。"如何行乐："承欢侍宴无闲暇，春从春游夜专夜。"如何终日沉湎于歌舞酒色之中："骊宫高处入青云，仙乐风飘处处闻。缓歌曼舞凝丝竹，尽日君王看不足。"所有这些，就酿成了安史之乱："渔阳鼙鼓动地来，惊破霓裳羽衣曲。"通过这一段宫中生活的写实，诗人向我们介绍了故事的男女主人公：一个重色轻国的帝王，一个娇媚恃宠的妃子；还形象地暗示我们，唐玄宗的荒淫误国，就是他们悲剧的根源。

　　安史之乱的政治悲剧，是唐玄宗的荒淫误国造成的，而这一政治悲剧反过来又导致了唐玄宗和杨贵妃的爱情悲剧，悲剧的制造者最后成为悲剧的主人公，这正是白居易所写的这个故事的特殊、曲折处，也是之所以要"长恨"的原因。"六军不发无奈何，宛转蛾眉马前死。花钿委地无人收，翠翘金雀玉搔头。君王掩面救不得，回看血泪相和流。"写的就是唐玄宗和杨贵妃在安史之乱中生离死别的一幕。"六军不发"，要求处死杨贵妃，是愤于唐玄宗重色误国、引起变乱。杨贵妃的死，在整个故事中，是一个关键性的情节，诗人只用了六句诗，就把她致死的原因，她死后的情状，以及唐玄宗和杨贵妃死别时那种不忍割爱但又欲救不得的内心矛盾和痛苦感情，都具体形象地表现出来。因为有这"血泪相和流"的死别，才会有那没完没了的"恨"。下面，诗人用缠绵悱恻的艺术语言，描述了杨贵妃死后唐玄宗在蜀中的寂寞悲伤："蜀江水碧蜀山青，圣主朝朝暮暮情。行宫见月伤心色，夜雨闻铃肠断声。"还都路上的追怀忆旧："天旋地转回龙驭，到此踌躇不能去。马嵬坡下泥土中，不见玉颜空死处。"回宫以后如何见物思人，触景伤情，一年四季物是人非事事休的种种感触。把叙事、写景和抒情和谐地结合在一起，在叙事中抒写，反复描摹，反复渲染，使故事具有一种宛转回肠的艺术魅力。这里，诗人用许多笔墨具体、细致地从各个方面来描写唐玄宗对杨贵妃的思念，但诗歌的故事情节并没有停留在一个感情的点上，而是随着人物内心世界的揭示而向前推移，用人物的思想感情来开拓和推动情节的发展。入蜀，是在杨贵妃死别之后，内心是悲哀和酸楚的；还都，"天旋地转"，应该是高兴的事，但一路上，旧地重经，又唤起了许多伤心的记忆，旧恨新愁还是一段段地添上，回到宫里日日夜夜，孤寂冷清，这种思念的情怀就更难排解、更不由己了。如果没有这段内心世界细腻的描写，没有把人物的感情强化到这样的程度，后面道士的到来、仙境的出现，就是纯粹的空中楼阁和海市蜃楼。

诗的后半部写道士为之求仙，"排云驭气奔如电，升天入地求之遍"。借助想象的彩翼，忽而人间，忽而天上，最后让杨贵妃在美丽的仙境中以"玉容寂寞泪阑干，梨花一枝春带雨"的形象再现，殷勤迎接汉家的使者，含情脉脉，托物、寄词、重申前誓，照应唐玄宗对她的思念，以这种天上人间心心相印的动人形象，进一步深化和渲染"长恨"的主题。诗歌中的仙境，是作者的诗情和想象的美丽结晶，是从唐玄宗对杨贵妃的苦苦思念、追求的感情生发出来的，它并没有离开人物思想感情发展的线索；相反，尽管他写得虚无飘渺、迷离惝恍，却不曾给人以不合情理的感觉，反而给故事增添了异彩，使它变得神奇华美，更加宛转动人。诗歌的末尾，用"天长地久有时尽，此恨绵绵无绝期"结尾，点明题旨，回应开头，而且做到"清音有余"，给读者以联想、回味的余地。

在白居易的《长恨歌》之前，我国文学史上已有过《木兰辞》《孔雀东南飞》等有高度艺术成就的长篇叙事诗，但它们都是民间的创作，叙述故事、塑造人物用的多是民歌的手法，艺术形式也比较朴素。《长恨歌》的故事，虽然是从当时民间传说的基础上蜕化出来的，但在叙述故事和人物塑造上，诗人许多时候是采用了我国传统诗歌擅长的抒写手法，特别是诗中写唐玄宗思念杨贵妃一段，缠绵悱恻，抒情的成分很浓，给这首叙事诗带来了一种特殊的艺术魅力。在古典抒情诗中，作者常常依靠写景的点染，创造情景交融的诗的意境，来抒发自己的思想感情。在这首没有"我"出现的叙事诗里，诗人时而把人物的思想感情注入景物，借着景物的折光来烘托人物的心境；时而抓住人物周围某些富有特征性的景物、事物，通过他对它们的感受，来揭示人物内心的思想感情。例如，"黄埃散漫风萧索，云栈萦纡登剑阁。峨嵋山下少人行，旌旗无光日色薄"，写的是唐玄宗入川路上的景物。黄土飞扬，秋风萧索，耸入云端回环曲折的栈道，在高高的山岭下面行人稀少，日色惨淡，连队伍里的旌旗也黯然失色。把一路上的景物写得这样荒凉凄清，这样悲惨，为的是烘托唐玄宗在马嵬坡和杨贵妃死别以后那种寂寞凄凉的心境。这些景物，和着诗中人物的思想感情，是景语，也是情语。又如，写唐玄宗在蜀中，对着青翠碧绿的蜀山蜀水，朝夕不能忘情，行宫中见月伤心，雨夜里闻铃断肠。蜀中的山山水水原是很美的，但是在寂寞悲哀的唐玄宗眼中，那山的

"青"、水的"碧"都是很惹人伤心的，大自然的美应该有恬静的心境才能享受它，但他却没有，所以就更增加了内心的痛苦。这是透过美景来写哀情，使感情又深入一层。行宫中的月色、雨夜里的铃声，本来就很撩人思绪，诗人抓住这些寻常但是富有特征性的事物，把人带进伤心、断肠的境界，再加上那一见一闻、一色一声，互相交错，在语言上、声调上也表现出人物内心的愁苦凄清。为了渲染、强化人物的思想感情，诗人还用跌宕、回旋的手法，一层一层，反复渲染，把人物的感情推向高潮，推向顶点，好像波浪一样，回旋曲折。"归来池苑皆依旧，太液芙蓉未央柳。芙蓉如面柳如眉，对此如何不泪垂？"是写唐玄宗回宫以后日间的感受。由于环境和景物的触发，从景物联想到人，景物依旧，人却不在了，禁不住就潸然泪下。其心灵敏感至此，那种悲哀惆怅的情怀就可想而知了。"夕殿萤飞思悄然，孤灯挑尽未成眠。迟迟钟鼓初长夜，耿耿星河欲曙天"，是写他在宫中夜间的感受。前两句是写黄昏到入夜，黄昏时候寂静无声的殿宇，入夜以后辗转不眠的人；后两句是写下半夜的所见所闻，因为不能入睡，所以才会有所闻所见。四句诗从黄昏写到黎明，集中表现了唐玄宗夜里孤单寂寞被情思萦绕久久不能入眠的情景。诗歌里对人物思想感情的揭示，要不流于一般化，就需要借助于对周围环境和景物的点染，把感情形象化。这里的"夕殿萤飞""孤灯挑尽""迟迟钟鼓""耿耿星河"，都有具体的形象，诗人借着它们把人物内心那些看不到摸不着的感情，变成为人们可见、可闻、可感的东西，如果没有这些，诗中人物的种种思绪就无从唤起，感情的表达也就不够具体、真切。"鸳鸯瓦冷霜华重，翡翠衾寒谁与共。悠悠生死别经年，魂魄不曾来入梦。"希望什么，但却没有，形成强烈的对比，艺术效果更强，这是古典诗歌中常见的，写唐玄宗苦苦地思念着、追求着，明知在现实生活里已经是不能再得到了，又把希望寄于梦境，但"魂魄不曾来入梦"，梦里也得不到，这就更加强化了这种不能安慰的冷清。诗人正是通过这样的层层渲染，让人物的思想感情蕴蓄得更深邃丰富，使诗歌"肌理细腻"，更具有艺术的感染力。

由于《长恨歌》写的是宫廷帝王和后妃的爱情悲剧，也由于诗人对他所写的这个悲剧不是持完全批判的态度，所以围绕诗歌的主题，历来争议很多。但在种种争端中却很少有人否定它的艺术魅力；相反，大家都肯定这首诗在艺术上有牵动人心的力量。艺术的魅力，就是艺术的感染力和诱惑力，《长恨歌》在艺术上以什么感染和诱惑着读者呢？过去许多人谈到它的语言美和声调美,这当然是一个方面,但作为一首"千古绝唱"的叙事诗,宛转动人,缠绵悱恻,恐怕是它最大的艺术个性,也是它能使千百年来的读者受感染、被诱惑的重要原因。

(原载《广州文艺》1981年第2期;后被收入《唐诗鉴赏辞典》,上海辞书出版社1983年版)

文化影响的 "宫廷模式"
——《三国演义》在泰国

对中华文化在国外的影响研究，这些年来，人们更多的眼光是投向西方，事实上，中华文化在东南亚的传播和影响，时间更早，影响也更为深远。其中，中华文化在泰国的传播和影响，具有它独特的内涵和路向。本文的目的，是通过一个文本——《三国演义》在泰国流传轨迹的研究，探索接受者对中华文化的选择、接纳及其"内化"的模式。

中泰两国是友好邻邦，中泰的文化对话很早就开始。早在三国时期，吴国官员奉旨于公元245年出使扶南等国，在他们回国后的著作中，就有关于泰国地区国家的记述①。到了公元7世纪，唐大和尚玄奘的《大唐西域记》②，也提及建于湄南河下游的隋罗钵底国③。中国古籍对隋罗钵底国有很详细的记载，可见当时两国之间已有较深的交往。唐代贞观年间，这个国家曾两度派使节到中国，在长安受到唐朝廷很好的接待。北宋徽宗政和五年（1115），派过使节出访泰国地区的罗斛国。元朝时，罗斛国也先后5次派使节到中国访问。而创建于公元1238年的素可泰王国④，也十分注意同元王朝建立友好关系，公元1292年素可泰王国国王蓝摩甘亨派使节到中国递交友好金叶表文。蓝摩甘亨在位40年，6次遣使访问中国，元朝廷于1299年赐赠他"金缕玉衣"和王子"虎符"。⑤ 在明王朝取代了元王朝之后，与泰国地区的阿瑜陀耶王国来往密切，据明史记载，明代270年中，阿瑜陀耶遣使臣到中国访问112次，中国也派使臣访问阿瑜陀耶19次。明太祖朱元璋还专门派使者赐阿瑜陀耶王"暹罗国王之印"，之后，该国正式称为"暹罗国"⑥。中泰两国的文化交流，在明朝以后更

---

① 参见《水经注》卷1引康泰《扶南传》。
② 参见《大唐西域记》卷13。
③ 参见《新元史》卷255。
④ 素可泰王国，是一个以泰族为主体的国家，有"泰族文明的摇篮"之称。
⑤ 参见中山大学东南亚研究所编《泰国史》，1987年5月版，第36页。
⑥ 参见《明实录·洪武实录》卷150。

为活跃。明太祖洪武初年，泰国就派遣留学生来中国的国子监读书。明正德十年（1515），明朝廷还在暹罗贡使随员中，选留通译在"四夷馆"中教授泰语，培养通译泰语人才。明万历六年（1578），在"四夷馆"中增设"暹罗馆"，招收12名学习泰语学生。① 数百年来，在中泰频繁的文化交往中，中国文化已深深地渗入泰国，成为泰国文化发展的重要契机之一。

中国文学在泰国的传播，是在中泰互相往来和自觉交流的文化背景下出现的。因历史和地缘的关系，中国很早就有人民移居泰国，特别是中国东南部沿海的广东、福建两省，移居泰国的人更多。中国的古剧、古诗，就是随着这些中国移民传入泰国的。但是，中国文学在泰国传播最广、影响最大的并非戏剧和诗歌，而是中国古典小说，特别是中国历史小说《三国演义》。《三国演义》的入传泰国，是出于泰国曼谷王朝一世王帕佛陀约华（即拉玛一世）的倡导。作为王朝的奠基者，拉玛一世（1782—1809年）即位以后，面临着安邦定国的历史使命，为了摆脱战争和纷乱，他极力恢复和发展封建中央集权的政治制度，而且主动致书清朝政府，请求维持与中国的朝贡关系，拓展与中国的贸易。② 为了复兴和繁荣曼谷王朝的文学，他召集过全国僧、俗文人大会，敦请他们发挥专长，致力于文学创作，歌颂新王朝。他本人也参与文学创作，著有《抗缅疆场的长歌》。由于当时王宫中设有汉文进修班，王朝中的一些人能直接阅读中文本的中国古典小说，中国的历史小说在他们面前打开了一个新的天地，大大地刺激了他们对中国的兴趣，从而表现出一种向中国历史小说要精神财富的极大热情。正是在这样的文化背景下，拉玛一世亲自颁御令任命大臣、诗人昭帕耶帕康负责主持翻译《三国演义》。③

《三国演义》译作于1806年完成，先以手抄本的形式在朝廷内外转抄流传，然后才走向民间，在全国上下掀起了一种"三国热"。经过半个多世纪无数次的转抄传播，《三国演义》手抄本于1865年正式印刷发行，出版后供不应求，反复再版，仅拉玛五世在位期间（1868—1910）就先

---

① 参见《续文献通考》卷47《学校考》。
② 参见中山大学东南亚研究所编《泰国史》，1987年5月版，第145页。
③ 参见京兆《曼谷王朝初期华文小说泰译的概况》，载泰国《星暹日报》1987年5月4日第24版、1987年6月1日第10版。

后再版 6 次,至 20 世纪 70 年代初共再版 15 次,是泰译中国古典小说再版最多、印刷量最大的一部。因为手抄本的泰文本《三国》只有 87 回,1978 年泰国作家万纳瓦又翻译出版了《三国演义》的 120 回本,《三国演义》全译本的问世,再一次把泰国的"三国热"推上了高潮。① 在这之前的大半个世纪,泰国作家已把泰文本《三国》的一些故事改编成歌舞剧,如献帝的故事、貂蝉与董卓的故事、吕布与董卓的故事、周瑜的故事等,这些歌舞剧在泰国城乡演出,广受群众的欢迎。与此同时,泰国文艺界还出现了以"三国"为题材的戏曲和说唱文学。因为泰国宫廷崇尚中国古典小说,历代王朝的国王又厚爱《三国》,在泰国王宫里的摆设中,还有"桃园三结义""空城计""风仪亭"等汉字和彩画。一些王公大臣的府邸,中国建筑物上的雕刻和绘画,也多取材于《三国》中的杰出人物和重要事件。因泰国传统的文学作品,诗歌是主要的表现形式,而泰译的《三国》,是用散文翻译的文学作品,它的流行和传播,在泰国形成独树一帜的"三国文体",促使泰国文学从以诗歌为主体的古典文学向以散文为主体的现代文学转变。《三国演义》在泰国的传播和影响,至今已两个多世纪,但势头仍在,直至 20 世纪中叶以后,泰国文学界还产生了不少用泰文改编、改写的"三国"。这些作品,不是原著的翻译,而是以《三国》的故事和人物为题材,重新创作,注进自己的思想。② 它们已不是中国意义上的三国故事,而是泰国文化观念在一个特殊框架里的表现。因三国故事在泰国流传广、影响大,泰国教育部曾把泰译本《三国演义》的部分内容编入中学课本,许多泰国人还着令子孙幼年便诵读《三国》。

从《三国演义》入传泰国前后的历史文化背景和它入传以后的种种现象看,这部中国历史小说在泰国的传播和影响,已不仅仅是一个纯文学的现象,而是一个具有更大内涵的文化现象。中国文学作为放送者,《三国演义》流传到泰国是中国古典小说中的一个文学文本,但就泰国王朝和接受者、传播者的主体观念和方法论而言,他们对《三国演义》的选择和接受《三国演义》的视角,更多的因素是非文学的,是为了从这部

---

① 泰文本《三国演义》出版、再版资料转引自威奈·戍柿《谈中国文学在泰国》,原载《暹罗国家》周刊(泰文版),中文译文见林牧译《谈中国文学在泰国》,由泰国《新中原报》1993 年 1 月 4 日、1 月 16 日、1 月 22 日连载。

② 泰国作家创作的"三国"作品,最流行的是作家雅鹄创作的《说书本三国》。

中国历史小说中学习军事、政治外交和伦理的知识，把它作为一个上述各方面借鉴的范本，化入内心，建设和巩固自己的国家。这就使《三国演义》在泰国产生了一种"超越影响"，即把一个文学文本阅读成一个军事文本、政治外交文本和伦理文本，大大地突破了文学文本影响的范围。因而我们考察《三国演义》在泰国的影响和传播时，就应该有一种更为开放的眼光，不能只局限于文学文本的范围之内。

近两个世纪以来，《三国演义》在泰国流传的轨迹是：首先进入朝廷，在国王倡导下由朝廷大臣主持译介，继而在朝廷内外转抄传播，然后走向民间，以多种艺术形式广泛流传。路向是由上而下，表现为一种独特的文化影响的"宫廷模式"。

在世界文化史上，两种文化的化合往往有一个"文化过滤"的过程。任何文化接纳外来文化，都会有所选择。这种选择一般是出自"受方"本民族的需要——时代的与历史的、社会的与接受者的各种需要。拉玛一世颁御令翻译《三国演义》，是在19世纪初泰国曼谷王朝刚刚摆脱战乱转入创业的时期，出于本土文化的需要，用拉玛一世的继承者拉玛二世的话说，就是因为它对"国家公务有裨益"。众所周知，《三国演义》讲述的是中国三国时代的故事，书中写的是蜀、魏、吴三国之间政治、外交、军事的斗争，是三国的"兴亡史"。故事起于刘备、关羽、张飞桃园三结义，终于三国归晋。在小说中，蜀魏矛盾被放在主位，吴蜀、吴魏的矛盾被放在从属地位。此外，还描写了各国内部复杂微妙的斗争。作者通过各种事件，把政治上的斗争经验和人物智慧形象生动地表现出来。从作品的整体看，《三国演义》是一部以战争为主要题材的小说，战争是这部小说情节的基础。小说通过汉末几个封建统治集团的矛盾冲突来展开战争的描写，围绕人物把斗智、斗勇和列阵描写结合起来，着重描写双方的战略、战术，形势的对比，地位的转化，以及双方如何在战前分析局势、部署兵力，如何在战争中出奇制胜，等等。过去中国的一些军事家和农民起义领袖，往往熟读此书，从中学习作战的战略、战术。在泰国历史上，缅甸军队曾多次入侵泰国，曼谷王朝创建初期，为了巩固边陲，特别是预防和对付缅甸的入侵，曾召集御前会议，研究抗击缅军的战略部署，并在此时颁御令翻译《三国演义》，首先是把它作为兵书来学习。这一点，可以在泰国作家万纳瓦为《三国演义》全译本写的《序言》中得到印证。①

在中国文学史上,《三国演义》《水浒》《西游记》都是中国古典长篇小说名著。这三部书的故事,也都是在民间长期流传后经文人作家加工再创造而成的。三国故事和水浒故事,都是宋代讲史的题材,西游故事是说经话本的题材。三部作品都有很强烈的英雄主义色彩,在艺术上也各有千秋。曼谷王朝的上层人士有不少能直接阅读中文本的中国小说,他们对中国文学的了解和认识,不像欧洲人那样是借助来自间接的第二手材料,而是直接的感觉和对话。他们应有机会阅读这三部巨著,为何拉玛一世和朝臣特别厚爱《三国演义》?这里就有一个文化"过滤"和选择的问题:三国故事在民间长期流传中,"拥刘反曹"的正统观念十分突出,作品对蜀汉统治集团"忠义"的歌颂,是以他们"救困扶危,上报国家,下安黎庶"为前提的。书中把"义"提到五伦之上,当作一种高尚的道德标准。小说写刘、关、张为了"伸大义于天下的共同理想而结义",情节十分动人。刘备是蜀汉集团的首领,被作为理想的好皇帝来塑造,他忠于桃园结义的誓言,身上有"仁君"礼贤下士、知人善任的优点。作为忠臣贤相的诸葛亮,是封建时代杰出的政治家和军事家,有安邦定国的宏愿和苦干精神,对蜀汉王朝忠心耿耿,"鞠躬尽瘁,死而后已",是忠贞和智慧的化身。关羽是刘备手下无敌的将领,是一个具有崇高感情世界的神武英雄,在他身上集中表现了作者的忠义思想,所有这些,对于当时正在努力强化皇权、安邦定国的拉玛一世,都有积极的借鉴作用。与《三国演义》所表现的正统观念相反,《水浒》和《西游记》都不同程度地表现出一种对朝廷的叛逆思想,这应是曼谷王朝在文化上首先选择、接纳、认同《三国演义》的重要原因。

如果说,1806年泰译《三国》手抄本在朝廷内外流传,出现了19世纪初泰国围绕"三国热"形成的中泰文化交融热潮,是适应早期统治者治世的需要,那么,后来《三国演义》的印行,一些诗人、作家以泰文改写"三国"、仿作"三国",或将其精神融会到自己的诗歌、戏剧中去,以及全作译本的问世,则主要是适应广大读者的审美需要。这当中有一个从官方"接受"的"宫廷模式"向非官方"接受"的"民间模式"转变

---

① 泰文本120回《三国演义》序言:"在泰国,多年来,《三国》不仅是人民普遍阅读的文学作品,还是部队官兵学习的兵书。"此处引用泰国华文作家林牧译文。

的过程。在一般情况下,一个文学文本的传播,往往是因为文本自身的审美价值,它适应了"受方"读者的审美需要,像早期在泰国传播的中国古剧和傀儡戏,观众接受它们,是出于一种审美的动机,它们是作为一种娱乐文本在民间传播。但《三国演义》在泰国的传播,早期泰国宫廷对它的引进和接纳,虽有文学文本的艺术魅力的作用,对于王朝的接受者,更重要的是治世。阅读眼光和动机已超出了文学文本自身,而是把它作为一个非文学文本使用,其功利动机是十分明显的,是一种有组织、有意识、有目的的自上而下的推广,与出于娱乐动机的民间传播不同。直至拉玛四世(1851—1868),国家的内外条件已发生了大的变化,王朝注意力放在内部的社会改革,遂把原先掌握在国王手里的翻译中国古典小说的大权下放,转为由朝中大臣管理,翻译的宗旨也由上层军事、政治需要转为供朝野娱乐,不再在朝廷中设立专门翻译的机构。在这之后,《三国演义》等泰文译作就更多地走向民间,作为审美的文学文本为广大读者所接受。由于后来的接受者主要不是官方,而是民众,阅读动机、功能、意义不一样,译介工作也就日益面向大众,泰译的中国古典小说就越来越多,题材也是多种多样的。

从上面对《三国演义》入传泰国"宫廷模式"的展示,我们应该有所发现:在文学的传播过程中,文学文本不完全是文学的文本。对于某些接受者,它可以成为非文学的文本。一个优秀的文字作品,由于它内容的丰富性,在传播中,可以向许多纬度展开它的影响,应该是一个开放型的文本;面对这样一个开放的空间,我们在重新思考和回答什么是文学和文学的作用问题时,恐怕就不能仅仅着眼于单一的"审美",而应当承认文学在历史和现实中有更为广大的天地。

[原载《中国比较文学》1996年第1期;论文英译版发表于新加坡《南洋学报》1999年12月第54卷,并收入曹顺庆主编《比较文学:东方与西方》(巴蜀书社2001年版)]

《红楼梦》的艺术结构和悲剧意蕴

我并非"红学"家,但我从 11 岁就开始读《红楼梦》。几十年来,我一直把它当作一种精神生命的滋养品,一次又一次地阅读它,从中去领会、吸取我们民族文化艺术的精髓,所获教益良多。在此,我是以一个《红楼梦》爱好者的身份,来和大家分享自己阅读这部经典作品的心得。

《红楼梦》原名《石头记》。据"红学"家们的考证,曹雪芹的 80 回本《石头记》写于 1744—1754 年,到现在已有 253 年。由高鹗续写的 120 回本《红楼梦》,是程伟元、高鹗于 1791 年出版的,到现在也有 216 年。《红楼梦》问世的 200 多年来,研究的人越来越多,并且形成一种专门的学问——"红学"。不少著名的学者,如王国维、蔡元培、胡适、俞平伯、周汝昌等,都有不同方面的《红楼梦》研究成果,而且影响很大。鲁迅在《中国小说史略》中对它也有很高的评价。20 世纪 80 年代以来,国内研究、言说《红楼梦》的论文和著作,更是多不胜数。影视界、艺术界还把它改编成电影、电视连续剧、芭蕾舞剧、交响乐等,以各种不同的形式表现、演绎这个文本。《红楼梦》不仅在国内影响很大,在国际上也备受关注,据统计,现在世界上已有 17 种语言、50 多种版本的《红楼梦》问世。

《红楼梦》在中国的小说史上是一部成就很高、极具美学意蕴、有巨大艺术感发力的古典小说。这部巨著在我们面前展示了许多封建社会的生活图画,塑造出不同阶层众多人物的面貌和灵魂,从各个不同方面描述封建社会的种种制度和风习,而且这一切都写得栩栩如生,那样眩目,又那样明晰。半个多世纪以来,我曾多次阅读这部著作,但每次阅读都感到它像生活本身一样新鲜和丰富,每次都可以从中发现一些以前没觉察到的有意义的内容。《红楼梦》不仅是中国文学史上一部伟大、不朽的作品,在世界文学史上也是为数不多的伟大作品。

作为古今中外的一部经典著作,《红楼梦》的创作艺术异常迷人,人们可以从多个方面去对它进行解读,因为这是一本永远读不"完"、说不"尽"的奇书。依我个人管窥之见,《红楼梦》最具创意的是它的艺术结构和它的文学、美学的意蕴。在这里，我就着重和大家探讨这两个问题。

第一，《红楼梦》的艺术结构。

《红楼梦》是一座雄伟壮丽的艺术宫殿，兼之文心极曲，阅读它，该从何处进入，才能得其文心，这是我们面对这部经典著作时首先需要去探究的问题。我以为，应该从小说的"起"处进入，仔细揣摩，方能得其真意，领略其中的新处和妙处。小说的"起"处，就是作家的构思，即作家怎样建立起这座艺术宫殿的。具体说来，就是要跟踪作品情节的"文脉"，弄清作品的艺术结构、布局，才能打开作品的"大门"，走近它的文心。历来研究《红楼梦》的人，都很重视该书的艺术结构、布局，并且赞赏作者在这方面的匠心创意。《红楼梦》是一部构思奇，结构、布局巧的小说。它的奇处和巧处就在于：把一个发生在封建社会中的现实故事，一幕人生的大悲剧，置于一个非现实的梦幻框架之中，运用梦幻叙事和现实叙事双层结构，相互套合，先以神话和梦幻手法，演绎《红楼梦》男女主人公贾宝玉、林黛玉前生在天界的故事，暗示全书立意和故事的悲剧结局；后以写真的手法，在现实情节中有层次地回环展示这一人间的大悲剧。这种"先预示、后展示"的回环式结构，是作者曹雪芹的一大创造，是《红楼梦》艺术结构上最大的特色，在中国古典小说史上也是前无古人的。下面，我分两个层次对这一艺术结构作具体的解读。

首先，作品的梦幻叙事结构。在书中，作者设计了尘界和天界两个空间，一开始就借助神话和梦幻手法告诉读者，作品所叙的是神仙世界青埂峰下一块"无材补天"的石头，在经过修炼成精之后，跟着和尚、道士离开天界，下世漫游，经历了各种人生曲折，又回归天界的故事，并以回归天界石头的口吻，倒叙其在尘世所经历的一切。这是《石头记》书名的由来，也是作品的梦幻框架。

在这一梦幻框架中，通灵成精的石头，转世为贾宝玉，在现实故事中扮演着核心角色。而石头在转世之前，是太虚幻境的神瑛使者，曾在西方灵河岸上灌溉过一绛珠仙草，仙草受天地精华，换形女身，在石头下世之时，也愿随之下世，用自己一生的眼泪还报他。仙草转世为林黛玉，是现实故事中的女主角。与石头、仙草下世同时，还有一批天界的精灵先后下凡尘界，转世为贾府众多美丽女儿和其他女孩儿。故事末尾，这些人都陆续离开尘界，回归天界。石头、仙草和精灵们在尘界的经历，是《红楼梦》中所演的现实故事；宝、黛在尘界的爱情悲剧，是《红楼梦》所演故事的核心情节。

其次，作品的现实叙事结构。作品的梦幻叙事结构，是小说的一个外围框架。这一梦幻叙事主要是通过作品第一回和第五回的梦幻描写展现出来。现实的情节结构是套合在这个大的外围框架之内，贯穿作品始末，糅合在《红楼梦》120回书的故事情节当中，为了理清作者对这一情节安排和发展的线索，就涉及整部作品的分段。历史上的"红学"家对此都十分重视，但各有不同的看法。我同意周汝昌先生的见解，把全书分为五大段。

《红楼梦》的现实叙事结构，有如一张大的渔网，有"纲"，有"网"。第1～5回是"纲"，第6回以后是"网"。前5回是第一大段。第1回开卷写的是甄士隐和贾雨村，他们是作者精心设计笼罩全书主题思想、为展开故事情节而安排的两个"线"性人物。一是通过甄士隐的"梦"，把神仙世界和现实世界联系起来；一是通过甄士隐资助贾雨村赴京应考，在宦海浮沉中，分别连接贾、林、薛三家，以他为"线"，使贾宝玉、林黛玉、薛宝钗三个中心人物得以在贾府会合，演出宝黛凄美的爱情悲剧。另还借甄士隐和贾雨村这两个人物名字的谐音，暗示所写故事是真事假说，假中有真。第2回通过冷子兴演说荣国府，介绍贾家历史、现状和府中的人物关系，给读者一张《红楼梦》中的主要人物表。第3回通过林黛玉进荣国府，介绍贾府内眷，以及男女主人公的活动环境，重点是写宝黛初次相会。第4回，通过贾雨村徇情枉法判案，介绍薛家，引出薛宝钗，让宝、黛、钗三人在贾府聚首。第5回贾宝玉神游太虚幻境，通过宝玉梦中在太虚幻境看诗、画、判词和听《红楼梦》曲，预示贾府最后的衰败，以及宝黛和众女儿的悲剧人生。这5回书是一个整体，可看作《红楼梦》的一个"总纲"。过去许多研究者都曾指出，要真正读懂《红楼梦》，必须读懂前5回，因为在这5回书中，有小说故事始末的缩影，主要人物结局命运的蓝图，对全书主题的呈现、情节结构的展开有举足轻重的作用，但一般的读者却往往对此有所忽略。

第6～18回是第二大段，从这段开始，全书故事的"网"就张开了，具有现实核心情节"开端"的本义。这一大段，作者用重笔浓墨着重写了两件大事：秦可卿之死和贾元妃省亲，主要是表现贾府当时之盛。第19～54回是第三大段，一方面是写贾府日常生活的豪华，如饮宴、节庆、大观园女儿们的诸多情事、雅事；一方面是写宝黛爱情曲折发展，直至相互有了默契。第55～80回是第四大段,写贾府内部腐败没落,危机四伏,后继无人,已呈败势;宝黛爱情遭到封建传统势力的抵制,婚姻无望。第80～120回是第五大段,是高鹗的续书。写黛玉泪尽,魂归离恨天,贾府被抄,宝玉出家,树倒猢狲散。其中第95回写宝黛爱情悲剧,把黛玉的"焚稿""绝粒""断痴情"同宝玉、宝钗的"成大礼",将情节推向高潮。最后是甄士隐、贾雨村归结《红楼梦》,与第1回相照应。

由于《红楼梦》中所写的贾府盛衰故事与作者曹雪芹的家族史有相似之处,而且曹家是在雍正六年被抄之后彻底没落的,作者有家族巨变和血泪人生的体验,对封建社会制度的种种弊端有深刻的认识,他在书中揭露封建社会的黑暗和腐朽,批判封建礼教、礼法对人性的戕害。而清代"文网"森严,他设计这样的艺术结构,是与作品的内容和作者自身的处境有密切的关系,一是为远避当时文字狱的祸害,有意将书中的故事与作者的出身、家事、经历隔开,在当中立一道非现实的屏障;一是运用这种"烟雨模糊"的写法和梦幻的假托,使小说情节更具艺术魅力,让读者从中去发现、体悟和品味作者独特的艺术表达之"路"。

第二,《红楼梦》的悲剧意蕴。

《红楼梦》是一部意蕴非常丰富的小说,它的文学、美学的意蕴之所以特别感人,主要是在于它的悲剧性,而且这种悲剧意蕴是多层次的。

第一层,《红楼梦》通过主人公贾宝玉和他所在的贾府,以及贾府内外的政治、经济、人际关系,展现了一个贵族家庭由盛而衰的悲剧;并围绕这个贵族家庭的兴衰史,以前所未有的深度、广度,具体、生动、真实地反映了封建社会末期的社会风貌和人情世态,使其在某种程度上成为一部封建末世的"形象史",这在中国古典小说史上是罕见的。这个层面,过去的学者,包括各种古典文学史都论说得比较多,20世纪50—70年代出版的"红学"著作论的多是这个层面,尽管其中有些观点比较绝对化,但在小说的故事情节中,这个贵族家庭的兴衰线索确实是十分明显的。

从艺术手法看,曹雪芹在《红楼梦》中写贾府的由盛而衰,有两个特点:一是通过重大事件写贾府之盛;二是在日常叙事和人物对话中写贾府的衰。这就形成了情节的跌宕,耐人寻味。

作品中表现贾府之盛,主要是通过细写秦可卿的丧事与贾元妃省亲两件大事表现出来。书中第13～14回用浓浓的笔墨写秦可卿的丧事,如写贾珍在给秦氏选棺木时,恣意奢华,一意要寻好板,"几副杉木皆不中意",最后用了"没人买得起""原系忠义亲王老千岁要的"棺木。出殡的时候排场也很大,清朝八个"国公"除了一个已经去世,另一个是自家,其他六个都来送殡,还有北静王等四个郡王都前来路祭,贾家自己也有百多轿子、车辆,"大殡浩浩荡荡,压得银山一般"。一个重孙媳妇的丧事就这样张扬,真是写尽了贾府之盛。第二件大事是第18回,写贾元妃省亲。贾府为此事专门修建了大观园,费资无数,省亲时园内帐舞蟠龙,帘飞绣凤,金银焕彩,珠玉生辉,连元妃在轿内看了也叹说:"太奢华过费了,以后不可如此。"

作品中表现贾府之衰败,则多见诸于日常生活细节的叙写,如写到贾琏为了应酬,央求鸳鸯去偷贾母用不着的银器出来典当;宫中太监来借钱也拿不出来;尤氏到贾母处,贾母临时留她吃饭,丫环报说因田庄收成不好,现在每餐的细米饭都是可着人来做的;王熙凤生病要用人参,全府上下都找不到好的,好容易在贾母那里找到一包,却因年久失效不能用,结果只好花钱到外面买;贾琏给尤二姐办丧事,得用平儿的体己等等。慢慢蓄成衰败之势,一直到第95回元妃病逝,第105回宁府被抄,贾家彻底败落,最后"树倒猢狲散"。

由于曹雪芹的高祖、曾祖、祖父均在朝廷任过要职,康熙六次南巡,有四次就是曹家接驾,其家族显赫,达60年之久。雍正六年(有一说为五年),曹家被抄,从此没落。曹雪芹少年时代过的是富贵荣华的生活,晚年住在北京一个人烟稀少的小山村,"举家食粥",生活十分困难。因为作者自己经历过贵族家庭的兴衰剧变,有世态炎凉的深切感受,在《红楼梦》中就有他对历史、命运的深刻体验和无限感叹,是他用心血酿成的,所以特别感人。

第二层,《红楼梦》是一部写美好的生命、美好的感情被毁灭的悲剧。这是进一层的悲剧意蕴,其核心的故事就是宝黛的爱情悲剧。曹雪芹在《红楼梦》中展现出来美学思想的核心是一个"情"字,他追求的是一个"有情之天下"。作者在作品中,用许多回目来写宝黛的真挚爱情,如第8、19、20、23、26、27、28、29、30、32、34回等,对他们爱情的萌发、产生、发展以及最后的悲剧,都给予赞美并赋予深深的同情。他通过这个悲美的爱情故事,肯定"情"在人生中的价值。曹雪芹在《红楼梦》第1回就借空空道人之口说:此书"大旨不过谈情"。早期的红学家脂砚斋曾指出曹雪芹此书是"让天下人共来哭这个'情'字"。近代著名学者王国维也认为《红楼梦》的主旨是：追问人世间的情，情为何物，情为人性。如上所说，作者这一美学思想主要体现在宝黛的爱情故事上，更主要的是体现在宝玉追求人性的解放这个封建社会的叛逆者身上。从作品故事情节看，作者描写赞美的这个"情"，是与当时封建社会的礼法、传统观念相违背的。他的这个"情"的叛逆性在于：既与封建社会的秩序的"法"相对立，也与封建社会的伦理观念的"理"相对立。在曹雪芹看来，"情"是人性的体现，有它存在的理由和价值，不应该被压制、被扼杀，但是封建社会却压制、扼杀这种美好的感情，所以他在作品中以奇特的构思和精美的艺术形象，展示了这种美好的东西如何被毁灭的悲剧。

那么曹雪芹在作品里是如何艺术地表现这种悲剧的呢？他在《红楼梦》中，创造了一个动人、凄美的宝黛爱情悲剧；还创造了一个"有情之天下"——大观园及其被毁灭的过程。在《红楼梦》之前，也有不少写封建社会中男女情爱故事的作品，但碍于封建制度男女之大防，都要设置许多突破这一规范的"条件"，这些作品男女主人公的爱情都是在"非正常"交往下产生的。比如，《白蛇传》，是人跟神仙妖精相爱；《梁山伯与祝英台》是在祝英台女扮男装时才能遇到梁山伯并爱上他；要不就借助偶然因素一见钟情，如《西厢记》《荔镜记》；还有更奇怪的是在梦中相恋，如《牡丹亭》。当然也有一些写平常人的爱情故事，比如杜十娘、李香君等，但这些都是青楼女子，不是正当人家的女儿。而《红楼梦》的男女主人公都是贵族家庭的公子小姐，为什么有可能发生这种违背男女大防的自由恋爱呢？这就有一个环境设置的特殊性，让人们读了，觉得既可能，又可信。在书中，作者苦费心思，重用了贾母和元妃这两个位高言重的人物，正是她们给宝黛提供这种恋爱的环境。首先是贾母，她喜欢这个含玉而生的孙子宝玉，又爱怜刚刚丧母的外孙女黛玉，因此让他们都跟着自己住，这就为两个男女主角提供了从小就同起同息、亲密无间的环境。其次是元妃，第23回元妃省亲之后，深感大观园被闲置了太浪费，于是下一道谕旨命宝钗等姐妹们到园中去居住；又怕冷落了宝玉，贾母、王夫人心上不喜，故命他也住进去。进大观园之前，宝黛虽彼此契合，还是处在两小无猜的阶段，只有一些说不清道不明的情愫，入住大观园后才真正进入到自由恋爱阶段。在大观园这个诗情画意、没有长辈监管的环境下，爱情迅速成长。在众姐妹进住大观园之后，确实有过一段非常快乐的时光，他们一起结海棠社、咏菊花诗、联句、评诗论画……真是一个"有情之天下"，曾是宝黛的精神家园和乐园。但大观园的这个"乐园"是贾母和元妃给予的，当上方发现了宝、黛的爱情，特别是第57回"慧紫鹃情辞试莽玉"之后，宝玉因此发了一场心病，让宝黛的爱情公之于众，就引起贾母、王夫人等的警惕，到第73回绣春囊事件，诱发了对大观园的抄检，此后这个乐园就不可能再继续存在了。

正如《红楼梦》第1回所述，尽管宝黛前生有"木石前缘"，却应着神仙世界的"还泪之说"，最后林黛玉还尽了眼泪，魂归离恨天，宝黛的爱情以悲剧告终。与此同时还有宝玉与宝钗的婚姻悲剧。过去有不少评论都认为宝钗有心计，能取悦贾母等人，所以取代黛玉而成了宝二奶奶。事实上，她和宝玉的婚姻也是悲剧性的。在作品中，宝钗确实比黛玉更会做人，她内敛、随和、世故，人际关系好，更符合贾母等人心目中宝二奶奶的要求；薛家又是皇商，家境富裕，符合贾家封建家庭的需要，但宝、黛不能结合，主要阻力是来自那个封建社会的制度。作者在《红楼梦》第5回曾借《红楼梦引子》的曲词，表明书中所写的是"悲金悼玉"的《红楼梦》，这对全书错综复杂的故事情节起着隐示的作用。因为有情的宝黛不能结合，可悼；无情的"二宝"却必须成婚，可悲。这是封建社会的制度、伦理、礼教造成的。作者正是这样向我们呈现了美好感情、美好生命如何在封建制度礼法下被活生生地毁灭。

第三层，作者在《红楼梦》中还表现了人生理想破灭的悲剧。这部作品与以往的言情小说不同之处，就是它还追问人生的命运、人生的意义，具有哲理层面的悲剧意识，这当中有作者自己对人生命运的体验和感悟。

在作品中，这一悲剧意识具体表现为两个方面：一是对生命终极意义的追问；二是对命运悲剧的体验和沉思。人的生命是有限的，宇宙是无限的，人的有限生命的存在，它的真正意义是什么？与此相联系的是人的命运的问题。所谓"命运"，是由个人无法选择的因素所决定的。正如第5回《枉凝眉》曲子所言："若说没奇缘，今生偏又遇着他；若说有奇缘，如何心事终虚话？"曲中所说的"缘"，就是一种命运。这正表现了作者对人生命运的思考与无奈。这种对人的存在带有形而上意味的追问和思考，在作品充满诗意和伤感的梦幻描写中，有更深刻的体现。

如上所说，曹雪芹的《红楼梦》在艺术上有一个很突出的特点，就是运用梦幻与写真交叉相间的手法，来表达他对现实社会的批判和人生理想的诉求。如他在第 1 回和第 5 回通过甄士隐和贾宝玉的两个梦，在梦境中展示了一个与尘界不同的神仙世界太虚幻境，那是一个不受封建伦理、礼法制约的有"情"世界，也是作者心中的理想世界。他写贾宝玉在梦中来到太虚幻境，第一感觉就是："这个地方儿有趣，我若能在这里过一生，强如被父母天天管束。"表现出对那个美丽澄明世界的无限向往。但这个作者用以寄托自己理想的神仙世界，是一个艺术的乌托邦，是一种空想，空想毕竟不可能变为现实，故他对人生终极追问的结果就更悲凉、绝望，从而加深了他对"尘界"（现实）的批判。

与人生理想破灭相联系的，还有作者对人的"命运"的沉思。由于作者在对人生作形而上的追问中，找不到答案，不知路在何方，深感在如磐的现实面前人的无能为力、无可奈何之中，把这种人间的悲剧归结于"命运"。他在作品第 5 回中，写贾宝玉在太虚幻境看到"金陵十二钗"正册、副册、又副册，听仙女们所奏的《红楼梦》曲子，当中的画、判词和曲，对贾府和主要人物结局已有所预示，仿佛这一切都是"命运"注定的。他在作品中把人间悲剧推给了"命运"的这种梦幻叙写，正表现了作者在沉思中精神上的窘迫。

《红楼梦》是一部具有反封建倾向的、寻找生命家园的伟大作品。作为一部震撼人心的巨著，我认为它在精神层面上，更具有艺术感染力的是深埋在作品深处的寻找生命家园的意识和情怀，是从作品情节中流露出来的生命和人生的悲剧精神。曹雪芹不但在作品中写了如梦的人生，写了人生中种种美好东西的破灭，还写了在那个社会，梦醒之后不知路在何方。这既是曹雪芹所处时代、历史的局限，也是他所处时代先知先觉者的巨大悲哀。我以为，这应是小说《红楼梦》最具悲剧意蕴的所在。

（原载《香港作家》2008 年第 2 期）

张爱玲和张爱玲的 "冷"

张爱玲是20世纪40年代有突出成就的女作家,她的名字可以和"五四"以来享有盛名的作家相提并论。我一向爱读小说,有感于张爱玲的小说在文学史上有不可取代的地位,曾花心力跟踪、搜集有关她的资料,投入她所创造的小说世界,希望能对她的艺术成就剖视一二。然而,张爱玲是一位不喜欢谈论自己的作家,关于她的生平、家世、创作生涯等资料很不完整,也极难寻找,空白点很多。这么些年,张爱玲没有出来公开为人们释疑,台湾的"张爱玲迷"也未能完全填补这些空白,因资料不全,我在拙作《张爱玲小说艺术论》①中,只是分析评价她作品的艺术特色,未敢正面论及作者本人。然而作品是作家写出来的,只论作品而不谈作者,总有憾感。为此,我愿尽我所知,在这篇文章里,为作者补上一笔。

张爱玲原籍河北丰润,1920年生于上海,幼居天津,8岁搬回上海。她出身名门,祖父张佩纶曾任清朝御史,祖母则是清朝北洋重臣李鸿章之女,父亲张廷重有一定的西洋文化修养,但遗老遗少的习气很重。母亲黄逸梵则是湘军黄翼升之后。据张爱玲的文字记述,她母亲才貌双全,文艺气质很重,在绘画、音乐等方面都有很好的修养,也喜欢新文学,是一个有自己生活理想和追求的人。张爱玲8岁时父母离异,她跟着父亲在遗老式的家庭里生活,因不满父亲的旧式生活,中学毕业后从家里逃出,与母亲和姑母同住。期间她考取了英国伦敦大学,由于战事未能成行,转入香港大学就读。太平洋战争的爆发断了张爱玲的留学梦,从港大肄业回上海定居。

1943年开始从事文学创作,同年5月在上海《紫罗兰》杂志上发表短篇小说《沉香屑·第一炉香》,自此张爱玲在上海的《杂志》《万象》《古今》《天地》《东方杂志》《苦竹》等刊物陆续发表了相当数量的小说和散文。1944年9月,张爱玲出版了小说集《传奇》,由《杂志》出版发行,内收《沉香屑·第一炉香》《沉香屑·第二炉香》《琉璃瓦》《茉

---

① 饶芃子、黄仲文:《张爱玲小说艺术论》,载《暨南学报》1987年第4期。

莉香片》《倾城之恋》《金锁记》等 10 篇小说，约 25 万字。四天后再版并加序言，依旧热卖。1945 年年初，中国科学公司出版了她的散文集《流言》，共收散文 30 篇，大致包括了张爱玲在 1944 年之前所写的散文。1947 年上海山河图书公司出版了《传奇》增订本，增收了《留情》《鸿鸾喜》《红玫瑰与白玫瑰》等 5 篇小说。1944 年至 1945 年是张爱玲创作的丰收期。1946 年至 1951 年间作品很少，只有两个电影剧本《不了情》和《太太万岁》，前者后来改编为小说《多少恨》。中篇小说《小艾》和长篇小说《十八春》都是在新中国成立初期所写。

  1952 年张爱玲以复学的名义到香港，期间写了两部长篇：《秧歌》和《赤地之恋》。1955 年秋，张爱玲离开香港前往美国定居至今。1956 年与美国作家赖雅结为夫妻，生活拮据。居美 30 余年，张爱玲少有新作问世，大部分时间为生活奔波劳碌。小说集《惘然记》中的 4 个短篇《五四遗事》《色·戒》《相见欢》《浮花浪蕊》，是她去美后的作品，其余均是旧作。《怨女》和《半生缘》则分别根据以前的小说《金锁记》《十八春》改写而成。散文集《张看》收入她在美国所写的一些散文和旧作，还出版了两本学术论著《红楼梦魇》和《〈海上花列传〉评注》。

  张爱玲是从旧世界来的，她非常熟悉上海租界里旧家庭的生活，她常常在作品中写她在那个"世界"里的所见所闻，写他们的颓败和没落，写各种各样的人生世态和人与人之间微妙复杂的关系。一般的女作家在作品里写到自己过去熟悉的生活，往往会顾影自怜，在张爱玲的作品中我们却看不到这些。她只是静静地、冷冷地写，仿佛这一切都跟她无关，她不过是把客观存在的人和事具体、真实地描摹出来罢了，她根本不想"介入"，也无须她对它们表示什么、解释什么。所以，从表面看，张爱玲对现实、对人生是很"冷"的。但是，我们细读她的作品，就不难发现，在她的"冷"后面有着一种非个人的深刻的悲哀，一种严肃的悲剧式的人生观。张爱玲的艺术世界是属于 20 世纪 40 年代的，她的代表作《传奇》就是在这个时候创作出来的。《传奇》的背景是清朝末年到中日战争时期的中国社会，具体描写的是在这个变动的社会中上海租界里遗老遗少们的生活，表现这个环境里的人们没落的意识和心态。《传奇》中的《倾城之恋》，不但题材新颖，情节构思独特，人物性格刻画也十分细腻、深刻，特别是对人物心理的剖析，对流苏那种屈抑而悲凉心态的描写，更是入木三分，使人不能不为作者那支翻云覆雨的健笔叫绝！尤其值得注意的是，这篇作品的名字如此艳丽，实际上写的却是一个庸俗、浅薄和虚伪的爱情故事。作者在作品中描写了两个自私的男女，却没有鞭挞他们的意思。在这里，作者表现的是凄凉的人生，是人的可怜的命运。而我们也正是通过这人生苍凉的一幕，隐隐约约地看到作者的一颗敏感和悲悯的心。夏志清在《中国现代小说史》的第十五章"张爱玲"中说：张爱玲作品中所求表达的是人生"苍凉的意味"[1]。这一看法极其深刻，可谓深得张爱玲艺术的"真味"。张爱玲的作品确实常常给人一种"苍凉"的感觉，因为她无论写什么，都能揭示出人生悲剧的根底。张爱玲天赋秉慧，人情练达，对生活很敏感，也很冷静，创作上总是写真求实，极少在作品中直接流露自己的感情，而是让故事自身去说明，"让故事自身给它所能给的"，"让读者取得他所能取得的"[2]。"苍凉"是她作品的气氛，也是她描写生活的底色，绝不同于一般的"叹息"。张爱玲作品中的"苍凉"，不是因为好人遭到不幸引起的，也不是由于作者对人物注入太多的同情导致的，更不是感情上强烈渲染的结果，而是一种对人生的感觉，它深藏在作品当中，形成一种氛围、一种境界、一种深邃的意蕴，它是属于更深层次的东西，是从作家的心底来的。

张爱玲在《自己的文章》中有一段关于"力"和"美"的议论。她说："我发觉许多作品里力的成分大于美的成分。力是快乐的，美却是悲哀的，两者不能独立存在。'死生契阔，与子成说；执子之手，与子偕老'是一首悲哀的诗，然而它的人生态度又是何等肯定。我不喜欢壮烈。我是喜欢悲壮，更喜欢苍凉。壮烈只有力，没有美，似乎缺少人性。悲壮则如大红大绿的配色，是一种强烈的对照。但它的刺激性还是大于启发性。苍凉之所以有更深长的回味，就因为它像葱绿配桃红，是一种参差的对照。"又说："我喜欢参差的对照的写法，因为它是较近事实的。"[3] 这是张爱玲美学思想的自白。从这里可以看出，她的"冷"求的是"真"，她的"苍凉"求的是"美"，所以，"冷"和"苍凉"，既是她悲剧式人生观的表现，同时也是她对艺术美的一种追求。

张爱玲是一个珍惜人性过于世情的人。对中国传统重视的世情，张爱

---

[1] 夏志清：《中国现代小说史》，刘绍铭等译，友联出版社1979年版。
[2] 张爱玲：《流言》，皇冠出版社1968年版。
[3] 张爱玲：《流言》，皇冠出版社1968年版。

玲是很淡泊的。她向来看重自己，她做事和写作都是自己思想的实践，决不盲从。在创作上她也很维护自己的个性。她说她不愿意遵照古典的悲剧原则来写小说，"因为人在兽欲和习俗双重重压之下，不可能再像古典悲剧人物那样的有持续的崇高感情或热情的尽量发挥"①。所以她的创作总是面对人间、面对现实，她认为"时代是这么沉重，人们不容易大彻大悟。在生活中不彻底的人物居多，所以她笔下的人物除了《金锁记》里的曹七巧，全是些不彻底的人物，他们不是英雄，他们可是这个时代的广大的负荷者"②。她决心努力表现小说里人物的"力"，而不去代替他们创造出"力"。事实也是如此，她作品里的人物大都不是彻底的好人和坏人，然而却都是真实的人。《金锁记》中的曹七巧，是她笔下唯一写得"彻底"的人物，她在曹七巧身上表现了人性的被毁灭，揭示了这个女人如何在一个不属于她的"世界"里，从人变成魔鬼的心路历程，达到令人不寒而栗的地步，她创造的更多的人物是不彻底的。《红玫瑰和白玫瑰》中的佟振保，出身正道，有学位，有真才实学，在一间老牌子的外商染织公司任高职，从表面看，是中国社会中的理想的男性，但是在这个理想的"外壳"里面，却隐藏着一个自我为中心的自私的灵魂。他平时待人"极好"，却常常觉得别人欠他很多，因此经常自怜、自伤，他的这种内在的心态和他表面的稳重、坚强形成了严重的矛盾，所以不断地出现自我的碰撞，越来越尖锐，最后失去了自我的平衡，走上了堕落的道路。在这个作品里，张爱玲不仅是给我们创造了一个伪君子的典型，同时用她的解剖刀似的笔，向我们展示了一个男人自我建立到自我毁灭的过程，一个表里不一但又不能自控的人的复杂性格和经历。在《茉莉香片》中，她塑造一个精神上的畸形儿聂传庆，他从小失母，同父亲和后母住在一起，感情上受到压抑，因而非常憎恨自己的父亲，又因为自己酷似父亲，所以也憎恨自己，在精神的矛盾中无法自拔，描写了人性的被扭曲，揭示了现实生活中亲子关系的隔阂和不协调。女评论家李子云在《同一社会圈子里的两代人》中说："张爱玲在描写人性上几乎是全力以赴的。"我很同意这一看法，还要补充的是：张爱玲描写人性的成功，是得助于她深度的观察力和足够的艺术才华。

---

① 张爱玲：《流言》，皇冠出版社1968年版。
② 张爱玲：《流言》，皇冠出版社1968年版。

张爱玲有一颗对人类悲悯的心,有一支呼风唤雨的彩笔,她创造的小说世界有点过于"隐冷"。但是,在她那个时代,在她生活的"世界"里,这一切却是非常真实的。

(原载香港《星岛晚报》1989年1月12日)

敞亮的情感空间
——秦牧散文精选《花街十里》前言

早在20世纪五六十年代，我就是秦牧散文忠实的读者，他曾经是那个时代许多青年心目中的一块丰碑。后来，我在广东文艺界的各种文学活动中，曾多次聆听秦老的教诲，他一直是我所尊敬的著名作家，一位人格高尚的长者。秦老虽然在1992年就离开了我们，但在文学世界里，他仍与我们同在。我应约编这本散文集子，正是为了纪念这位远行八载的文坛长者；我认为纪念一位远行的著名作家，最好的方式就是让人们重温他那些像钻石一样闪烁着光辉的作品。

正如许多论者所说，秦老的散文具有很强的生命力和历史穿透力。半个多世纪以来，他共写了18部计300余万字的散文。他的散文不仅在全国获奖，还被选为大学、中学教材，为国内外各大图书馆所收藏。秦老散文最大的亮点，就是体现在文中作家高尚的人格，这种高尚的人格具有一种无形的力量，激发人们去追求真善美，并从中领略、体味人和生命的价值。

秦老的散文领域海阔天空，烛照多面。他以自己独创的艺术风格，在作品中抒发对社会人生的看法，倾诉对大千世界的情感和哲理体悟。无论是写人、记事、咏物、抒怀，都有一种健康向上的文化氛围。我们读他的名篇《花城》和《菱角的喜剧》，就可以感受到日常的生活如何在他的心中笔下被诗化，这里有他面对生活时的冥思和冥思后的光和热的放出。《花城》写的是一年一度的广州年宵花市，他在文中描述那"十里花街"的情景，在历史中形成的节日情调中，听着卖花和买花者互相探询的春讯，在笑语声喧的花海里，他深深体味到"亿万人的欢乐才是大地上真正的欢乐"。从中我们领略到作家之心和大众之心是如此相通、相照。在《菱角的喜剧》里，他从人们常见的只有两个角的菱角，到自己发现还有三个角、四个角和无角的，想到事物的复杂性、多样性，感悟到不能把事物简单化、绝对化；对事物的认识，不仅要掌握它的一般性，还要掌握它的特殊性。由细微的发现引申出深广的道理。秦老的写作有一个突出的特点，就是能够准确地切入对象，把握捕捉对象通向诗意、哲理之门，将其化成精神和思辨、襟怀和他生命所渴望、期待的东西。没有哪一种文体比散文更能见出作家的情操。秦老是一位有高尚人格的作家。他心胸开阔，在精神和情感世界里，有自己敞亮的空间，他的散文常常是直抒胸臆，有一种直白的坦率，而笔底又有深深的感情在。我们读他的散文，往往能从他对许多新奇事物的描述中，从他对这些事物引申出来的见解里，感觉到作家那颗赤诚、热烈和容易激动的心。他的作品总是充满对人间的爱和人生的憧憬。在《哲人的爱》中，他写青岛医学院沈福彭教授生前身后的奉献精神，赞颂他的无私的爱，"哲人"在人生道路上的峥嵘脚印诱发出他种种联想，"渴望能够有个和这个神圣灵魂对话的机会"，使自己的灵魂得到鼓舞、净化。在这篇文章里，他是把"哲人的爱"当作自己的生命节日来欢庆、来纪念的。他以此把握着自己，也以此影响、激发广大读者。在《榕树的美髯》中，他借榕树和它富有生命力的"气根"，赞美倔强的生命。他从一株株古老的、盘根错节、丫杈上垂着一簇簇老人胡髯似的"气根"的榕树，想象它像"那种智慧、慈祥，稳重而又饱历沧桑的老人"，是那种"智者不惑、仁者不忧、勇者不惧"的人物，因而文思如涌，使自己、历史、自然浑然一体。当中既有时代的天幕在徐徐升降，也有发自作家肺腑的人性深层的声音。

秦老在《海滩拾贝》一文中曾说："一个人在海滩上漫步，东拾一个花螺，西拾一个雪贝，却很容易从中领会这种事物之间复杂变化的道理。因此，我说，一个人在海滩上走着走着，多多地看和想，那种情调很像走进一个哲理和诗的世界。"我读秦老的散文，就有如置身于一个哲理和诗的世界。在这个世界里，我听到了时代脉搏的律动，看到了智慧、思想的光环，也感受到作者内心真实的情感。他用他饱蘸感情的笔，"点评人生"，报道人间的喜讯，也揭示那"历史缝隙里教人伤心的秘密"。是喜是忧，是爱是憎，都不由地让我们的灵魂接受了一次又一次精神的洗礼。

秦老散文的功力在于写实，在写实中蕴含着深刻的理趣。他的抒情也常常是寓于理趣之中。秦老写作的对象，都是他在人生之旅中的所见所闻所感，当中有许多是奇特异常、人们很少留心的事物，他以自己广博的知识和对生活的真知灼见，采撷，"解读"，融化，深入发掘它们的内涵，使文章具有哲理、思想和魅力。如《菱角的喜剧》《花蜜和蜂刺》《秋林红果》《"石果"的秘密》《人和稗草的战争》《花街十里一城春》等，就是他这类文章有代表性的作品。秦老写作中这种饶有趣味的散文，不是少数几篇，在他结集的每本书中都屡见不鲜。在这方面，由于秦老散文的研究者已论说很多，不需要我作更多的提示、介绍，我只是想说，他文中的"趣"，不是一般的趣味，也不仅仅是艺术技巧，而是与他个人文化气质和艺术个性密切相关的一种审美取向，是奇思和诗意的完美融合，是一种带有秦老自己体温的艺术表现方式。

秦老的许多散文，还保持着传统散文的情彩和神韵。在《土地》《古战场春晓》《社稷坛抒情》《天坛幻想录》《青史流芳究竟是谁》《长街灯语》《长城远眺》等篇章中，我们就看到他与传统文化精神的依联和承传。他把自己的写作对象置于一定的历史文化观照之下，赞美古今人们对国家、民族的感情和创造精神。在古代文化和历史人物留下的脚印中，让历史与现代交接，感受、展现民族文化的辉煌，有一种穿越时空的力量。由于他出身于华侨家庭，童年和少年时代是在海外度过的，内心深处有"游子"的情结，使他对祖国大地、民族历史有一种特殊的视角和感受和一种与生俱来的沧桑感，"总想为人民的幸福出一点力"。所以在那山重水复、莽莽苍苍的大地上，他常常感受到民族文化的凝聚力，这种感受潜行于他各种各样的作品里。他的《祖国之爱》《在遥远的海岸上》《中国人的足迹》等文章，都倾注着对祖国和人民深沉的爱，有一腔浓厚的民族情怀和绵邈的感慨；在情怀与感慨中又深藏着坚韧，有如是一曲曲民族的恋歌。

在"告别过去"成为一种时尚的今天，理想和信念在这种时髦的文化时尚中遭受践踏，秦老的散文依然在诉说自己的理想之梦，保持自己的崇高品格。他以生花的笔，不断为国家、民族走向真善美而努力，就是在"十年浩劫"中命运周折的时候，也能爱憎分明，坚持走自己的路。他的一些文章，如《写给一个喜欢骑马的女孩》《鬣狗的风格》，就对人世间的一些失衡和丑恶现象进行揭示和鞭挞，从中可以看到他是如何以自己坦荡的胸怀、凛然的正气去认识、把握现实。文中虽不无苦涩后的回味，却能给人以守望者的精神和勇气，以抵御各种恶浊的文化时尚。

秦老已经远行，给人们留下无穷的思念！但他的人品文品和毕生创作的大量作品还在，他永远活在我们心中。我现在编选的这本书是从秦老多年来写的八九百篇散文中选辑编成，共89篇，分五辑，约26万字。1987年人民文学出版社出版过秦老自选的《秦牧散文选》。秦老在该书的

《序》中曾说:"这是我的一本较全面的散文选集,其中作品前后写作时间相距在40年以上。读者手此一册,就可以知道我的散文创作的风貌梗概了。"他还谈到"选集"编排的体例,认为"编排上不按时间为序,而按照体裁和内容来分类"。这本书的选辑、编排,参照了该书的做法。我在选编本书的过程中,得到秦牧夫人、散文家吴紫风大姐的具体指点和支持,我的学生和同事、《秦牧评传》的作者之一黄卓才教授也给我提供许多帮助,使我有可能顺利完成这一工作,在此一并致谢!秦老是当代散文一大家,希望本书的出版,能为海内外读者和秦牧散文的研究者提供一种阅读的机会。

(原载《当代文艺》2000年12月)

肖殷文艺批评风格论

肖殷先生是我国当代著名的文艺评论家和作家。他从17岁开始创作，25岁时为了追求真理投奔革命圣地延安，成为专业的文艺工作者，半个世纪以来，一直在文艺理论园地里辛勤耕耘，先后出版有《与习作者谈写作》《论生活、艺术和真实》《鳞爪集》《月夜》《谈写作》《习艺录》《肖殷文学评论集》《肖殷自选集》等著作。肖殷先生对文艺事业兢兢业业，是属于那种责任感强而又辛勤耕耘的人，他对文艺创作的要求是严格的，对文艺问题的探索和思考也非常认真和严肃。作为一个专业的评论家，他总想为文艺创作的发展尽自己的心力，可以说，他一辈子都在寻找、在解决文艺领域里出现的问题。我们读花城出版社出版的65万字的《肖殷自选集》就可以看到，他的理论是如何跟随着文艺创作实践前进的，集子里的每一篇文章，都是他所走过道路留下的一个脚印。肖殷先生的评论文章，数量多，有见地，具有自己独特的风格：敏锐、具体，有的放矢和深入浅出。他的评论风格反映出他的文学追求，也表现出一个正直评论家对现实的观察力和审美度。

文艺评论要促进整个文艺事业的发展和繁荣，这是作为评论家的肖殷先生毕生所追求的。从这一思想出发，他的文艺评论都是从实际出发，有很强的现实感和针对性；同样是从这一思想出发，他经常呼吁尊重艺术规律，重视解决创作实践中的具体问题；在形式上则不拘一格，做到生动活泼和深入浅出，使它们能为更多的读者所理解，所接受。这种内容和形式的一致性，表现在肖殷先生各个时期的评论文章中，形成了独具一格的肖殷式的文艺评论。

敏锐、针对性强，是肖殷先生评论的一个特色。肖殷先生向来反对无目的的、脱离实际的"学院式"的文艺批评。他常说：理论的价值不在于多么深奥或者多么晦涩难懂，而在于它能够解决多少实际问题，对实践有多大的指导意义。不研究实际，从概念到概念，这种理论是没有生命的，是僵死的教条。他的评论文章都是从现实中来，是为了解决现实文艺运动、文艺思潮、文艺创作中的问题而写的。为了及时地发现问题，他很重视对现实的了解、现状的研究，他经常看阅大量的来稿，和许多爱好文学的青年保持联系，了解他们在文学道路上遇到的困难，关注文坛上的新人新作，研究一定时期有代表性的作品和评论，观察文艺的走向，掌握作家、评论家在思考、在探索的问题，进行分析归纳，找出其中的矛盾，然后有针对性地撰写评论。他早期出版的集子《与习作者谈写作》（一、二集），绝大多数的文章是为那些在"文学歧路徘徊彷徨"的青年作者写的，都是针对他们来稿中的问题从理论上给予疏导。由于他论述的问题是从大量的作品中归纳出来的，是一些带有规律性和普遍性的问题，所以他的那些评论文章，在广大爱好文学的青年中有很大的影响，对培养文艺新人也起着促进和指路的作用。

在《肖殷自选集》中，有一组论述主题和题材的文章，这组文章一共10篇，有的写于20世纪50年代，有的写于60年代初期，有的写于粉碎"四人帮"之后，它们都是针对各个不同时期创作领域里在这两个方面出现的问题而写的。在《关于主题思想》一文中，他通过分析评论契诃夫的小说《万卡》、希克梅特的诗《没有点着的烟卷》，揭示了主题思想与生活真实描写的关系，批评了50年代中期出现的那种只要思想不要艺术的倾向。他明确指出："所谓'主题思想'，并不是在生活描写之外，附加上一些可以表明作者态度或观点的话语。不是的！作品的主题思想，应当是'水乳交融'地体现在生活—人物—事件的描写之中，即体现在栩栩如生的形象之中。"在这篇文章里，他还谈到主题的非自觉性问题："……也还有这样的主题思想，它并不在作者所要求表达的观点和态度之内，这是什么意思呢？那就是，由于作者深入了生活，洞察了生活的奥秘，并真实地表现了生活的奥秘，因而不自觉地反映了生活的真理，但这真理却远远超过了作者的认识，甚至连作者自己也还不明白他反映了真理。"在50年代，对于创作中非自觉性的种种复杂现象，是没有多少人敢去谈论的，纵使在理论上接触到，也是持否定态度的多。肖殷先生却在他的评论文章中，根据创作实践提供的经验，具体地、明确地阐明这种现象，并且给予肯定，这在当时确实是难能可贵的。《开拓题材、提高艺术质量》《〈伤痕〉是"眼泪文学"吗？》《悲剧、题材及其它》等文章，是肖殷先生在70年代末期写的，他在这些文章中针对"十年动乱"时期在题材问题上的种种禁锢，要作家冲破还在流行的"左"的遗毒，冲破题材禁区，写各种各样的题材和人物；对当时一些人反对写悲剧题材、斥之为"眼泪文学"的观点提出不同的看法，满腔热情地支持那些有生活气息、有真情实感、从严峻斗争中涌现出来的作品。他在文中写道："凡在严峻的斗争经历中认清了斗争的实质，同时又饱和着生活的血肉和强烈的爱憎——这就是伟大作品的基础。因此对于这些从严峻斗争中所涌现出来的作品，只能给予热情的辅助，决不能冷漠地加以指责。"（《〈伤痕〉是"眼泪文学"吗?》）不仅如此，他还认为这些作品在题材上"有新的突破，新的发展"，公开地表明自己的态度：不能把悲剧"看成是使人消沉、令人伤感的东西""我们都是在读悲剧过程中成长起来的"。以这种热情如火的评论，支持了严冬以后第一批开放的文艺新花，表现出一个真正评论家对现实的敏感和审美的力量。

具体、以小见大，是肖殷先生评论的又一特色。具体，就是对具体问题进行具体的分析；以小见大，就是能做到寓创作法则于具体的文艺评论之中。肖殷先生在其"自选集"序言中说："这 30 多年来，我的主要精力都用在阐述文学创作的基本规律，只是在不同时期所针对的具体情况、具体问题不同罢了。"这是他对自己评论实践的总结，也是我们研究他文艺思想的一根线头。如果我们按编年史的方式读完他各个时期所写的评论文章，就会明显地感觉到，他经常在呼吁尊重艺术规律。他认为评论家一定要掌握艺术规律，否则就不能准确地、恰如其分地评价作品。他还主张有条件的评论家，要搞点创作，体验作家创作的艰辛。他自己虽然长期从事理论工作，但有生活感受时也写小说和散文。《肖殷自选集》里就选进了他在不同时期创作的 23 篇作品。因为他是一个有过创作体验、深知创作甘苦的评论家，所以他评论作品时，总是设身处地为作者着想，为他们打算。他不单是指出作品的优点和缺点，给予赞扬和批评，还深入到作者的构思里面，进行分析和解剖，帮助作者总结成功的经验，寻找失误的原因，力图给他们以具体、切实的帮助。他对于那些不尊重艺术规律的简单化的文艺批评非常反感；对于在"左"的思想干扰下，主观主义和形而上学泛滥，复杂的事物被简单化了，文艺作品中的人物形象越来越苍白，情节发展越来越走直线，人物关系越来越简单，生活气息越来越稀薄的现象，有很深的痛感。他不得不反复地在自己的评论中分析这些背离艺术规律的文艺现象，呼吁作家按照艺术法则创作，同时也通过对一些有代表性的作品的评论（包括最佳的和最次的）来阐明文学创作的基本规律。尊重艺术规律，这是所有真正的评论家都应该做的，肖殷先生在这方面的特色,是在于他能够把文艺评论和阐明艺术规律结合起来,把那些人们认为是很深奥的理论讲得具体、好懂。

　　作家进行创作必须以生活作为出发点,这是贯穿在肖殷先生全部评论中的一个创作论的基本观点。他在前期写的《惊险场面不能填补生活的不足》《离开生活去探求提高准会落空》《从生活出发》《小说不是生活的任意再现》《图解不是艺术方法》和后期写的《作品概念化的原因何在?》《议论能代替生活描写吗?》《关于"问题小说"》等一大批文章中,都尖锐地批评了那些脱离生活追求"技巧"、追求"思想"的作品,反复阐明从生活出发是作家首先必须遵循的创作原则。只有肥沃的土地上才能培育出参天大树和鲜艳的花朵,生活积累的土层愈丰厚,作品的枝叶愈是茂盛,违反生活逻辑胡编乱造情节,在作品中图解概念,都是背离创作规律的。

　　肖殷先生在评论中不但要求作家应从生活出发来创作,还要求作家能对生活进行深入的发掘。他在《论艺术真实》《关于认识生活》《生活现象的提高和概括》《活得伟大才写得伟大》《为什么把动人的故事写得无血无肉?》《作品概念化的原因何在?》《探索是为了什么?》等文章中,通过对不同问题的评论,从不同的角度,要作家用心去体验生活,感受自己周围的人和事,从生活中发现诗情画意和触动自己心灵的东西,在生活中培养自己敏锐的艺术感受力,思考生活中所发生的事情的社会意义。他常以鲁迅、高尔基的作品为例,说明他们的成功,"主要是由于他们并没有停止在现象的描写上,而是通过现象,看出这现象背后所隐藏的、要经过深深思考之后才能发现的更深刻的意义"(《论艺术真实》)。他认为从生活中发掘出来的思想,才能像火一样照亮了作家的创作,使庞杂的生活现象集中、概括起来,形象化。他说:"文学作品不是技术教科书,也不是工作方法的指南。它是生活教科书,只能在精神上给你一些启发,在情绪上给你一些刺激,并在思想上引起你去思考,进而激励你为改造生活去奋斗。"作品能否达到这个目的,取决于作家"在描写生活时所揭示出来的社会意义的深度和广度"。(《作品概念化的原因何在?》)他的这些思想,对于当前文坛上一些思想浮浅的作品,仍然是有针对性的。

　　艺术贵在独创。文学创作是一种精细复杂的精神劳动。评论家要尊重作家的生活和创作,不能从某一观念出发去强求作家只写什么,不写什么。创作自由是艺术规律决定的,在文学园地里,最不能容忍强求一律和简单化的干预。在肖殷先生的评论文章中，有相当一部分是论述批评方法的，主要是为纠正那种简单、粗暴的文艺批评偏向而写的。他与人合作的两篇长文章《熟悉的陌生人》和《文艺批评的歧路》，就是针对小说《金沙洲》讨论中的一些批评方法问题进行评论，是对批评的批评。他在《文艺批评的歧路》中，一开头就说："评价文学作品，不能忽视文学创作规律，不能不顾作家的生活经验、艺术构思和个人风格；也不能撇开作品中特定性格以及他所依据的生活的特定环境；否则，就会把艺术创作简单化，在批评上就会出现粗暴和武断，从而戕伐了创作的生机，妨碍作家的创造性和积极性。"早在讨论《金沙洲》之前，他对于文坛上出现的一些无视现实生活的丰富性和复杂性，拿政治教科书或社会科学著作的原理、原则来硬套作品，从而说作品的是和非的评论文章，已有所感。所以，当《金沙洲》讨论中出现类似的批评时，就马上撰写文章，从批评方法的角度，对这种批评倾向进行评论。他要求评论者在评论作品的时候，要对作品所展示的艺术形象作具体的分析，不要离开作品所描写的社会生活和人物性格去苛求作家，不了解生活，不分析作品，从主观的各种框框条条出发，拿既定的标签硬贴到作品的人物身上，既不符合艺术创造的典型化原则，也背离艺术以个别反映一般的规律。20世纪60年代初期，在文坛和理论界不断向"左"转的情况下，肖殷先生撰写的这些批评和理论文章，真可谓是空谷足音。

　　肖殷先生写的评论，形式多样，生动活泼，丝毫没有"迂"气和"酸"味。有一位青年时期得到他的辅助、现在成名的中年作家对我说："肖殷先生写的评论文章，就像生活那样生动活泼。"是的，肖殷先生的许多文章，都是用"书简""读稿随笔"一类的形式写成的。他认为，运用这种形式比较自由，人们读起来也比较亲切，容易为广大读者所接受。文章形式的生动活泼往往与作者思想的活跃有关，但更主要的是肖殷先生有一颗为青年作者的火热的心。他是青年的导师，又是青年的朋友，他深知他们在文学道路上的难处，所以特别着力于帮助他们弄清文学的任务和创作的规律，总想把那些非寻常的、不容易懂的道理讲得更浅显明白。他说他相信一个简单的道理："任何大作家，都不是天生的，都是从稚嫩的不知名的文学青年中产生出来，成长起来的。因此，发现、扶植、培养青年作者，是繁荣创作的一个根本措施。"可见，他的评论的形式，也是反映他的文学追求的。

肖殷先生离开我们已一年多了。他用心血浇灌的鲜花正在文坛上盛开，他所期待、所盼望的文学创作的黄金时代就要到来，文学在召唤着敢于开一代新风的新的评论，让我们评论家齐心协力，去开拓新时期文艺理论的新领域！

（原载《文艺新世纪》1985年第4期，原文题为《论肖殷的评论风格》；收入《新时期广东文学评论选》，花城出版社1989年版）

从本土学术到海外汉学
——对饶宗颐先生治学方法的体会

在汉学大师饶宗颐先生九十华诞之际，回顾饶先生七十载治学从艺的辉煌成就，正如有的学者所言，先生的治学之路，是"经历了一个由本土传统学术到海外汉学再到新学旧知相融合的过程"①。先生的学术活动及研究范围几乎涉及国学的所有学科，其在敦煌学、古文字学、历史学、词学、目录学、考古学和比较文化等诸多研究领域的卓越成果，不仅为国际汉学界所关注，而且成为国际汉学领域的重要研究对象。在饶先生的学术世界里，东方与西方没有鸿沟，古代与现代没有裂缝，他的治学精神、治学道路、治学方法和丰富的学术成果，为后来的学人提供一种深致、沉潜的学术范式，这一范式的树立，对于今天和未来中国的学术均有十分重要的意义。

饶宗颐先生的学术建树，已成为当今国际汉学界的一个奇观和宝库。人们正在走近他，从各个方面去研究他、认识和解读他。读先生的一些著作，参照学者们对先生学术成果和治学精神的探究，感受良多。下面，仅就先生的治学方法，谈几点自己的体会。

1. 重"国本"，汇通中外

饶先生在《殷贞卜人物通考序例》中，明确提出考史与研经合为一辙的看法。他认为，"史"是事实的原本，"经"是由事实中提炼出来的思想。中国文化的主体是经学，所以他对古史深怀一种难以言喻的敬意，认为研究国学，不能亵渎"国本"，要顺着中国文化的脉络讲清楚，要爱惜、敬惜"古义"。饶先生重视"国本"，又能汇通中外，是因为他的学术视野开阔，学术态度和方法是开放的，对不同文化不是持排斥，而是持互动认知的态度。他通晓六国语言，史识广博，不仅精通中国历史文化，也了解西方和东方其他一些国家的历史文化，能在中外文化的交会比照中，互动认知，不断发现、研究中国历史文化的新问题，从各个方面、不

---

① 胡晓明：《饶宗颐学记》，香港教育图书公司1996年版，第51页。

同层次拓展、突现中国历史文化的精神与特色。正是这种对中外历史文化的博大通识，使他能在许多学术的生荒地中种出自己丰硕的"果"，在历年的著述里提出众多有原创性的命题和立论。关于饶先生学术上的原创成果，姜伯勤教授在《从学术渊源论饶宗颐的治学风格》①和胡晓明教授在《饶宗颐学记》中，均有详细的例证和立论。笔者仅就其中有关域外汉学传播的研究成果为例，以见证饶先生的博大史识和着人先鞭的原创力。例如，饶先生是首次编录新马华人碑刻、开海外金石学之先河的第一人，首次在日本东京出版《敦煌法书丛刊》的学者，在国际学界讲巴黎所藏甲骨的第一人，讲敦煌本《文选》、日本钞本《文选》五臣注的第一人，首次利用日本石刻证明中日书法交流源之唐朝，首次据英伦敦煌卷子讲禅宗史上的摩诃衍入藏问题，讲有关越南历史的《日南传》的第一人，辨明新加坡古地名以及翻译译名的第一人，利用中国文献补缅甸史的第一人。

以上这些成果，正好从一个方面体现了饶先生开阔的学术视野，他既注意中国历史文化和典籍在海外流传的各种形态的研究，又对其中国历史文化源头进行追索。比如，他发表于1956年的《敦煌本老子想尔注校笺》，就是将伦敦所藏的反映早期天师道思想的千载秘籍，全文录出并作笺证，从而引发了欧洲学界对中国道教的研究，当中蕴含有饶先生独特的"互动认知"的认识论和方法论。饶先生的汇通中外，还常常表现在他以自己的中华文化之心，去感受世界各个国家不同文化的差异，在理解并尊重这种差异的同时获得多个参照系，从而能摆脱传统的某些成见，用一种外在的视角，反观"自己"，重新认识、诠释本国的一些民族文化现象。比如在他所写的《金字塔外——死与蜜糖》一文中，从埃及文化的代表作之一《死书》，引发对人的生死问题的思考："要追问何处有神的提撕？什么才是这真正的秩序和至善？在人心的天平上，怎样取得死神最后的审判？"他还从波斯诗人把死看作"蜜糖"的比喻中，反思中国文化中的生死观，指出："死在中国人心里没有很重要的地位，所以造成过于看重现实只顾眼前极端可怕的流弊。"②这种对于中国传统文化现象的新的反思和诠释，是饶先生感受某种文化差异之后，在中外文化相比照的语境中作出的。这在国学研究上是一种全新式的学术思路，有助于拓展人们对已有

---

① 姜伯勤：《从学术渊源论饶宗颐的治学风格》，载《国际潮》1994年6月。
② 饶宗颐：《饶宗颐二十世纪学术文集》第20册卷十四《选堂散文集》，第201～203页。

传统的新的认知，在时代的发展中不断延伸民族的文化思维。

2. 穿越学科、门类的边界，汇通众学

饶先生的学术领域极其广阔，他的研究成果涉及国学的各个领域，在研究范围、对象和方法上突破了学科与门类的界限，原创力强，是许多学者公认的饶先生治学的一个显著的学术特点。胡晓明教授在《饶宗颐学记》中曾用很形象的语言来表述饶先生的这一特点："饶宗颐学术特点即尚新尚奇，几乎是打一枪换一个地方，几乎是村村点火，处处炊烟。"还借《圣经》中的话说："叩门，就给你开门"，说明其尚新出奇而处处获胜。① 饶先生的"奇"和"胜"，是因为他有丰厚的学术积淀，学识渊博，能汇通众学，看到问题之所在，发现问题，从问题出发，"接"着前人的话说，提出自己新的看法。饶先生新近曾对《羊城晚报》记者表述自己做学问的方法："学问要'接'着做，而不是'照'着做，接着便有所继承，照着仅沿袭而已。"② 这个"接"字，是很需要人们好好消化的，这是学术研究方法论的核心问题。从饶先生七十载治学的轨迹看，他是从早年文献目录学开始，到词史、古文学、诸子之学，以及考古学、敦煌学，再扩大到地理学、宗教史、艺术史、海外汉学和中外文化交流史等，直至在中西文化交融的视野中，旧识与新学相融合，创新说，立新论，由于他这条"路"是扎扎实实穿越各个学科、门类走出来的，而且环环相扣，彼此互动互促，每一阶段都有原创性的代表作问世，形成一个独特的多姿多彩的跨学科、文类的学术世界。在这个"世界"里，传统所认定的各学科、文类的"门"是开着的，并没有锁闭的边界，所以面对具体的学术问题，就有可能从不同角度、视界去投射，进行学术的交叉整合研究和综合的诠释。下面，举一个笔者曾亲身聆听的饶先生的学术报告为例：那是1998年12月，在澳门大学主办的"中华文化与澳门研究国际研讨会"上，饶先生在以"《文选》学之萌芽——曹宪与李善"为题的学术报告中，对《文选》的李善本索源，从李善与曹宪的师生关系，两人都是扬州人，把李善本的《文选》和曹宪的"后汉书"研究联系起来。他引出：第一，研究文选要注意扬州学派。第二，一部书显其重要，有多方面的原因：①地缘；②传统；③与其相关的学问（如"文选学"与"汉

---

① 参见胡晓明《饶宗颐学记》，香港教育图书公司1996年版，第4页。
② 《饶宗颐：大隐于市一鸿儒》，载《羊城晚报》2006年12月11日。

书学"的关系)。在这个学术报告中,饶先生还讲述了他是如何把敦煌学用于《文选》校注,并编出敦煌本与吐鲁番本《文选》,以及这一过程的新的学术发现,是有关治学方面经典性经验的总结。正如大家所知,这一研究成果是饶先生首创的。饶先生是一个"立根本"的学人,是20世纪国学研究的一大奇观。他的汇通众学,并非人人所能够做到,但他的从专攻到通识,突破学科界限的既定模式,不同学科相互投射综合诠释的研究方法对当代学人应有深刻的启示。北京大学著名教授季羡林先生曾撰文称:饶宗颐教授是著名的历史学家、考古学家、文学家、经学家,又擅长书法、绘画,在中国台湾、中国香港,以及英、法、日、美等国家,有极高的声誉和广泛的影响。笔者曾有机会多次拜见季先生,季先生每次必谈饶先生在国际上的学术影响,并认为内地应重视饶先生著作的出版和推介,让内地学界和广大读者了解饶先生极高的学术造诣,以及他在世界的声誉和影响。

3. 文献与实物互动,新知与旧识交融

"文、物互动"的实证研究方法,也是使饶宗颐先生的学术成果富有原创力的重要途径之一。饶先生说他治学程序是反复"磨"原典、原材料,如他对楚国出土文献的研究,前后达40年之长。而他在20岁前作《顾炎武学案》,就学会"走路"做学问,通过实地考察,以文物实证来修正、填补文献记载的偏差、空白。这种"踏勘"的治学方法,使他能放开治学的眼界,做到"在纸上之文献到地下之文物之间,随时建立一种有机的生动的联系,使其学术生命常具生生不已的活力"①。关于饶先生的这一治学方法,胡晓明教授已有非常详细的阐释和论述。在这里,笔者只是就饶先生这一治学方法在学术上的启示意义谈一点体会,那就是:中国的当代学者应从饶先生的这种治学精神中获得教益,做到"沉潜静穆",对学问有一份深厚的敬意。

饶宗颐先生是当今汉学界大师。钱仲联先生生前评价饶宗颐先生为九州百世之"东洲鸿儒",是世界公认的汉学家。近20多年来,随着世界性文化的转型,多元文化崛起,横向开拓、寻求参照,成为这一时期文化发展的一个突出特点。在这种新的文化形势下,东西特别是中西方文化交往日益增多,中国学者对中国历史文化的研究有了新的思考。当中有两点

---

① 胡晓明:《饶宗颐学记》,香港教育图书公司1996年版,第87页。

是比较明晰的：一是认识到中国文化源远流长，有自己独特的阐释体系，在研究中应特别重视，挖掘和发展本民族的这种文化属性，并将其推向世界；二是认识到文化不是封闭的个体，而是不断变化发展的，研究本国文学不应只局限于本民族的文化视野内，而应扩展到与其他文化的"对话"之中。正是着眼于此，近几年，许多学者都十分重视对中国传统文化的研究，希望回返自身文化源头寻求资源，发现、认识自身文化的特点和优势，如中国独特的思维形式、言说方式等，并将其推向世界，成为新的世界多元文化景观的一元。读饶先生的著作，感受饶先生开放的学术视野和方法，我认为，饶先生以他所走的道路和在世界汉学研究上卓越的建树，已为我们眼前的探索提供了一种典范、一个光辉的榜样、一条把国学推向世界的充满阳光的学术道路。

（原载《文艺理论研究》2007年第2期，原文题为《对饶宗颐先生治学方法的体会》）

饶芃子自选集

第二部分

比较文艺学选辑

新时期比较文学在中国的复兴

一

中国学者对比较文学的介绍早在"五四"时期就开始了。从 20 世纪 20 年代始,中国报刊上已不断出现一些对中国文学和其他国家的文学进行比较研究的论文和文章,如周作人的《文学上的俄国与中国》①、沈雁冰的《自然主义与中国现代小说》②、冰心的《中西戏剧之比较》③、许地山的《中国文学所受印度伊兰文学的影响》④、查士之的《中日神话之比较》⑤、赵景琛的《中西童话的比较》⑥、钟敬文的《中国印欧民间故事之相似》⑦ 等。30 年代,运用比较方法来研究文学的成果就更多了,其中有不少是对中西文学进行比较研究的。例如,朱光潜的《中西诗情趣上的比较》⑧,根据中国和西方不同社会、不同文化传统和伦理思想,对中西诗情趣进行比较研究,指出其差异:认为中国的人伦诗在情趣上重伦理、重家庭、重朋友之间的酬谢,西方的人伦诗重国家、重个人、重爱情;中国的自然诗多是对自然情趣的"默契欣合",而西方则常把自然当作神灵来表现,是一种超乎人而时时支配人的力量,有神秘感;中国的宗教诗受老庄影响的多为游仙诗,而受佛学影响的往往是有"禅趣"而无"佛理",西方的宗教诗有较深广的哲理和宗教情操。无论是从课题的范围、研究的方法还是从立论的深度看,已是成熟的中西比较文学成果。1931

---

① 周作人:《文学上的俄国与中国》,载《民国日报·觉悟》,1920 年 11 月 9 日。
② 沈雁冰:《自然主义与中国现代小说》,载《小说月报》13 卷 7 号,1922 年 7 月。
③ 冰心:《中西戏剧比较》,载《晨报副刊》,1929 年 11 月 18 日。
④ 许地山:《中国文学所受印度伊兰文学的影响》,载《小说月报》16 卷第 7 号,1925 年 7 月。
⑤ 查士之:《中日神话之比较》,载《小说世界》16 卷 14 期,1927 年 9 月。
⑥ 赵景琛:《中西童话的比较》,载《文学周报》5 卷 15 号,1928 年。
⑦ 钟敬之:《中国印欧民间故事之相似》,载《民俗》第 7 期,1928 年 6 月。
⑧ 朱光潜《中西诗在情趣上的比较》,载《申报月刊》第 3 卷第 1 号,1934 年第 1 期。

年和1936年，商务印书馆先后出版了傅东华翻译的《比较文学史》[（法）洛里哀著]和戴望舒翻译的《比较文学论》[（法）梵·第根著]，在中国第一次系统介绍比较文学的历史、理论和方法，引起当时学术界人士对比较文学的兴趣和关注。1936年，开明书店出版了朱光潜的《文艺心理学》。该书用双向阐发的方法，既应用西方文学理论阐发中国文学，也应用中国文学理论阐发西方文学，探索中西方文学的共同规律，是一部有影响、有实绩的专著。40年代，由于社会的变动，文学研究工作受到影响，也仍然有这方面的成果问世。如洛蚀文（王元化）的《鲁迅与尼采》[①]、唐君毅的《中国哲学与中国文学的关系》[②]、郭沫若的《契诃夫在东方》[③]等研究中外文学关系的论文。又如1947年闻一多撰写的《文学的历史动向》[④]，文中论证了古代世界四种最古老文化的发展、交流、变化和融合的过程，研究探讨人类文化发展的历史路线，指出历史给文学提供了"受"的方向。不仅是在当时，就是在今天看来，也是一篇很有学术价值的比较文学论文。但是，从"五四"时期到40年代，中国比较文学研究主要表现为能从国际角度从事文学研究，实绩是在方法论的运用上，还没有形成一门独立的学科。

50年代以后，中国学术界对比较文学的介绍和倡导中断了一段相当长的时间，这一方面是因为这段时间中西文学交往不正常，文学观念比较封闭；另一方面是受到苏联文艺理论思潮的影响。早在19世纪末，被人们称为苏联比较文学之父的维谢洛夫斯基的《历史诗学》就已问世，这是一本有国际影响的著作。但是，十月革命后，苏联对比较文学持着否定的态度，认为比较文学主张打破民族文学的界限，表现了"世界主义"倾向。1964年，苏共中央提出要肃清文艺学中的资产阶级思想影响，曾一度把比较文学当作资产阶级的学派重点批判，斥之为与"世界主义"的反动思想体系有密切关系的反动流派。当时，维谢洛夫斯基虽然已经去世多年，但仍把他的著作拿出来批判，指责他在文学研究中鼓吹"资产阶级的世界主义"，向西方的资产阶级屈膝投降。从30年代中期，比较

---

① 洛蚀文（王元化）：《鲁迅与尼采》，载《新中国文艺丛书》（第三辑），1939年。
② 唐君毅：《中国哲学与中国文学的关系》，载《中西哲学思想之比较研究集》。
③ 郭沫若：《契诃夫在东方》，载《东方杂志》第40卷，1944年6月4日。
④ 闻一多：《文学的历史动向》，见《闻一多全集》（一），三联书店1982年版，第210页。

文学在苏联学术界一直是个"禁区"。中国和东欧各国均受到这种文艺思潮的影响。到了50年代中后期,苏联开始为比较文学恢复名誉,并且加入国际比较文学组织,到60年代初期又沉寂下去,直到70年代才一改以往态度,不但在国内提倡比较文学研究,还派出数量可观的学者参加比较文学国际研讨会。这些年来,他们在比较诗学和美学的研究方面都显示出一定的优势。中国50年代的文学观念、美学理论,基本上是从苏联引进的,学术思想也受到他们的影响,这段时间虽然有一些比较文学的论文出现,如冯雪峰的《鲁迅与果戈里》(1952年)①、戈宝权的《陀斯妥耶夫斯基的作品在中国》(1956年)②、范存忠的《〈赵氏孤儿〉杂剧在启蒙时期的英国》(1957年)③ 等,但从理论上倡导比较文学的论文却没有。50年代与60年代之交,随着苏联比较文学的解冻,学术界出现了一些比较文学和比较文艺学的论文,这些论文有的被翻译到中国来,如聂乌波科耶娃的《有关研究各族文学相互关系与相互影响的一些问题》(舒栋译)④、康拉德的《现代比较文艺学问题》(周南译)⑤、萨马林的《外国比较文艺学现状》(楚荧译)⑥。但是这些译文的影响主要是在文艺理论界,而且人们的着眼点更多是放在文艺理论的研究方法上,并没有把他们和中国二三十年代的比较文学成果联系起来。在这之后的十几年,特别是"文革"的十年,中国的文学和学术遭到严重的摧残,比较文学就更无人问津,致使这一从"五四"以来就起始的文学之"流",至此完全中断了。

二

70年代末80年代初,随着我们国家改革开放政策的推行,中外文化

---

① 冯雪峰:《鲁迅与果戈里》,载《人民日报》1952年3月4日。
② 戈宝权:《陀斯妥耶夫斯基的作品在中国》,载《译文》1956年第4期。
③ 范存忠:《〈赵氏孤儿〉杂剧在启蒙时期的英国》,载《现代文艺理论译丛》(第4辑),人民文学出版社1962年版。
④ 聂乌波科耶娃著:《有关研究各族文学相互关系与相互影响的一些问题》,舒栋译,见《现代文艺理论译丛》(第4辑),人民文学出版社1962年版。
⑤ 康拉德:《现代比较文艺学问题》,周南译,见《现代文艺理论译丛》(第4辑),人民文学出版社1962年版。
⑥ 萨马林著:《外国比较文艺学现状》,楚荧译,见《现代文艺理论译丛》(第4辑),人民文学出版社1962年版。

交流日多，东西文化在中国汇集合流，新的形势要求人们拓展文学研究领域，比较文学就在这种新的形势下在我国重新兴起：老一辈学者热心倡导，介绍学科的历史；新从国外留学回来的青年学者积极参与，引进新的学科理论；一些在文学研究领域里辛勤耕作的大学教师和研究人员，为了扩大视野，改变过去比较单一的思维模式，也纷纷在这方面作了不同程度的尝试。如果说，80年代初在中国出现的文化"热"反映了意识形态领域里全面改革的要求，那么，比较文学"热"出现稍早也是由改革触起的，大的时代背景是一样的，它同样是从一个方面反映了学者们在改革的现实面前，渴望突破、超越的精神和愿望，不能仅仅看成是一般情况下对某一个学科的继续引进和倡导。

综观1977年以来到80年代我国比较文学的研究成果，回顾比较文学在新时期所走过的道路，基本上是经历了两个阶段：1977年到1985年中国比较文学学会成立是第一阶段，1985年中国比较文学学会成立到80年代末是第二阶段。我完全同意这样一种看法："比较文学在中国的复兴是以钱钟书的巨著《管锥编》1979年在中国的出版为标志的。"① 钱钟书的《管锥编》对比较文学的各个方面——交叉学科的研究、文艺理论的双向阐发研究、渊源影响的研究、翻译媒介的研究都有独创的建树，其中最大的突破点是他坚信人文科学的各个学科都是彼此联系的，它们互相交叉和渗透，而且能跨越国界和衔接时代，主张突破各种学术界限，打通整个文学领域，以寻求共同的"诗心"和"文心"，探索"造艺之本源"。比较文学兴起的前一阶段，报刊上发表了几百篇比较文学论文，多数是研究中外文学交流中已经存在的事实联系，特别是中国现代文学与外国文学的联系。例如，鲁迅是中国少有的世界型的作家，他的思想，他的作品，都是中西文化融合的结晶，在这一阶段影响研究的成果中，有不少就是发现、整理、分析鲁迅与外国文学客观联系的资料，研究其影响的起点和终点，是中国新时期比较文学复兴中一个相当热门的研究课题。此外，也有研究中国古代文学、近代文学和外国文学关系的。这一阶段，平行研究的成果也不少，如中西文学的文体比较、主题比较、文学作品中的情节结构和人物形象比较等。这些论文打破时空关系，研究不同国家文学的异同，有助

---

① 杨周翰、乐黛云主编：《中国比较文学年鉴》，北京大学出版社1987年版，第17～18页。

于开拓文学研究的疆域，但就成果本身而言，有深度、有分量的不多。还有一些阐明比较文学学科理论和方法论的论文，这些论文对扩大文学研究者的眼界，倡导比较文学研究起了促进的作用。中国70年代末80年代初出现的比较文学成果，让人们看到中国比较文学事业的蓬勃生机，它正朝着形成一门独立学科的方向发展。

1985年10月，"中国比较文学学会成立大会暨国际研讨会"的召开，标志着中国比较文学研究已进入了一个新的阶段，即建设学科阶段。从这次会议收到的论文和在这以后出现的一系列成果看，有两个突出的特点：第一，比较诗学和美学的研究在中国有了长足的发展；第二，中西文学的比较研究已经形成一种新的学术热潮。通过对具体作家作品的研究评论，探索某种审美意识的形态，阐明某一文学观念，这是中国古代文论家常常采用的形式。近几年来出现的一些有分量的比较诗学和美学的论文，有不少也是采取这样的形式。如刘小枫的《"天问"与超验之问》[1] 就是围绕着屈原的《天问》，以西方的超验意识与之对照，对诗人在这首长诗中所提出的170多个问题，联系他个人的历史、思想、理想以及事业上所遭受的挫折、内心的矛盾和最后的自沉，进行深层次的美学的探索，认为"屈原提出'天问'的原因是自己对信念的怀疑，是自我意识所面临的困境，他的悲剧在于，他的追问没有超越追问的前提"[2]。这一结论非常深刻。论文作者通过对一种复杂文学现象的具体剖析，揭示中国传统审美意识在一个方面的严重倾斜。所以，这不仅仅是一篇论屈原《天问》的论文，而是一篇有文化意蕴的中西美学比较研究的论文。又如商伟的《论中西诗画比较说及其基础——由读〈拉奥孔〉谈起》[3]，通过对中西方诗画比较说的比较研究，指出中西方美学家对同一问题的不同认识、不同结论，是建立在各自艺术实践的基础上：西方的诗与画主要是故事诗和情节画，它们的共同特点是以人的行动为表现对象；中国的诗与画多为抒情诗和写意画，本质是抒情的，着重的是心与物的关系。故西方的诗画比较说强调的是人与人的行为关系，着眼点放在它们时、空的表现形式的差异，

---

[1] 刘小枫：《"天问"与超验之问》，载《深圳大学学报》1987年增刊。
[2] 刘小枫：《"天问"与超验之问》，载《深圳大学学报》1987年增刊。
[3] 商伟：《论中西诗画比较说及其基础——由读〈拉奥孔〉谈起》，载《深圳大学学报》1987年增刊。

中国的诗画比较说强调的是它们在内容、意趣通用表现功能上的相似。中西诗画比较说提出问题和讨论问题的重心不一样，反映出中西文化的不同特质，认为莱辛在《拉奥孔》中所表述的诗画差异说和中国古人的诗画一律说，正体现了中西不同的艺术观念和人生理想。从而提出东方美学和西方美学一样，同属于人类文化的理论，应该用全人类的眼光，从世界全局的背景上来考察和研究东方美学，特别是中国的传统美学。这篇论文触及当代美学研究中一个非常重要的问题，那就是如何在东西方美学的比较研究中，进一步认识东方美学，特别是中国传统美学，包括它的观念、形态及其发展的状貌。西方自亚里士多德以来，各个时期都有系统的美学著作出现，研究的成果也很多，而中国传统的美学观念，主要体现在艺术实践中，美学理论、美学观点也往往是和作家对作品的评论结合在一起，思维形式和表达方式都和西方不同，重体验而少思辨，这是中西方不同的文化背景形成的。所以在比较研究中弄清它们的异同，从国际角度对中国传统美学和美学史作进一步的整理、研究，在20世纪国际文化交流日益广泛深入的情势下，显然是迫切需要的。如上述这样的研究成果还有好些，拿它们和新时期前一阶段同类成果比较，无论是理论意识的强化还是所触及问题的深度，都向前跨进了一大步。在中西诗学比较方面，新近出版的《中西比较诗学》（曹顺庆著）[1]，是一部运用比较方法研究中西古典文论异同的专著，全书共分六部分，分别从文化背景、艺术本质、艺术起源、艺术思维、艺术风格、艺术鉴赏六个方面进行理论上的对比研究，在具体论述中西艺术共同规律的同时，着重于展示中西古典文艺理论的不同特色和独具的理论价值，阐明发掘和研究中国古典文艺理论的世界意义。由于中西诗学范围很广，重要的理论问题很多，也很复杂，况且中国古代文艺理论中的一些问题，学术界争议较多，书中有些问题的看法，人们不一定都会同意，但作为新时期出现的第一部《中西比较诗学》的专著，作为一种言之成理、持之有据的学术见解，它有开拓性的意义，也能给人们以有益的启迪和参照。除此之外，东方各民族文学的比较研究也在崛起，如收在《东方比较文学论文集》[2]中的各篇论文，就所研究的课题本身来说，都很有意义，当中有的课题是在这之前未有人论及的。

---

[1] 曹顺庆：《中西比较诗学》，北京出版社1988年版。
[2] 卢蔚秋主编：《东方比较文学论文集》，湖南文艺出版社1988年版。

中国比较文学学会成立以后，使中国的比较文学学者有可能以这个学科的群体出现在国际的比较文学领域，在世界比较文学大潮的涌动下奋起直追，阔步前进。近三年来，中国学术界不但出现了数以百计的比较文学论文，还出版了数量相当的译作、教材、专著和论文集。尤其可喜的是北京大学出版社出版了第一部《中国比较文学年鉴》①，它的问世，大大地推动了学科建设和这个领域的学术交流。到目前为止，全国已有两个比较文学的公开刊物，即《中国比较文学》（上海外语学院编）和 COWRIE（苏州大学编）；有十几所大学成立了比较文学教学和科研机构，20多所大学开设了比较文学课程，北京大学、复旦大学等还招收了比较文学研究生。事实说明，比较文学已成为一门独立学科在中国出现，势头很好。

三

比较文学是具有国际性的文学研究学科，从近十年来比较文学在我国复兴和发展的势头看，它已经大大地促进了中国的文学研究。它那种从国际角度研究文学的视野与方法，为学者打开了一座储藏丰富的研究宝库，既扩大了文学研究的领域，又增进了中外学者的智力交流。具体表现在四个方面。

第一，进一步打破了文学研究的封闭状况，为学者的文学研究提供了观察问题的新的视点。例如，对鲁迅的研究，过去成果很多，大多数学者都能做到把鲁迅放在中国历史的发展中进行分析和评价，但思维方式比较单一。近几年来，比较文学的复兴拓展了人们的视野，出现了一些别开生面的论文和专著，这些论文和专著的作者从中西文化融合的角度研究鲁迅，既注意探索鲁迅和外国文学的关系，也重视研究鲁迅对传统文学的承传和革新；通过研究世界型作家鲁迅的思想和他的作品，以及对同样处在世界文学大潮中的鲁迅、胡适、林语堂等作家的比较研究，展示世界文学对中国现代文学的影响，总结中西文学融合的经验，使鲁迅研究有了新的突破。

第二，促进中国文学和文学研究自觉地面向世界，科学地看待国与国之间的文学交往与影响。比较文学是带有国际性的开放型学科，它的复

---

① 杨周翰、乐黛云主编：《中国比较文学年鉴》，北京大学出版社1987年版。

兴，必将推动中国文学和文学研究进一步地走向世界。从这个时期比较文学的成果看，有相当一部分是清理中外文学之交的，其中比较多的是微观研究，主要是研究某一作家、某一作品和外国某一作家、某一作品的关系。尽管从理论上对文学横向借鉴的经验作宏观研究的成果尚少，但微观研究是宏观研究的基础，微观研究的成果日多，就必然会激发人们到历史的深处去对问题进行宏观的探究，寻找中外文学相互影响的规律，从而促进有世界意义的中国文学和文学研究的发展。

第三，催发了文学研究中的比较研究，使更多的学者具有自觉的比较意识。在文学领域里，作品的特色和作家的个性，只有在同他者比较中才相得益彰；某部作品或某个作家是否有真知灼见，也只有在比较中才能显示出来。所以，文学研究不能不伴随着比较，"我们应提倡有意识的、系统的、科学的比较"①，学者们有自觉的比较意识，能运用比较的方法来研究作品，不仅有助于我们把握作品的特色和作家的个性，而且也有利于克服那种以一国的文化、文学作为规律的轻率态度，使我们的认识更为全面和完善，从而把文学研究的整体水平和境界升华到一个新的高度。

第四，推动学者们去建立一种文学的世界性的观念，一种更为博大的文学观。比较文学的研究具有总体文学研究的特点。它在中国的复兴，使人们视野扩大，注意到国际性文学问题的研究，或者是通过某一特殊文学领域的研究，达到对世界范围内同一领域的某些规律性问题的理解，在研究自己国家文学的时候，也能做到高瞻远瞩，从世界文学的高度看待中国文学，以我们具有民族特色的东西，充实、丰富世界文学。这种更为广大的文学观念的建立，必将使我们文学研究的现状产生深刻的变化。

在中国，比较文学要有长足的发展，并且能够在国内外学术界展示出新的前景，应该大力提倡中西比较文学研究。这首先是中国当前文学研究发展、深化的需要。从理论看，中国现代的文艺理论基本上是从西方引入的，我们一直是用外国人的文学观念和术语来解释、阐明中国的文学现象。开展中西比较诗学研究，沟通中西文学范畴、观念，认识它们的异同，研究它们相互影响和融合，将为我们探讨具有中国民族特色的文艺理论提供条件。从作品作家的现状看，西方文学对中国现当代文学的影响是明显的，中国现当代的许多著名作家都是从西方名著中吸取养料，不通过

---

① 杨周翰：《比较文学和文学史》，载《复旦大学学报》1984年4月。

中西比较文学研究，梳理文学上的种种"血亲"关系，就不能认识这些作家作品中外国文学影响的基因，很难把作家论、作品论写好，也无法编写科学性较强的中国现代文学史。从中国文学未来的发展看，中国文学正在走向世界，为了认识中国文学在世界文学中的地位和作用，也必须探求、研究文学的总体规律。中西文学各发自不同的文学源体，彼此跨度很大，对这两种不同的文学传统进行比较研究，可以从中归纳出某些带有世界性的文学总体规律。其次是中国学者应该为比较文学这门开放型国际性的学科做出贡献。近几年来，国际上一些比较文学研究者已开始注意和重视对东方文学的研究，当代西方一些比较文学权威还提出整个比较文学研究应转向东方①。中国地处东方，是东方的文明古国，文学的传统源远流长，跟东方各国文学之交的历史悠久，同西方各国的文学关系也很密切，为了在东西方比较文学研究中作出贡献，很有必要把现在正在兴起的中西比较文学研究深入下去，并注意东方各国文学的比较研究，创建和发展有中国特色的比较文学流派。

但是，要把中西比较文学研究深入下去，有几个问题是值得我们反思和探讨的：一是要克服过去一些比较文学成果只停留在影响、异同上的浅度比较，而未能在这一基础上从理论高度对问题作出价值判断。由于中西方文化背景的差异，历史情况、文化传统、文学与各学科互相渗透的程度不同，文学的形态、文学的历史发展道路、作家作品所蕴含的审美意识也就不同，所以比较中西文学的异同，往往要牵连到别的领域和学科的问题，如文学与历史、哲学、心理学、语言学的联系等等，要是对大的背景不了解，就难以认识和把握它们之间的区别和联系，就不能作深度的比较。二是要认识到中西文学发展的不平衡，注意到时差和它们的不同步。中西文学是在不同的文化背景下发展起来的，一些类似的文学现象在中国和西方不是同时产生的，在进行中西比较文学研究时，就必须注意到这一情况，因为中西文学的相互影响情况是比较复杂的，授→受往往不是在同一时间，这个过程有长有短，各国文学和中国文学的相互影响、渗透及其发展和延续的过程也是多种多样的，不能只对它们作同时序的一般的比较，而要从问题出发，作具体细致的比较，从各种特殊复杂的文学现象的比较研究中，去概括一般的规律。三是要提倡纵向和横向的研究相结合。

---

① 当代法国文学权威人士艾登堡曾声称整个比较文学方向应该转向东方。

纵向研究和横向研究的性质是不同的，作用也不一样。纵向研究主要是看影响，理顺国与国之间文学之交的历史，有文化关系史、文学关系史，用影响研究的方法，弄清授者与受者的关系，影响有先有后，要知道这种影响是 A→B 还是 B→A。横向研究不一定看影响，主要是研究不同国家出现的类似的文学形态和现象，它们之间可能有接触和影响，也可能没有任何接触和影响，所以要根据实际情况运用影响研究或平行研究的方法对它们进行研究，对那些没有影响关系的文学的类同现象的研究，可以不必顾及时差，只是拿彼此相似的 A 和 B 作比较，联系它们的文化背景，探索文学发展中的某些共同形态和规律。纵向研究主要是从比较和历史的角度去寻求中西文学内在和外在的特质，或对中西文学发展史上某一阶段、某些文学思潮、流派和文学现象及其发展进行比较研究，做出科学的判断；横向研究要做到近观细察，运用交叉比较方法，去追索中西文坛上各种类似的文学现象，包括过去的和今天的，把握它们固有的特点。在一般情况下，要先有纵的认识，才能作横的比较，所以这两者是不可分开的。

为了使中西比较文学的研究能在世界比较文学宝库中做出贡献，还要重视宏观的研究。不但要注意研究中西文学中的不同体系和形态，研究具体的作家作品，也要重视研究它们的历史和发展，特别要注意中西文学发展过程的比较研究。现在有一些论文已注意从学科角度来研究文学的发展过程和行为，也有的论文专门对不同社会形态的文学进行宏观的比较研究，这种比较研究有的是综合性的，有的只就某一方面进行比较，也有的是经验性的。这些，都是从宏观角度进行的尝试。当然，这种宏观的研究，是建立在日益活跃和深入的微观研究的基础上，从国际上的经验看，微观研究的经验多，宏观研究的经验少，宏观研究又常常是和理论研究密切联系在一起的，过去忽视理论研究是造成宏观研究成果较少的直接原因之一。现在，西方的比较文学学者已注意到这个问题，并且认为未来世界的比较文学研究有以理论比较为主导的发展趋势。在这方面，中国的学者是有优势的，我们应该发展这一优势，用以缩短学科建设上起步较晚的差距，在拓展中西文学比较研究上走前一步，在实践上和理论上为比较文学在世界范围内的发展做出贡献。

（原载《广东民族学院学报》1989 年第 1 期，原文题为《中国比较文学的复兴及其走向》）

中西戏剧起源、形成过程比较

中西戏剧都具有悠久的历史，无论是西方还是中国，戏剧都是起源于民间，是和原始人祭祀神灵、欢庆节日的仪式密切联系在一起的。但由于地理环境以及社会的经济、政治情况不同，民族习惯、文化意识、艺术传统的区别，中西戏剧在发展中走着不同的历史道路，在内容和艺术形式上呈现出很大的差异。把中西戏剧的发展历史加以比较探讨，研究中西戏剧起源、形成和发展上的异同，对于我们进一步探索总体戏剧规律、识别中西戏剧的不同特质，是一个有意义、有吸引力的课题，同时也是一个难度很大的课题，这需要许多人共同努力才能完成。本文仅就中西戏剧起源、形成过程作一比较探讨，提出自己的一些看法。

一

西方戏剧是从古希腊戏剧开始的。古希腊的戏剧是由民间的宗教仪式演变而来，具体地说，就是起源于农村祭酒神的颂歌。古希腊人信仰"泛神论"，在宗教上没有出现至高无上的神的主宰，神话中诸神具有与人同形同性的特点，而且各有"分工"。在古希腊神话中，酒神狄俄尼索斯原是掌管万物之神，后来成为酒与葡萄之神。古希腊人为了祈祷、欢庆丰收和酬谢酒神，每年春秋两季都举行酒神祭典，春季是庆贺新酒开樽，秋季是为收获葡萄和制酒而举行祭礼。相传酒神曾周游世界，受过许多磨难，但他战胜一切困难，在老师西靳诺斯、半人半山羊侍者萨提耳和狂女随从下，乘着一辆兽拉的车子，到处传授酿酒的方法，获得了人们对他的崇拜。对酒神的崇拜后来形成为一种宗教，每到举行祭典的时候，人们就组成合唱队，在山羊的供品周围，轮番地唱着颂扬酒神的赞美歌，边歌边舞。神话以至祭祀，是原始人心理的产物，在古希腊人心中，狄俄尼索斯是一个富有精神和阳气的神，是生命力坚强的象征。他们对酒神的崇拜，实际上是对生命精灵的崇拜，是对人类生活力的崇拜。这种祭祀酒神的歌舞，有的表现人们对酒神的畏惧和敬仰，雄浑悲壮；有的则唱着颂扬酒神的歌曲，举行欢乐歌舞的游行表演，这就是后来古希腊悲剧和喜剧的雏形。世界上任何古剧的产生都是走歌、舞、故事表演结合的道路。古希腊人赞美酒神的颂歌之所以能成为后来戏剧的源体，是和神话中酒神受难的传说分不开的。酒神颂就是以狄俄尼索斯的遭遇为题材。它虽然是以歌舞的形式出现，但已不是一般的歌和舞，而是具有浓厚的宗教意识，是和有关酒神的简单的故事联系在一起的。在古希腊，首先使圆舞台合唱形式的酒神颂歌具有艺术上的表演因素的是阿瑞翁。他是一个合唱队的指挥者，在担任合唱队指挥时，一面指挥，一面把自己当作酒神似地说唱，回答合唱队的问话，表演酒神狄俄尼索斯受难的样子；而合唱队员则身穿羊皮，头戴羊角，扮成半人半山羊的样子，象征酒神的随从。这就使合唱队的合唱开始具有戏剧表演的因素，有了对话和简单情节的萌芽。后来雅典僭主庇西斯特拉妥把民间的酒神祭典引入雅典城内，变成固定的全民性的节庆，并且在酒神节庆中举行"悲剧竞赛会"，但那时的"悲剧"并不是真正的悲剧，而是一种抒情诗的分体。大约在公元前534年，雅典人忒斯庇斯在竞赛会上发展了阿瑞翁创造的说唱和表演的形式，把合唱队歌唱的故事扩大到酒神以外的传说，自己轮流扮演几个角色，跟合唱队员对话，成为古希腊第一个登台表演的演员。因为他一个人要扮演几个人，就使用了假面具；为了更换服装和面具的方便，便把原来圆形合唱队的中心点移到一旁，把演出者和观众分开，出现了最早的"舞台"，这就使原来以歌舞为主的酒神祭典逐步向有演员的戏剧演变。

同西方戏剧的起源相比，中国戏剧的起源是一个比较复杂的问题。中国戏剧也是起源于民间，由于它形式特殊，包括说、唱、念、打等因素，是更为综合的艺术，因而是多源的，寻起"根"来，不像西方戏剧那么"单一"和明确。

中国戏剧歌舞成分很浓，在这方面，它的源头可以追溯到原始时代的歌舞。我国古代歌舞早在原始时代就已出现。《书经·舜典》上说："予击石拊石，百兽率舞。"《吕氏春秋·古乐》篇中也说："葛天氏之乐，三人操牛尾，投足而歌八阕。"前者写的是一群原始猎人披着各种兽皮跳舞，用击石和打石作为节奏；后者写的是原始人手持牛尾边跳边唱的情景。这种歌舞可能是原始人打猎前后的一种宗教仪式和庆祝仪式，带有祈祷和酬谢神祇的性质。到了奴隶社会，歌舞被奴隶主用于娱神敬祖，也为自己歌功颂德。周朝的颂舞，是祭祀时的一种仪式，《诗经·周颂》就是它的歌词。但是在民间仍然保留有一些旧有的节日和敬神的歌舞，如"傩"舞，就是当时农村的一种逐鬼除疫的仪式，舞者都戴假面具，这种舞蹈对后来农村的歌舞、戏曲有很深的影响。又如"巫"舞，也是一种祭祀鬼神的歌舞，它是由上古的巫祝仪式演变而来的。春秋的楚国，巫风很盛，屈原的《九歌》就是为了楚怀王祭祀鬼神而将民间"巫"舞的歌词加以改作而成的。从《九歌》中，我们可以看到当时的乐器、舞蹈和歌唱的种类和形式，有明显的审美意识，不只是祭祀的歌舞，它已孕育着后来戏剧的一些基本因素。

中国戏剧中喜剧基因特别发达，而那种借助语言、动作、诙谐笑谑、插科打诨的喜剧传统，主要是来自古代的优人，所以古优也是中国戏剧的源头之一。由贵族豢养的"优"西周末年就已出现，春秋战国时已有优人活动的记载，最初见于《国语·郑语》。① 古代的优，也称"倡优"或"俳优"，都是男子充任，他们是我国最早的"艺人"。《国语·晋语》中有一段关于优施的详细记载，说晋献公的夫人骊姬准备杀死太子申生而立自己的儿子奚齐做太子，已求得献公的许可，怕大臣里克不同意，向优施求计，优施向骊姬要了一只羊，请里克喝酒，喝到一半，优施就起来跳舞、唱歌，借歌词讽示里克。从记载中我们看到当时的优人是能歌又能舞的。《史记·滑稽列传》中，也有楚国优孟扮已故宰相孙叔敖形象的记载，从中可以看出，"优"不但能歌能舞，还能模仿别人的言语行动。后世把优孟扮孙叔敖这件事，叫"优孟衣冠"，有人还把这当作中国戏剧的起源；但根据记载的材料，优孟的模仿孙叔敖，目的是为了对楚庄王进行讽谏，并没有什么故事情节，只能说是出现了戏剧中变身为他者的表演因素的萌芽。古代优人的活动，更多的是以俏皮的语言来进行嘲讽和讥谏。《滑稽列传》中还有优旃谏秦始皇的一段记载："优旃者，秦倡侏儒也，善为言笑，然合于大道。……始皇尝欲广大苑囿，东至函谷关，西至雍陈仓。优旃曰：'善，多纵禽兽于其中，寇从东方来，令麋鹿触之足矣！'始皇以故辍止。"此外，也有长于竞技的优。《国语·晋语》中说："侏儒扶卢。"就是说侏儒以爬矛戟的把为游戏，供人笑乐。古代优人的职业，除了歌舞外，最主要的是供人取乐，所以多是侏儒担任，因为侏儒身材短

---

① 《国语·郑语》中记载：史伯对郑桓公说周幽王"侏儒戚施，实御在侧"。韦昭说："侏儒、戚施，皆优笑之人。"

小，更能引人发笑。优人供人取乐的技艺很多，但突出的特点是语言上的幽默讽刺。古代歌舞和古优作为中国戏剧的源，在时间上有远近之差，对中国戏剧形成所起的作用也不一样，前者主要是提供歌舞表演的因素，后者则提供语言、动作模仿的因素。优人的调戏歌舞和古代歌舞有一定的继承关系，但古代歌舞带有浓厚的宗教色彩，而优人的表演艺术却纯粹是娱人的。优的出现，说明古代人的审美观念已发生了变化，由幻想的鬼神世界转到面向人生。

中国戏剧是多种艺术的综合，有歌、舞、乐以及诙谐嘲笑等因素，也有杂技、武术和故事表演的因素。无论从戏剧中的杂技、武术因素，还是从故事表演的因素看，都和中国古代的"百戏"有直接的关系。古代的"百戏"，是乐舞杂技表演的总称，秦汉时已出现，又称"角抵戏"。角抵，就是两人摔跤或拳斗。广义的角抵戏，不只是指摔跤，而是指各项技艺会集一起，彼此竞赛，互争优胜。这些，后来同歌唱、舞蹈等合流，成为中国戏剧中的一个重要因素："打"。从故事表演来说，对后来戏剧有深刻影响的是那些"敷衍故事"的狭义的角抵戏。东汉张衡所作《西京赋》，描述当时角抵，说到其中有一节目，叫《东海黄公》："东海黄公，赤刀粤祝，冀厌白虎，卒不能做，挟邪作蛊，于是不售。"东晋葛洪的《西京杂记》上也记载："有东海人黄公，少时为术，能制蛇御虎。……秦末有白虎见于东海，黄公乃以赤刀往厌之。术既不行，遂为虎所杀。三辅人俗用以为戏，汉帝亦取以为角抵之戏焉。"从这些记载看，《东海黄公》表演的是秦代末年的一段故事，内容是黄公企图伏虎不成，是以摔跤的形式演人虎相斗。这个节目已有简单的故事，有人物扮相和白虎假形，还有简单的道具和独白似的符咒，不只是单纯竞技的表演，而且还从民间传入宫廷，在宫廷演出。这是记载中最早有故事表演的角抵戏。后来三国有《辽东妖妇》，南北朝有《代面》《踏摇娘》等，都是这一传统的演变和发展。王国维在《宋元戏曲考》中指出，中国戏剧最早溯源于巫，战国时和俳优合流，到汉的角抵，又增加了故事情节，至南北朝时，出现《代面》《踏摇娘》，才合歌舞以演一事，随成为后世戏曲之起源。这一论断，除溯源于巫的看法过于简单、不够准确外，从总的来看，他是揭示了中国戏剧起源的若干本质方面的。

中国戏剧起源虽然是一个比较复杂的问题，但是通过溯源寻踪，还是可以看到它的历史状貌。我们拿中西戏剧的起源作一比较，可以看到它们有若干共同点，也有许多不相同的地方。共同的是：都是来自民间，源远流长；都与祭祀敬神一类的宗教仪式有密切关系，不同程度地表现出古代人对神的观念；而且都是首先发源于歌舞。不同的地方是：第一，西方戏剧起源于祭酒神的颂歌，源头明确；中国戏剧的起源是多源的，比较复杂。第二，西方戏剧起源于酒神祭典，带有浓厚的宗教色彩，神秘的、幻想的、悲剧性的基因多；中国戏剧的起源，虽也和一定的宗教仪式有关，但俳优的活动、角抵表演等却都是娱人的，主要是现世的人的娱乐性活动，现实的、技艺性的、喜剧性的基因多。第三，西方戏剧是从歌舞演变而来，即由歌舞逐渐演变为故事表演；中国戏剧则是通过它们彼此的汇合、交织来实现。中西戏剧起源的共同之处，反映出世界古剧发端的一些共同的规律，而它们的不同之处，则让我们看到中西戏剧在渊源和传统上的差异。

二

戏剧是一种多种要素构成的综合艺术，构成戏剧的基本要素是演员、剧本、观众和使戏剧得以实现的剧场。其中，演员是最本质的要素，戏剧演员扮演剧中人物和表演戏剧性情节是戏剧艺术必不可少的条件。在戏剧形成过程中，只是一个演员的时候，很难表演戏剧性情节，因为戏剧性情节是由戏剧冲突产生的，必须有两个以上的演员，戏剧冲突才能展开，戏剧性情节才会出现，真正的戏剧才能完成。在古希腊，舞台上第二个演员的出现，是从著名悲剧诗人埃斯库罗斯开始的。埃斯库罗斯是古希腊第一个悲剧诗人，他创作悲剧，还亲自上台表演，担任演员。由于第二个演员的出现，合唱队的抒情成分减少了，有了正式的对话，有了戏剧冲突，戏剧表演就向前迈进了一步。所以，古希腊戏剧的形式是以埃斯库罗斯为标志的。第三个演员的出现，是从古希腊的另一位著名悲剧诗人索福克勒斯开始的，演员人数增加到三个，悲剧的情节和人物的性格才能够充分展开，使希腊悲剧得以发展和完善。在古希腊第三位著名悲剧诗人欧里庇得斯的戏剧里，合唱队只作为一种传统的形式被保存下来，和剧情没有密切的关系，故事表演已成为戏剧的主要内容。古希腊喜剧发展比悲剧晚一些，在公元前486年前后，雅典开始有了喜剧竞赛会，从此喜剧就逐渐发展和繁荣起来。古希腊喜剧的代表作家是阿里斯托芬。

戏剧得以实现的物理空间是剧场，有了剧场，演员才能演出，观众才能观看，所以剧场的出现和改善，也是戏剧形成、发展的一个标志。在原始"戏剧"出现时，演出的地方都是在酒神神坛附近，在神坛和安置供品的地方围一个圆圈，后来才有了固定的地点。及至公元前5世纪，在民主派领袖伯里克利执政期间，为了适应全民性的戏剧竞赛活动的需要，在阿库罗伯里斯丘陵的斜坡上，建造了一个规模宏大的露天大剧场，观众的座位一排一排地沿着山坡上升。演员们在露天剧场演戏，为了加强演戏效果，都戴假面具，穿厚底靴，借以扩大声音、面部和形体。伯里克利执政时期，是雅典的"黄金时代"，也是古希腊戏剧最繁荣的时期。当时在酒神节庆所举行的悲剧竞赛会规模很大，每年这个时候，雅典城的大多数公民都到剧场看戏，观众很多；他们看到好的戏就叫好，看到不满意的戏就起哄；有的戏不受欢迎，演不下去，不得不中断演出。在剧场里，观众不仅是被动的鉴赏者，而且常常左右戏剧的效果，成为刺激和促进戏剧创造的积极因素。

回顾希腊戏剧产生形成的历史，它产生于公元前6世纪，形成于公元前5世纪，而且很快就达到繁盛期。古希腊三大悲剧诗人都出现在这个时期。埃斯库罗斯的《被缚的普罗米修斯》《俄瑞斯忒斯》，索福克勒斯的《俄狄浦斯王》《安提戈涅》，欧里庇得斯的《美狄亚》等著名作品，都是在这个时期创作的。到了公元前4世纪，还出现了亚里士多德的《诗学》，从理论上对戏剧艺术，特别是悲剧艺术做了详细的阐述，是古希腊唯一有系统的戏剧理论著作，也是欧洲戏剧理论的奠基之作。从公元前7世纪在农村流传的酒神祭祀，到公元前4世纪亚里士多德的《诗学》，前后不过3个世纪；而公元前6世纪酒神祭典被引进雅典城内，到公元前5世纪三大悲剧诗人的出现，则只有一个多世纪的时间。这个过程，古希腊戏剧像是在一条笔直的康庄大道上迅跑，它不但形成的时间短，而且发展快、成就高，在世界上的影响也很大。

同古希腊戏剧比较，中国戏剧发端虽早，但形成和成熟较迟，中间经历了很长时间，有如在一条曲折的小径上慢步前行。

中国戏剧的形成，是歌、舞、乐、诙谐嘲笑、武术、故事表演等各种因素发展和互相结合的结果。我国歌舞起源很早，故事表演却是从西汉的角抵戏《东海黄公》开始，而歌舞和故事表演的结合则始见于南北朝时北方的《踏摇娘》节目。到了隋唐，各种艺术形式有了大的发展和提高，并且有了彼此走向结合的趋势，是中国戏剧形成过程中的一个重要转折时期。据记载，隋炀帝大业二年（公元606年），在洛阳举行大规模的百戏盛会，此后，每年正月举行一次，于端门外，建国门内，绵亘八里，列为剧场，沿途搭起看棚，日夜观赏，献技者身着锦绣衣衫，热闹非常。[①] 这个时期，音乐成就很高，歌舞的表演也逐渐占有地位。唐代是历史上文事武功极盛的一个时代，由于社会安定，生产发展，统治者讲究享乐，宫廷里还设有"梨园"组织，训练艺人，音乐、歌舞、滑稽戏等都很兴盛。带有故事性的歌舞表演这时也有长足的发展，据唐代段安节所著的《乐府杂录》的记载，当时"鼓架部"[②]中的歌舞戏有《代面》《拨头》和《苏中朗》（即《踏摇娘》）。这三个节目都有歌曲和舞蹈动作，也有简单的故事情节，演的都是现实生活中的故事。其中故事比较完整的是《苏中郎》，它是唐代歌舞戏中最著名的节目。晚唐时，宫中艺人还模仿角抵为基础的歌舞剧，创造了《樊哙排君难戏》，表演"鸿门宴"的故事。此外，参军戏在唐代也很流行，参军戏是从古代优人嘲弄犯官的传统发展起来的。[③] 唐代的参军戏，也叫"弄参军"；表演形式是：两个俳优，一个痴愚，一个机智，一问一答，逗人笑乐；和现在的相声相似。这时的参军戏已有固定的角色——"苍鹘"和"参军"。"苍鹘"是戏弄者，"参军"是被戏弄者，有不同的扮相，已比较戏剧化了。参军戏是一种"科白戏"，只有动作和说白。后来，参军戏和《踏摇娘》一类的歌舞戏参合，具有中国戏剧的雏形。

宋金时期，随着社会新的经济因素的出现，杂剧兴起，演出规模较大，角色也由唐代参军戏中的两人增至四五人，并且有了固定的演出场地"瓦舍"[④]。北宋的杂剧，有讽刺朝政的，也有以表演故事为中心的。内廷的杂剧，多是因题设事，有如当今的问题戏，主要是讥讽朝政，是唐代参军戏的继续和发展，如讽刺当时宰相蔡京的剧目《当十钱》；民间的杂剧，则多以表演故事为中心，在形式上有歌唱、舞蹈、诙谐取笑、杂技、

---

① 参见《隋书·音乐志》。
② 唐代《宴乐》，分立部伎和坐部伎二部，但根据各部乐舞性质，又分为"雅乐部""文韶部""清乐部""熊羆部""龟兹部""胡部""鼓架部"。"鼓架部"包括各种杂戏。
③ 后赵有参军周延，贪官绢数百匹，下狱，后放之，每开大会，使俳优戏弄之，"参军戏"因此得名。
④ 也叫"瓦肆""瓦子"，宋元时大城市里娱乐场所集中的地方。

武术等，是《踏摇娘》一类节目的继续和发展。北宋时期的杂剧，是中国戏剧形成中的一个过渡阶段。南宋时期，有了专业性的卖艺戏班，出现了最早的"剧本"。在民间还有一种由落魄文人组成专门撰写脚本的组织——"书会"，那些"书会先生"，就是职业的剧作者。至此，中国戏剧才真正形成。其中，南宋温州杂剧的兴起，《赵贞女蔡二郎》《王魁》等底本的出现，是中国戏剧形成的标志。《赵贞女蔡二郎》，演赵五娘、蔡伯喈的故事，是元末明初高则诚所撰写的《琵琶记》的祖本。这本戏写蔡伯喈上京赴试，得中状元，背弃父母妻室，入招相府，父母在家乡饿死，妻子赵五娘上京寻夫，蔡伯喈拒认五娘，还放马将五娘踩死，最后蔡伯喈为暴雷震死。《王魁》演的是敫桂英为王魁所弃，死后变鬼活捉王魁的故事，是元代尚仲贤所撰写《海神庙王魁负桂英》杂剧、明代王玉峰所撰写《焚香记》传奇的祖本。这两本戏剧都是指责那些当官以后忘恩负义的知识分子，是当时社会现实的真实反映，可惜剧本今已失传。这一时期说唱艺术"诸宫调"也很盛行，如董解元的《西厢记》，已能通过伴唱与说白表达出一个长篇的完整故事，并且已注意到人物性格的刻画。到了元代，出现了曲词、宾白和科泛相结合的杂剧，而且剧目繁多，体制齐备。元杂剧是一种独立的综合性艺术，它的出现，说明中国戏剧已经完全成熟。元剧作品，流传到现在的本子有140多种，根据元末钟嗣成所著《录鬼簿》记载的作家，共111人，作品有500多种。元杂剧的四大家关汉卿、白朴、马致远、郑光祖的作品，是元剧繁荣时期的代表作，它们是中国戏剧成熟的标志。

  从戏剧的源头看，中国戏剧也是源远而流长的，但它诞生、形成较迟，约在12世纪，到了13世纪才达到成熟和繁荣。比较中国和古希腊戏剧的形成过程，古希腊戏剧早出、早熟，中国戏剧晚出、晚熟。古希腊戏剧的形成过程，自始至终是和国家的全民性庆典联系在一起，而且一直是作为国家全民性庆典中的一项重要活动内容，它是从下到上、从上到下，在上下一致的支持下迅速形成和成熟起来的。中国戏剧从汉唐到宋金，始告形成，这个过程主要是在民间发展，而且始终是一种娱乐性的活动；在它形成过程中的各种形态，都是以文娱为主，长期不为上层统治者所重视，所以发育和成长的时间很长。古希腊戏剧是在一次又一次酒神节庆中走进人类的文化史册，所以，在戏剧领域里神的观念很强，在一些著名的剧作里都与神有直接间接的关系，实际上是一种民族宗教行为的戏剧化。

中国戏剧基本上是民间的一种娱乐活动，戏剧的题材多是史话和民间流传的故事，常常是寓教于乐，本质上是一种民族伦理观念和心理的戏剧化。在艺术上，古希腊戏剧的形成过程，是通过逐渐减少合唱队的歌舞因素、增加故事表演、突出人物性格和故事情节来实现的，所以在他们的戏剧中，情节的构成和人物性格的真实再现成为非常重要的因素。中国戏剧的形成过程，则是通过各种艺术形式——歌、舞、乐、说白、武术和故事表演的结合来实现的，这个过程，不但不减少歌舞的因素，而且使歌舞在戏剧中变得更为精美，使戏剧中所表演的故事音乐化、舞蹈化，所以中国戏剧歌舞因素浓，声诗的传统也特别发达。

三

中国戏剧形成、成熟较迟，跟古希腊戏剧的形成和繁荣时期相比，相距十六七个世纪，那么，中西戏剧的形成在时间上为什么会有这么长的距离？古希腊戏剧为什么早出、早熟？中国戏剧为什么晚出、晚熟？它们各自有哪些特殊的条件和原因？彼此的差异在哪里？下面，我们从宏观角度作一比较探索。

中西社会历史状况和文化背景很不相同，古希腊戏剧和中国戏剧各自植根在不同的土壤上。古希腊是欧洲文化的摇篮，西方戏剧的发源地。公元前12世纪，希腊进入了辉煌的荷马时代，神话、史诗、琴歌、寓言等先后出现，其中又以神话和史诗最为发达，这些艺术形式产生于原始社会向奴隶社会的过渡时期，反映那个时代人们对社会、对历史、对人的认识。公元前6世纪末，氏族制度消亡，希腊社会在一场民主改革运动中建立了奴隶主民主制，在民主运动期间，有些僭主为了获得农民的拥护，而提倡崇拜酒神狄俄尼索斯，创办"酒神大节"，在雅典城内举行大规模的全民性庆典，古希腊戏剧就是在这种全民性庆典中破土而出，所以古希腊戏剧的诞生和古希腊民主运动的兴起有密切的关系。

古希腊包括许多大小不一的城邦，各城邦政治、经济的发展情况很不相同。公元前5世纪，发生了著名的希波战争，由于雅典的海军在战争中发挥了很大的作用，使希腊人得以击败波斯侵略者。战争结束后，雅典就成为许多城邦的盟主，是古希腊的文化中心，工商业和农业都比较繁荣，城邦的政治生活十分活跃，雅典的民主政治倡导全民性的集体活动，史诗和抒情诗都不能适应这一要求,戏剧是一种群众性很强的活动,所以得到重视。在伯里克利执政时期,是希腊内部极盛时期。他和其他奴隶主民主制的领袖们非常重视戏剧的社会作用,不但建立了宏伟的露天剧场,还给公民发"戏剧津贴",使穷人也能看戏,所以每年戏剧节举行戏剧比赛的时候,场面十分热烈。戏剧节前,就由戏剧诗人报名参加比赛,交出他们的作品,然后由执政官从中选出入选作品进行比赛。评判员由各区推选,演出前宣誓必须公正评判,演出后投票评定,舞弊者处死刑。这种全民性的戏剧比赛活动,对希腊戏剧的发展起着很大的催发作用。古希腊戏剧主要是表现英雄人物的故事,大多数取材于神话和英雄传说,但戏剧诗人常常在剧本中寄托他们对现实的看法,借以宣传自己对一些社会问题的观点,所以剧场成为对自由民的政治讲坛和文化活动中心,古希腊戏剧就是在这样的社会背景和政治文化氛围中诞生,并且迅速成长发展起来的。

古希腊戏剧的早出、早熟,与当时奴隶主民主政治下较自由的社会气氛有密切关系。统治者重视戏剧是其中的一个非常重要的因素,同时也跟希腊城邦经济发达、市民已成为城邦人数众多的社会阶层有关。而中国戏剧之所以晚出、晚熟,正是因为在它赖于生长的社会土壤上,这些方面都是十分欠缺的。中国社会是一个宗法式和农业性的社会,政治上很早就形成了君王统治的大一统帝国,经济上是自给自足的小农经济。在这种社会背景下,文学多以感物抒情为主,兼之受儒家思想的禁锢,对很早就发源于民间的"百戏"等艺术并不重视。长期以来,小说、戏剧都被视为"末伎",进不了大雅之堂。戏剧一直是民间的艺术,朝廷的科举考试,向来是以诗文为准,知识分子为了晋升,主要是攻经史和诗文,不会到民间的戏剧去寻找出路。一直到宋以后,商品经济比较发达,城市开始繁荣,有了城市,有了市民阶层,戏剧这种市民艺术才应时而生。但是,就在南宋温州杂剧兴起,中国戏剧已作为一种独立的艺术门类出现之后,封建统治者和知识分子仍然视之为俗物,不屑一顾。所以它只能在民间自然地、缓慢地发展,没有像古希腊戏剧那样迅速发展和成熟起来。

元代蒙古人入侵中国,使中国历史出现了断裂,人们的心理、情绪、观念、风尚产生了变化,又因为元统治者在初期对文化思想的控制比较薄弱,儒家的传统受到一定的冲击,唐宋以来"文以载道"的文学观念动摇了,一直被压在底层的杂剧得到了发展自己的机会。与此相联系的,还有元代统治者对汉族知识分子的排斥和压制,当时有"八娼九儒十丐"

的说法，可见知识分子地位极低；而且元朝灭金以后，一度废除科举取士制度，中下层知识分子没有出路，他们只好走向民间，他们中的一部分人就把自己的才华贡献给杂剧创作，这对元杂剧的成熟和繁荣起了很大的作用。

中西戏剧是两种不同特质的戏剧。西方的戏剧是剧作家的剧场，剧本是整个戏剧的灵魂，有了剧本，有了演员，就可以演戏。古希腊的戏剧有对话，有合唱，演出时也需要歌队和乐师，但音乐很简单，戏剧的演出主要是靠演员的姿势和声音来表达情感，展开剧情，所以剧本中的语言因素显得特别重要。中国戏剧是多种艺术因素的结合，包括歌唱、舞蹈、对白、武术等，演员在舞台上表演，是这些艺术因素的综合体现，而这些艺术因素的结合，必须在各方面都有一定艺术积累的基础上才能实现。中国戏剧"艺术化"的过程，从酝酿、生长、发展到成熟，需要相当长的时间，中国歌舞的发源很早，武技的表演一直就在民间流传，对白从有"优人"算起也有悠久的历史，但在很长的一段时间里，它们都是各自独立发展，到了唐代，才有彼此结合进行故事表演的趋势，这些艺术因素的逐渐结合和它们的日趋完善，就是中国戏剧形成的过程。元杂剧的成熟繁荣，正是在我国古代丰富的文化基础上，综合了前人词曲、歌舞和各种讲唱文学的成就，又直接吸取了金院本的舞台艺术成果而逐渐成熟的。元杂剧的主要组成部分是乐曲，唐宋词曲、诸宫调和大曲给元杂剧影响很大。宋以后说唱艺术流行，"说话人"在说书时，绘声绘色地描述人物的衣着、性格、状貌、口声，也为元杂剧中人物性格的塑造准备了条件。中国戏剧"艺术化"过程的全部复杂性，也是造成中国戏剧晚出、晚熟的一个重要原因。

西方人的社会是一个商业性和宗教性的社会，西方人有较深广的哲学和浓郁的宗教情绪，古希腊的戏剧，特别是悲剧和宗教关系十分密切。古希腊悲剧多取材于神话和英雄传说，而这些神话和传说流露着古代人的智慧，悲剧诗人借助它们表现自己对社会的观点，具有较强的生命力，社会影响大。中国社会基本上是伦理的世界，中国人伦理观念很强，但哲学思想平易，宗教观念淡薄。中国戏剧基本上是娱乐剧，也是道德剧，是典型的市民阶层的艺术，而传统的社会工商业经济并不发达，市民阶层的力量还不够大，这就使戏剧艺术在发展上有局限。元杂剧的繁荣和它的社会影响，是在一种非常特殊的历史条件下出现的。元代是外族入主中国的悲剧时代,在民族压迫下,人们为了维护自身的生存,同外族统治者进行不屈的斗争,剧作家充分利用戏剧这一形式,将生活中的矛盾冲突,加以集中概括,深刻揭露当时黑暗的统治和反常的社会生活,表现民族不屈的精神,鼓舞人们为反抗强暴、坚持美好的理想而斗争。这就使在民间文学土壤上成长起来的元杂剧,具有深刻、丰富的社会内容,不仅在艺术上赢得广大群众的喜爱,而且在内容上也和人民的命运有密切的联系,给人以崇高的美感和体验,使中国戏剧进入一个绚烂辉煌的成熟阶段,成为中国文学史上光辉的里程碑。

归纳上面所述,中西戏剧形成过程出现大幅度的时差,原因有三:第一,它们赖以生长的社会土壤不一样;第二,历史上的统治者对戏剧持有不同的态度;第三,中西戏剧是两种不同形态、不同特质的戏剧,它们的艺术化过程不完全相同。这些,既是造成中西戏剧在形成过程出现差异的原因,也是我们考察后来中西戏剧发展中差异的一些不可忽视的因素。

(原载《学术研究》1987 年第 5 期)

中西戏剧接触、影响和融合

比较文学在世界上兴起，至今已有100多年的历史，但学者们对中西戏剧的比较研究，起步较晚，成果也没有别的领域多，有不少"生荒地"正等待人们去开拓。由于中西戏剧分属两个不同的艺术源体，具有不同的特质，中西的戏剧观念，中西戏剧所体现的宇宙观、人生观和美学观念，极不相同，对它们进行纵向和横向的比较研究，有助于人们认识中西戏剧在创作上和发展中的异同及其原因，并进而促进中西戏剧的相互借鉴，还能引起人们对戏剧总体规律探求的关注。但无论是中国还是西方，戏剧领域都有很丰厚的艺术遗产，戏剧发展的历史绵长悠远，作家作品众多，而且涉及很多专门的知识，要分门别类从各个方面对中西戏剧进行比较研究，实在是一件艰巨而又细致的工作，并非少数人所能承担。台湾学者、国学专家俞大纲先生在施叔青女士的《西方人看中国戏剧》一书的"序"中说："面对着透过2000年来文化层而成长的中国舞台艺术，我们仍是一个无知的学童。去认识它、继承它、发展它，将是全民的文化责任，慎思躬践的工夫，应当先从个人做起。"① 当我面对中西戏剧舞台繁花似锦的剧目时，确有"无知学童"之感，只有本着"从个人做起"的精神，才有勇气涉足这个领域。本文主要是通过中西戏剧在发展过程中的接触，研究它们的相互影响，特别是它们如何彼此吸收和促进的过程，希望在探索中西戏剧关系方面，起抛砖引玉的作用。

一

中国与西方文化的接触，早在古代希腊、罗马时期就开始了。英国汉学家翟理斯（H. A. Giles）著的《中国与中国人》一书就曾略述中国古代文物风尚与古代希腊的若干关系。其他的一些学者，在追溯中西关系史的

---

① 俞大纲：《西方人看中国戏剧·序》，见施叔青著《西方人看中国戏剧》，台湾经联出版公司1976年版。

时候，也指出在我国先秦两汉的文化中有明显的西来成分。中西文化的接触，是与中西交通相联系的。在公元前后3世纪的时候，罗马人就从事中国丝绸的贸易。继罗马人之后是波斯人，中波交通维持了相当长的时间，物质上的交流接触很多，中国的物质文明传入波斯，传到欧洲各国，而西方的各种宗教也被带进中国。公元七八世纪，阿拉伯人同东方贸易频繁，中国文化通过阿拉伯传入欧洲，给欧洲以影响。至今人们谈到历史上东方文化对西方的影响时，都没有忘记阿拉伯人在这方面的贡献。12世纪蒙古人征服欧洲，东西方物质文化接触更为广泛。16世纪初，葡萄牙商人把商船开到中国海岸，许多中国商品，特别是美术工艺品，通过葡萄牙输入西欧英、法、德各国，因而引起了西方上层社会对中国美术的兴趣。17世纪，荷兰及英国两东印度公司同葡萄牙争夺海上贸易，从广东运载中国商品到欧洲，其中有许多中国的美术工艺品流到法国，当时以法王路易十四为首的整个法国贵族阶层都在追求中国的美术品，在凡尔赛宫内外，"中国趣味"非常流行。18世纪初，法国自己也有商船到中国运货，中国商品直接输入法国。

  法国上层社会的"中国趣味"，早在16世纪就有所表现，到17世纪末18世纪初发展形成了一种思潮。这一方面是因为这个时期大量的中国商品输入法国，其中有不少是美术工艺品，引起了法国人对中国美术的热烈追求；另一方面是耶稣会教士著作的宣传和影响。从13世纪开始，欧洲的传教士就不断到东方，到中国传教，他们以游记、书信、报道等形式把中国的情况介绍给欧洲读者，引起了西方人对中国这个东方大国的兴趣和注意。到了18世纪，中国古代的主要经典和儒家学说，经意大利和法国传教士的翻译和介绍，在欧洲知识界和上层社会已有所流传，并且产生了一定的影响。18世纪震荡欧洲的启蒙运动的先驱者，就曾向中国古代哲学家和孔子的儒家学说寻求借鉴，从中吸取合乎他们理性法则的思想材料。法国的百科全书派有不少人是热心研究中国思想的，孟德斯鸠和伏尔泰都曾和熟悉中国的基督教徒和耶稣会教士接触。伏尔泰还以中国文明为楷模，来抨击现实中被基督教神学封闭的欧洲社会。他说："中国是世界上唯一的将政治和伦理道德相结合的国家。这个帝国的悠久历史使一切统治者都明了，要使国家繁荣，必然依赖道德。"[①] 由于中国的哲学、道德

[①] 转引自霍尔巴哈《社会体系》（第1卷），第88页。

适应了欧洲启蒙运动的需要，所以成为当时启蒙运动倡导者吸取精神力量的源泉之一。

与当时大的文化背景相适应，18世纪的欧洲也出现了表现中国思想的戏剧，剧场中有中国情趣的喜剧和歌剧，很受欢迎。法国是18世纪"中国戏剧热"表现得最充分的国家，这种倾向最先是从宫廷开始的。早在1667年法国宫廷的一次大规模的祭典中，路易十四就把自己化装成中国人参加典礼，使人们大吃一惊。1699年，经常出入宫廷的布尔哥格公爵夫人，让一位到过中国的传教士穿着中国服装参加舞会，受到与会者的热烈欢迎。1700年，在法国宫廷举行的一次庆祝舞会上，演出了一个名为《中国天子》的节目。在这个节目中，化装的中国天子身穿黄袍，坐在一顶货真价实的中国轿子里，被身着中国锦衣的30名乐工抬进舞场，用中国式的鼓乐和管弦乐伴奏，人们在一片惊喜赞叹声中翩然起舞，场内群情高涨，气氛十分热烈。宫廷里如此，在公共剧场里，以中国为背景和中国题材的戏剧也非常流行。据依戈尔逊在《18世纪中国与法国》一书中的记载，1723、1729、1753、1754、1755、1764、1778、1779各年，法国舞台上均有中国题材的新戏上演。其中较为人所知的有《中国人》《回国的中国人》《中国乐》《文雅的中国人》《中国孤儿》《中国与土耳其芭蕾舞剧》等。此外，社会上还出现了由中国经德国传入法国的灯影戏。18世纪的法国，是欧洲文艺、美术、戏剧效仿的中心。这一时期，欧洲其他国家也出现类似的"中国戏"，在意大利有《中国孤儿》《中国女奴》《中国偶像》等，在英国有《中国孤儿》《大官人》等。可见，在当时的欧洲剧坛，"中国热"已是信而可证了。

18世纪的欧洲出现的这些"中国戏"，只能说是当时欧洲人想象中的中国人的戏，从内容到形式，都和真正的中国戏剧相去甚远。因为那个时候，欧洲人对中国传统戏剧并不了解，他们只是凭着自己微薄的一点概念，以及当时所流传的有关中国历史和社会的一些知识，去进行创作和表演。所以，在这些戏里，常常出现这种情况：故事和人物是中国的，而音乐、舞蹈和表演的形式却是意大利和法国的。它们不同于其他欧洲戏剧之处，仅在于这些戏剧取材于中国，以中国社会为背景。而这种欧式的"中国戏"在当时的欧洲剧坛之所以能够形成一种热潮，既有社会历史文化方面的因素，也有戏剧自身发展的内在原因。17世纪，从法国发端的古典主义戏剧，曾一度统治欧洲剧坛，在欧洲戏剧史上写下了光辉的一页。但古典主义是封建专制政治的产物,无论是思想或艺术都具有明显的保守性,而且过分强调理性,把理性绝对化,把古希腊、罗马的文学艺术,看作是任何时代不变的标准和典范,将它们的文学法则说成是永恒的法则,要作家在创作时严守,最终必然限制了文学创作的发展。到了17世纪末18世纪初,原来盛极一时的古典主义戏剧已日益衰落,不能满足广大观众的要求。新的创作虽不算少,但质量很差,剧坛极不景气,特别是法国戏剧,是以全面衰落的状况进入18世纪的。这个时期的许多作家,为了掩盖作品思想内容的贫乏,追求雕琢浮夸的形式,以吸引观众,戏剧面临着危机,人们盼望着新的戏剧的出现。而这种欧式的"中国戏",对于当时的剧坛和观众,都是一种新鲜的东西,兼之戏中表现的那种"切合实用"的中国哲学和道德思想,对西方人和他们的社会也是很有用的。它们能够在观众席上获得一片惊喜赞叹之声,正反映出人们对那些形式主义戏剧的厌倦和不满。

18世纪欧式"中国戏"的出现和流行,并非偶然,也不是一个孤立的文化现象,它反映出当时欧洲人的一种思想倾向,一种渴望突破"自我"的探索精神。这种思想精神和中国戏剧本身并没有多大关系,因为在1733年元剧《赵氏孤儿》传入欧洲以前,欧洲还没有一个真正的中国戏。在这之后,欧洲人对中国的传统戏剧也很不了解,在当时出现的那些中国题材的戏剧中,直接和中国戏剧有关系的是几个《中国孤儿》剧本,它们都是《赵氏孤儿》的改编本,所以要探索中国戏剧对西方剧坛的影响,《赵氏孤儿》的西传应该是我们的一个重要探测点。

二

元代纪君祥作的杂剧《赵氏孤儿》是第一个传入欧洲的中国戏剧,也是18世纪唯一在欧洲流传的中国戏。《赵氏孤儿》全名《赵氏孤儿大报仇》,又名《冤报冤赵氏孤儿》。赵氏孤儿的故事出于《史记》,后来汉朝刘向的《新序·节士》篇和《说苑·复思》篇也有记载。纪君祥在原来故事的基础上加工创造,把它变成一个杰出的悲剧。剧本写的是春秋晋灵公时,凶残跋扈的武将屠岸贾,用计在灵公面前诬告文臣赵盾不忠,将赵盾一家诛绝,连不满月的婴儿也不放过。赵家医生程婴冒死救出孤儿。屠岸贾为了追杀孤儿,假造灵公朝令,要把晋国内半岁以下一月以上的小婴杀绝。程婴求救于归隐老臣公孙杵臼，并表示愿将自己的孩子代孤儿去死。公孙杵臼是一个忠贞爱国、视死如归的老义士，为了救出赵氏孤儿，也为了拯救全国半岁以下的婴儿，情愿牺牲自己，和程婴的孩子一起殉难。程婴将赵氏孤儿抚养。孤儿长大后，杀屠岸贾，为赵家报仇。作品通过生动的人物形象和惊心动魄的故事情节，揭露了屠岸贾凶残狡猾、惨无人道的罪恶行径，歌颂了程婴、公孙杵臼等为正义而斗争的行为和精神。剧本以程婴为线索，紧紧抓住搜孤、救孤这一中心情节，一波未平，一波又起，自始至终充满着浓烈的悲剧气氛。这个剧本于1732—1733年间传入法国，1734年2月巴黎的《水星杂志》上发表了它的几节法文翻译的戏文；1735年，巴黎耶稣会教士杜赫德编辑的《中华帝国志》出版，该书的第三卷登载了马若瑟的《赵氏孤儿》法文译本，这是《赵氏孤儿》在欧洲的第一个译本。元代杂剧是综合性的艺术，不但有完整的故事情节，还有歌唱、音乐和舞蹈，杂剧的剧本由曲词、宾白和科泛三部分组成。曲词就是唱词，宾白是人物的对话和独白，科泛就是动作。但是，马若瑟的《赵氏孤儿》译本没有把剧中的曲词翻译出来，只用"此处某角吟唱"点明，然后把唱段删去，这种译法，使剧本的韵文、音乐的因素无从体现，中国戏曲在演出上的特点也给抹煞了，所以这个译本是不完整的，实际上只是原剧本的一个框架，或者说是一个节译本。尽管如此，由于在这之前，还没有人做过这样的工作，欧洲人对中国戏剧知道得非常少，在出版的耶稣会多卷的通信集中，也极少涉及中国戏剧。马若瑟的这个译本，是第一次把一个真正的中国悲剧介绍给西方读者。作为中西戏剧交流的先声，这个译本的影响和在文学史上的价值，是不可低估的。

　　《赵氏孤儿》法译本在《中华帝国志》登载之后，在欧洲广泛流传，英译本、德译本、俄译本就相继问世，并且引起了剧作家们的兴趣，从1741—1759年，在英国、意大利和法国，先后出现了四个它的改编本《中国孤儿》。其中，英国哈切特（William Hatchet）的《中国孤儿》是欧洲最早的改编本，于1741年出版。作者在这个剧本卷首的"献词"中说："异国的产品，地上长的也好，脑子里来的也好，只要有益或有趣，总能够得到人的欣赏。多少年来，中国把它的农产品供应给我们，把它的工艺品供给我们；这一次，中国的诗歌也进口了，我相信，大家也一定会感到兴奋。"① 看来，他是很重视《赵氏孤儿》的"进口"的。他改编的《中国孤儿》共五幕。前三幕的剧情与原剧基本相符，后两幕改动很大，跟原作有出入，但从全剧看，仍保存原来剧本的轮廓和主要情节，如弄权、作难、搜孤、救孤、除奸、报恩等。在剧中，他把原剧里所有人物的名字都改变了，剧情发生的时间也从原来的 20 年压缩为一个月，重心不是忠与奸的斗争，而是放在揭露朝政上，主要是借剧中萧何（即《赵氏孤儿》中的屠岸贾）的罪行，来影射、讽刺现实中的英国首相瓦尔帕尔（Sir Robet Walpole），迂回曲折地反映 18 世纪三四十年代交接时英国的政治状况。剧本没有严守"三一律"，还按中国戏曲有歌唱的形式插进了十几支歌曲。因为他没有看过中国戏曲，也不理解元剧中歌唱的作用，更无从体会中国戏曲那种"曲白相生"的妙处，只能根据杜赫德的《中华帝国志》中对中国戏剧的不准确的介绍，把歌唱安排在剧情激越的地方。② 这些歌曲与元剧中的曲词毫无共同之处，但这是哈切特的一种尝试，说明他努力要使自己的剧本具有东方色彩。哈切特的本子始终没有演出过，这一方面是因为该剧是诗剧，很难在台上排演；另一方面也因为他的剧本实际上是一个戏剧形式的政治讽刺作品，很难通过当时英国的"戏剧检查法案"③ 上演。因为没有上演，所以这个剧本的影响主要是在文学方面，但他在剧中加插歌曲的做法，却引起了后来戏剧史家的注意。④

在欧洲四个《赵氏孤儿》的改编本中，影响最大的是法国文学泰斗伏尔泰改编的《中国孤儿》。这个剧本于 1755 年上演和出版。在它之前，欧洲戏剧界除了有哈切特的改编本外，还有意大利歌剧作家麦太斯太西渥（Metastasio）的改编本《中国孤儿》。但伏尔泰的《中国孤儿》有完全属于他自己的构思，他改编这个中国悲剧，是和他想把非欧洲世界的观念引入欧洲的一系列工作联系在一起的。作为一位杰出的启蒙运动倡导者，伏尔泰对中国的政治、哲学、道德有十分浓厚的兴趣，他常常借用中国的材料，来阐发自己的主张，抨击西方的社会。杰尔查文在《伏尔泰哲学思

---

① 转引自范存忠：《〈赵氏孤儿〉杂剧在启蒙时期的英国》，见《现代文艺理论译丛》（第 4 辑），人民文学出版社 1962 年版。
② 杜赫德不了解中国曲词在戏曲中的作用，在《中华帝国志》中向读者介绍，说中国戏剧里的人物在感情激动时就歌唱。
③ 英国在 1737 年施行"戏剧检查法案"，对戏剧进行政治审查。
④ 参见尼科尔《十八世纪前半期英国戏剧史》（1929 年），第 112 页。

想中的中国》中曾经指出：伏尔泰笔下的中国"总是哲学化了的"；又说："《中国孤儿》是伏尔泰用'哲学的中国'的观点从事创作的最大实验。"① 伏尔泰向来重视社会文明，深信理性、智慧和道德的力量，他不同意卢梭返璞归真的主张。他说："理性与智慧，跟盲目的蛮力相比，是有天然的优越性的。"② 伏尔泰的戏剧观念是新古典主义的，由于中西戏剧观念、中西戏剧艺术的特质极不相同，他用西方的戏剧观念来衡量《赵氏孤儿》，认为这个戏在艺术上不符合悲剧的要求。他说："《赵氏孤儿》只能与16世纪英国或西班牙的'悲剧'相提并论……它的剧情活动长达25年之久，正如莎士比亚与罗伯德维加可怖的闹剧一般。这些作品美其名曰'悲剧'，其实不过是不可置信的一堆故事而已。"③ 他还批评这个剧本缺乏人物与戏剧情节的描写，未能处理好感情与理性的关系等等。但他仍然对它感兴趣，并且把它改编成《中国孤儿》在巴黎上演，主要是被戏中的道德精神所吸引，希望用它去战胜现实中的君主霸道。《赵氏孤儿》原剧表现的是忠与奸的斗争，主题是歌颂贤良和忠义。伏尔泰为了借它来表现自己的思想，在改编时，对戏的背景和情节都做了很大的改动。他把剧中故事发生时间改在宋末元初，把朝廷内部的忠与奸之争改为两个民族之间的斗争，即智慧、道德和蛮力之争，并且按新古典主义的法则，把剧情集中，重点突出救孤和搜孤的情节。戏剧时间从原来的20多年压缩成一昼夜，插入恋爱故事，删去原剧中孤儿长大后复仇的情节，把结局处理为双方在道德精神感召下和解。剧本写成吉思汗征服了中国，追杀前朝遗孤，大臣盛缔为了掩护遗孤，决心献出自己的儿子，代替遗孤去死，此事被盛缔的妻子奚氏道破。而成吉思汗在若干年前就爱上奚氏，此时便提出如果奚氏同意改嫁于他，这一切可以免予追究，但奚氏爱夫爱子，宁死不从，盛缔和奚氏的献身精神，感动了崇拜蛮力的成吉思汗，最后，他赦免了他们，也赦免了遗孤。伏尔泰很重视剧中盛缔这个人物，认为他身上体现着一种崇高的道德精神，这种精神可以战胜蛮力。伏尔泰的剧本上演以后，引起了广泛的注意，在法国和欧洲剧坛上出现了热潮，人们为它所表现的昭然大义所感动。伏尔泰剧本的上演，除了像他自己所希

---

① 杰尔查文：《伏尔泰哲学思想中的中国》，第88页、113页。
② 《伏尔泰全集》（第5卷），第296页。
③ 转引自《中西比较文学论文集》，第263页。

望的那样，产生了道德思想方面的影响外，还有他自己意想不到的影响，那就是演员在演出时，为了"逼真"地扮演中国人，服装、动作都不按当时舞台上的常规，令那些温文尔雅的18世纪仕女观众疑惧不定，甚至认为有伤风败俗之嫌。但在这之后，法国演员不再穿着时髦的晚礼服上台，开始注意到根据戏中人物所处的时代、身份、年龄来设置"戏装"，舞台上的道具、布景也因剧而异，不墨守那些陈旧的排场，观众们也逐渐适应这种写实主义的手法，因而在舞台上蔚然成风，在客观上成为欧洲剧场艺术向写实主义发展的开路先锋。

在伏尔泰之后，英国剧作家阿瑟·谋飞（Arthur Murphy）也改编了一个《中国孤儿》，谋飞承认他的剧本受到伏尔泰的《中国孤儿》的影响，并且从他那里吸取了营养。但他不赞成伏尔泰在剧中插入恋爱故事，认为这样做反而冲淡了剧情。谋飞这个剧本写的也是鞑靼人入侵中国的故事，但把救孤、搜孤等情节放在幕前，由人物在戏里追述。戏开始时，真假孤儿都已是20岁的青年，鞑靼人第二次入侵中国，攻陷北京城，继续搜寻前朝太子，欲置之于死地，怀疑遗臣盛缔的儿子就是遗孤，铁木真召盛缔拷问，盛缔为救太子，宁愿牺牲自己的儿子，此事被他妻子道破，盛缔夫妇因此而死。后来真孤儿得知消息打进来，杀死铁木真，为家国报仇。谋飞的剧本基本上是根据伏尔泰的剧本改编的，但他比伏尔泰的本子更接近原作，剧本的背景和人物设置虽然取自伏尔泰的《中国孤儿》，但他笔下的铁木真和盛缔在性格上很像《赵氏孤儿》中的屠岸贾和公孙杵臼，最后的"大报仇"和原作极其相似。他的独创在于把戏剧时间推后了20年，让真假孤儿长大成人，直接介入戏剧矛盾亲自报仇雪恨。谋飞的《中国孤儿》也和伏尔泰的一样，着眼点主要放在追求"新颖的品德"，宣传"孔子的道理"。① 这个剧本在伦敦上演和出版，上演时伦敦的德和瑞兰剧院特别为它制作了一套名贵的中国布景，精致的中国服装、道具等也非常考究，舞台上的"东方色彩"引起了英国观众的浓厚兴趣。谋飞的《中国孤儿》在伦敦上演成功，进一步扩大了《赵氏孤儿》在欧洲剧坛的影响。

关于谋飞的《中国孤儿》在演出上如何成功，当时文献里有比较详

---

① 参见谋飞《中国孤儿》序幕，转引自范存忠《〈赵氏孤儿〉杂剧在启蒙时期的英国》，见《现代文艺理论译丛》（第4辑），人民文学出版社1962年版。

细的记载。熟悉当时剧院情况的詹姆斯·蒲顿说:"舞台上出现了一大堆光彩夺目的外国服装——中国人的服装以及比他们更勇武、更有画意的侵略者的服装。"① 1759 年 4 月 25 日至 27 日的伦敦《劳埃德晚邮报》上也说:"服装是新鲜、精巧、别致;布景是宽敞、整齐、妥帖。一开始,就看到宫殿里的一个大厅,大厅深处可以看到篡位者的宝座。戏里也谈到这宫殿是如何的富丽堂皇,但这描写一点也没有超过舞台上的实际情况。此外,还有一个祭坛,是一座新奇精巧的建筑。"② 从这一报道,可以看到当时的人们对舞台上的东方布景和道具的关注,而舞台效果良好是这个戏演出获得成功的重要因素。谋飞自己在这个剧本的献词里就说:"观众们对这戏的欢迎远超过我自己的奢望。"

除了上述几个《中国孤儿》剧本外,据德国文学史家们的记载,德国伟大诗人歌德也曾对《赵氏孤儿》发生兴趣。他从杜赫德著作的德译本中阅读过这个剧本,想根据它的情节改编一个剧本《埃尔彭罗》(Elpenr),献给他的朋友斯旦因夫人,但始终没有完成。歌德,这位 18 世纪的大文豪,对中国文学有与众不同的锐利、透辟的眼光,他曾把中国文学同英国文学、德国文学做过有趣的比较,借以阐明中国文学的性质。遗憾的是他的《赵氏孤儿》的改编本未能问世,我们无法了解他对这个剧本的具体观点。

《赵氏孤儿》传入欧洲以后,也引起批评界的注意。如果说,《赵氏孤儿》的改编者,着眼点主要在这个戏的伦理主题,那么,批评界的批评则主要是针对剧本的艺术。他们多数是用新古典主义法则来衡量这个剧本,批评它没有严格遵守戏剧规律,违反了"措置得体的惯例"。但英国批评家理查德·赫德(Richard Hurd)有自己的看法。他在《论诗的模仿》一文中,抛开新古典主义者的戒律充分肯定《赵氏孤儿》,认为这个戏是模仿自然的成功作品。他拿《赵氏孤儿》和古希腊悲剧作家索福克勒斯的《厄勒克特拉》作比较,指出它们有相似的地方,说中国作家和希腊作家在不同背景、条件下能写出相似的作品,是因为他们都是"自然的学生"。他还断言:"中国诗人《赵氏孤儿》的作者对戏剧作法的最

---

① 波顿:《西顿斯夫人回忆录》(第 1 卷),第 138 页。
② 《劳埃德晚邮报》(第 4 卷),第 75 页,1759 年 4 月 25—27 日。

本质的东西并不是不熟悉的。"① 在新古典主义戏剧观念占统治地位的西方剧坛，赫德的评论，是一种别开生面的评论，对习惯于自己一套的欧洲人如何去看待和接受不同艺术传统的东方戏剧，有启迪和促进作用。

三

17、18世纪中西文化的交流，耶稣会传教士起了很大的作用。18世纪末19世纪初，中西通商频繁，到中国的欧洲人日益增多，对中国社会的实体有更多的了解，现实的中国取代了"理想的中国"，他们的那种"中国热"就逐渐消退。戏剧界的情况也是如此，同18世纪相比，19世纪欧洲人对中国戏剧的反应是比较冷漠的。但是，这个时期，由于中西文化接触和交流比前一时期多，传入欧洲的中国戏剧也比较多。1817年和1829年，英国先后出现了约翰·弗兰西斯科（John Flancisco）翻译的两个元剧：《老生儿》（武汉臣作）和《汉宫秋》（马致远作）。1832年，法国学者朱利安翻译的元剧《灰阑记》（李行道作）法文本问世。1834年，朱利安的《赵氏孤儿》散文韵文译本出版，这个译本填补了100多年前马若瑟译本的缺陷，使欧洲的读者得以了解《赵氏孤儿》全剧的真貌。与此同时，朱利安还撰写和翻译了一些关于中国戏剧的学术性文章。这些，都有助于西方人对中国戏剧的了解。1841年巴任·爱内（Bain Aine）翻译的《琵琶记》（高则诚作）法文本问世。他在《琵琶记》的译文序中说"《琵琶记》极富教化作用"，并称它为"中国戏剧的里程碑"。应该指出，当时的西方学者翻译介绍中国戏剧，注重的仍然是中国戏剧的伦理道德主题和教化作用。他们要读者注意和重视这些戏剧中的道德意识，而对于中国戏剧的艺术价值和象征主义的表现手法，剧中的音乐、舞蹈因素的互相渗透等，则没有注意到。造成这种现象的主要原因是他们没有直接观看过中国戏剧，对中国戏剧独特的艺术形式不了解；同时也因为19世纪西方的戏剧艺术是向写实主义的方向发展，而中国传统的戏剧艺术是象征主义的，彼此标准不同，不容易相互了解。直至1860年，中国京剧团第一次到欧洲演出②，欧洲人才有机会观看到真正的中国戏剧，对中国

---

① 帕西：《中国诗文杂录》，第22页。
② 1860年，中国京剧团到巴黎演给拿破仑三世看，后来又在美国的旧金山演出。

戏剧独特的舞台艺术和表演技巧有了一些感性认识。到了19世纪末，西方文坛上出现了反写实主义的思潮，象征主义、表现主义、超现实主义等流派兴起，与这些相适应，西方人对东方的剧场艺术也有所关注，中国戏剧中的那种象征主义的表现形式、充满想象力的舞台、艺术化的扮相和动作等，引起了西方艺术家的注意，他们开始重视研究中国戏剧艺术的价值。于是，就出现了20世纪西方艺术家"朝东看"的倾向。

20世纪，随着中西文化交流的增多，翻译到西方的中国剧本也日益增多，还出版了不少介绍和研究中国传统戏剧艺术的著作，剧场上也开始出现中国的传统戏剧。1924年，德国诗人克拉本特（Klabund）改编的《灰阑记》在柏林演出，获得很大成功。在这之后，西方人开始注意东方各国的艺术。1930年，中国著名京剧演员梅兰芳访美演出，1935年又访苏演出，这两次演出在美国和苏联的反应都非常强烈。梅兰芳是享有盛名的中国艺术家，他在演出中优美的姿态、唱腔、做功、动作、语言，很令西方的观众着迷，也为西方的戏剧家打开了一个新的世界。当代西方剧场中流行的开放式的戏剧结构、象征性的动作、讲唱交错和夸张的化妆等，都与中国传统戏剧的西传和影响有密切的关系。

20世纪，西方一些艺术家，为了寻求戏剧改革的道路，曾在不同程度上借鉴中国的传统戏剧艺术。在这方面，德国作家布莱希特就是一个突出的例子。布莱希特是西方现代杰出的剧作家之一。他生活和创作的年代是20世纪上半叶。他立足于自己的时代，为了改革当时德国没有生气的剧坛，想探索一种适合于表现当代社会生活的戏剧，在1929年就提出"史诗剧场"的主张。布莱希特提出"史诗剧场"，在理论上，是要扩大亚里士多德在《诗学》中所论述的"戏剧"定义的范畴。亚里士多德在《诗学》中，曾论述史诗和戏剧的不同之处，认为史诗优于戏剧，因为史诗可以表达庞大的故事，而且能够增加诗的优美，吸收观众的注意。布莱希特的"史诗剧场"主张在戏剧中引进"史诗"型的说白，并加进抒情的成分，在结构上反对严守"三一律"，提倡用戏剧形式讲故事，以人物为中心，编织故事，一段一个小故事，一个剧本可以分许多段，当中插上歌唱、解说，还有"定题诗"一样的诗行，点明题旨。他认为，这种戏剧能够比较自由、开阔地表现当代的社会生活，使演员和观众在演戏、看戏时能保持清醒的头脑，不会产生生活幻觉，有利于观众对戏剧所讲述故事的思考和分析。布莱希特所提倡的"史诗剧场"，同中国传统的戏剧有相通的地方。中国传统戏剧是叙事体的，比较自由，不受时间、空间的限制，而且有歌唱、念白和科泛，具有史诗、戏剧、抒情诗的特质；而且中国传统戏剧所演的故事大多是观众所熟知的，演员的表演是程式化的，在客观上存在布莱希特所希望的那种"间离"效果。所以，当他在莫斯科观看梅兰芳的演出之后，就为中国传统戏剧艺术所吸引，并且按照他的戏剧观和艺术原则吸取中国戏曲艺术中对他有用的养分，用它来补充、印证和发展自己的理论，增加他的戏剧的鲜明特色，建立自己的戏剧流派。

布莱希特著名的"间离"论，就是在看了梅兰芳的表演以后提出来的。梅兰芳在1935年访苏时，在莫斯科音乐厅演了6天，共主演了6个戏：《宇宙锋》《汾河湾》《刺虎》《打渔杀家》《虹霓关》《贵妃醉酒》。这些剧目，歌唱、表演、舞蹈俱全，各有特色。布莱希特当时流亡苏联，观看了这些演出，还参加了苏联艺术界召开的座谈会，在会上听了梅兰芳的一段清唱，他认为梅兰芳在表演中处处使人感到有观众存在，打破了"第四堵墙"的幻觉，令他大开眼界，也为他的戏剧艺术指出了一条新路。他在1936年写的《中国戏曲表演艺术中的间离方法》一文中，系统阐述他对中国戏曲的看法，他拿中国戏曲的表演方法和欧洲演剧方法相比较，提出中国戏曲的演剧方法是"间离"的表演方法，而不是演员完全融入角色的"共鸣"的表演方法。他认为，中国戏曲中演员与角色的关系、舞台与观众的关系，以及戏曲表演特点各方面，都与欧洲传统戏剧有明显区别，为了在德国建立一种新的戏剧，必须研究和借鉴中国戏曲的演剧方法。他在这篇论文的开头说："这篇文章简要地论述了一下中国古典戏剧表演艺术中间离方法的运用。这种方法最终在德国被采用，正是在试图建立亚里士多德式（即不是建立在共鸣基础上）的戏剧（亦即叙事戏剧）的时候。"[①] 在谈论中国戏曲表演的特点时，他非常重视中国戏曲表演中的象征主义手法，认为象征性手法是使中国戏曲具有"间离"效果的巧妙方式。他说："人们知道，中国舞台上大量采用象征的手法。……各种人物性格通过直接勾画的特定脸谱来表示。双手的某些动作，表示用

[①] 转引自中国戏剧出版社编辑部《论布莱希特戏剧艺术》，中国戏剧出版社1984年版，第224～245页。

力开门等等。所有这些都久已闻名于世,并且几乎是无法照搬的。"① 他指出中国戏曲和话剧表演的不同特点之一,就是它凭借程式来刻画人物性格,演员在表演中十分讲究眼、手、腰、身的配合,有自己一套严谨的科学的表演程式和方法。布莱希特戏剧理论的一个美学思想,就是戏剧要把人们习以为常的事物,通过艺术的折光,令人感到陌生和震惊。在他看来,中国戏曲的程式化手段就具有这种艺术力量,所以他不仅从审美上而且从理论上给予高度的评价。他说:"这是很高的艺术,很有表现力的方式,但丝毫没有过火的、爆发性的演技。演员要表白角色精神错乱的心情,但表白的方式方法是采用外部手段(指"叨甩发")。这该是舞台上表演激情的正确方式方法。久而久之,一些诸如此类的特别手段便从许许多多可能的手段中精选出来,积累起来,经过仔细的思考和实践,经过广大群众的公认和批准,在舞台上保留下来……"② 布莱希特的"间离"论的实质,就是要演员和观众在演戏和看戏的时候都保持冷静的态度,不要他们完全投入戏的情节之中,希望观众能思考戏中提出的问题,实现戏剧的启迪人生和改造社会的作用。在这方面,中国戏曲的经验,对他的理论的发展起了重要的推动作用。

在创作上,布莱希特也很注意吸收中国戏曲的艺术经验。他在1938—1939年写的《大胆妈妈和她的孩子们》和1943—1945年写的《高加索灰阑记》,都明显地借鉴了中国传统的手法。《大胆妈妈和她的孩子们》写一个随军女商贩,带着两个儿子和一个哑巴女儿,拉着一辆装满货物的篷车,在炮火中到处奔波做生意。在漫长的战争岁月里,她的孩子们都先后死去,最后,只剩下大胆妈妈一个人,拉着破篷车,继续在做她的生意。在这个剧本里,每一场都插入歌唱,时、空的变化也很大,在现代欧洲戏剧中是一个中西融合的别开生面的戏。50年代,当布莱希特亲自导演这个戏的时候,就更加自觉地借鉴运用中国戏曲时、空不固定的舞台经验。在戏里,他让大胆妈妈拉着篷车,唱着歌,在空荡荡的舞台上滚动,一转眼,就走过了波兰、梅仓、巴燕、意大利,这和我们戏曲中的

---

① 转引自中国戏剧出版社编辑部《论布莱希特戏剧艺术》,中国戏剧出版社1984年版,第245页。

② 转引自中国戏剧出版社编辑部《论布莱希特戏剧艺术》,中国戏剧出版社1984年版,第20页。

"跑圈"是一样的。《高加索灰阑记》是从元剧《灰阑记》脱胎而来的，戏的背景、故事、人物和原则完全不一样，只是套用了原剧的审案故事，即"灰阑"断子的情节。布莱希特十分欣赏这个情节的智慧和妙想，但在内容上却有所出新，它表现了作者对现实、对社会的新的理解。在艺术表现上也运用了中国戏曲的一些手法，如用楔子、"定题诗"、歌唱等等，是布莱希特史诗剧的代表作之一。

在20世纪的西方文坛上，美国的史考特（A. C. Scott）也是一位热心于中国戏剧的学者和艺术家。他曾长住中国，爱好中国戏剧，是中国戏剧在西方忠实的传播者之一。他曾亲自导演过中国戏剧《四郎探母》和《蝴蝶梦》，获得好评。此外，法国作家纪隍（Jean Genet），也很推崇东方戏剧。他曾观看过中国评剧团的一次演出，对中国传统戏剧的艺术手法、演员服装、舞台设计等极感兴趣，并且把这些运用到他自己的剧作里。事实上，在20世纪的西方剧坛，由于艺术家不满足于写实主义的手法，"朝东看"，借鉴东方戏剧形式，特别是中国传统戏剧的象征主义手法，已经不只是几个作家的事，而是形成一种倾向，一股"朝东看"的热潮。

四

中国戏剧传入欧洲，是从18世纪开始的；而西方的戏剧传入中国，却是20世纪的事情。由于中国长期对外采取闭关自守的态度，在鸦片战争以前，中国人对西方是一无所知的。19世纪中叶到20世纪初，随着中国门户开放，中西文化接触增加，中国人对西方文化的反应日益强烈。"五四"前后，伴随着新文化运动潮流的到来，中国文学进入了一个革命的时代，这个运动的先驱者在向西方寻求民主和科学的同时，也以极大的热情向西方吸取文学艺术的营养，西方的戏剧就在这样的背景和气氛下传播到中国来。

西方戏剧在我国演出，最早是从外国人办的学堂开始的。1902年，上海圣约翰书院和徐汇公学的学生，先后用英语和法语演出西洋话剧。1907年2月，我国留日学生在东京组织"春柳剧社"，公演《茶花女》和《黑奴吁天录》，效果很好，为中国戏剧打开了一个新世界。同年秋天，"春阳社"在上海成立，在爱提西戏园演出话剧，因为是以对话为主,又有配合剧情的具体的布景,所以很受观众的欢迎。辛亥革命以后,留日学生吴我尊等回国,于1914年在上海成立"春柳剧社",演出《茶花女》《空谷兰》《复活》《娜拉》《神圣的爱》等西洋话剧,在社会上产生很大的影响。由于话剧影响日大,话剧剧园与日俱增,艺术界一些人提出要学习西方戏剧名著的创作方法,建立中国自己的话剧,一些新文学杂志就纷纷刊载西方戏剧名著的译作和评论。1918年,《新青年》出易卜生专号,刊载了易卜生的《玩偶之家》(《娜拉》)《国民公敌》和《小爱约翰》,在知识分子中产生了强烈的反响。胡适创作的独幕话剧《终身大事》,也在《新青年》上发表。在这以后,翻译过来的西洋剧本相继出现,当时介绍得比较多的是易卜生、萧伯纳、契诃夫、高尔基、王尔德等作家的作品。但是翻译过来的西洋剧本虽多,要把它们搬到舞台上演出,对于不了解西方人生活的中国演员来说,仍然有很大困难,所以就有中国作家创作的剧本出现,如陈大悲的《英雄与美人》《父亲的儿子》《维特风化》《良心》《虎去狼来》《幽兰女士》《不如归》,蒲伯英的《道义之交》《阔人的孝道》,任仲贤的《好儿子》,侯曜的《复活的玫瑰》《山河泪》《弃妇》《可怜闺里月》,熊佛西的《青春的悲哀》等。这些作品,在思想和艺术上,都不同程度地接受了西洋话剧的影响。1921年,沈雁冰、陈大悲、欧阳予倩等13人组成"民众戏剧社",出版《戏剧月刊》。1932年,田汉等在上海成立"南国社",在话剧创作和演出上积极促进戏剧运动的发展。从此以后,话剧就在中国剧坛上大步前进。

  中国第一代的话剧作家都是喝西方戏剧名著的奶汁长大的。"五四"时期,在西方诸剧作家中,对中国话剧影响最大的是易卜生。鲁迅在谈到《新青年》易卜生专号时指出,易卜生那种"敢于攻击社会,敢于独战多数"的精神,对五四运动的参加者,是有鼓舞作用的。① 而在易卜生被介绍到中国来的各种剧作中,《娜拉》的反响是最强烈的。《娜拉》是表现妇女解放主题的,妇女问题也是当时中国迫切需要解决的社会问题,所以,易卜生笔下的娜拉,就成为鼓舞中国妇女要求解放的榜样,成为反传统和妇女解放的象征。易卜生的戏剧敢于正视现实,面对现实的社会问题,这对我国第一代的话剧作家影响很大。向培良在《中国戏剧概评》中曾提到当时直接应易卜生而起的社会问题剧作家有胡适、熊佛西、侯曜

---

① 参见鲁迅《集外集·〈奔流〉编后记三》,人民出版社1983年版,第143页。

等。我们拿胡适的《终身大事》同易卜生的《玩偶之家》(《娜拉》)作比较，就不难看出它们之间的血缘关系。

　　胡适是中国最早系统地介绍易卜生作品和思想的人。早在1914年7月开始，他就阅读易卜生的作品，并且写出他自称为"代表我的人生观，代表我的宗教"的《易卜生主义》[①]，还根据他"译书须择其与国人心理接近者先译之"的原则[②]，翻译了易卜生的《玩偶之家》，后来又仿效《玩偶之家》创作出中国自己的独幕话剧《终身大事》。《玩偶之家》的女主人公娜拉，结婚以后成为丈夫海尔茂在家中的"玩偶"。剧本开始时，海尔茂行将出任银行经理，得意洋洋中打算辞退银行里的一个道德不好的职员，而这个职员正是娜拉的债主，因为在这之前，海尔茂曾一度患过重病，娜拉出于真诚的爱情，在没有其他法子的情况下，瞒着海尔茂假冒父亲的名字借债救活了他。现在，债主借此要挟娜拉，要她求海尔茂保全他的职位，不料海尔茂知道原委之后骤然翻脸，恶毒地咒骂她是"下贱女人"。后来债主受到娜拉女友的感化，不再要挟他们，并且退回借据，海尔茂又要娜拉继续当他的"小鸟儿""小松鼠"。娜拉在这场突变中痛感自己在家庭中的"玩偶"地位，拒绝了海尔茂关于家庭神圣的宗教和道德说教，毅然出走，离开了"玩偶之家"。"娜拉出走"，是对19世纪70年代资本主义社会中不合理的家庭关系的否定，娜拉用她的行动，揭开了资产阶级家庭甜蜜温柔的动人纱幕，喊出了妇女解放的呼声。胡适的《终身大事》是在《玩偶之家》影响下创作的，剧中的主人公田亚梅是中国社会中中产家庭出身的女子，留学东洋时与陈先生自由恋爱，遭到父母的反对和阻拦，在强大的家庭压力下，田亚梅没有屈服，而是下决心自定终身，跟着陈先生"私奔"。20世纪的中国，婚姻自由是反对封建道德礼教的重要内容，胡适从易卜生的《玩偶之家》"输入"叛逆的精神，注进他的《终身大事》中，创造出中国的娜拉——田亚梅。从表面看，这两个戏的情节、结局是不一样的，但娜拉的"出走"和田亚梅的"私奔"，都突出地表现了妇女解放的主题：娜拉的"出走"，是同资产阶级虚伪家庭关系决裂，去寻求自己在社会中的真正地位；田亚梅的"私奔"，是对封建道德礼教的背叛，决心走婚姻自主的道路，思想倾向是一

---

　　① 参见胡适《藏晖室笔记》卷12。
　　② 参见胡适《藏晖室笔记》卷12。

致的。在艺术上，胡适的《终身大事》是不能同易卜生的《玩偶之家》相比的。《玩偶之家》是世界名剧，又是易卜生的代表作，现实性、论争性强，戏剧结构精巧，剧中的情节和人物形象也极其真实和深刻，是一出充分体现和发扬了欧洲戏剧的现实主义传统的戏。《终身大事》是一个独幕话剧。情节简单，人物性格单一，有很明显的模仿的痕迹，虽然不完全像向培良在《中国戏剧概评》中所说的是"一个极笨拙的仿效"，但毕竟是取西洋剧本的精神创作的，比较概念化，基本上是我国"五四"前夜一种关于妇女解放的观念的图解，艺术上是粗糙的，表现出中国话剧新生的幼稚。

随着我国现代话剧的成熟和发展，易卜生现实主义戏剧的精华，为更多的剧作家所认识，而且有机地融化到他们的剧作之中。我们从曹禺、洪深、田汉等作家的作品中，都不难发现这种中西融合的特质。以曹禺的《雷雨》为例，《雷雨》是中国话剧史上最成功的作品之一，在国内外都有很高的声誉。这个戏写的是带有强烈的封建色彩的资产阶级家庭的腐朽堕落史，从内容看，同易卜生的现实主义家庭剧有某些相似之处，形式和结构也明显地带有西方"工匠剧"的特点。在戏里，作者将周家前后30年的许多矛盾冲突，集中在"一个初夏的上午"到"当夜两点钟光景"的一天之内，而且基本上是放在周朴园的客厅来展开的。全剧四幕，结构缜密，情节虽然错综复杂，但许多线索彼此交织，互相衔接，一环紧扣一环，随着剧情的发展，悲剧气氛越来越浓，最后逼出了一幕活生生的现实主义大悲剧。这个戏在艺术上是按照西方戏剧"三一律"的原则来创作的，和中国传统戏剧有明显不同。胡适在《易卜生主义》一文中说："易卜生把家庭社会的实在情形都写出来，叫人看了动心，叫人看了觉得我们的家庭社会原来是如此黑暗腐败，叫人看了觉得家庭社会真正不得不维新革命：这就是'易卜生主义'。"我们读曹禺的《雷雨》，也同样有了这种感觉。我国著名戏剧家熊佛西在谈到易卜生戏剧在中国的影响时说："五四运动以后，易卜生对于中国的新思想、新戏剧影响甚大，他对于中国文艺界的影响不亚于托尔斯泰、高尔基，尤其对于戏剧界的影响至深，我敢说：今日从事戏剧工作的人几乎无人不或多或少受他的影响。"[①] 洪深也高度评价了"五四"时期易卜生对中国话剧发展的巨大影响，认为在创

---

① 熊佛西：《论易卜生》，载《文潮月刊》（第4卷）第5期。

作上"有若干的作家，不仅是把易卜生剧中的思想，甚至连故事讲出的形式，一齐都摹仿了"①。茅盾还从新文化运动发展的角度，揭示了这一文化现象的思想实质和意义。他说："易卜生和我国近年来震动全国的'新文化运动'是一种非同等闲的关系"，他已经"作为文学革命，妇女解放，反抗传统思想等新运动的象征"。②

由于中国话剧是在西方戏剧影响下诞生的，所以在形式上、结构上、演技上，都和西方戏剧相似，而不同于中国传统的戏剧。中国的传统戏剧是象征主义的，而中国现代话剧主要是写实主义的；中国传统戏剧的结构是开放式的叙事体结构，而中国现代话剧的结构虽也有少数是叙事体的，但大多数是封闭式的戏剧体结构；中国传统戏剧在表演上是载歌载舞的，具有做、唱、念、打等艺术因素，而中国现代话剧主要是借助演员在舞台上的对话和动作演出。自从中国现代话剧出现之后，在中国剧坛上，就存在两种不同传统的戏剧。这两种戏剧各拥有自己的观众，因而能够长期共存。但是，近30年来，话剧发展的步伐快，传统戏剧则明显地走下坡路。面对这种情况，一些戏剧研究者就提出演现代戏曲的主张，即用中国戏曲的形式来表现今天的现实生活，以适应现代观众的审美要求，于是就出现了现代戏曲。而戏曲要表现现代人的生活，就不能照搬原来的艺术程式，必须使用一种更接近现实生活的艺术形式，所以就要引入一些话剧的因素，借鉴西方传统戏剧的写实主义手法，自觉不自觉地走上中西戏剧传统交融的道路。

从20世纪中西戏剧发展的情况看，它们都在奔向对方，力图通过一种自我否定来达到新的境地。西方一些著名的戏剧家极力在追求东方艺术，借鉴中国传统戏剧中的写意和象征主义手法，赞扬和宣传中国传统戏剧的"间离"效果，希望借鉴它去推翻西方剧坛的"第四堵墙"，在他们的戏剧中大量引入表现性、抽象性的因素。与此同时，中国的传统戏剧在革新它自身的内容的同时，也引进西方戏剧的再现性、具体性的因素，努力求真。西方剧坛"朝东看"，中国剧坛"朝西看"，各自在否定自己，在向对方走去，彼此都在借助外来的艺术因素来打破本民族戏剧的封闭状态，发展自己。中西剧坛出现的这种逆向现象，已引起了许多戏剧家和

---

① 洪深：《中国新文学大系·戏剧集导言》，上海良友图书公司1935年版。
② 参见沈雁冰《谈谈〈玩偶之家〉》。

学者的注意，人们预测，这种"横向"的借鉴，不会使它们失去"自我"；相反，将会给它们带来新的艺术个性，促进它们去创造新的美学效果和价值。

(原载《海南大学学报》1987年第4期)

中西小说的渊源与形成过程比较

小说是一种表现力最强的文学样式。同诗歌和戏剧相比，小说兴起较晚，但却发展很快。在现代，无论是中国还是西方，无论是哪个国家，小说都是拥有最多读者的一种文学样式。

中国古代"小说"概念十分含混，在语义上同我们现在所指的小说完全不同。"小说"这个名词最早见于《庄子·外物》篇："饰小说以干县令，其于大达亦远矣。"指的是与高言宏论相反的琐屑之谈，不具有文体的意义。东汉初年，桓谭在《新论》中说："若其小说家合丛残小语，近取譬论，以作短书，治身理家，有可观之辞。"首次在文体意义上运用"小说"这个词。稍后，《汉书·艺文志》中也说："小说家者流，盖出于稗官，街头巷语、道听途说者之所造也。"所谓"街头巷语、道听途说"，也就是"丛残小语"，就是琐屑的形式短小的"短书"。这一观念，后来因袭下去，成为中国古代正统文人对"小说"的一种根深蒂固的认识，从汉朝到清朝2000年间没有发生根本的变化。所以，中国的古小说，多为形式短小的琐语。清代纪昀编的《四库全书》，将小说分为三类：杂文、异闻、琐语。把各种各样的杂著称为小说，却不包括在清以前已出现的唐传奇和宋元以来的白话小说。这正说明中国古代历史典籍中"小说"的概念，同我们现在文学概念中所讲的小说是不相同的。我们现在所指的小说，应具有叙事性、形象性、虚拟性、散文性等基本要素。本文也是以这样的认识为基点，来追溯中国小说的渊源及其产生、形成过程，并以它同西方小说的渊源和产生、形成过程进行比较。

无论是中国还是西方，都很早就出现叙事文体，如神话、史诗、寓言、实录、故事、传奇等。但是，小说作为叙事文体最成熟的类型却是很晚才出现的。在中国，唐传奇是最早的小说。在西方，小说的形成是在文艺复兴前后，它的成熟和繁荣还要更晚一些。小说作为各种文学样式中最后崛起的一种文学样式，18世纪以来它的成就是令人吃惊的。许多读者还把它看作吸收丰富人生经验、寻求哲理和道德指导的一种途径。比较中西小说的渊源及其产生、形成过程中的异同，既有助于我们探索小说这一文学样式产生、形成的规律，对于我们认识中西小说在美学上各自具有的特色，也是很有意义的。

一、中西小说的渊源

西方小说的渊源，可以直接追溯到古希腊的神话和史诗。古希腊的神话以口头文学的形式在各个部落流传了几百年，现在通常所见的神话是从奴隶制古典时期各种古籍中搜集、编写的。古希腊神话包括神的故事和英雄传说两方面的内容，神话故事主要是关于开天辟地、神的产生、神的系谱、人类的起源和神的日常生活的故事，英雄传说是关于远古的历史、人和自然斗争的各种英雄故事。公元前9世纪至公元前8世纪出现的荷马史诗（《伊利亚特》和《奥德赛》），在公元前6世纪正式写成文字，是欧洲文学史上最早出现的重要作品。荷马的时代是欧洲社会从原始公社制向奴隶制过渡时期，荷马史诗中有不少古希腊的神话。荷马时代，部落之间经常发生战争，《伊利亚特》描写的特洛亚战争，就是一次部落之间的大战，在这次大战中，一些部落联合攻打特洛亚，毁灭了这座城市。《伊利亚特》就是一部古代战争的史诗，也是一部英雄的史诗，史诗歌颂了战争中的英雄。《奥德赛》是描写希腊英雄俄底修斯在特洛亚战争之后离家和还乡的故事，写他离家之后，历尽千辛万苦，不怕困难，在不可想象的困难中表现了英雄的本色，是一部描写航海生活和家庭生活的史诗，既有浪漫的幻想，又有写实的特色和抒情的氛围。荷马史诗是经过世世代代的人相传下来的，当中有"人类童年"时代才可能有的天真美丽的幻想，也有人类早期那种朴素的以人为本的思想。根据亚里士多德的叙述，古希腊时代史诗的种类很多，荷马这两部史诗包括了各类史诗的特点。荷马史诗是近代欧洲史诗的典范，后来欧洲的许多作家都从这两部史诗的故事和人物形象中取得素材。古希腊的神话和史诗，在后来的悲剧中留下了深刻的痕迹，同时也直接影响到西方小说的产生。

中国古代没有像荷马史诗那样的作品，但有丰富、美丽的神话传说，它们同样是中国小说产生的源头。在中国古代的神话传说中，有许多是记载远古人们同自然作斗争的，人们借神话歌颂敢于与自然搏斗的英雄，传播与自然斗争的经验，寄托战胜自然的理想，如女娲补天、精卫填海、夸父逐日、鲧禹治水等神话都集中体现了远古人民征服自然的强烈愿望。这些神话是劳动的产物,神话中的英雄是远古人民智慧、力量和愿望的化身。这些古代的神话,开始在民间口头流传,经过群众长期的艺术加工,日益丰富和系统化。中国古代的神话传说没有专门的集子加以记载和保存。屈原的《离骚》《天问》《招魂》《九歌》等诗歌里,有不少神话传说的材料。《庄子》《韩非子》《淮南子》《列子》等哲学著作里,也保存了一些神话传说。《山海经》《穆天子传》记载的都是神话传说,可视为这方面的专书。《山海经》非成于一时、一人之手,记述的有名山大泽、奇花异草、珍禽怪兽,以及鬼神灵怪。《穆天子传》记载周穆王游猎中所见种种。明胡应麟说它"文极赡缛,时有可观""颇为小说滥觞"[①]。《山海经》和《穆天子传》是后世志怪小说的发端。

中国唐传奇以前的小说,通常称为古小说。古小说还不是小说,而是小说的原始形态。中国古代的神话传说是古小说发展的基础。中国古代的神话传说没有明显的界限,而且互相渗透,有不少神话中的英雄,在民间不断流传加工,后来就变成传说中的人物。但同神话相比,传说中的人物,较接近现实的人,现实性比较强,情节相对也曲折些。神话传说本身是故事,有简单的情节,有人物形象,这些都直接间接地为后世小说的产生奠基。

从中西小说的渊源看,都可以追溯到远古的神话传说,它们都是在古代神话传说的基础上发展起来的。不同的是,西方在古希腊就出现了最早的叙事文体"史诗",神话传说对后来小说所产生的作用主要是借助于"史诗";中国古代神话传说虽多,但记载杂乱疏略,对后世小说影响较大的主要是志怪一类。

二、中西小说形成过程的异同

小说同西方叙事文学在形式上的区别,在于小说是一种散文作品,而西方早期叙事文学作品是用诗体记述的。中古时期欧洲出现的少数用散文写作的叙事文学,是从史诗向后世小说过渡较早出现的一种文学形态。中古欧洲的英雄史诗中,有一类是反映氏族社会末期的生活,主要是歌颂部落的英雄,多以神话或历史的人物事件为依据。在这一类史诗中,冰岛的

[①] 胡应麟:《少室山房笔丛·三坟补逸》,中华书局1958年版。

《埃达》《萨迦》占有重要的地位。《埃达》是诗体。《萨迦》是散文叙事文学，内容包括史传、英雄传说、旅行记、家族史话等。在这些作品中，保存了北欧神话传说和史传故事的丰富材料，具有很高的历史价值和文学价值，向来为欧洲文学史家所看重。作为西方较早用散文写作的少数叙事作品之一，《萨迦》在小说形成过程的作用，也同样应引起人们的注意和重视。除此以外，十二三世纪，在西欧骑士文学的繁荣时期，也出现了散文体的骑士传奇。当时，骑士文学最兴盛的是法国，但法国北方骑士文学的主要成就是骑士叙事诗。骑士叙事诗一般篇幅都比较长，内容多是写骑士对贵妇人的爱情，也有写他们冒险和征讨的故事，情节离奇，故事大都是虚构的，在虚幻故事中表现骑士精神。在这些骑士叙事诗中，写大不列颠王亚瑟和他的圆桌骑士的作品比较多。13世纪还出现了这一题材的散文体骑士传奇。当时流传的《奥卡森和尼柯莱特》，就是一部用散文和诗交错写成的作品。亚瑟传奇不仅在当时最为闻名，它们的结构形式、人物性格刻画和心理描写等，对后来欧洲的长篇小说有一定的影响；而它们当中散文体的作品，在语言形式上，同后来的小说应有更为直接的联系。13世纪以后，用散文写的更多，便逐渐发展成为故事小说。

西方早期的叙事文学，最发达的是史诗，从史诗到小说，有一个从诗体向散文体发展的过程。中国古代的叙事文学，最发达的是史传文学。史传文学本质上是历史，用散文写的，不是诗。从史传到小说，有一个艺术化的问题。史传文学记叙的是现实生活中发生过的事实，是历史的实录；小说叙述的是现实生活中发生过或可能发生的虚构的故事，虽然它们都是叙"事"的。中国的史传文学，如《左传》《战国策》《史记》等，对后代的文学，尤其是小说的创作产生了深远的影响。从对小说影响的角度看，《左传》以写错综复杂的历史事件见长，且有许多戏剧性的故事和场面；《战国策》以记言为主，当中有许多奇行异智的记述；《史记》写的人物传记，是以写人物为中心来反映历史的，人物性格鲜明突出，又有比较完整的故事结构，人物活动背景也很广阔清楚，达到了史传文学的高峰，在那些刻画人物的传记中，已包含着小说的某些因素。所有这些，对中国后来的小说都有极为重大的影响。

小说之所以能够完成史诗无法完成的艺术使命，具有独特的审美价值，就是因为它是以散文语言为工具，是散文体的叙事文学。用"诗"叙事，只能粗略地摹写，"空白"太多。随着人类社会的发展，现实生活日益繁杂多样,文学要表现复杂的人生,在作品里创造充分具象、情境逼真的人生世界,已非以"诗"叙事的形式所能完成。而以散文体为语言工具的小说,在这方面却具有无可比拟的优越性,它能自由自在地运用散文语言创造富于价值和美感的艺术世界。所以,用散文体叙事是小说同史诗和讲唱文学的区别,也是小说的艺术规定性之一,从西方早期的史诗到散文体叙事作品的出现,也成为催发小说产生的一个必要的前提条件。

小说同实录文学的重要区别,在于它描写的是"虚拟的人生"。所以,中国古代的史传文学,虽然在当时已达到了相当高的水平,但它们写的是历史上的真人真事,不具有艺术的虚构性,还不是小说,只能说它们当中孕育有小说的因素,为后来小说的产生提供了某些借鉴,使中国小说在其酝酿、形成的过程中获得了自己的特殊营养。

三、中西小说的初级形态比较

中国小说的最早形态,是魏晋南北朝的小说。魏晋南北朝小说的形成,是直接受到史传文学的影响,还没有最后摆脱依附历史著作的状态,只能说是小说的雏形。为了把它区别于唐传奇以后的小说,人们通常称之为古小说。古小说大致可分为志怪小说和志人小说两大类。中国古代第一个对古小说进行分类的是明人胡应麟。他在《少室山房笔丛》中,把小说分为六种:志怪、传奇、杂录、丛谈、辨订、箴规。① 现在看来,丛谈、辨订、箴规三种,不具有文学的意义,是属笔记。前三种中的传奇,始出于唐,不在古小说范围,他举的例子,除个别篇目外,主要也是指唐人作品。在古小说范围内的只有志怪和杂录两种,而这两种正是唐前的志怪小说和志人小说。

中国古代迷信巫术,秦汉以后,又盛行神仙之说,汉末开始传入佛教。从魏晋至隋,神怪的故事,广为流传,形成了侈谈鬼神、称道灵异的社会风气,产生了许多志怪小说。这些小说,充分地表现了当时流行的神秘思想与宗教迷信。正如鲁迅所说:"中国本信巫,秦汉以来,神仙之说盛行,汉末大畅巫风,而鬼道愈炽;会小乘佛教亦入中土,渐见流传。凡此皆张皇鬼神,称道灵异,故自晋讫隋,特多鬼神志怪之书。其书有出于

---

① 参见胡应麟《少室山房笔丛·九流绪论》,中华书局 1958 年版,第 374 页。

文人者，有出于教徒者。文人之作，虽非如释道二家，意在自神其教；然也非有意为小说，盖当时以为幽明虽殊涂，而人鬼乃皆实有，故其叙述异事，与记载人间常事，自视固无诚妄之别矣。"①

这就说明，志怪小说的兴起与社会上宗教迷信的风气是密切相关的。志怪小说内容十分庞杂，大多属于神仙灵异、佛教因果报应、人鬼交往的故事。这些故事基本上可分为三类：一是炫耀地理博物的琐闻（如托名东方朔的《神异经》《十洲记》等）；二是夸饰正史以外的历史传闻（如托名班固的《汉武帝内传》《汉武故事》等）；三是讲述鬼神怪异、人鬼交往的故事（如干宝的《搜神记》）。这些故事最有小说意味的是第三类。干宝的《搜神记》中有许多美丽的民间传说，其中《干将莫邪》《韩凭夫妇》《李寄斩蛇》等，是人们所熟知的作品。《搜神记》里还有不少动人的爱情故事。例如，《兰岩双鹤》写一对在兰岩隐居了数百年的夫妇，化成了比翼而飞的双鹤；后来一鹤被人杀害，另一鹤就常年哀鸣，呼叫它的爱侣，声音极其哀切。又如，《吴王小女》写吴王小女紫玉爱上了童子韩重，同他私订终身；后来韩重去齐鲁游学，临行请他父母代为求婚，吴王不允，紫玉仇怨郁结而死；韩重回来以后，到墓前哀哭，紫玉鬼魂出来同他相见，并邀他进冢团聚，经历了三天三夜人鬼之间短暂、悲楚的团聚，故事曲折感人。此外，刘义庆《幽明录》中的《庞阿》《卖粉女子》都是描写爱情执着的故事，也很动人。志怪小说在文学史上留下的影响是深刻的，它们为唐代传奇的出现准备了条件。

志人小说的兴起也有一定的社会基础。东汉后期，上层社会形成了一种品评人物的风气，叫作"清议"，那些善于品评的人称为名士。魏晋以后，士大夫好尚"清谈"，讲究言行举止，品评人物的风气极盛，因此，就有人把一些知名人物"清谈"的内容、风度、影响等记录下来，编成志人小说。志人小说同志怪小说不同，是写人，不是写神怪，是面对现实，直接反映当时社会的生活。南朝刘义庆的《世说新语》就是这类作品的代表作。它把汉末至东晋间士阶层的遗闻轶事，分为36类进行记述。这类作品的特点是善于即事见人，通过生活中的某一场面、一次精彩的对话，用细节描写的方法，写出人物的特征，语言精练、生动，对后来《三国演义》等历史题材小说有直接的影响。

---

① 鲁迅：《中国小说史略》，人民文学出版社1953年版，第47页。

艺术内容的虚构性是近代小说的规定性。作为小说的雏形阶段，志怪小说比志人小说有更多的小说因素。志人小说基本上记真人实事。志怪小说则是虚构的，在此类作品里，有丰富的想象和幻想，有比较鲜明的人物形象和相对完整的情节，这些因素在后来各个时期各种条件的作用下，不断地增长、扩大、完善。到了唐代，又吸收了《史记》等史传文学刻画人物的手法，随之演变出相当成熟的文言短篇小说（传奇）。唐以后，白话小说兴起，志怪题材仍占极大比重，宋话本有灵怪、烟粉、神仙、妖术诸类，明清章回小说有神魔小说一门。其他小说同样含有程度不同的志怪成分，在艺术想象和表现方法上接受志怪的启示和影响。

在西方，中世纪欧洲流行的传奇故事，对小说的形成和发展有很大的贡献。主要是开拓了艺术想象的世界。神话和传奇都具有活跃不受限制的思维。但神话"是一种无意识虚构，而不是有意识虚构；原始精神并没有意识到它的创造物的意义"①。传奇是一种有意识的虚构，作者通过这种虚构在作品里创造一个完整的艺术世界，具有早期小说的本质特征。

十一二世纪，西欧各国封建制度已完全确立，出现了骑士阶层，与此相适应，出现了骑士文学。骑士文学包括骑士抒情诗和骑士传奇，同后来小说有密切关系的是骑士传奇。骑士传奇不同于英雄史诗，没有历史事实根据，作品的内容是出自诗人的虚构，大多是从民间传说和古希腊、罗马的故事延伸出来的，主要是表现骑士的生活理想和爱情追求，表现出一种冒险游侠的精神。骑士传奇题材狭窄，在构思上多以一二人物为中心组织故事情节，重视人物内心活动的细腻描写，人物的对话比较生动活泼，故事较长，在艺术上已具有近代长篇小说的框架。

小说的发展，与商业文化的发展、城市的兴起分不开。在西方，最早的城市文学是韵文故事。西欧各国从11世纪开始，随着手工业和农业的分工，商业的发展，产生了城市，形成了从事工商业的市民阶级。城市文学是适应市民阶级文化娱乐的需求而出现的，其主要特点是反映的社会面广，故事性和讽刺性强。当时最流行的《列那狐传奇》，就是一部故事性和讽刺性都很强的作品。这部作品的主要情节是写列那狐和依桑格兰狼的斗争。作品借野兽写人，把动物人化，赋予它们以人的思想、感情、语言和行为，来影射中世纪封建社会的现实生活，表现当时新兴市民阶级的某

---

① 恩斯特·卡西尔：《人论》，邴日译，译文出版社1985年版，第94页。

些意识和观点。在城市文学中，长篇故事诗《玫瑰传奇》占有很重要的地位。《玫瑰传奇》的作者是雅典诗人威廉·德·洛利斯，写作的时间是13世纪30年代前后。《玫瑰传奇》原是一部纯爱情题材的作品，作者未写完就去世，而由若望·德·墨恩续作，那已经是40年后的事。所以，上下两部思想内容极不相同，上部写的是骑士爱情，下部则是表现市民阶级的思想，触及了当时的许多社会问题，批判禁欲主义和蒙昧主义，谴责教皇和贵族，是中古时期有影响的作品，也是中古欧洲最早表现人文主义思想萌芽的作品之一。中世纪的城市文学表现市民在对世俗生活的兴趣，具有较多的现实主义的因素，它所创造的是与现实有重合之处的虚构世界，这些故事的主题和模式，为后来的小说提供了表现现实的基因。

韦勒克认为，小说偏重于"表现现实生活中的事"，而传奇偏重于"叙述不曾发生过的事"。"小说是现实主义的；传奇则是诗的或史诗，或应称之为'神话'。"① 可以说，传奇是小说的"幼年"，它与小说不同之点，就是它的虚构是超现实的，当它发展到面向现实的时候，小说就产生了。

拿中国小说的雏形——魏晋南北朝的志怪小说、志人小说，同西方小说的初级形态——骑士传奇和韵文故事比较，它们在中西小说形成、发展过程中所起的作用是很相似的。如果说，志怪小说和骑士传奇对于后来小说的贡献在于它们的虚构性，那么，志人小说和城市文学则为后来的小说展示了人生的客观性，而虚构性同叙事的客观性的结合，正是小说同纪实文学、抒情文学和戏剧的区别。

四、中西小说的诞生及其发展

中西小说都是在古代故事的土壤上孕育形成的。故事是类别最广的文学形式；小说是讲故事的一种特殊形式，但它叙述的是现实生活可能发生的故事。小说和故事明显的区别在于：小说不仅讲一个故事，它还通过故事塑造人物，反映社会生活，抒发和分析感情，展示人物对他们所处的时代和社会环境的反应，并给这一切灌注以思想，使其具有一种结构和审美

---

① 韦勒克·沃伦：《文学理论》，刘象愚等译，生活·读书·新知三联书店1984年版，第241页。

的意义，有一个整体的连贯性和效果，既能引起读者感情的共鸣，还能启发读者对人生现实、社会历史等各种问题的思考。

从中国小说的发展史看，中国小说的正式形成应当在唐代，其标志是唐代传奇。唐传奇直接继承了六朝小说的传统，又接受史传文学的哺育，从而有了巨大的发展。根据现有保存的材料，单篇的40多篇，专集也有40多部，总共不下400篇，其中广为流传的也有数十篇，从中可以看到当时传奇创作的盛况。关于唐代传奇，鲁迅在《中国小说史略》中说："小说也如诗，至唐代而一变，虽尚不离于搜奇记逸，然叙述宛转，文辞华艳，与六朝之粗陈梗概者较，演进之迹甚明。而尤显者，乃在是时则始有意为小说。"① 这是符合实际的论断。我们拿唐传奇同六朝的志怪、志人小说作一比较：六朝的志怪、志人小说，一般都很简短，记事写人，只是"粗陈梗概"；志怪小说所记的神鬼故事，也还不能说是有意虚构，而是作者相信神鬼的存在。唐传奇虽有明显的志怪小说影响的痕迹，篇幅也不很长，但记事写人都比较细致，情节的发展，从头到尾，整个故事有始有终，作者在叙述故事的同时，也表现人物的感情，并且注入自己的思想，使读者读了，不但知道故事的内容，还能在情感上引起共鸣，从中得到某种启迪。所以，无论是从思想内容还是从艺术表现上看，唐传奇的出现，才标志着中国小说的正式诞生。

唐传奇的发展经历了三个阶段：一是从初唐到盛唐时期，是唐传奇的兴起和初步发展的阶段。这一时期的作品，写的仍属于奇闻异事，艺术上未脱尽六朝志怪模样，结构也未有肌体，但篇幅已较完整，描写较细致，颇有故事性，已初具传奇规模。这时期留下的作品不多，只有《古镜记》《补江总白猿传》《游仙窟》三篇，都不是好的作品。二是中唐时期，这是传奇的鼎盛阶段。这一时期，名家辈出，佳作甚多，现在流行的唐传奇的名篇，多出在这个时期，代表作有蒋防的《霍小玉传》、白行简的《李娃传》、元稹的《莺莺传》等，这些作品艺术上相当成熟，不但结构完整，情节曲折动人，而且开始刻画人物性格，并且有了显著的成就。三是晚唐时期，是传奇进一步发展的阶段。这一时期，作品的数量大大增加，还出现一些专集，如牛增孺的《玄怪录》、薛用弱的《集异记》、裴铏的《传奇》、李复言的《续弦怪录》等，这表明传奇在当时已成为独立文体，

---

① 鲁迅：《中国小说史略》，人民出版社1953年版，第75页。

受到人们的重视。在内容上除了写志怪爱情婚姻外,还出现了大量豪侠主题的传奇,如《红线传》等,但这类作品有较大的局限性。

唐传奇的繁荣是从中唐开始的。中唐以后,城市经济在盛唐的基础上得到了进一步的发展,长安、洛阳、扬州等地手工业、商业繁荣,城市居民大为增加,优伶娼妓也多了起来,文人士子与她们的关系相当密切,写反映他们生活的传闻轶事,以及某些民间的爱情故事,一时蔚然成风。这是爱情题材传奇产生的社会基础。这一时期,唐代政治日益腐败,社会矛盾很多,宦官专政,党争迭起,失意之人对功名的追求产生了幻灭感,从而采取了逃避现实的态度,人生如梦,求仙访道,颓废感伤的情调浓厚起来,所以就产生了沈既济的《枕中记》和李公佐的《南柯太守传》一类的作品。这些作品反映了封建统治阶级内部的矛盾斗争,讽刺了一些知识分子热衷功名的思想,具有现实政治意义。

唐传奇之后,白话小说兴起,取代了文言小说,成为小说的主流。鲁迅在《中国小说的历史变迁》中说:"这类作品,不但体裁不同,文章上也起了变革,用的是白话,所以实在是小说史上的一大变迁。"①

小说本质上是一种市民文学。中国小说之所以诞生于唐代,是因为唐代出现了工商业繁荣的城市,产生了市民阶层,与此相应,也出现了同他们的文化生活相适应的文学——小说。但唐传奇是用文言文写的,是出于文人之手。到了宋代,市民阶层壮大了,为适应市民的文化生活需要,"说话"业十分发达,"说话"艺人同书会文人合作,共同创造了用白话文写的话本。宋代话本往往是相传颇久的集体创作。它们反映了新兴市民阶层的某些要求,具有一定的民主思想。其中最突出的是两点:揭露冤狱,鞭挞官场的黑暗;表现妇女反抗封建礼教的思想和行动,著名的话本《错斩崔宁》和《碾玉观音》就是这两方面的代表作。

宋代话本是中国古代白话小说的开端。到了明清两代,又演进成章回小说,并产生了许多伟大的著作。如《三国演义》《水浒》《西游记》《金瓶梅》《聊斋志异》《儒林外史》《红楼梦》等,其中又以《红楼梦》成就最高,它的出现,标志着中国古典小说艺术发展的最高峰。"五四"以后西方小说创作方法传入,同中国传统结合,形成了新小说。有学者在回顾中国小说发展历程之后说:"从神话传说、寓言故事、史传文学到小

---

① 鲁迅:《中国小说的历史变迁》,见《中国小说史略》,人民文学出版社1973年版。

说正式诞生的唐代，经历了千余年；从唐传奇到章回小说，经历了四五百年；从《金瓶梅》到《红楼梦》，经历了约二百年；从《红楼梦》到'五四'，经历了百余年，……从这历程看，小说的发展，从一个阶段到下一阶段之间的间隔，越到后世时间越短。"① 这一论断是符合中国小说发展的历史实际的，但他没有揭示这种现象的原因。现在看来，这种现象的出现，是与社会前进的步伐日快、外来文化影响增多、小说在面向社会现实以后自身影响的扩大等各方面的因素密切联系在一起的。

同中国小说的诞生相比，西方小说的诞生差不多要晚四五百年。无论是中国还是西方，小说的出现，都是与商业文化的发展、城市的兴起分不开的。文艺复兴是14—16世纪在欧洲许多国家先后发生的文化和思想上的革命运动，它标志了资产阶级文化的萌芽，反映了新兴资产阶级的要求。人文主义是文艺复兴时期形成的资产阶级思想体系，人文主义者主张一切以"人"为本，来反对神的权威。这是因为"中世纪把思想体系的一切其他形式……都合并在神学以内"②，因此，"一般针对封建制度发出的一切攻击必然首先就是对教会的攻击"③。资产阶级为了反对教会，就要肯定现世生活，肯定人的价值和权利，要求个性解放，提倡平等。文艺复兴时期西欧的新文学也是以人文主义思想为内容的。这种文学是欧洲资产阶级文学的开端，内容上注重反映现实，艺术上抛弃了中古的象征的梦幻文学，用写实的手法，发扬和丰富了欧洲文学的现实主义传统，为近代欧洲文学中的各种文学体裁奠下了基础。欧洲早期具有近代特点的短篇小说，围绕一个或几个主人公的经历并以广阔现实社会为背景的长篇小说，都是在这个时期出现的。

意大利人文主义作家薄迦丘的《十日谈》，在欧洲的小说史上开了近代短篇小说的先河。《十日谈》写10个青年男女，为逃避黑死病，在佛罗伦萨乡间一间别墅里住了10天，每人每天讲一个故事，讲了100个故事。这些故事有不少是取材于中古的民间故事。通过这些故事，作者揭露了贵族的罪恶和教会的腐化，否定了中世纪的宗教世界观和禁欲主义道德

---

① 徐君慧：《古典小说漫话》，巴蜀书社1988年版，第9页。
② 恩格斯：《费尔巴哈与德国古典哲学的终结》，人民出版社1957年版，第46页。
③ 恩格斯：《德国农民战争》，见《马克思恩格斯全集》（第7卷），人民出版社1959年版，第12页。

观，表现出文艺复兴初期的民主倾向。在艺术上它发展了中古的短篇故事，不仅叙述事件，还塑造人物，对现实作生动的描摹和概括；重视结构技巧，使用框形结构，把100个故事镶嵌在一起，成为一个有机的整体；用散文写作，语言丰富，文笔精练、优美。《十日谈》问世以后，给欧洲后来的小说以很大的影响。此后，意大利短篇小说风行，许多短篇小说家都继承薄迦丘的传统，写出了反映现实的作品。

文艺复兴时期最早出现的一部长篇小说，是法国著名作家拉伯雷所写的《巨人传》。16世纪的法国，骑士阶层衰落了，骑士传奇已不受人欢迎，人们从听故事到读故事，散文故事和小说应运而生。拉伯雷的充满人文主义精神的长篇小说《巨人传》，就是在这个时期问世的。作品里的三个巨人，食量过人，纵情享乐，作者以赞赏的态度描写他们享乐的人生观，嘲讽禁欲主义，揭露宗教迷信如何妨碍社会的发展。在这部作品里，作者把一些优良品质赋予他理想的巨人，在表面荒诞不经的巨人身上，让人们看到和感受到人的力量。巨人，是人文主义者拉伯雷理想的化身。《巨人传》共五部，结构并不严密，作品的故事是用几个主要人物的活动贯串起来的，人物塑造未脱类型化的影响，有明显的口头文学痕迹。但它是文艺复兴时期的一部巨著，也是法国长篇小说的发端。作品以市民语言为基础，通俗易懂，开创了欧洲通俗小说之路，对后世的作家影响很大。

16世纪中叶，西班牙产生了一种流浪汉小说。西班牙城市发达较晚，流浪汉小说就是城市发达的产物。流浪汉小说多描写城市下层人民的生活，其代表作是《托美思河的小拉撒路》，简称《小癞子》。小说由主人公小癞子自述他的经历，通过小癞子曲折的流浪史，描写了社会上各个阶层的人物，讽刺和揭露僧侣的欺骗、贵族的空虚、西班牙社会的腐败。叙述生动自然，语言简洁流畅，作为当时一种新的文学体裁，很受广大读者的欢迎。《小癞子》问世后，被译成各国文字，模仿它的作品不胜枚举。Wilbur L. Cross在他著的《英国小说发展史》中说："这种流浪汉文学就是文艺复兴初期那狂放的言论走入近代小说的一条大路。"①

文艺复兴时期西班牙最有成就的小说，是塞万提斯的《唐·吉诃德》。如果说，《小癞子》一类的流浪汉小说是对骑士传奇的一个间接的

---

① Wilbur L. Cross：《英国小说发展史》，王杰夫、曹开元合译，五洲出版社1969年版，第12页。

攻击，那么，《唐·吉诃德》则是从正面毁灭"传奇全部有害的荒谬"①。小说故意模拟骑士传奇的写法，描写堂·吉诃德和他的侍从桑科·潘扎的游侠史，通过写堂·吉诃德离家出走，扮演游侠骑士，闹出无数荒唐可笑的事情，最后几乎丧命，临终时，醒悟过来，抨击骑士制度和骑士传奇。由于塞万提斯在小说中对人物刻画的成功，《唐·吉诃德》一直是欧洲文学和世界文学中的一个著名的典型。它的成功，标志着欧洲长篇小说进入一个新的发展阶段。

16世纪中叶到17世纪初是英国文艺复兴的繁荣时期。这时期的小说创作，主要是继承中世纪骑士传奇和韵文故事的传统，其中最出色的作品是锡德尼的《阿刻底亚》。还有一种是反映社会下层流浪汉生活和经历的，如纳施的《不幸的旅客》和狄罗尼的《纽伯利的杰克》，后者是英国现实主义小说的先声。17世纪中叶以后，约翰·班扬的寓意小说《天路历程》，也是一部有相当影响力的小说。它通过一系列寓意形象反映现实，采用口语，语言生动有力，情节和人物也写得比较鲜活。

18世纪是欧洲的启蒙运动时期，在18世纪文学中，最能体现时代精神的是启蒙文学和英国的现实主义小说，而18世纪英国文学最主要的贡献也是小说。这个时期的小说主要是现实主义的。它继承了流浪汉小说的传统，面向现实生活，反映初期资本主义社会的种种矛盾，以严肃的态度对待社会问题。笛福、斯威夫特、理查生、菲尔丁、斯摩莱特等是这个时期最有成就的小说家。笛福的《鲁宾逊漂流记》是一本以第一人称写的长篇小说，作品反映了资本主义原始积累时期资产阶级的精神面貌，主人公鲁宾逊是作者心目中的理想人物，他赋予这个人物各种良好的品质，把他塑造成资产阶级的英雄。这部作品的成功，使笛福成为英国文学史上第一个重要的小说家。斯威夫特的《格列佛游记》是一部讽刺小说，全书共四卷，通过医生格列佛航海漂流的经历，运用象征影射、直接谴责、反语、夸张、对比等手法，讽刺、抨击英国的政治和殖民主义。理查生的《帕美拉》是一部书信体的小说，他突破以主人公的经历作为小说主要线索的传统写法，从日常的生活中提炼情节，在描写人物行动的同时，注意分析和描写人物情感和心理，能引起读者感情上的共鸣。菲尔丁是18世纪最杰出的小说家。他的代表作《汤姆·琼斯》通过弃儿汤姆·琼斯同

---

① 塞万提斯：《唐·吉诃德》自序。

乡绅女儿苏菲亚的恋爱故事，展开18世纪中叶英国社会真实的人生图画，全书创造了40多个人物，几乎包括了社会各阶层，反映的生活面十分广阔。18世纪出现的这些小说，已不再是脱离现实的虚构的故事，都是从现实生活取材，以普通人为作品的主人公，小说语言一般是日常生活用语，情节结构虽未能完全摆脱流浪汉小说的影响，但已注意集中和概括，重视艺术的真实性，塑造了有典型意义的人物，而且为后世提供用于自传、日记体和书信体创作小说的成功经验。所有这些，标志着西方现实主义小说创作已进入一个新的发展阶段。

18世纪以后，小说的河流日益开阔；到19世纪获得了更加蓬勃的发展，出现了大批的名家名作，其繁荣发展的状貌、各种各样令人炫目的小说杰作，层出不穷，直至汇成无法阻挡的巨大洪流。

比较中西小说的渊源和形成过程，可以得出下列的结论：第一，小说本质上是一种市民文学。中西小说的出现，都与城市建立、市民聚集、市民文化兴起密切相关。第二，中西小说的形成，都是在吸取神话传说、纪实文学、寓言故事等文体的特征发展而成的。第三，中西小说的前期，多是叙述神怪、荒诞不经的事，后来才写流传于人世间的事，进而经历了一个由事及人到写人做的事的过程。关于"事"的叙述，在中国，主要是出于史传；在西方，主要是出于史诗。而"人"的描述，中国是出于志人小说，西方是出于世态散文。在人和事的叙述上，西方还有一个从韵文到散文的转变。第四，中西小说在形成过程中，都是从无意识虚构到有意识虚构。立足于现实生活的虚构情节的出现，是小说形成的一个标志。第五，传奇在中西小说的形成和发展中有特殊的意义。但西方的传奇是"神话的"，是叙事文学中超现实想象的一个分支，它在西方小说形成过程的作用在于：拓展了有意识的艺术虚构，使叙述的"事"具有了情节的性质。中国的传奇是现实的，当中虽也有不少怪异的事，但都是作者用以体现、说明人生的。唐传奇中的故事，多是立足于现实生活，它以曲折奇幻的情节吸引读者，使读者接受、理解它的"世界"，从中得到某种人生的启示，已是相当成熟的中国小说。

（原载《学术研究》1994年第2期）

中西艺术性格理论比较

　　文学作品中的典型人物，很早出现了，但探索、阐明艺术性格的理论，却有一个形成和发展的过程。从学术史上看，任何一种学说和理论的产生，都有其历史的必然性和继承性，理论家们也只能在历史条件允许的情况下做出自己的贡献。由于中西方诸多不同的因素，在中西文学批评史上，艺术性格理论的提出和发展，时差较大，进程也很不一样，各有自己的起点和历史。在过去相当长的一段时间，我们在这个问题上所引用和阐发的理论，几乎都是"进口"的。如果按照时间的顺序，把中国古代文论中有关人物形象塑造的观点汇集起来，对这个问题作历史的考察，弄清它的来龙去脉，特别是它在不同时期的具体内容，就不难发现，明代以后，我国一些著名的文论家，都曾在不同程度上对文学作品中的人物性格问题进行探索，当中有许多艺术上的真知灼见，它们实际上就是我国古代的艺术性格理论。中西方文论家对人物形象性格的立论，都是以各自的文学创作实践为基础，自然不会完全相同。西方的艺术性格理论，从古希腊的亚里士多德开始，经过罗马时期、中世纪、文艺复兴、17世纪的古典主义、18世纪的启蒙运动，以及后来的德国古典美学一直到马克思主义，形成了科学典型理论，已有定评。我国古代的艺术性格理论在怎样的程度上和西方的典型理论相通，它具有哪些特点，是一个有待研究的问题。

一、西方艺术性格理论的产生和发展

　　西方社会带有明显的商业特征。与商业性社会相适应，文学艺术、美学思想均偏重客观形象的再现，以描写人物为主的摹仿再现的叙事文学传统特别发达，古希腊的史诗和戏剧（特别是悲剧）都是重视故事情节和人物的行动、命运的，它们是西方典型理论产生的土壤。文学艺术创作的实践，提出了人物形象塑造的问题。怎样总结文学艺术作品中塑造人物的丰富经验，给予理论的说明，就历史地提到了理论家、美学家面前，为他们的研究开辟了广阔的道路。在西方美学史上，最早在艺术领域讨论艺术性格问题的是柏拉图。他在《理想图》第五卷中写道：

苏：如果一个画家，画一个理想的美男子，一切的一切都已画得恰到好处，只是还不能证明这种美男子能实际上存在，难道这个画家会因此成为一个最糟糕的画家吗？
格：不，我的天啊，当然不能这样说。①

柏拉图美学思想的核心是理念论。他认为只有理念才是真实的，艺术永远低于理念世界，否认艺术的真实性。在这里柏拉图从他的理念论出发而提出"理想的"这么一个概念，论及艺术性格这一理论问题。但应当说首先对这一问题进行理论探索的是亚里士多德。他在《诗学》第九章中说：

显而易见，诗人的职责不在于描写已发生的事，而在于描述可能发生的事，即按照可然律或必然律可能发生的事。……因此，写诗这种活动比写历史更富于哲学意味，更被严肃的对待；因为诗所描述的事带有普遍性，历史则叙述个别的事。所谓"有普遍性的事"，指某一个人，按照可然律或必然律，会说的话，会行的事，诗要首先追求这目的，然后才给人物起名字；至于"个别的事"，则是指亚尔巴德所做的事或所遭遇的事……②

在这里，他虽然没有直接提出艺术典型的概念，但他通过对文学创作特点的论述，已经从理论上谈到文学作品中的人物应该是个别性和普遍性的统一体。而他所说的普遍性，不是柏拉图所说的抽象的理念，而是事物的可然律和必然律，即一定社会发展的规律性。在《诗学》第十五章中，又具体指出刻画一个人物的性格，应采取适合人物个性特点的语言和感情方式表达出来，使读者"仿佛置身于发生事件的现场中"③。在《诗学》

---

① 柏拉图：《理想国》，郭斌和、张竹明译，商务印书馆1986年版，第213页。
② 亚里士多德《诗学·诗艺》，罗念生、杨周翰译，人民文学出版社1990年版，第28、29页。
③ 亚里士多德：《诗学·诗艺》，罗念生、杨周翰译，人民文学出版社1990年版，第49页。

第二十五章中，他进一步提出艺术作品中的人物可以比现实中的人物更美的论点。① 也就是说，作家可以根据可然律和必然律虚构创造艺术性格，这实际已接触到人物塑造的典型化问题。亚里士多德的这些论述，是从古希腊的艺术实践总结出来的，都是符合创作规律的精辟见解，是西方最早的艺术性格理论。

亚里士多德的《诗学》，是他的讲演提纲，即所谓"秘传本"，亚里士多德死后，曾被埋没在地窖里近200年之久，到了公元前100年左右，才重新面世。《诗学》中关于人物性格的这些论述，在当时和以后的一段时间，没有引起人们的注意和重视，从罗马时期到欧洲18世纪的启蒙运动，在西方占统治地位的艺术性格理论是贺拉斯的"类型说"。贺拉斯是古罗马诗人，他在《诗艺》中，要求作家刻画人物应注意人物性格的类型特点。他的"类型说"有两个主要的观点：第一，要求人物性格的创造，应"自相一致"。如果写传统的人物就要切合传统人物的性格特征。譬如写阿喀琉斯，就必须把他写得急躁、暴戾、无情、尖刻；写美狄亚就要写她的凶狠；写伊娥，就要写她的流浪；写俄瑞斯忒斯，就要写他的悲哀。如果写新创造的人物，那也必须注意他的性格特征从头到尾都要一致。第二，他提出，文学作品中的人物性格和语言要切合人物的身份、职业、地域和年龄特点。贺拉斯的"性格论"有一定的合理因素，也有很大的局限性。按他的要求，传统的人物性格定型之后，就不能发展；各种人物性格只有"类"的共性而没有人物个性，有明显的形而上学的印记，在创作上必然导致人物性格定型化和类型化。贺拉斯的"类型说"后来经过波瓦洛为代表的新古典主义者的宣传和补充，在西方的文坛上影响很大。从贺拉斯到波瓦洛，这中间虽然经过文艺复兴时期，出现过莎士比亚、塞万提斯等伟大作家，但在艺术性格理论上并没有向前迈步。一直到了18世纪启蒙运动时期，在这方面才有了新的发展。启蒙运动者狄德罗、莱辛等比较重视人物的个性刻画和感情表达，并且初步提出人物性格与环境的关系问题，虽然他们对人物性格的认识还未能完全冲破贺拉斯"类型说"的樊篱。

18世纪末到19世纪初期，德国古典美学家康德、歌德、黑格尔等，

---

① 参见亚里士多德《诗学·诗艺》，罗念生、杨周翰译，人民文学出版社1990年版，第101页。

运用辩证法和历史主义观点，总结文艺创作经验，全面地论述艺术性格问题。康德在他的美学著作《判断力批判》中，提出并且论述了"美的理想"和"审美意象"问题。在西方，典型和理想常常被美学家们互换使用，早期的性格理论多是论述艺术理想的，康德没有使用典型的术语，他所说的"美的理想"就是艺术典型。《判断力批评》包括导论、审美判断力的批判（上卷）和目的论判断力的批判（下卷）。他在上卷第一章"美的分析"第十七节中谈到"美的理想"时说："观念在本质上是一种理性概念，而理想则是把个别事物作为适合于表现某一观念的形象显现。"①这样他就把感性的个别形象与一种最高度的尽管是不确定的理性概念统一起来，阐明了艺术性格的理性理念与感性显现的辩证关系。而他所说的"审美意象"，实际上就是一个如何创造艺术性格的问题，是指想象力形成的一种形象显现，这种形象显现，是感性的、具体的、个别的，它蕴含着无限的理性内容。康德所提出的"美的理想"和"审美意象"的理论，标志着西方的艺术性格理论从"类型说"已向"理想说"转变，在德国古典美学中影响很大。在德国古典美学家中，歌德是最注意实际的，他反对以抽象的哲学思辨指导创作，由于他本身是一个作家，有丰富的创作经验，所以他能够从理论和实践结合上来回答创作中的理论问题，他的人物性格理论也是这样形成的。他认为艺术创作的基本规律是从现实出发，在特殊中显出一般，通过创造一个显出特征的有生命的整体来反映世界，他不赞同古典主义的"性格说"。他写道：

> 类型概念使我们漠然无动于衷，理想把我们提高到超越我们自己；但我们还不满足于此；我们要求回到个别的东西进行完满的欣赏，同时不抛弃有意蕴的或是崇高的东西……②

他在同爱克曼谈话中，多次强调作家必须抓住特殊，掌握和描述特殊，在特殊中表现一般。他说：

---

① 康德：《判断力批判》（上卷），宗白华译，商务印书馆1964年版，第74页。
② 康德：《收藏家和他的伙伴们》，第5封信，见朱光潜《西方美学史》（下卷），人民文学出版社1979年版，第420页。

我知道这个课题确实是难,但是艺术的真正生命正在于对个别特殊事物的掌握和描述。此外,作家如果满足于一般,任何人都可以照样摹仿,但是如果写出个别特殊,旁人就无法摹仿,因为没有亲身体验过。你也不用担心个别特殊引不起同情共鸣。每种人物性格,不管多么个别特殊,每一件描绘出来的东西,从顽石到人,都有些普遍性;因此各种现象都经常复现,世界没有任何东西只出现一次。①

对于当时德国文艺理论界所关心的理想和特征的对立问题,他认为作家从显示特征开始以达到美,将理想和特征统一起来。在歌德看来,作家笔下显现一般的个别,应该是"一个活的整体"②。他特别推崇莎士比亚,认为哈姆雷特就是莎士比亚笔下的一个显著特征的有生命的整体。歌德关于艺术典型的这些见解,是具有独创性的。德国古典美学在黑格尔身上达到了顶峰。黑格尔在《美学》中,给艺术美下过一个定义:"美是理念的感性显现。"而这也就是他关于理想(即典型)的定义。黑格尔认为:"美的生命在于显现(外形)。"在艺术作品中,"理想就是从一大堆个别偶然的东西之中所拣回来的现实,因为内在因素在这种与抽象普遍性相对立的外在形象里显现为活的个性"③。所以,理想艺术的真正中心是人物性格。他还明确提出理想性格应具有三个基本特征:第一,理想性格应具有丰富性和整体性。他们"每个人都是一个整体,本身就是一个世界,每个人都是一个完满的有生气的人,而不是某种孤立的性格特征的寓言式的抽象品"④。第二,艺术理想性格应具有基本的突出的性格特征。"每一个人有每一个人的特征,本身是一个整体,一个具有个性的主体。"⑤ 第三,理想性格应具有本身的一贯性。"如果一个人不是这样本身整一的,他的复杂性格的种种不同的方面就会是一盘散沙,毫无意义。"⑥ 黑格尔还运用辩证发展的观点论述了性格与环境的关系,认为理想的性格必须和理想的环境形成一个统一的整体,理想的环境应是一个"无限错综复杂

---

① 《歌德谈话录》,朱光潜译,人民文学出版社1978年版,第10页。
② 《歌德谈话录》,朱光潜译,人民文学出版社1978年版,第137页。
③ 黑格尔:《美学》(第2卷),朱光潜译,商务印书馆1982年版,第166页。
④ 黑格尔:《美学》(第1卷),朱光潜译,商务印书馆1982年版,第303页。
⑤ 黑格尔:《美学》(第2卷),朱光潜译,商务印书馆1982年版,第343页。
⑥ 黑格尔:《美学》(第1卷),朱光潜译,商务印书馆1982年版,第307页。

的关系网",它是自然环境、人化的环境和精神关系的总和,它们统一地形成理想的人物存在的外在世界。黑格尔在《美学》中关于艺术理想的论述,使西方艺术性格理论进入了一个新的发展阶段。但是,康德和黑格尔都是客观唯心主义的哲学家,他们虽然力图用辩证法去总结艺术经验,引导人们从整体上、从理性与感性、客观与主观、一般与个别、必然与偶然的对立统一中去认识、理解文学作品中的"理想性格",然而他们的辩证法是唯心的辩证法,他们所说的"一般",是指普遍的理性概念,而不是现实生活的客观规律,这就使他们的性格理论始终没有离开唯心主义的美学体系。

在西方,科学的典型理论的出现是在马克思主义产生以后,马克思、恩格斯从现实中从事实践活动的人出发,来探讨典型人物的性格特征,把黑格尔头脚倒置的艺术理想论倒置过来,使它建立在唯物的、现实的生活基础上,着重阐明了共性与个性、性格与环境的辩证关系,提出了共性与个性的统一、"真实地再现典型环境中的典型人物"的艺术原则。① 马克思主义的典型理论,是在马克思主义科学世界观形成的过程中产生的,是对西方美学史上的性格理论的科学总结。

西方的艺术性格理论是以他们的艺术实践为基础,与古希腊以来流行的"模仿说"也有密切的联系。西方的文学艺术旨在追求世界客观形态惟妙惟肖的摹仿,所以很早就孕育出他们的性格理论。同西方不一样,中国文学艺术追求的是超越客观形象的神韵意味,认为形态只是透视无形实在物的线索,这种美学观着重于主观情感的表现,它的社会基础是宗法式和农业性的中国古代社会。所以,在中国漫长的封建社会中,一直是抒情性的文学占统治地位,发自抒情文学的"意境"说成为中国文论的精髓和核心。叙事文学兴起较晚,有关人物形象塑造的理论诞生较迟,且不系统,因而不大为人们所注意,影响也没有西方的艺术性格理论大。

二、中国艺术性格理论的流变

我国艺术性格理论的出现,是在叙事文学兴起之后。我国魏晋时就已

---

① 参见恩格斯《致玛·哈克奈斯》,见《马克思恩格斯选集》(第4卷),人民出版社1972年版,第462页。

经有"古小说",但"古小说"还不是小说,是小说的初级形态。"古小说"大致可分为志怪小说和志人小说两大类。中国小说的正式形成应当在唐代,其标志是唐代传奇。中国文学史上的名篇如蒋防的《霍小玉传》、白行简的《李娃传》、元稹的《莺莺传》、沈既济的《任氏传》等,就是唐传奇的佳作。这些作品塑造了一系列性格鲜明的女性形象,艺术上已相当成熟。宋元以后,新兴市民经济兴起,与此相适应的市民文学(小说)和杂剧也有了长足的发展,它们面向广泛的社会阶层,现实性强,作品中人物形象的塑造也颇有特色。在中国文学史上,唐传奇、宋话本、元杂剧对后来的文学都有很大的影响,但由于我国封建社会的正统文人,总是尊崇经史,贬斥小说和戏曲,视之为末技,在这种封建的正统文学史观支配下,明代以前的文学理论未能反映出这方面的创作成果,更谈不到专门论述文学作品中人物性格的问题。到了明代,随着新兴市民经济的发展,不但涌现了大量的短篇小说,而且长篇小说《水浒传》《三国演义》《西游记》《金瓶梅》等也相继问世,文坛上才相应地出现一些小说批评理论文章,其中也有对作品中的人物性格进行评论的,这可以说是我国最早出现的艺术性格论。在这方面,比较有见解并且给后人以深远影响的是明代的思想家、文学理论家李贽。李贽有关小说理论的论述,主要是包含在《焚书》《藏书》《初潭集》等几部著作中。其中《初潭集又叙》和收在《焚书》卷三的《忠义水浒传序》是专论小说的文章,后者是现存《水浒传》最早的序文之一。这两篇文章提出了重要的小说理论观点,对后世影响很大。明代早期的小说评论家,为了抬高小说的地位,往往将小说比之于史书,《水浒传》流行以后,有不少人就拿它同《史记》比较,李贽也把《水浒传》和《史记》并列,明确肯定《水浒传》的思想艺术价值。他在《忠义水浒传序》中一开始就指出:"《水浒传》者,发愤之所作也。""发愤著书说"在中国文学批评史上由来已久,但都用于论经史诗文,李贽则用之于小说创作,这对于长期把小说看作消遣玩意的旧文学观念,显然有了突破,是一种新的小说观念。正是从这种新的文学观念出发,他十分重视总结小说创作的经验,在中国文学批评史上开辟了新的领域,提出了新问题,并且在人物形象的塑造上做了某些新的理论概括。

李贽对文学作品中人物性格的评论,多采用评点的形式。《藏书》和《初潭集》是李贽编辑的人物传记和笔记小说集,在两部书中,有他对所选史传和小品的评点。此外,他还对《水浒传》《西厢记》《琵琶记》等小说和戏曲做过评点。现在我们所能看到的署名李贽的《水浒传》评点，主要有两种：一种是容与堂刊一百回本《李卓吾先生批评忠义水浒传》①，一种是袁无涯刊一百二十回本《李贽评忠义水浒传》②。容本、袁本李贽评语的真伪，一直有不同看法，现也有学者根据资料和评论观点考证出容本为叶昼伪托本。这两个评本思想倾向不同，但艺术见解有许多类似之处，而且都是用传神论的观点来分析和评论作品中的人物，有共同的美学见解。李贽、叶昼的小说评论中性格论十分突出，最主要的有两点：第一，提出了"传神""逼真""肖物"等范畴，作为评价人物真实性的美学标准。传神论在中国古代艺术理论中最初是在绘画理论领域提出来的，第一个在绘画上明确提出传神论的，是晋代的画家顾恺之。他在自己的创作实践中体会到，传达神气比勾画形体难得多，故主张画家要侧重于传神。小说中的人物塑造与绘画有类似之处，同样有一个画形、画神和正确处理这两方面关系的问题。李贽在《初潭集又叙》中谈到《笑林》和《世说新语》这两部笔记体志人小说集时，借用绘画理论中的传神论来评小说中的人物：

今观二书，虽千载不同时，而碎金宛然，丰神若一。学者取而读之，于焉悦目，于焉赏心，真前后自相映发，令人应接不暇也。譬则传神写照于阿堵之中，目睛既点，则其人凛凛自有生气也……

在《初谭集》卷十四录《世说新语》中，又反复强调要点"目睛"，要出"神"。容本、袁本对《水浒传》人物的评论，也多处有此类话语。如容本《水浒传》第三回回末总评说："李和尚曰：描写鲁智深，千古若活，真是传神写照妙手。"第二十四回潘金莲向武松吵闹处眉批："传神，传神，当作淫妇谱看。"容本第二十一回回末总评说："此回文字逼真，化工肖物。摹写宋江、阎婆惜并阎婆处，不惟能画眼前，且画心上，不惟能画心上，且并画意外。顾虎头、吴道子安能到此？"袁本第十七回何涛夫妻与兄弟何清说话一节有一眉批："许多颠播的话，只是个像，像情像事，文章所谓肖题，画家所谓画神也。"中国古代小说描写人物的方法与

---

① 容与堂刊本的出版时间是万历三十八年（1610年）。
② 一名《绣像评点忠义水浒传》。

西方不一样,西方作家擅长于人物外貌、心理的精细描写,而传神是中国传统的美学观点,要求作家用省俭的笔墨勾画出人物的神态,把人物写活。第二,重视人物的个性描写,提出刻画人物性格,要做到"同而不同处有辨"。容本《水浒传》第三回总评说:

……且《水浒传》文字妙绝千古,全在同而不同处有辨。如鲁智深、李逵、武松、阮小七、石秀、呼延灼、刘唐等众人,都是急性的。渠形容刻画来各有派头,各有光景,各有家数,各有身份,一毫不差,半些不混,读去自有分辨,不必见其姓名,一睹事实,就知某人某人也。

这是一段很精彩的话。它说明,《水浒传》塑造的人物都有鲜明的个性,同一类型的人物也能刻画到各各有别,丝毫不雷同。"同而不同处有辨"这句话,有深刻的美学意义。所谓"同",就是人物性格的类似处,即人物的类型性、共性;所谓"不同",就是每个人物性格的独特之处,即人物的个性。整句话的意思是要作家在塑造人物性格时,既要注意到他们的共同点,揭示他们的共性,也要写出他们在"同"的基础上的"不同",其中蕴含有艺术性格的美学原则。人物性格塑造问题,实际上是一个人们对文学艺术反映现实生活的特殊规律的认识问题,中西的文艺理论家在总结文学创作经验的时候都要面对这个问题。"同而不同处有辨",同西方德国古典美学家歌德和黑格尔所说的"显现一般的个别""美是理念的感性显现"内涵相近,都是旨在说明艺术的理想性格必须是共性和个性的统一,不过他们各自用不同的语言来概括这一认识。在李贽和叶昼的时代能够提出这样的美学原则,在中国是开创性的,在世界上也是难能可贵的。

李贽之后,随着小说和戏曲的发展,出现了许多小说、戏曲的评论,其中也有不少著作触及人物性格塑造问题。明代通俗文学研究者冯梦龙,在他所编辑的宋元明话本集《喻世明言》《警世通言》《醒世恒言》的三篇序言中,强调小说有"喻世""警世""醒世"的社会作用同时,也论述了小说的特点。他认为,小说中人和事的真假是无关紧要的,关键是要"事真而理不赝""事赝而理亦真"[①]。这里的"赝"不是虚假,而是指艺

[①] 无碍居士:《警世通言叙》,见世界文库本《警世通言》。

术创作的虚构。在他看来，小说中的人和事是可以虚构和想象的，最重要的要做到"理真"，即要符合特定生活中的情理。这和亚里士多德说的要反映事物的可然律和必然律在道理上是相同的。后来，睡乡居士在为凌蒙初的《二刻拍案惊奇》所写的序言中，也谈到文学作品中人物性格的真实性问题。他说：

> 西游一记，怪诞不经，读者皆知其谬。然据其所载，师徒四人，各一性情，各一动止，试摘取其一言一事，遂使暗中摹索，亦知其出自何人，则正以幻中有真，乃为传神阿堵……

这里，他认为《西游记》所写的故事虽属虚幻，而作品中人物个性鲜明，言谈举止符合生活的情理和逻辑，能做到"幻中有真"，仍不失为一部能"传神"的好作品。可见，他是主张小说中虚构的人物性格必须真实地反映人情物理，应具有艺术的真实。对人物性格塑造艺术化过程中的想象、虚构等问题，西方的文艺理论家有过系统的论述，比较起来，冯梦龙、睡乡居士的这些见解，还不十分明确，也不够系统，但用历史的眼光看，都有一定的开创性。

在中国文学理论批评史上，比较明确地认识到人物性格的塑造在叙事文学中的地位和作用的，是清代著名的文学批评家金圣叹。金圣叹的学术领域很广，他的著述涉及小说、戏曲批评和儒学、佛学许多方面。他虽然没有文学理论专著，但他写了三篇《水浒传》序言和《读第五才子书法》《第六才子书〈西厢记〉》，还对他删改过的《水浒传》和《西厢记》作了十分详细的评点，写了大量的批语。他在这些序言、文章和批语中，继承、发展了李贽等人的艺术见解，对小说人物性格塑造作了多方面的精辟的论述，建立了中国古代文学理论中成熟的性格理论。他第一个在文学理论领域使用"性格"这一概念，把"性格"的内涵作为美学范畴在文学理论中运用，第一次提出了人物性格为中心的创作理论。他在《读第五才子书法》中说：

> 别一部书，看过一遍即休。独有《水浒传》，只是看不厌，无非为他把一百八个人性格，都写出来。

又说：

或问施耐庵寻题目，写出自家锦心绣口，题目尽有，何苦定要写此一事？答曰：只是贪他三十六个人，便有三十六样出身，三十六样面孔，三十六样性格，中间便结撰得来。

他认为《水浒传》之所以令读者看不厌，就是因为它成功地塑造了各种性格鲜明的人物形象；施耐庵之成功，就在于他是从人物出发，以人物形象为中心来构思作品。他自己对作品的评论，也首先着眼于作品中人物性格的刻画。他在《读第五才子书法》中说："《水浒传》写一百八个人性格，真是一百八样。"在《水浒传序三》又说："《水浒》所叙，叙一百八人，人有其性情，人有其气质，人有其形状，人有其声口。"性情、气质，是人的精神世界，形状、声口，是人的外貌和语言，是见之于外的。金圣叹分析《水浒传》的人物，能够做到由外及内，因内见外，十分深刻。金圣叹对《水浒传》中人物形象的评论，一是能细致分析各个人物性格的复杂性。如在《水浒传》第二十五回总评说武松兼有"鲁达之阔，林冲之毒，杨志之正，柴进之良，阮七之快，李逵之真，吴用之捷，花荣之雅，卢俊义之大，石秀之警"。二是注意分析同一类型人物不同的个性特征。如在《读第五才子书法》中说：

《水浒传》只是写人粗卤（鲁，下同）处，便有许多写法，如鲁达粗卤是性急，史进粗卤是少年任气，李逵粗卤是蛮，武松粗卤是豪杰不受羁勒，阮小七粗卤是悲愤无说处，焦挺粗卤是气质不好。

他的这些分析，达到了前所未所有的高度。特别是他对武松性格中的各种因素互相错杂、渗透，结成一个有艺术生命的整体的分析，极其精辟，是人物塑造上的艺术经验的总结，有如歌德所说的"单一的杂多"、"是一个活的整体"[①]，与黑格尔对《伊利亚特》中阿喀琉斯的"这是一个人"[②] 的评论也很相似。性格论是金圣叹文学理论的精华。他的性格论

---

① 朱光潜：《西方美学史》（下卷），人民文学出版社 1979 年版，第 431 页。
② 黑格尔：《美学》（第 1 卷），朱光潜译，商务印书馆 1982 年版，第 303 页。

比较侧重于个性化评论,对人物性格的共性论述不多,但这并不等于他对此不重视。他在《读第五才子书法》中曾说:《水浒传》中人物,"任凭提起一个,都似旧时熟识"。这是他对成功人物形象的概括,也是他对理想性格的要求。过去,我们的文艺理论常引用俄罗斯民主主义者、文学批评家别林斯基的名言:"每一个典型对于读者都是熟悉的陌生人。"① 而金圣叹的这一见解却鲜为人知。从时间上看,金圣叹要早于别林斯基一个半世纪左右,但他们对艺术性格的认识却如此相似。由此可见,金圣叹的人物性格论,在当时达到了相当高的水平。

西方文艺理论家研究艺术性格比中国的学者早,但由于受到古罗马贺拉斯"类型说"的影响,在很长的一段时间,他们都是强调类型性格,到18世纪启蒙运动时期才比较注重个性,而真正把性格问题作为文学创作的核心问题来研究,是德国的黑格尔,那时已是19世纪初期。金圣叹以人物性格为中心的创作理论,出现在17世纪中期,比西方要早得多,这在中国和世界的文学批评史上,都是值得人们注意和重视的。

金圣叹对文学理论的贡献,主要是在探索小说艺术方面,而在他的小说艺术理论中,性格论是最有创新意义的。金圣叹以后的小说评论家,都在不同程度上接受了他的影响,如毛宗岗评《三国演义》、张竹坡评《金瓶梅》、脂砚斋评《红楼梦》,无不继承他的理论。他们在评论作品的过程中,也提出了一些人物性格理论的新见解。例如,毛宗岗在总结《三国演义》的12条叙事方法中,提出"叙法变换"②的新看法,即作家描写人物时可以变换叙事视角、观点。张竹坡评《金瓶梅》,总结作者塑造人物性格的艺术经验,认为所写人物,"真是生龙活虎,非要木偶人者"③。而且都能够做到"千百人总合一书""叙一人,而数人于不言中跃跃欲动"④。这里所说的,是一个人物形象的系统结构和完整的性格体系问题。在《金瓶梅》中,出场的人物达200多个,如人物性格不鲜明、人物关系没处理好就会显得平淡、松散,达不到应有的艺术效果。张竹坡着重总结了作者在这方面的创作经验,这对于后人创作和评论人物众多的

---

① 别林斯基:《论俄国中篇小说和果戈里君的短篇小说》,见《别林斯基选集》(第1卷),满涛译,上海译文出版社1979年版。
② 第48回批。
③ 第59回夹批。
④ 第1回批。

长篇小说，都是一个很好的启示。他指出《金瓶梅》中人物群像鲜明，人物性格突出，是"妙在用犯笔而不犯也"。所谓"犯笔而不犯"，就是刻意在容易雷同处下笔而写出其不同。这是对容本"同而不同处有辨"观点的补充和深化。脂砚斋在评《红楼梦》中，赞作品中的人物刻画，打破历来小说窠臼，还用"神理"的概念来说明人物形象的神态和内心世界。"神理"是从传神论生发出来的，也可以说是传神论在某方面的具体化。以上这些，都很有新意，可以说，他们是继承和发展了金圣叹的性格理论。

三、中西方艺术性格理论的不同特点

比较中西性格理论，虽然有许多相近和类似之处，但也各有特点，主要是表现在两个方面。

第一，西方的一些著名的文艺理论家、美学家（如亚里士多德、康德、黑格尔等），同时又是哲学家，所以他们对典型理论的研究多是从其哲学家体系出发，思辨性、理论性强；不但概念的内涵明确，也有严密的逻辑体系，但对问题的论述多侧重于概括性，美学见解的阐明也比较抽象、深奥，由于受到他们的哲学观的影响，有时还带有一种唯心主义、神秘主义的色彩。中国的文论家多是批评家，主要是凭借传统的理论和个人的体验来评论作品中具体的人物形象。他们的志趣不在于探讨深奥的哲理，而在于总结创作经验，阐明自己对文学创作的具体看法和主张。运用的方法是传统理论与创作实践的结合，而且多采用评点的形式，生动活泼，平易近人，常常是通过隽永的比喻、形象的语言来表达思想，就是精辟的美学见解也是很自然地在评语中流露出来；但概念的内涵不够明确，也缺乏理论的系统性。

第二，西方很久以来就流行"模仿说"，西方早期的文学作品基本是以人的行动为表现对象，文学观念也是以人为中心、以行动为中心，所以艺术性格理论很早就出现，成果多，内容丰富，也有深度。中国传统的文学观念是重诗文而轻小说、戏曲，文学理论着重探索的是心与物的关系，是人的情感表现和意境的创造，而不是人与人之间的行动关系。性格理论也是如此，主要是体现在作品的评点之中，只有读过作品的人才能理解，如果不读作品就难以领会其中的道理。这种理论形态同西方不一样，带有

一定的虚拟性，如传神论以及由此派生的"神似""神情""神理"，都是要我们结合作品的描写才能获得理论上的共识。中国古人的人生观和艺术观是充分艺术化的，批评家也有诗人气质、修养、情趣，从某种角度看，中国的性格理论在形态上也是艺术化的。

由于中西文化传统、文学观念确有自己强调的重点，所以艺术实践和文学理论也呈现出差异。这种差异的表现是多方面的，中西艺术性格理论在形成、发展中所走过的不同道路和形态，也是这种差异的具体表现，它们各有自己深刻的文化根源。

（原载《广东社会科学》1989年第4期，原文题为《中西典型性格理论比较》）

中西灵感说与文化差异

　　中西文论范畴绝非孤立的文论现象而首先是一种文化现象。由于中西传统文化的相对封闭自足，各自的文论产生与运作几乎不相干，因此，在不同文化系统中把握不同文论范畴的文化规定性尤其重要。只有经过深入的文化比较，我们才能发现中西文论范围各自的有效空间与差异；也只有在中西文论范畴各自归属的文化境域中，才能恰当地把握其真正的语义。为此，本文拟通过中西灵感说这一论题来考察、展示中西文论范畴构造与运作的某些基本特征。

　　中外许多著名的作家在谈到自己的创作经验的时候，都不同程度地描述创作中曾经出现的那种不由自主的偶然性与突发性的创造力，正是这种奇特的力量，推动他们去创造各种瑰丽多姿的艺术形象。这就是文艺理论上通常所说的灵感。本文所要探讨的，不是作家在创作中灵感闪现的具体状态，而是通过比较研究中西方灵感理论与文化差异，探索把握中国传统灵感论的特色。中西方灵感理论都在发展中，经历过许多的流变，20世纪以来，中西文化交往增多，还彼此互相影响、渗透。从文化的眼光看，中西古代的灵感论更具有"根"的意识，故本文立论的主要对象是中西方古代的灵感理论。

一、中西灵感说的流变

　　中国古代文论中，没有"灵感"这一概念。但论述灵感的文论却很早就出现了。公元3世纪，陆机在《文赋》中就曾描述过文学创作中灵感闪现的情景。他说："若夫应感之会，通塞之纪，来不可遏，去不可止。藏若景灭，行犹响起……"他所说的"应感之会"，就是一种灵感现象。公元5世纪，刘勰在《文心雕龙·神思》中，更具体细致地描写了作家在灵感状态下的创作活动："文之思也，其神远矣。故寂然凝虑，思接千载；悄焉动容，视通万里；吟咏之间，吐纳珠玉之声；眉睫之前，卷舒风云之色；其思理之致乎，理故思为妙，神与物游……夫神思方运，万涂竞萌,规矩虚位,刻镂无形。"所谓"神思方运,万涂竞萌",说的就是当灵感闪现时,作家的创作欲望极强烈,想象极为丰富,无数生动形象纷至沓来,思绪如泉涌。唐朝张怀瓘在《书断》中也谈到灵感在书法创作中的作用,说灵感不来时,"或笔下始思,困于钝滞""心不能授之于手,手不能受之于心"。而灵感涌现时,则"意与灵通,笔与冥运,神将化合,变出无方"。苏轼在《书蒲永升画后》一文中,描述蜀人孙知微为成都大慈寺寿宁院壁作画,初时,他"岁经营度,终不肯下笔",突然"一日,仓皇入寺,索笔墨甚急,奋袂如风,须臾而成,作输泻跳蹙之势,汹汹欲崩屋也"。苏轼在这里描述的,是画家孙知微在灵感爆发时作画的状态,从中可以看到灵感对艺术家的创作,有十分重大的影响。明代著名的哲学家、文论家李贽也曾在《焚书·杂说》中对灵感状态做过极其生动的描绘。他说:"且夫世之真能文者,比其初皆非有意于为文也。其胸中有如许无状可怪之事,其喉间有如许欲吐而不敢吐之物,其口头又时时有许多欲语而莫可所以告语之处,蓄极积久,势不能遏。一旦见景生情,触目兴叹;夺他人之酒杯,浇自己之垒块;诉心中之不平,感数奇于千载。既已喷玉唾珠,昭回云汉,为章于天矣,遂亦自负,发狂大叫,流涕恸哭,不能自止。"中国古代文化中对灵感的描绘和表述是各种各样的,如一些文论中所说的"感兴""天机""神思""灵气""妙悟"等,就是一些与灵感有关的概念。其中的"感兴"是指艺术创作发展到高潮时的高度兴奋状态,也就是灵感。由于中国古代文论的概念内涵具有多义性和不确定性,相同的概念在不同的文论中往往有不同的内涵,上面举出的这些概念,虽然都与灵感的闪现有这样或那样的联系,但为了准确把握古代灵感论的实质,就必须对这些概念所表达的不同内涵作具体的辨析,从中概括出中国传统的灵感说。

在西方,灵感这个概念,最早出现在古希腊。原意是指神的灵气,也就是说,神灵凭附在艺术家和诗人身上,使他们在创作时具有一种超凡的艺术创造力。追溯西方灵感概念的历史渊源,灵感问题是古希腊哲学家德谟克利特首先提出来的。他说,"荷马由于生来就得到神的才能,所以创造出丰富多彩的伟大诗篇","没有一种心灵的火焰,没有一种疯狂式的灵感,就不能成为大诗人"。[1] 由于德谟克利特的许多美学著作大部分已

---

[1] 转自朱光潜《西方美学史》(上卷),人民文学出版社1982年版,第35~36页。

经失传,从仅有的一些断简残篇里,我们难以真正把握他关于灵感的理论。从我们现在能够读到的西方古典文论看,柏拉图在他的《伊安篇》中提出的灵感说,是西方古代普遍流行的灵感理论。他认为:

> 凡是高明的诗人,无论在史诗或抒情诗方面,都不是凭技艺来做成他们的优美的诗歌,而是因为他们得到灵感,有神力凭附着。科里班特巫师们在舞蹈时,心理都受一种迷狂支配;抒情诗人们在作诗时也是如此。他们一旦受到音乐和韵节力量的支配,就感到酒神的狂欢,由于这种灵感的影响,他们正如酒神的女信徒们受酒神凭附,可以从河水中汲取乳蜜,这是她们在神志清醒时所不能做的事。抒情诗人的心灵也正像这样的,他们自己也说他们像酿蜜,飞到诗神的园里,从流蜜的泉源吸取精英,来酿成他们的诗歌。他们这番话是不错的,因为诗人是一种轻飘的长着羽翼的神明的东西,不得到灵感,不失去平常理智而陷入迷狂,就没有能力创造,就不能做诗或代神说话。①

在柏拉图看来,诗人不凭理智而凭灵感写作。诗人不是在神志清醒时写出来的,而是在如醉如狂的状态下写成,有如情人的热恋、巫女的呓语、醉酒后的疯狂。诗人之所以能创作出好的诗歌,是有神力的驱使,根据神发出的诏语、输给的灵感进行创作。柏拉图的灵感说,有两个主要的观点:第一,灵感状态是"迷狂状态";第二,灵感是"诗神启示",诗人是神的代言人。概括地说,灵感就是"诗神凭附时的迷狂心理"。柏拉图对灵感的认识,与古希腊的宗教信仰分不开。古希腊人认为,人间的各种技艺,都是神传授的;柏拉图的神秘的灵感说,同样出于古代的这种观念的影响,柏拉图的灵感说对后世影响很大,但随着历史的发展,那种神秘的色彩就逐渐消失。后来,黑格尔在《美学》中也论及灵感问题。他说:"想象活动和完成作品技巧的运用,作为艺术家的一种能力,单独来看,就是人们通常所说的灵感。""灵感就是这种活跃地进行构造形象的本身。"② 黑格尔认为,灵感是一种效率的艺术想象,在这种状态下,灵

---

① 柏拉图:《伊安篇》,见《文艺对话集》,朱光潜译,人民文学出版社1963年版,第8页。

② 黑格尔:《美学》(第1卷),朱光潜译,商务印书馆1982年版,第363、364页。

感点燃了作家长期积累的东西，许许多多的意象刹那间奔驰而来。

二、中西方灵感说的异同

从中西古代文论所展示的灵感状态看，中西文论家都把灵感和作家的艺术想象联系在一起，是艺术想象最活跃、最丰富的时刻，由于它的闪现，使作家、艺术家的创作达到高发状态；而且认为灵感的闪现，并非人的意志可以控制的，不是招之即来、挥之即去的东西。在这方面，他们的立论有许多相同和类似之处。但是，在揭示、探究灵感来源和论述灵感状态时，却有明显的差异。

在探究灵感的来源问题时，中西古代的文论家都论及灵感与宗教的关系，即"神"与灵感的关系。柏拉图把灵感看成"神性的着魔"，获得灵感的诗人是"着魔于神的人"，是因为有"神凭附着"，灵感来源于神力，诗人是神的代言人。也就是说，灵感是神赐的。中国古代文论家钟嵘在《诗品》中有"神助"之说。严羽在《沧浪诗话》中也提出"入神"和"悟入"，而且认为这种艺术的"悟"有如"禅"之"悟"。他说："禅家者流，乘有大小，宗有南北，道有邪正；学者须从最上乘，具正法眼，悟第一义；若小乘禅，声闻、辟支果，皆非正也。论诗如论禅：汉魏晋与盛唐之诗，是第一义也。大历以还之诗，则小乘禅也，已落第二义矣；晚唐之诗，则声闻、辟支果也。学汉魏晋与盛唐诗者，临济下也。学大历以还之诗者，曹洞下也。大抵禅道惟在妙悟，诗道亦在妙悟。"（《沧浪诗话·诗辨》）后来，明人胡应麟谈到严羽的这一见解时认为："严氏以诗喻禅，旨哉！禅则一悟之后，万法皆空，棒喝怒呵，无非至理；诗则一悟之后，万象冥会，呻吟咳唾，动触天真。"（《诗薮》内编卷二）显然是赞同严羽的见解。李渔在《闲情偶寄》卷三中也有文章"通神"的立论。他说："文章一道，实实通神，非欺人语。千古奇文，非人为之，神为之，鬼为之也，人则鬼神所附者耳！"从表面看，中西文论家都谈到"神"与灵感的关系，仔细考察，他们所说的"神"的内涵并不一样。柏拉图认为灵感是神赐给诗人的，是"神性的着魔"，他所说的"神"和"神性"，是一种神秘、不可知的神力。钟嵘、严羽等则只是借用宗教的语言来描述灵感，说明其莫可名状、知而难状和不思而至、不能自止的情景，认为这种情景，与人们的"参禅""悟入"有极相似之处，是一种比喻，以"禅"

喻诗。这种比喻,在古代的一些作家和诗人笔下也常有出现。唐人释皎然在《诗式》中说:"有时意静神王,佳句纵横,若不可遏,宛若神助。"南宋诗人戴复古在《论诗十绝》中有一首:"欲参诗律似参禅,妙趣不由文字传。个里稍关心有悟,发为言句自超然。"韩驹《赠赵伯鱼》诗云:"学诗当如初学禅,未悟且遍参诸方,一朝悟罢正法眼,信手拈出皆文章。"他们在谈到诗歌创作的灵感现象时,都认为这种现象同"参禅"有相通、相似之处,其中的"若""似""如"就是比喻的意思,并非要诗人在"参禅"中去获取诗的灵感。严羽自己在《答吴景仙书》中也说:"以禅喻诗,莫此亲切。……本意但欲说得透澈。"中西方古代的灵感论都呈现出和宗教的密切关系,尽管主论的内容不一样,但有一个共同的诱因是不容忽视的,那就是"文学创作中灵感闪现时的不自觉状态,与人们进入宗教的不自觉思维状态有相似之处"。

在解释探索灵感闪现的现象时,西方文论家多强调灵感闪现时那种暴风骤雨式的情感狂热,柏拉图灵感论的核心是"迷狂"。他所说的"迷狂",不是疯狂,而是神感应后出现的情感激越的状态。他在《斐德若篇》中举出了四种迷狂的状态:预言的迷狂,宗教的迷狂,诗兴的迷狂,爱美的迷狂。在谈到诗兴的迷狂时,他说:

　　此外还有第三种迷狂,是由诗神凭附而来的。她凭附到一个温柔贞洁的心灵,感发它的,引它到兴高采烈神飞色舞的境界,流露于各种诗歌,颂赞古代英雄的丰功伟绩,垂为后世的教训。若是没有这种诗神的迷狂,无论谁去敲诗歌的门,他和他的作品都永远站在诗歌的门外,尽管他自己妄想单凭诗的艺术就可以成为一个诗人。他的神志清醒的诗遇到迷狂的诗就默然无光了。①

这就是说,诗人的创作是凭灵感而不是凭技艺,好的诗不是诗人神志清醒的时候而是他在陷入迷狂状态时写成的。诗人在创作过程中,由于灵感的出现,使他进入忘我境界,获得创造的狂喜,审美情感高度激发。"迷狂状态"就是柏拉图所描述的灵感现象。在柏拉图"迷狂说"的影响

---

① 柏拉图:《斐德若篇》,见《文艺对话集》,朱光潜译,人民文学出版社1963年,第118页。

下，古罗马的朗吉努斯在《论崇高》中，也很重视灵感闪现时作家的创造激情，说它"像剑一样突然脱鞘而出，像闪电一样把所碰到的一切劈得粉碎"。而中国的文论家严羽等在论述灵感时却强调"悟入"即所谓"酝酿胸中，久之自然悟入"（《沧浪诗话·诗辨》），着重探求的是触发灵感的途径，主张在"静"中求"动"。刘勰在《文心雕龙·神思》中就说"贵在虚静"，要艺术家排除杂念，洞明百物，专心致志，把现实中的千景万象集于胸中，沉思寂想，诱发灵感的出现。"悟入"，是触发灵感的突破口，"虚静"是"悟入"的前提。刘禹锡说过："虚而万景入"，意思就是内心虚静，才能使万象萌生。苏轼在《送参寥师》一诗中云："欲令诗语妙，无厌空且静。静故了群动，空故纳万境。"苏轼说的空静，也就是刘勰所说的"虚静"，认为"静"和"空"，不但可以触发和把握现实生活的各种景象，还可以了解和认识它们的变化发展及其内在规律。明代谢榛在《四溟诗话》中，曾以自己的切身经历说明意静然后能神旺，随之文思机转，势不可遏：

凡作文，静室隐几，冥搜逸然，不期诗思遽生，妙句萌心，且含毫咀味，两事兼举，以就兴之缓急也。予一夕欹枕面灯而卧，因咏蜉蝣之句；忽机转文思，而势不可遏，置彼诗草，率书叹世之语云："天地之视人，如蜉蝣然；蜉蝣之观人，如天地然；蜉蝣莫知人之有终世，人莫知天地之有终也。"（卷三）

这里描述的是虚静的精神状态如何促进诗人艺术灵感的爆发。由于诗人进入到虚静的境界，灵感自然涌现，佳句脱颖而出。

中西方古代的灵感论都看到情感在艺术创作中的重要作用，但西方的"迷狂"，着重说明的是灵感闪现时那种狂热、狂喜、忘我的不由自主的状态；中国的"悟入""虚静"，则注重灵感的生发，要诗人在"虚静"中自然"悟入"，即在静中诱发灵感的闪现。这并不等于说：西方灵感论追求的是"动"的灵感状态，中国灵感论追求的是"静"的灵感状态。事实上，无论是西方还是中国文论家，都认为灵感闪现时情感状态是激越的、活跃的、突发性。苏轼有诗句："作诗火急追亡逋，清景一失后难摹。"他还说："我文如万斛源泉，随地而出。""大略如行云流水，初无定质，但常行于所当行，常止于所不可止。"他在论画时说："故画竹必先得成竹于胸中，执笔熟视，乃见其所欲画者，急起从之，振笔直追，以追其所见，如兔起鹘落，少纵则逝矣。"① 南宋词人姜夔也说："其来如风，其止如雨，如印如泥，如水在器，其苏子所谓不能不为者乎。"② 明代剧作家汤显祖说过："自然灵气，恍惚而来，不思而至。怪怪奇奇，莫可名状。"③ 这些都是作家对灵感涌现时情感状态的生动描绘，同西方文论家描述的灵感状态是一致的。

　　比较中西方古代灵感理论，西方文论家往往是强调灵感的突如其来和它的不自觉，中国文论家则十分重视诗人对灵感的主动追求。中国"虚静"说的特点就是要作家从"静"中去求"动"，获得"妙悟"，使"感兴"萌发。与此同时，也强调功夫和知识的积累。刘勰说过："积学以储宝，酌理以富才，研阅以穷照，驯致以绎辞。"④ 宋人吕本中也曾经说："悟入必自功夫来，非侥幸可得也。"又说："悟入之理，正在功夫勤惰间耳。"⑤ 清人陆桴亭说："人性中皆有悟，必功夫不断，悟头始出；石中皆有火，必敲击不已，火光始现。然得火不难，得火之后，须承之以艾，继之以油，然后火可不灭，故悟亦必继之以躬行力学。"⑥ 清人袁守定说："文章之道，遭际兴会，摅发性灵，生于临文之顷者也，然须平日养经馈史，霍然有怀；对景感物，旷然有会。……忽忽相遭，得之在俄顷，积之在平日。"⑦ 可见，丰富的生活和艺术经验的积累，正是作家、诗人能够深入艺术妙处的灵感的基础。中国古代灵感论重"妙悟"、重创作主体的主观能动性的发挥，特别注意灵感的生发和达到灵感的功夫。

三、中西方灵感论的文化差异

　　中西方灵感理论这种追求上的差异，反映了中西文化的差异。西方社会，基本是一个宗教性的商业社会，无论是古希腊、罗马的奴隶社会，或

---

① 《中国美学史资料选编》（下册），中华书局1981年版，第35、39页。
② 《白石道人诗集自叙》，《四部丛刊》本。
③ 《玉茗堂文之五·合奇序》。
④ 《文心雕龙·神思》。
⑤ 《苕溪渔隐丛话》前集，卷49，《海山仙馆丛书》本。
⑥ 《桴亭思辨录辑要》卷3，《丛书集成初编·哲学类》。
⑦ 袁守定：《谈文》，《占毕丛谈》卷5。

者是中世纪的封建社会和近代的资本主义社会，都带有宗教性和商业性的特点。所以他们的社会生活，他们的文学艺术和美学思想，都具有明显的宗教性印记。特别是古代，"神"经常或隐或显地出现在人们的生活和文学艺术中间，美学思想也常常同"神"的观念粘连在一起，这就使他们的一些理论始终笼罩着某些宗教的色彩。柏拉图的"神凭附着"的灵感论，作为他灵感论的核心的"迷狂说"，也反映了西方传统文化的这一特点。按照柏拉图超现实的美学观点，诗歌是不能写出真实的，但面对具体的作品，他又不能不承认有些诗歌是反映了真实。为解释这一矛盾，他就乞灵于"神"，认为处于狂迷状态的诗人，在神的感召下，就有可能说出真理，因为此时他成了神的代言人，他并不理解自己所写的东西。柏拉图的"灵感"说本身就含有"神助""神启""神来附体""神灵感发"等意义。在这方面，从古希腊的文学作品中，我们可以看到它的深远的文化根源，在荷马史诗里，就有呼告诗神谬斯和酒神祭者如醉如狂的兴诗，还有女祭司的宣示和阿波罗的神谕，这些都从不同角度暗示灵感得自于"天赋"和"神力"。柏拉图的"灵感"说就是植根在这样的土壤上，并赋予它理论的形态。

中国社会，基本上是一个宗法式的农业社会，这样的社会重现世、重"人本"，社会思想是现世的，美学思想也是现世的。中国也有宗教，但中国社会中"神"的观念没有西方那么强化，信神与不信神，并没有像西方那样形成尖锐激烈的社会矛盾，中国的神仙也是很现世的，神性同人性没有太大的区别，此岸世界和彼岸世界是统一的，文学作品里的神仙是人化了，并不那么神秘。中国人信佛教，佛教多讲禅定虚静，在虚静中求悟。中国古代灵感论中所强调的"虚静""悟入""妙悟"，与这一文化背景有密切的联系。

西方古代的文论家，对文学艺术和美学问题的探究，重论证和说理，逻辑思维严密。古希腊最有影响的柏拉图和亚里士多德，都是以论证的精辟和体系的完整而著称于世。中国古代文论家，深受儒、道两家思想的影响，这两家的思想虽很不一样，但都重视做人。儒家要做圣人、仁人，所以在美学思想上主要是倡导"文以致用"，重视文学的社会功能。道家要做真人、至人，把文学艺术作为修养身心、陶冶性情的工具。在这两种传统思想的影响下，中国的美学著作，少有西方的分析性和系统性，而更多是带有直观性和经验性。我国古代美学著作具有体系的是《文心雕龙》

《原诗》《乐记》等，但绝大多数是经验形态的，是作家、诗人创作和鉴赏的经验谈。中国古代文论家、作家关于灵感的诸多描述，有很多就是他们自己的经验之谈，如要从"静"中求"动"，要重视功夫和知识的积累等等，都是创作经验的科学概括，有很深刻的美学内涵，闪耀着古典美学的理性主义光辉。中国传统的古典美学讲究从"有法"到"无法"，意即作家、诗人必须在刻苦的磨炼中去掌握特定的艺术规律和技巧，然后把它"化"为自己的东西，使自己在创作时能做到"从心所欲不逾矩"。中国古代灵感论重视作家、诗人主观能动性的发挥，要他们识学储宝，排除杂念，专心一致地追求，直至感兴神旺，也同样体现了从"有法"到"无法"的古典美学法则。

中西灵感论都出现比较早，但我们过去在文艺理论上谈到灵感的问题时，多是引用西方的理论，因为西方文论家有关这方面的立论比较集中、系统，而我国古代文论家主要是通过对具体创作状况的描绘来体现理论内容，不像西方文论家那样寻根问底和逻辑性强。中西灵感论的差异，也反映中西思维模式和理论形态的差异。中国传统的文化思维模式，是一种意会，中国的古典美学偏重于感性形态，往往是指出其要领，并没有讲多少道理，人们接受它，主要是靠意会和体味。中国古代灵感论也具有中国传统文化思维模式的这一特点。通过对中西灵感理论的比较，探索它们的异同，不但有助于我们认识中西方作家、文论家在创造和理论中反映出来的不同的文化心态，同时也将进一步引起我们对中国古典美学中一些独具特色的范畴和概念，如神思、虚静、感兴、意境、文气、风骨、神似、物化等的注意。这些范畴和概念是在中国文化土壤中产生的，是中国传统文化的产物，如何根据中国的思维模式，对它们作"破译"和研究，把握其相对稳定的基本内涵，并予以科学的阐明，这对于中西文化的交流和互补，对于建立和发展具有中国民族特色的美学理论，都是很有意义的。

(原载《学术研究》1992年第1期)

论中西诗学之比较
——《中西比较文艺学》导论

"诗学"作为"文论""文艺学"的原初状态,是来自西方古希腊亚里士多德的古典文论。亚里士多德的《诗学》,是西方文化传统中第一部系统的文艺理论专著。亚里士多德生前著作很多,如《工具论》《逻辑学》《形而上学》《物理学》《伦理学》《政治学》《修辞学》《论灵魂》等,涉及的领域很广,横跨自然科学和社会科学。他的文艺理论,在不少著作中均有所触及,而专门研究文艺问题的,今传有《诗学》和《修辞学》。在《修辞学》中,他运用心理学来研究修辞和雄辩,开了后世文艺心理学的先河。《诗学》是一部未经整理的讲稿。他在这一著作中,全面地阐述了自己的文艺观,包括诗的起源、诗的历史和诗的特征。当时古希腊的文艺主要是由戏剧(重点是悲剧)、史诗以及抒情诗构成的,亚里士多德在分析悲剧的基础上把三者结合在一起研究,探讨文艺规律。所以他在《诗学》中论的不是狭义的诗的技艺,是包括戏剧、诗歌、批评在内的文艺理论。在那以后,很长一段时间,人们把研究文艺理论的著作都称为诗学。我在这里所说的"诗学",指的也不是狭义的"诗"的学问,而是广义的各种文学的学问和理论,即对文学的理论研究和科学探讨,也就是当今学术界所说的"文论""文艺学"。本书所论的中西比较诗学各题,是我们近几年来对中西文论中具有可比性的若干文学理论问题、范畴进行比较研究的成果,我们之所以这样做,是基于对目前诗学现状和未来前景的思考,同时也是对中国诗学根基的有意识地寻找。

长期以来,我们在文艺学学科上所讲的诗学都是沿袭西方的,所使用的概念、范畴、观念、原理绝大多数是"舶来品",实际上是存在一个中国"缺席"的问题。或者说,在这个领域里基本上是"欧洲中心主义"统治着,我们所熟悉并且不断在传授的诗学,并非是真正具有世界性意义的诗学。20世纪后半叶,随着世界上殖民体系的土崩瓦解,第三世界的崛起,"欧洲中心主义"也随之动摇,人们越来越感到在文化发展上要摆脱原先的局限,必须重视文化的外求和横向的拓展。为探讨带有普遍意义的文化模式，实现全球共享，必须重视"他种"文化的研究，要用平等的态度对待"他种"文化。在西方还"欧洲中心论"的时代，东方文化在西方被当作"他者"和"非我"，处于被压抑、受排斥的地位；现在，在新的文化形势下，人们已逐渐认识到任何体系和中心都是相对的，一个文化体系要发展，同样也需要外求，西方文化外求的参照系主要是东方，而东方文化要确定自己本土文化在世界的地位，使它为人们所认识、所接受，也需要以发达地区文化为参照，求得自己的发展和更新。面对东西方文化必然交汇的前景，无论是文化还是文学，在未来的21世纪，人们研究的目光将转向全球。为此，诗学学者如何从本学科的现实出发，建立新视野，以开放的态度通过对不同国家不同地区的诗学研究，特别是对欧洲文化区域以外的诗学进行有深度而非盲目欧洲中心式的阐释，认识、探讨各类不同文化框架中的普遍文学现象，有如一些学者所提出的全球范围内各民族共同拥有的"诗意表达"等，谨慎探索这方面前行的途径，建立一种真正具有世界性的诗学体系和理论，应是我们在面向21世纪时必须去面对的问题。

由于东西方文化、文学有极大差异，有很不相同的素质，要建立真正具有世界性意义的诗学，就应有东方各国诗学学者的参与，去做大量的艰苦的工作。因为现在形成的诗学框架并不是建立在世界整体的文学研究基础上，而是以西欧的文化、文学作为基点，忽略了许多遥远的有悠久历史的文化、文学，却又用这个本来未能涵盖它们的狭隘框架去框定它们，这就与我们现在所追求的要建立一种以"为整个人类走向大同之域"（季羡林语）的"诗学理想"有很大的距离。在东方，中国的文化、文学不仅源远流长，而且独具特色，在诗学范畴和观念以及入思的方式上都与西方有很大的差别。这就使处于完全不同文化背景下的西方诗学学者，难以进入其中，彼此的互相印证也十分困难。中国的诗学学者如能摆脱过去比较封闭的思维模式，用一种开放的眼光来审视中国传统诗学，以西方的诗学为参照，打通中西方诗学之间的那堵"墙"，对它们进行比较研究，一方面是寻找本民族诗学在世界诗学中的地位，一方面是去发现本民族诗学和世界上其他民族诗学之间的会通点，这对中国诗学的走向世界和世界性诗学的形成都是很有意义的。

在世界比较诗学的研究史上，中西比较诗学的研究起步较晚。但近代以来，我国的王国维、蔡元培、鲁迅、朱光潜、宗白华、钱钟书、王元化等一批著名学者,都曾在这方面进行过有益的探索,作出过一定的贡献。20世纪中后期,美籍华人学者刘若愚、叶维廉等,也先后在西方和中国出版了中西诗学比较研究的著作。现在,这一领域的研究已日益蓬勃地展开,并且出版了一些相关的教材和专著,但一种坚定的从国际角度的"诗学对话"尚未真正开始。比较文学的真义就在于跨文化、跨国别、跨学科,越来越趋向于多元化的文学总体研究,正如韦勒克所说:"比较文学是一种没有语言、伦理和政治界线的文学研究",因为"一切文学创作和经验是统一的"①,正是文学中的统一、共同的东西,使不同文化体系中的文学具有一种互相对话、互相比较的可能。诗学作为反映不同文化与文学精髓的聚焦点,它们之间的相互比较和对话也同样是必要和可能的。当然,这种比较不是以一种诗学模式去套另一种诗学,也不是用一种诗学模式去"攻克"另一种诗学,而是突破各种界限,作"文心"上的沟通,把握异中之同,了解同中之异,从中概括出更具有总体性和规律性的话语。

早在20世纪60年代,法国著名的比较文学学者艾金伯勒就说过:"历史的探寻和批判的或美学的沉思,这两种方法以为它们是势不两立的对头,而事实上,它们必须相互补充:如果能将两者结合起来,比较文学便会不可违拗地被导向比较诗学。"② 现在,比较诗学在比较文学研究中已备受关注,从事中西比较诗学研究,困难在于对中国古代文论的把握。在这方面,美国著名华人学者刘若愚的研究成果值得我们重视。刘若愚用英文撰写、出版于1975年的专著《中国的文学理论》③,从探求东西方超越历史文化差异的世界性文学理论出发,在介绍中国自成传统的文学理论的同时,以西方文学理论为参照,把艾布拉姆斯在《镜与灯》中提出的艺术四要素理论加以改造,用以分析中国传统文学批评,把中国古代文论分为形而上的、决定的、表现的、技巧的、审美的、实用的六种理论,力图从中整理出一个有机的整体,建立一个分析中国传统文学批评结构的理论框架。他还分别从纵向和横向考察了上述六种理论的出现、发展和相互

---

① 韦勒克:《比较文学的名称和性质》,见《比较文学研究译文集》,上海译文出版社1985年版,第144~145页。
② 艾金伯勒:《比较文学的目的、方法、规则》,见《比较文学研究译文集》,上海译文出版社1985年版,第116页。
③ 刘若愚:《中国的文学理论》,田守真、饶曙光译,四川人民出版社1987年版。

关系与作用,并将其与西方相似理论作比较。他在运用现代的、理性的眼光清理和解释中国传统批评理论的特点时,清醒地看到了自己面对着的种种困难,如中国传统文学批评所用术语的多义性和不确定性、中国传统文学批评的诗化特性等,这些常常使人难以领会其确切的意义,在西方文论中也很难找到与它们具有相同含义与等价的术语和概念。为了揭示和辨别隐藏在某一术语中的某种潜在概念,寻求更精确的意义,他提出要注意每个术语运用时的上下文答案,考虑批评家的基本思想倾向、他所举的例证"以及他对同一术语在文学批评和其他著作中早期或当代的用法等等"①。这些都是十分重要的意见。他在将中国传统文学批评理论与西方相似理论作比较时,也是先从纵向探究了中西不同文化背景中的源和流,在这一基础上才从横向作进一步的考察比较。例如,书中对中国的玄学论与西方的模仿论以及表现论异同的比较,就不仅清理和解释了中国玄学论的流变及其特点,又揭示了它与西方的模仿论和表现论的某些相通之处。由于中西方历史发展的不平衡,可比的文论在中国和西方往往不是同时产生的,中西比较诗学研究很难在历时的方向展开,所以这种以共时研究为基础,打破时间先后次序,在中国文论和西方文论总体范围内进行某些问题的综合性的比较,应受到我们的特别注意。

刘若愚在《中国的文学理论》第一章"导论"中曾阐明他写这本书的终极目的:

> 我写这本书有三个目的。第一个也是终极的目的在于通过描述各式各样从源远流长而基本上是独自发展的中国传统的文学思想中派生出的文学理论,并进一步使它们与源于其他传统的理论的比较成为可能,从而对一个最后可能的普遍的世界性的文学理论的形成有所贡献。我相信,对历史上互不相关的批评传统作比较研究,如对中国的批评传统和西方的批评传统作比较研究,在理论的层次上比在实际的层次上会有更丰硕的成果,因为特殊作家和作品的批评,对于不能直接阅读原文的读者是没有多大意义的。而且某一具有自身传统的文学的批评标准,也不能应用于其他文学;反之,对于属于不同文化传统的作家和批评家的文学思想的比较,则或许

---

① 刘若愚:《中国的文学理论》,田守真、饶曙光译,四川人民出版社1987年版,第3~4页。

能揭示出某些批评观念是具有世界性的，某些观念限于某些文化传统，某些观念只属于特定的文化传统。反过来这又可能帮助我们发现（因为批评概念通常是建立在实际的文学作品基础上的）哪些特征是所有文学所共有的，哪些特征限于用某些语言写成或产生在某些文化传统上的文学，哪些特征是某种特定的文学所独具的。因此，对于文学理论的比较研究，可以更好地理解所有的文学。①

可见，作者撰写这本书，立意是很高的。正如他自己所说，他的终极目的是要对世界文学理论的形成做出贡献。他在书中提出的要探求"世界性的文学理论"的观点，应是当今诗学研究者的一个共同的"理想"。它可以牵动人们去做各种各样的尝试，朝着这个目标努力去做。在我看来，刘若愚这本书的突出贡献在于：他能用一种跨文化的眼光，以今天更发展了的科学文艺理论，来清理中国的传统文论，探讨、剖析那些暧昧朦胧的术语，展示其蕴含的艺术理论，在与西方文论的比较中提出了益人心智的精湛见解。这是只有"单文化"眼光的学者所不能做到的。

在中西比较诗学研究中，著名华人学者叶维廉也有多方面的成果。我们读他的论文集《寻求跨中西文化的共同文学规律》②，可以看到，他一直在探讨下列两个问题：一是寻求跨中西文化的共同的文学规律，也就是力图在跨文化、跨国别的诗学之间，寻求共同的文学规律、共同的美学"据点"；另一是试探现代西方文学理论被应用到中国文学研究上的可行性及其可能引起的危机。他认为，在欧洲文化系统里，寻找共同的文学规律是比较容易的，因为不存在"批评模子中美学假定合理不合理的问题，而是比较文学研究对象及范围的问题"。由于在欧洲文化系统中进行比较诗学研究，是单一的文化体系中的比较，得出的艺术原则不一定适合各种不同文化系统中的文学，无法构成可以放诸四海而皆准的美学据点的批评模式。但长期以来，"不管在文学研究或文化研究的领域里，批评家和学者们都往往以一个体系所得的文化、美学假定和价值判断硬加在另一体系的文学作品上，而不明白，如此做法，他们已经极大地改变了甚至歪曲了

---

① 刘若愚：《中国的文学理论》，田守真、饶曙光译，四川人民出版社1987年版，第3～4页。
② 叶维廉：《寻求跨中西文化的共同文学规律》，北京大学出版社1987年版。

另一个文化的观物境界"①。为了避免这种"垄断的原则"（以甲文化的准则垄断乙文化），不再重犯这种歪曲本源文化美学观念的错误，他提出应重视对各种不同文化系统的理论作比较和对比研究，特别要重视中西方文化、文学的比较研究，做到互照互对、互比互识，以开拓更大的视野，互相调整、互相包容。这样做，既让西方读者了解到世界上有许多源于不同文化的文学作品和不同的美学假定；也让中国读者了解到儒、道、佛的架构之外，还有与它们完全不同的观物感物程式及价值的判断。他也借用艾布拉姆斯所提出的有关作品形成的四要素，即世界、作者、作品、读者为条件，再加上自己所认识的新的要素，打破艾氏从西方批评系统演绎出来的四种理论（模拟论、表现论、实用论、作品自主论）的架构，而根据作品产生前后状况，总结出五个必需的据点，即作者，作者观、感的世界（物象、人、事件），作品，承受作品的读者，作者所需要用以运思表达、作品所需要以之成形体现、读者所依赖来了解作品的语言领域（包括文化历史因素）。他认为在这些据点之间，有不同导向和偏重所引起的理论，从大的方面看有下列几种：①观感运思程式的理论；②由心象到艺术呈现的理论；③传达目的与效用的理论；④读者对象的确立；⑤传达系统自主论（语言）；⑥作品自主论；⑦起源论。以上是叶氏提出的新的理论框架的建构。

在国内，曹顺庆著的《中西比较诗学》②，是我国文艺理论界第一本系统研究中西比较诗学的专著。他按我们现行的文艺理论框架，从艺术本质论、艺术思维论、艺术风格论、艺术鉴赏论几个方面，对中西方相应的文论进行比较研究，侧重点则放在长期被西方忽略的中国传统文论上，在比较中着重对上述几个方面的古代文论进行纵向的梳理和横向的阐明，眼光和视野已超出了本国的文化系统，这就使他所阐发的理论具有创意和特色。

黄药眠、童庆炳主编的《中西比较诗学体系》③，是20世纪90年代以来在国内有影响的比较诗学著作。这部书打破了近半个世纪以来我国关于诗学论述的基本模式，面对中西比较诗学存在的特殊困难，为了跨越两

---

① 叶维廉：《寻求跨中西文化的共同文学规律》，北京大学出版社1987年版，第35页。
② 曹顺庆：《中西比较诗学》，北京出版社1988年版。
③ 黄药眠、童庆炳主编：《中国比较诗学体系》，人民文学出版社1991年版，第4页。

种文化之间的鸿沟，给予文化背景的比较以"非同一般的重视"，并且以此为前提和起点，确立全书的结构，由文化背景比较进展到范畴比较，把"诗学范畴作为诗学观念的'网上纽结'"①，从而展开中西诗学影响的事实比较。全书由背景比较、范畴比较、影响研究三编组成，这显然是一种新的探索，它开拓了人们的视野，其积极的意义在于倡导以跨文化的比较方法来寻求中国诗学自我超越的途径和前景。

在国别比较诗学方面，有狄兆俊著的《中英比较诗学》②。该书以西方文论中的实用理论和表现理论为框架，把中英两国相对应的诗学联系起来进行比较研究，建立中英诗学比较研究的理论框架——功用诗学和表现诗学，并且分别探索中英诗学二重性的内涵，以无用和有用、功利和超功利、客观和主观三个方面来展示中国诗学二重性内涵，以主观和客观、教育和怡情、情感和理智来展示英国诗学二重性内涵，并从中英诗学二重性探索其共同的规律和特殊的规律，为进一步探索诗学深层结构开辟了新的蹊径。该书在西方文论的参照下，对中国传统诗学（如道家审美理论中的表现理论等）提出了一些新的见解。这些见解并非没有商榷的余地，但能给人启迪，能引起人们去思考和探索。此外，朱徽编著的《中英比较诗艺》③，对分属于不同民族、不同时代、不同语种的中英诗歌，在艺术技巧和语言特色方面进行比较研究，分析其异之处，寻求"契合"点。作者用现代批评理论作为指导，把中英诗歌放在纵向的历史发展和横向的不同文化的观照中进行观察分析，对中英不同诗艺技巧作比较研究。全书分上下两篇，上篇分别比较研究中英诗艺中的格律、修辞、描摹、通感、象征、张力、复义、意识流、用典、悖论、想象、移情、变异与突出、汉诗英译中的语法、中英十四行诗等问题；下篇主要是比较研究中英著名的诗人、诗作，许多见解精辟独到。由于作者视野比较开阔，能从不同民族文化相互对照、比较以及相互交流、影响的角度，去认识、概括中英的诗艺，特别是中国的传统诗艺，这就为跨时代、跨语种、跨民族界限的诗艺研究开拓了一个新的局面。

如上所说，中西诗学比较，在中国学界，还是一个新的课题。因为这

---

① 黄药眠、童庆炳主编：《中国比较诗学体系》，人民文学出版社1991年版，第4页。
② 狄兆俊：《中英比较诗学》，学苑出版社1992年版。
③ 朱徽编：《中英比较诗艺》，四川大学出版社1996年版。

种植根于不同文化土壤、不同理论体系之间的比较，确实难度很大。现在，中西学者都注意到要寻找能解释东西方文学的文艺理论框架，注意研究欧洲文化区域以外的诗学体系、现象，为创建真正具有全球性的诗学在作各种各样的探索。中国古代文化，源远流长，在东方很有影响，中西诗学比较研究应是世界比较诗学中的一个重要的课题。尽管中西文化差异很大，如果我们能在文化思维上"打破垄断"，从双方出发，以开放的、平等的、兼容的态度进行研究，而不是以一种体系的理论原则去套另一种理论体系，是可以进入共相研究的，也可以日益靠近我们所寻找的真正具有全球性诗学框架的理想。

中西比较诗学的先行者早就指出，从事中西比较诗学研究困难很多，进行这种比较必须对中西文论都有相当的了解。西方文论，从古希腊柏拉图、亚里士多德开始，经过长期的发展，文学的概念、范畴，一般都有严格的科学内涵，其理论的发展脉络和历史也是非常清楚的。比之西方，中国古代文论专著不多，理论方面的研究工作起步较晚，而且在相当长一段时间，只是少数人做的事情。中国古代的文论家，比较多是凭借传统的理论和个人的体验来评论作品，他们的志趣主要不在于探讨深奥的哲理，而在于总结经验，阐明自己对文学创作的具体看法和主张，而且采用评点的形式，生动活泼，常常是通过隽永的比喻、形象的语言来表达思想。这种理论形态带有直观性、经验性的特点，重体会，讲究妙悟，往往不把话说尽、说死，理论观点和美学见解，都是自然地在批评话语中表现出来，观点、见解随作品流动，只有读过作品的人，才能深刻理解它，如果没读作品，就难以领会其中的道理。有的理论是"诗化"的、鉴赏式的，带有一定的虚拟性，要弄清楚它，还得反复琢磨和借助想象，所以理论的效果经常是评者与读者共同创造的。同西方的科学型文论不一样，中国古代的文论，更多是艺术化的，它的体系是潜在的。这样的理论是需要"解读"的，而要准确地"解读"，又十分不容易，首先是要对它作历史的"还原"，历史的"还原"必须建立在资料搜集和积累的基础上。这方面的工作，过去我国从事古代文论研究的学者已做了许多工作，有不少成果问世，但我们拥有的是一座丰富的理论宝库，要拿它同另一种形态的理论作比较，使其有可能"相遇""对话"，还要寻求一种彼此沟通的渠道。

重要的是构搭"相遇"的"桥梁"和寻求"对话"的"中介"。

中西异质文论有许多难以沟通和相互理解的因素，因为彼此都难以摆脱自身的思维方式和文化框架。但中西文论都是人类文艺实践经验的结晶，必然蕴含人类历史发展的一般规律所决定的共同性，应是异中有同，所以可以通过比较，从表面差异很大的中西文论中寻找它们的共同规律。困难在于：中国古代的文论家大多是通过对具体作家作品的批评来体现理论内容，言简意赅，理论的弹性较大，许多概念、范畴，如意境、形神、文气、风骨等，不但在不同情况下有不同的含义，同一内涵表述的概念有时也很不一样，所以就要在"还原"的基础上对它做一番"破译"的工作，以当代话语进行新的解读，再将其同西方文论作比较，在比较中寻找中西文论的"同"和"异"，做到"借异而识同，藉无而得有"，找出文学的共同规律，也认识各自的特点以及在不同文化背景中产生的文学的特殊规律。

中西诗学比较研究，是在"异质""异源"的中西文化之间进行的，彼此差异的跨度很大，要相互沟通、理解很不容易，故要有"对话"的"中介"。也就是说，要找出一些文学创作中必然会出现的问题，互证互对，互比互识，在比较中看中西文论家在各自不同的文化系统中如何对这些问题做出回答，形成怎样的概念、范畴和理论，有哪些"同"和"异"，从而进一步实现中西诗学的互识、互证、互补。

中国古代文论是中国古代文艺思想、美学思想的结晶。随着世界文化交流的日益频繁，已有不少外国汉学家著文阐明它在世界诗学中的特殊地位和理论价值。但由于语言和文化的"边界"，西方的学者要真正跨越文化，把握它的实质，困难仍然很多。所以要使中国的传统文论能够走向世界，与各民族诗学交流、比照，在相互汇通的过程中共同熔铸新的诗学概念、范畴和命题，可以使诗学进入世界和现代性的新阶段，中国的诗学研究者应肩负起更多、更重的责任。当然，这种世界性诗学理想的实现，应是一种开放的、"将成"的、不断变化发展而又多元共存的群体的探索。我们只能从"我"做起，以一种开放的眼光和方法在中西比较诗学的研究上，努力去探索"自己"谨慎前行的途径。

近几年来，我们就中西诗学中的若干具有可比性的问题展开了自己的研究，形成了这部20多万字的著作《中西比较文艺学》。全书除导论外，共分上、中、下三编凡七章。上编"中西文学观念比较"，主要从文学本质的形而上设定，挖掘中西文论之思共有的深层自然主义信念及其差异；从主导性文学观的文化偏向入手分析中西文化的义化境域及其主题性焦点。该部分力图从内外两个层次上清理中西文论的运思和言述理路。中编"中西文论形态比较",是对不同类型文学理论的比较;中西方文学理论在其长期的历史发展中形成了不同形态,同时也产生了大量的对文学的哲学形而上学的理论,本编主要是从中西叙事理论、中西抒情理论、中西形上理论进行比较研究。在中西叙事理论比较中,着重从中西方叙事理论的传统——诗史之分:志与事、一般与个别;中西叙事理论的不同特征——文史哲:历史旨趣与哲学意味;文学叙事:理与事、文与事;作为文学叙事的历史与哲学等方面论述中西叙事理论的异同。在中西抒情理论比较中,着重是从心性设计,理性与情性的冲突、兴论与表现论诸范畴之比较,作为心学和心理学的中西方抒情诗学三个方面进行论述。在中西形上理论的比较上,主要是从形而上学与中西形上理论的相关性、中西形上文论的主要形态、中西形上文论的内涵三个方面进行描述、分析和阐明。下编"中西文论范畴比较",从范畴的"文化特征"和"语义特征"入手,采取个例阐释的策略,经由对一些主要范畴的比较研究来昭示中西文论范畴的建构、运作与功能差异;此外,由于中西文论范畴众多,每个范畴都有其独特意义,在各自不同的理论体系中有其独特的地位和作用,有的具有可比性,有的不具有可比性,在本编中我们只选取其中具有可比性的四对范畴:神思与想象、比兴与隐喻、雄浑与崇高、教化与净化进行比较,同时力图对有关问题做出较深刻的阐释。

我们的研究还希望在以下几个方面做出尝试:

第一,注重各个论题自身"理论依据"的反思和说明,力图打破"垄断",克服"随意性"。

第二,从中西方不同文化出发,注重中西文艺学视野的融合,坚持研究者跨文化的"文艺学立场",纠正比较文艺学研究中的"欧洲中心主义",也防止"中国中心主义"。

第三,重视中西文艺学的系统性,坚持在不同文艺学系统中考察我们所选取的命题和范畴,在中西文艺学的观念、命题、范畴的共时性比较研究中,力图对它们的"结构方式""系统规则""文学相关性""文化相关性""话语模式""功能模式"等问题有所关注。

第四,在所涉及中西文艺学各题的研究中,注意到将"可比性"和"不可比性"的论题、范畴区别开来,努力做到实事求是地看待中西文艺学之间的关系。

第五，中西文艺学范畴是中西文艺学体系各自网结和基本词汇。由这些范畴构成的系统是中西文艺学最隐蔽的"理论真实"。对它们的比较研究有助于我们走向这一"真实"，使我们更深入理解作为"路标"的文艺学范畴性质、功能、系统性等问题，特别突出这一研究，是为前面所说的中西文艺学的互识互补，为建立新型的、更具世界性的现代文艺学理论探索道路。

第六，我们力图在更深广的"文艺学"的视野中对中国文论和西方诗学进行比较研究，同时为了避免"文论"和"诗学"这种传统命名方式的历史局限，在更具包容性的称名之下展开我们的研究，我们将本书命名"中西比较文艺学"。

中西比较文艺学是以中西文学理论比较为核心的研究领域，它包括中西方不同国别、不同民族文艺学的比较研究。由于中西方文化出自不同的源体，文化的跨度很大，所以中西比较文艺学也是一种难度很大的跨文化文艺学研究。20世纪后半叶以来，随着比较文艺学研究的兴起，中国文艺学的巨大价值已日益被人们所认识，有的学者还断言："比较诗学的一个未来发展方向，就是中西比较诗学的兴起和繁盛。"① 相信在不久的将来，会有更多的这方面的成果问世，为这一领域的研究提供各种理论依据和路数，使中国文艺学的推出和西方诗学的引进更具有可通约性和规范性。

（原载《暨南学报》1998年第2期）

---

① 陈惇、孙景尧、谢天振主编：《比较文学》，高等教育出版社1997年版，第230页。

澳门文化的历史坐标与未来意义

澳门自 1557 年开埠，至今已有 400 多年的历史。400 多年前，澳门被历史机遇推到东西文化交流的前沿，成为中西文化交汇的中介。作为中国人了解西方、西方人了解中国的第一个窗口，澳门在历史上东西方物质文明和精神文明交流中起过重要的作用。现在澳门 20 多平方公里的土地上，仍保留有大量的历史文化遗产，包括名胜古迹和文献资料。在澳门，有中华文化背景的妈阁庙、普济禅院，也有西方文化背景的大三巴牌坊、天主教堂，在大街小巷中，还有中西不同风格的建筑群，这些，都表现出澳门地区中西方文化交汇多元、共生的特性。中国和欧洲各国有关澳门历史文化的文献资料也极其丰富，除明清典籍中留下的大量关于澳门历史文化的记载，在澳门本地及葡、英、法、美、荷等国均藏有澳门历史文化的西文档案。面对澳门丰富的历史文化遗产，有史学家断言："澳门可以当之无愧地列入世界历史文化名城之列。""其历史文化价值足以与敦煌文书及其洞窟壁画相媲美。如果东西方学者能够像研究敦煌那样来研究澳门历史文化，同样可以使对澳门历史文化的研究成为一门国际显学。"[①] 当然，现在我们关注澳门文化，并非仅指澳门的文化遗物和资料，它应该包括中西文化交融而形成的新的思想观念和开放精神，因为这当中有未成为过去而是属于未来的东西。澳门是具有世界文化影响和意义的地区，从澳门看中西方文明早期的碰撞和交融，研究她跨文化性质的内涵，包括源流、区域性质、生成原因和嬗变，是一个尚未完全"开封"的学术话题。下面，仅就与此有关的两个问题进行论说。

一、小地区　大文化

今天的澳门是一个只有 40 多万人口 20 多平方公里土地的半岛，地域很小。但一个地区的文化学术意义和价值并不决定于该地区的大小，而是

---

① 章文钦：《澳门与中华历史文化》，澳门基金会 1992 年 2 月编印，第 274～275 页。

在于她的内涵，她所蕴含的文化学术命题的价值和意义。澳门地区虽小，但历史独特，她的历史文化也是世界任何一个地区所不能取代的。从历史上看，澳门原属广东省香山县，文化上与粤港两地一脉相承，都是有岭南特色的粤文化。在葡萄牙人于1553—1557年据居澳门之前，这个小岛已有居民，早在木帆船时代澳门已是中国对外贸易的港口，并且在16世纪初期就名传海外。① 葡萄牙人入据后，澳门便逐渐发展成中国领土内一个独特的商贸海港。在殖民扩张热潮中，有三个多世纪的时间，澳门地区处于中葡共处分治，既有冲突，也有沟通，有过激烈的碰撞，也有相互迁就和包容。1888年，正式获得"永驻管理澳门"的葡萄牙当局，在澳门地区推行殖民政策，但由于岛上居民绝大多数是华人，澳门文化一直是以中华文化为主导，生活在这里的华人依然保持华族的风俗习惯，一些土生葡人在澳门的地理人文环境中生活，也不同程度地追随华人文化，学习汉语，看中医，吃中药，甚至入庙拜神。葡国当局逐渐意识到保持华人文化传统对社会稳定的重要性，于1909年制定并通过《澳门华人风俗习惯法典》，将华人的风俗习惯制度化，这就形成了澳门地区中西合璧的独特文化。

澳门文化的中西合璧，体现在语言、宗教、民俗、建筑、饮食等多个方面，澳门是汉、葡、英三语通用的社会。民间用语主要是汉语（主体是粤方言），葡语是澳门政府的官方用语，英语则主要是金融、现代科技、国际贸易、高等教育界等用以与外间世界沟通的工具。此外，还有一种"澳门土语"，这是澳门地区特有的，是一种由16—17世纪的葡语和粤方言混合的语言，也杂有少量的非洲语、马来语、西班牙语等，以拉丁字母成文，是早期土生葡人使用的"土语"，现在已不再使用；但从一些研究者提供的资料看，"澳门土语"的形成和演变，是受到澳门地区多种语言的影响，与这一地区多元文化的背景密切相关，也可以说，是中葡文化在澳门相遇交融的产物。② 笔者曾多次访问澳门，参观过澳门的庙宇、教堂和各种宗教遗址，对澳门宗教的多元并存有极深的印象。在澳门，东方的道教、佛教、伊斯兰教，西方的天主教、基督教以及鲜为人知的琐罗亚斯德教、巴哈伊教、摩门教，都先后落脚，而且和平共处，各不相扰，

---

① 参见戴裔煊《〈明史·佛郎机传〉笺正》，中国社会科学出版社1984年版，第53页。
② 参见彭慕治《澳门文化的交流和合作》，载澳门《文化杂志》1987年第5期。

表现出这一地区文化的宽容和包容。文化的多元并存，是 20 世纪的思想，而且是在本世纪后半叶的文化转型期才被广泛认同，但在澳门却是很早就存在的现实。这正如有的学者所说："在中国文化的宏观语境中，在中西宗教融合、中西文化互补方面，澳门文化无疑是先行了一步。"①

中欧文化出自两个不同源体，思维观和价值观有很大差异。但 400 多年前，中欧文化在澳门相遇，从碰撞到交融，使这个地区的文化具有一种特殊的活力和魅力。如果我们不是把文化只置于精神思想的范围，而是看作这个地区人们生活的总和，就不难发现，在澳门的文化生活中，有不少是中葡乃至于中西文化互相交融的。以澳门的象征大三巴牌坊为例，这个名扬中外的牌坊，就有东西方艺术交融的特点。大三巴牌坊是原圣保禄教堂的前壁，圣保禄教堂历史悠久，在我国古籍中称为"三巴寺"，《香山县志》和《澳门纪略》均有记载。教堂于 1835 年 1 月失火焚毁，只有教堂正面由巨石垒成的玄关保存下来，成为和中国式牌坊相似的遗迹，所以人们习惯把它称作"大三巴牌坊"。澳门学者徐新曾对大三巴牌坊的建筑设计和雕刻进行过详细考察，指出：牌坊上结构是由 40 根石柱组成，组合的石柱又把牌坊分成三个廊，"是典型的意大利巴洛克风格"。但牌坊的装饰雕刻具有明显的东方色彩，是东西方历史、艺术和谐的融汇。牌坊共五层，第一层三个门正门刻着葡文"天主圣母"，左右两门对刻着神圣的耶稣基督字样，而在牌坊的第三层则刻有中文"念死者无为罪""圣母踏龙头""鬼怪诱人为恶"的箴言和警句。牌坊第三、第四层左右两端都有近似中国传统的石狮子雕塑，牌坊第四层壁龛安置着耶稣铜像，铜像的两旁刻有西方的野百合花和东方的菊花浮雕图案。这一浮雕图案和日本同一时期的装饰图案相似。而石狮子的雕塑显然是受到中国民间舞狮子艺术的启发，与中国庙宇门前左右对称安置的石狮子在意念上也是相通的。徐新根据牌坊的建筑和雕塑，并查证了文艺复兴时期的有关资料，证明："在那个时代的巴洛克建筑上，刻有中文字样的只有澳门的圣保禄教堂。"②他还将圣保禄教堂同罗马圣彼得大教堂、伦敦圣保罗大教堂、里斯本圣心大教堂相比较，认为其他的三个大教堂均未见有大三巴牌坊上装

---

① 王岳川在《后现代与中国文化建设》第 6 部分"后现代与澳门"的发言，载《中国社会科学季刊》（香港）1997 年春夏季卷。

② 徐新：《澳门的视野》，澳门基金会 1994 年 4 月编印，第 1～6 页。

饰雕刻的东方色彩。由此可见，大三巴牌坊虽然是大火之后留下来的一面残壁，但当中却保留了东西文化交流的历史足音和历史记忆，在历史层面上提供了一种新的文化认同，在人们面前展示了一种新的文化思想空间，启发人们去作新的文化想象，它的存在和意义，是世界性的。

澳门400年华洋杂处、中西合璧的历史，使她成为中国和葡国以及各拉丁语国家文化交流的桥梁。澳门地区丰富的语言现象，多元化的宗教，中西融合的建筑，都从不同方面反映了这个城市跨文化的鲜明特色和独特的文化价值。但有一种文化现象是长期被人们所忽略的，那就是生活在澳门的"土生"族群和他们的文化。居住在澳门的葡人，有相当数量是"土生"葡人，即有中葡血统的混血儿，他们在澳门出生、长大，生活在以华人为绝大多数、以中华文化为主流文化的澳门，能讲流利的葡语和粤语，他们身上交织着两种不同的文化，在他们的精神世界里，既有葡国文化思维和西方人的价值观念，也有中华民族文化的基因。这种特殊的文化身份常常使他们陷于尴尬的处境。正如"土生"葡人诗人李安乐在《澳门之子》一诗中所描述的："永远深色的头发／中国人的眼睛，亚利安人的鼻梁／东方人的脊背，葡国人的胸腔""心是中国心，魂是葡国魂""娶中国人乃出自天性"。这些"土生"葡人一方面确如他们自己所说，是"澳门之子"，是"百分百的澳门人"；另一方面是来自父亲的遗传，是葡国文化天然的继承者，自幼在学校接受的也是葡国式的教育。他们生活在双重文化背景中，处在两种文化的边缘，两种文化的渗透、交融、矛盾冲突在他们的生活和精神上有深刻的影响，形成了他们独特的文化心理和一种中西合璧、别具一格的文化思维模式，这种文化心理和文化思维模式，也是400年中葡文化交汇的产物。"土生"女作家玛尔丁妮在《废墟中的风》一书的序言中有过一段关于"土生"葡人的描述："四个世纪以来，葡国和中国人之间保持着一种愉快而和谐的关系，这一点体现在这一城市的许多方面：交汇融合的文化遗产，别具特色的城市建筑，还有它的被称为土生人的混血人种。经过这许多年肩并肩的生活，中国人气质一点一滴地渗透在土生人的血液以及他们那带着显殊的澳门人特点的欧洲人外貌上，为他们线条硬朗的欧洲人的面容，注入了柔和的东方之美。"[①] "土生"诗人欧安利在他的诗中也写道："我身上有来自贾梅士的优秀／和一

---

① Edich Jorge De Martini: *The Wind amongst the Ruins*. New York: Vantage Press, 1993.

个葡国人的瑕疵/而在某些场合/又是一套儒家的思想","确实,我发起怒来就是个葡国人/但也能自我抑止/以中国人特有的平和"。① 这是"土生"作家对自己特殊文化身份的形象剖白,我们从中可以看到"土生"葡人身上两种不同民族文化交融的人格特征。就澳门的"土生"族群而言,文化身份复杂而多彩,具有边缘性、交融性,但作为一个群体,他们基本上是照葡国(文化)模式和形态组织自己。这是澳门的一种特殊文化现象,应纳入澳门文化研究的视野之内,这方面的研究成果同样是与世界相通的。

二、历史坐标与未来意义

在澳门半岛上,澳门文化的跨文化性质几乎随处可见。但澳门自古以来就是中国的领土,中华民族的文化传统在这里源远流长,尽管葡萄牙人据居澳门已400多年,但直至现在,澳门居民中的中国传统氛围还很浓厚,在精神思想范围内仍是"葡河汉界",使澳门文化既呈现出多元交融又具有和而不同的特性。

澳门很早就是葡萄牙基督教在东方的基地,而且外国宗教是经澳门向中国内地发展传播的,至今澳门仍有30间教会学校,占澳门学校的1/2,但基督教在澳门华人中的影响却很有限,现在居住在澳门的华人,主要信奉的依然是中国的神佛,本土的文化是根深蒂固的。有人说,当今的澳门,比中国内地还要"中国化"。澳门的妈祖阁和妈祖崇拜,就体现了中华文化在澳门的强大背景,具有丰富的中国历史文化内涵。妈祖是民间崇拜的航海保护神,是中国沿海一带(主要是福建、台湾、广东)民俗文化的一种,后来远传海外,随着中国人的足迹遍及全世界。澳门的妈祖崇拜与中国内地的历史文化有密切的联系。相传澳门的妈祖阁最早是福建商人兴建的,从福建的祖庙分香过来,以方便他们的商人往来贸易时祭祀。据澳门学者郑炜明提供的资料,最早的妈祖庙应建成于公元1488年,距今已有500多年的历史②。由于澳门自16世纪初就是中国对外贸易的港口,古代出海,万里远航,风涛险恶,为了祈求神祐,澳门居民很早就形

---

① Leonel Alves. "Sake Quem Sou?" *Por Caminhos Solitarios*, 1983, p. 29.
② 参见郑炜明、黄启臣《澳门宗教》,澳门基金会1994年11月编印,第6页。

成了虔诚的妈祖崇拜,一直延续至今。除每年农历三月二十三日的妈祖诞外,每年春节妈祖阁的香火也很盛。如前所说,澳门文化最显著的特征是它的多元性、包容性,但比较而言,在并存的多种文化中中华文化显然占据最大比重。在澳门,妈祖文化和儒家文化、佛教文化、道教文化同属于中华文化的系统,"整个澳门地区,其实是属于道教系统的妈祖信仰圈"①。从澳门这一文化视点看,这个半岛虽已经历了400多年西方文化的撞击,在深层的精神文化领域里,华人与葡人之间显示出来的文化状态却是和而不同。这同香港地区和世界上其他殖民地地区很不一样,不能不说是一种奇特的现象。在世界上多元文化崛起的今天,对澳门这个地区的多元文化景观特别是华人和葡人如何达到和而不同的多元融合,应成为国际学术界一个值得关注的课题。

四个多世纪来,澳门作为东西文化的接合点,澳门社会"华洋混杂,和平共处",既保留中华文化的主体精神,又包容西方文化,各种各样异质文化在这里共生、共存、积淀、整合、交融、创新,呈现出鲜明的开放性、多元性。在当代,许多有见识的学者都在力求突破西方中心论和殖民主义意识形态,随着西方中心论的隐退和后殖民的到来,必将带来世界多元文化的繁荣,因而国际文化环境越来越显得重要,人们都希望,不同民族相遇合,即使政见相异,也求文化相融。在这方面,澳门文化的多元共生、交汇融合、和而不同的现象,对未来应有所启迪。

如果我们进一步探究澳门文化的跨文化现象——差异性、共同性、多维性,就不难发现,在澳门这块弹丸之地,由于她昔日的历史和长期所处的边缘地位,具有实质性意义的文化中心论早就隐退了,中葡文化、雅俗文化,传统文化与现代文化,东西方各种宗教文化,均能和平共处,做到和而不同,它们之间从没构成激烈的冲突。随着历史的脚步,澳门文化也有她自身的轨迹,却未见有惊涛骇浪和运动的兴衰。澳门的社会发展过程表明,无论是华人还是葡人,并没有在他们和谐相处的真实生活中表现出那种"非此即彼"的一元文化观。相反,在某些方面彼此的界限还很模糊、混杂。如圣保禄教堂是西方的天主教堂,历史上华人却称之为"三巴寺";大三巴牌坊原是圣保禄教堂的正面玄关,现在澳门居民却把它称作"牌坊";西望洋主教堂的圣母塑像,面向大海,澳门人习惯上称之为

---

① 郑炜明、黄启臣:《澳门宗教》,澳门基金会1994年11月编印,第7页。

"面海观音"。在宗教的严格意义上，教堂与寺庙、圣母与观音、玄关与牌坊，完全是风马牛不相及的，初到澳门的人，对这些会感到奇怪，但长期住在这里的居民却习惯成自然，都能接受、认同这一切。在澳门街道上，各种异质性事物并存，不同的肤色、语种、文化习俗共生互渗，给这个地区的文化生活带来不同的色彩，有一种带有后现代性质的文化景观。

澳门是一个"跨文化场"，在新的世纪到来之前，从中国和世界文化发展模式，都应给予更多的审视，共同挖掘澳门的传统优势，继续发挥澳门作为中外文化交流的接合点、辐射点的功能，形成一种前所未有的互动力。

记得四年前，在澳门文化司署举办的一次文化研讨会上，季羡林先生曾以"澳门文化的三棱镜"为题发表讲话。他在讲话中指出："在中国5000多年的历史上，文化交流有过几次高潮。最后一次，也是最重要的一次，是西方文化的传入。这一次传入的起点，从时间上来说，是明末清初；从地域上来说，就是澳门……澳门文化是人类迄今400多年东西方两种异质文化逆向交流和多元融合的独特产物，澳门的精彩之处和它对于中国历史与中华文化的重要性，也就在于那经由长时期东西文化交融所产生的客观存在的人文价值方面。"[①] 他认为："澳门文化不只是人类一份值得珍惜的文化遗产，它必然要在东方的新世纪里继续闪烁独特的光芒。"[②] 季先生的这些话，应有助于我们对澳门文化的认识，特别是有助于对研究澳门文化的历史和未来意义的认识。

（原载《中国比较文学》1998年第3期，原文题为《澳门文化两题》；收入龚刚主编《澳门人文社会科学研究文选·文化艺术卷》，社会科学文献出版社2009年版）

[①] 季羡林《澳门文化的三棱镜》，载澳门《文化杂志》第19期，第180页。系其1994年5月6日在澳门文化广场展览厅举行《文化杂志》第二系列发行仪式上的讲话。
[②] 季羡林《澳门文化的三棱镜》，载澳门《文化杂志》第19期，第180页。系其1994年5月6日在澳门文化广场展览厅举行《文化杂志》第二系列发行仪式上的讲话。

文学的澳门与澳门的文学

一

1987年中葡联合声明发表以后，澳门这个只有20多平方公里40多万人口的半岛，日益为人们所关注，在中国众多的区域文化中，哪个地区都没有像它那样，有如此复杂、多元的文化背景和内涵。

400多年前，澳门被历史机遇推到东西文化交流的前沿，成为中西文化交汇的中介。至今，澳门地区仍保留大量东西方历史文化遗产，包括名胜古迹和文献资料，还有中西文化交融而形成的新的思想观念和开放精神。面对澳门丰富的文化遗产，有史学家断言："澳门可以当之无愧地列入世界历史文化名城之列。"①

"澳门文学"这一概念的界定以及对它内涵的探索和研究，正是在这一背景中凸现出来的。20世纪80年代至90年代初，澳门本土文学界就曾为下列一些问题所缠绕：澳门有没有自己的文学？什么是澳门文学的澳门性？澳门文学的品格应该是怎样的？等等。于是，就有了文学资料的追寻，概念的界定，各种文学座谈会、研讨会的召开，以及文学刊物、社团的创办等一系列引人注目的文学事件。其中特别重要的是1984年3月，《澳门日报》借举办"中国当代作家书画展"期间，邀请香港十多位作家，与澳门文艺界人士座谈，研讨如何发展澳门文学。香港作家韩牧在会上提出"建立澳门文学形象"问题，得到与会者的支持。1986年，东亚大学（澳门大学前身）、《澳门日报》联合举办"澳门文学座谈会"，邀请香港、内地作家同澳门本土作家一起，对澳门的古代文学和现代文学进行研讨；会后，出版了第一本《澳门文学论集》。这次会议的召开，是在中葡联合声明发表的前一年，因而也被认为是澳门向过渡时期转变的一个标志。之后，广泛联合澳门文化人的澳门笔会成立，1989年出版纯文学

---

① 章文钦：《澳门与中华历史文化》，澳门基金会1995年编印，第274～275页。

刊物《澳门笔汇》。1989年5月，澳门五月诗社成立，1990年出版《澳门现代诗刊》。1990年成立澳门中华诗词学会，主编出版《镜海诗词》。这些文学社团、刊物的出现，正是澳门文学在过渡时期转变中走向繁荣、发展的体现，也说明澳门本土作家正在从各个方面为"建立澳门文学形象"而努力。

20世纪90年代以来，除澳门以外，中国内地、中国台湾等地也有关于澳门文学的论著出现。人们谈论的问题已不是澳门有没有文学，而是澳门有着怎样的文学。早在16世纪中后期，就有诗人、作家来到澳门，创作了一些反映半岛人们生活的文学作品。如中国伟大戏剧家汤显祖、葡国著名诗人贾梅士，都先后来过澳门，并且创作了脍炙人口的诗章。此后，历代避乱的文人学子不断来澳，为澳门留下了相当丰厚的文学遗产。但是，在澳门，新文学的诞生，并不是在五四时期，而是迟至在"九·一八"事件之后。① 这主要是因为澳门地处边缘，远离中国政治、文化中心，也与澳门地区旧文学具有较大的影响有关，这就使澳门新文学一直缺乏一种强大的现代驱动力。特别是二三十年代以后，澳门的东西文化交流中介地位为香港所取代，它就日益为人们所淡忘。所以，今天从文学性的立场来谈论澳门文学，空间并不太大，而如果从文化性的立场研究澳门文学，就会发现其中隐含着的许多具有前瞻性的东西，对于历史学、社会学、比较文化与比较文学的研究，都有启示。澳门文学更多地具有文化学的色彩，从文化上解读它，对当下本土文学创作也会有所推进，就某种意义而言，它代表着一种建设方向，是本土意识觉醒的标志之一。

从澳门文坛的实际情况看，澳门文学包含了三方面的内容：①中西文学中与澳门有关的创作。中国从明代开始即有许多文人到过澳门，在文学创作中留下了"澳门形象"，著名的如汤显祖、屈大均、魏源、康有为、丘逢甲等。西方文人中最早到澳门的是葡萄牙大诗人贾梅士，其后有庇山耶、奥登等，以澳门为题材的小说也为数不少。②澳门本土的汉语文学。澳门本土的汉语文学，与内地移民有密切关系，再往后又有因战乱或种种政治原因而从大陆与东南亚或其他地方移居澳门的华人。古代的遗民为澳门的旧文学奠定坚实的基础，时至今日，澳门的旧体诗词创作仍十分活

---

① 参见李成俊《香港、澳门、中国现代文学》，见澳门文化学会《澳门文学论集》，澳门日报出版社1988年版。

跃，一些年轻的诗人可以一方面写非常前卫的"后现代诗"，一方面又写十分古雅的律诗和绝句。80年代以来，澳门的新文学发展迅速，诗歌、小说、散文、戏剧均有不少佳作，在整个汉语文学世界里越来越引人注目。③澳门"土生"葡文文学。"土生葡人"（Macaense）字面上的意思即"澳门人"，是一个非常特殊的混血族群，是几百年来中葡文化交汇的产物，在他们身上，最能显现澳门文化的多元性、诡异性。有学者将"土生"框定在三个导标之内，"一是语言，即个人或其家庭跟葡语有一定关系；其次是宗教，指个人或其家庭在一定程度上与天主教认同；最后是人种，即是个人或其家庭有欧亚混血成员"①。必须承认，关于"土生"一词的界定确实十分复杂，至今仍存在一定的模糊性，但近几年从社会学、人类学、历史文化学诸方面研究澳门土生的专著论文看，在界定"土生"一词时，都特别强调这个族群的"东方血缘"，实际上指的是欧亚混血儿。②19世纪末，就有人收集过澳门的《土生歌谣》，发表在《大西洋国》及《复兴》杂志上，但澳门的"土生"文学形成气候，是在20世纪以后的事情，从20世纪40年代开始出现了一批重要的作家和诗人。由于语言上的障碍，内地对澳门"土生"文学的研究尚未真正开始，但事实上，撇开了"土生"文学，澳门文学的概念就是不完整的，而更重要的是，"土生"文学实为不可多得的边缘族群的标本，其所包含的历史积淀与文化意蕴，值得高度重视。

澳门独特的存在状态，确实延扩了文学想象的空间。澳门本土文学创作对于澳门生存经验的书写，为汉语文学也为葡语文学提供了独一无二的文学景致。

二

自16世纪开始，在澳门这个狭小的空间，就出现了中葡两国文学家抒写澳门的诗篇，它们互不相关、各自发展，未见有很直接的交流与吸

---

① 贾渊、陆凌梭：《台风之乡——澳门土生族群动态》，澳门文化司署1995年版，第15页。

② 参见《文化杂志》中文版第20期"澳门土生人"论文特辑，澳门文化司署1994年版（第3季）。

纳。尽管葡萄牙人入踞、管治澳门的时间很长，澳门本土汉语文学秉承的依然是中国文学的传统。这种"互相错过"的文学现象，成为澳门文学史上的一种特殊的风景。

澳门原是一个小渔村，人文基础薄弱，澳门文学的出现，在古代，"主要是一种'植入'，而非'根生'"①。最早的澳门文学，是中国内地来到澳门的作家创作的，早期在澳门留下诗作的有明代著名戏剧家汤显祖。他于万历十八年（1590）贬官为广东徐闻典史，于万历十九年（1591）十月曾到澳门②，写了《香澳逢贾胡》《听香山译者之一》《听香山译者之二》《香山验香所采香口号》《南海江》等诗篇，对当时澳门的风物、人情及华夷贸易等均有所反映。明末清初，有许多忠于明王室的仁人志士来澳，也有不少关于澳门的诗作留世，著名的有岭南三大诗家之一屈大均。他在康熙二十五年（1686）至康熙二十九年（1690）曾多次到澳门③，写了一些描述澳门风物特色的诗歌，如《荼蘼花》二首、《澳门》六首和《咏西望洋》等，其中有诗句："广州诸舶口，最是澳门雄。外国频挑衅，西洋久伏戎。"（《澳门》六首之一）表现诗人的忧国情怀。还有著名诗僧迹删和尚（俗名方颛恺），是清时期入主中原后削发为僧的明末遗民，他于康熙三十一年（1692）和康熙三十六年（1697）两度游澳，留下十多首关于澳门的诗歌。清中叶宦游澳门或短暂来过澳门的诗人很多，佳作也多。其中，清朝第一任同知印光任，就写有澳门诗《濠镜十景》12首；乾隆年间的澳门同知张汝霖，也写有澳门诗16首。作为中国管理澳门事务的地方官，他们的诗作，除写澳门风物外，也寄托有安守疆土的愿望。至嘉庆、道光年间，因中外交往频繁，内地到澳门的名人文士更多。著名《海国图志》的编者魏源，就曾于道光年间来到岭南，到过澳门，与当时驻澳门的葡萄牙管理官员会面，写有长篇歌行《澳门花园听夷女洋琴歌》。还有清道光年间以考据学闻名的大学者何绍基，也曾到香港、澳门游览，留下《乘火轮船游澳门与香港作。往返三日，约水程二千里》一诗。此外，清末维新变法主角之一的康有为、台湾省著名

---

① 刘登翰：《文化视野中的澳门及其文学》，见《澳门文学概观》，鹭江出版社1998年版，第24页。
② 参见钱谦益《汤遂昌传》。
③ 参考曹思健《屈大均澳门诗考释》，载香港珠海书院《珠海学报》1970年6月第3期。

爱国抗日志士丘逢甲，也都到过澳门，有诗作留世。从历史上看，自晚明到民国的200多年，澳门文学的作者，主要是历代四方来澳的遗民、官员、文人学士，也有少数来澳的教徒。他们都是澳门的"过客"，从各自不同的文化身份出发，在诗作中对澳门的自然风光、人文景观作种种艺术的投射，而不是从澳门文化的土壤上孕育出来的。

根据澳门学者郑炜明的考证，在澳门名胜妈祖阁里，有石刻诗20多首，其中也有澳门本地文人赵同义雍正年间写的一首诗，还有赵氏一族的后人赵元儒在乾嘉时候写的四首诗作。① 但因数量极少，很难同外来文人的作品相比。在澳门，第一个本土诗人群体的崛起，是在民国初期出现的"雪社"诗人群，这是澳门文学史上第一个本土化作家群，主要成员有冯秋雪、冯印雪、刘草衣、梁彦明、赵连城和周佩贤等，他们出版《雪社》诗刊，还出版诗词合集《六出集》。"雪社"的出现，说明澳门文学有了自己的"根"，也有可能渐次形成自己的文学传统。

如果说，澳门的旧文学特点是"植入"，从"植入"到"扎根"，那么，澳门的新文学却有一个从"寄生"到"自主"，然后走向繁荣的历程。由于澳门旧文学影响力强，澳门新文学发展迟缓。"九·一八"以后，内地一些爱国作家、学者避难到澳门，才点燃了澳门文坛新文学之火。50年代以后，澳门文学进入了一个探索发展的时期，本土的刊物《新园地》《学联报》《澳门学生》，以及60年代出版的纯文学刊物《红豆》等，都有文学作品发表，出现了一些引人注目的当地作者，如方菲（李成俊）、思放、梅萼华（李鹏翥）等。但因刊物稀少，不少澳门作者稿件外投，"寄生"于香港。当时香港的《文艺世纪》《海洋文艺》《伴侣》《当代文艺》等刊物，经常发表澳门作者的作品。② 直至80年代，随着中国内地的改革开放，中资机构的介入，大大刺激了澳门的经济，大量的新移民从中国内地、东南亚各国移居澳门，这种种的变化推动了澳门文学的发展，作家队伍不断壮大，"建立澳门文学形象"，成为岛内作家的自觉要求，文学创作出现了繁荣的局面，出版的小说、散文、诗歌，数量很多。在小说创作上，特别突出的有鲁茂的《白狼》和周桐的《错爱》，

---

① 参见郑炜明《16世纪末至20世纪前期的澳门文学》，见《澳门文学概观》，鹭江出版社1998年版，第63页。

② 参见凌钝编辑《澳门离岸文学拾遗》（上下册），澳门基金会1995年编印。

还有林中英和梁荔玲、陶里等的短篇小说。在散文创作方面，比较引人注目的有鲁茂的《望洋小品》，林中英、林蕙等七位女作家的散文集《七星篇》，以及林中英的散文集《人生大笑能几回》《眼色朦胧》，还有李鹏翥的《澳门古今》、徐敏的《镜海情怀》等。同小说、散文比较，澳门的诗歌创作是更为活跃的，澳门写诗的人很多，有"诗岛"之称。诗歌创作在澳门社会生活中拥有自己独立的地位，特别是1989年"五月诗社"成立之后，出版《澳门现代诗刊》和澳门诗人诗集，进一步推动了半岛的诗歌创作。澳门知名的诗人中有土生土长的，如汪浩瀚、江思扬、懿灵；有北上的归侨，如陶里、胡晓风、王文；有内地来澳的新移民，如高戈（黄晓峰）、淘空了、流星子等；还有学者型的诗人云惟利和苇鸣（郑炜明）。他们的诗风不一，艺术趣味和追求也很不一样，因而诗坛的诗作是多元的，呈现出交互共生的良好态势。

三

澳门文学的特殊品格首先体现在对澳门历史与现世的书写。

至于文学书写中的澳门，不同类型的作家有不同的书写，从澳门历史和现在的文学创作看，基本上有两种类型，一为本土以外的作家，另一为生活在澳门的作家。前者对澳门的文学书写基本属于旅行者，他们因为某种机缘与澳门相遇，并从中获得一种灵感和激发；还有的作者甚至不曾去过澳门，却藉想象将澳门写进自己的作品。这方面的例子可以举出英国的奥登与中国的闻一多。奥登（W. H. Auden）于1938年来中国旅行期间曾短暂地游历澳门，写了一首名为《澳门》的诗，诗作犀利地揭示了澳门内在的怪异与矛盾，掠过表面的场景，他捕捉到了一种远离中心的生存状态所包含着的荒谬本质。而闻一多于1925年写的《澳门》则是另一种类型，闻一多并没有到过澳门，他纯然以强烈的民族情怀将澳门塑造成被迫离开了祖国母亲的儿子，一心盼望着回到母亲的怀抱：

你可知"妈港"不是我的真名姓？……
我离开你的襁褓太久了，母亲！
但是他们掳去的是我的肉体，你依然保管着我的灵魂。
三百年来梦寐不忘的生母啊！

请叫儿的乳名，叫一声"澳门"！
母亲！我要回来，母亲！

澳门在这里已完全被定型为民族主义的情感符号，或者说，它的民族主义话语功能已得到充分的发挥。实际上，早在明清时代的一些文学作品中，澳门形象就已着上了民族主义色彩，只不过闻一多的诗流传最广，而且确实写出了一般的中国民众对于被分割出去的领土的典型态度，也可以说确立了大陆母体与被分割领土之间的基本模式：母亲/儿子，以及他们之间的根本联结关系：回归。这一类型的作家有关澳门的文学书写，写作者与澳门之间都有一定的距离，也就是说，澳门对于写作者来说，只是一种奇异的风景，或一种独特的生存状态，或一种民族的耻辱标记。而后者则是以真正的本土立场去书写澳门历史与现世的澳门文学（有人把这一类的作品出现看作严格意义上的澳门文学成立的标志）。在他们的文学创作中有对于澳门历史题材的挖掘，有对于澳门社会中各式人群的描绘，有对于澳门风光的深情吟咏，有对于澳门社会矛盾的揭露，等等。但他无论写什么，无论怎么写，写作者与澳门之间总有一种很深的牵连，因为不管他们是新移民或老居民，澳门在当下与未来都是他们的家，是他们的安身之所。因而他们在对澳门进行文学书写时，总是有意无意缠绕着这样的追问：澳门到底意味着什么？

当他们在敷演历史题材时，不仅仅是为了重现过去，更是为了捕捉澳门的根。在澳门出生后来移居香港的韩牧在他的诗歌中用"炮台"与"教堂"这两个意象来象征澳门历史的全部风貌：

占领每一个山顶和高岗的
不是炮台就是教堂
除了炮，你的钟声最响
炮是肉体对肉体的命令
钟声，是一种悦耳的
神的命令
（韩牧《教堂　教堂》）

意识形态的渗透与军事的杀戮，联手进入澳门，那些冒险的传奇、隐秘的欲望，咽哑成历史的残片，供后来者凭吊、冥想。而一些年轻的诗人试图用诗的语言去呈现在时间的烟尘中被掩埋或被修改了的历史真相，如苇鸣、王和对铜马像的省思，既有对历史真相的追索，也写了历史与现在的纠缠，从一个侧面揭示澳门平静的表面其实层叠着波澜起伏的矛盾与抗争。

至于澳门的当代女诗人懿灵透过欲望化的场景，揭示了澳门现世生活的紧张：平静与流动之间，幻想与现实之间，真与假之间，文字触摸的，竟是"一把握不住的苍茫"：

燕子掠过
流动的水和岛上
无数慌张的眼神
描绘着海浪的泪痕
（懿灵《流动岛》）

澳门确是一座流动着的岛屿，它曾经糊里糊涂地成为葡萄牙人的管治区，在幽昧的时光中度过了几个世纪，多的是混杂的面容与匆匆来去的人影。当澳门的作家试图以文字去重塑已逝的历史以及展现正在进行的现在，实则反映了澳门人对身份认同的焦虑与渴望。也就是说，当他们藉文字去为已逝的时光及当下的面影造型时，他们其实已展开了一场身份自我确认的心灵之旅。说到底，为澳门定位，其实就是在为自己定位，要为自己找到一个不再流动的安定之所。

澳门文学的特殊品格其次体现在对"我是谁"这个身份问题的追问。

澳门本土的汉语文学中，尤其是新移民的诗歌中，不少作品触及身份认同的危机，并由此而产生漂泊、孤独、浮游的感慨。不过，华人新移民的身份认同危机往往是由于环境的骤然变异而产生，并不影响本质上的身份自我确认：我是中国人。也就是说，华人新移民所表现出来的身份问题，大抵上属于情绪性的。

相比之下，土生葡人的身份问题却是本质性的、长期的，几乎难以排解的。是中国人还是葡国人？这是每一个土生葡人不断自我追问的问题。事实上，他们既是中国人，又是葡国人；但同时，他们既非中国人，也非葡国人。我是谁？在澳门的土生文学中，真正成为一个问题。土生剧作家飞文基在他创作的第一个剧本《见总统》中写到土生的身份尴尬,剧中的土生人布治,在澳门出生,在葡国当过兵,但向葡国使馆申领护照却遭拒绝,作者在剧中让布治提出这样的疑问:

我不是葡国人,又不是中国人,究竟是什么人?

身份焦虑与对未来的焦虑息息相关,尤其面对1999年的回归中国,土生葡人的心灵震荡可想而知。这在土生作家阿德(即若瑟·多斯·圣托斯·费雷拉)的诗中有所表达。另有许多作品对"我是谁"则有积极的回应,不再纠缠于"葡国人"还是"中国人"的选择,而是坦然接受土生人边缘的品性,对中葡两方表现出双重的认同:

我父亲来自葡国后山省
我母亲中国道家的后人
我这儿呢,嗨,欧亚混血
百分之百的土生澳门人!
(李安乐《知道我是谁?》①)

澳门文学的特殊品格再次体现在对"他是谁"这个跨文化问题的追问。

明清时代的中国文人透过澳门看到的是西洋,魏源《澳门花园听夷女洋琴歌》一类的作品,显现了一个中国士大夫对西洋艺术的理解。"明清时代的澳门诗",确实是"当时澳门这处窗口"所进行的中西文化交流的反映。② 而葡国诗人庞山耶的《中国二胡》一类的作品,折射出一个西方文化人对中国艺术的理解,澳门成为中西作家"互看"的中介,在"互看"中,相互尝试着理解"他是谁",从而超越文化冲突而达臻文化

---

① 李安乐"澳门之子"的自我确认摆脱了"中""葡"之间的两难,几经寻觅才惊觉,澳门才是真正属于自己的安身之所。在土生文学作品中,无论诗歌,还是小说,澳门往往被描绘成为美丽的花园,是根之所在。当然,对澳门的认同并不能完全消除土生族群内心的不安,这在他们的一些作品中也有所反映。

② 参见章文钦《明清时代澳门诗所反映的中西文化交流》,见《文化杂志》中文版第24期,澳门文化司署1995年版(第4季)。

融合。

澳门本土的汉语或葡语作品中，这类"互看"式的作品，即中国人写土生葡人，葡人、土生葡人写中国人的作品，十分引人注目。散文作品中，吴志良的《作别西天的云彩》和《大学新生的"洗礼"》两篇散文，均取材于他在葡国的学习生活，前者写他在葡国时生活在他周围的亲善的葡人，他和他们之间的友谊；后者写葡国一些大学的所谓新生洗礼，作者对此显然有自己的判断。小说中"互看"式的作品尤为突出，如鲁茂的长篇小说《白狼》和陶里的《百慕她的诱惑》等短篇小说；土生作家中，飞历奇的长篇小说《爱情与小脚趾》《大辫子的诱惑》，更是回溯到历史的深处，再现不同时期澳门的葡人与华人的生活，他在作品中对华人和中华文化所持的态度，已不完全是一个"局外人"的视角和感知。土生女作家江莲达的短篇小说《长衫》和《承诺》，女主角都是有跨文化意识的华人，表现出土生葡人对华人区生活及文化的关注，以及寻求理解的愿望。

不过，这类"互看"式的作品，真正能够以凝重的历史感与深厚的人文精神来省思澳门不同族群之间关系的，似乎尚未见到。大多数作品还是掠影式的，如最常见的模式是青年男女的爱情、婚姻遭到双方家庭的反对，或者表现中葡人民在生活中的相互同情与帮助。这种"冲突"或"融合"的展示是较表层的。因而，这类"互看"式的作品如同澳门历史研究一样，还只是刚刚浮出水面，它所蕴含的更大的能量正等待着人们进一步去挖掘与表现。

澳门文学虽然没有像港台文学那样，拥有一些对整个现代汉语文学产生影响的作家作品如白先勇、金庸，但澳门文学仍有其自身的魅力，澳门的作家仍有值得注意的探索精神。除了上面提到的以外，澳门文学中对于当代社会现实的洞察，即对目前人类社会遭遇的某些共同难题如商业化、都市化、核战争、环境污染等的洞察，从一个侧面显示出澳门"小地方大文化"的风姿，以及澳门作家掠过澳门视野寻求"当代性"的努力。陶里、林中英、鲁茂、周桐、汪浩瀚、胡晓风、淘空了、凌钝、苇鸣、高戈、流星子、冯刚毅、懿灵、林蕙、梯亚、寂然等一大批作家，或小说，或诗歌，或散文，多年来辛勤耕耘，为澳门文学的建构作了贡献，而《澳门笔汇》《澳门现代诗刊》《蜉蝣体》等文学杂志几经风雨，仍不断发出澳门的文学声音。1999年的回归，为澳门文学的进一步发展带来契机，使澳门作家置身于更广阔的文学背景，尤其是世界性的汉语文学背景，从而使澳门文学既立足于本土又有厚重的民族基础与世界意识。

（原载《文学评论》1999年第6期，与费勇合作；2005年获"首届澳门人文社会科学研究优秀成果论文类一等奖"；收入李观鼎主编《澳门人文社会科学研究文选·文学卷》，社会科学文献出版社2009年版）

"根"的追寻
——澳门"土生"文学中一个难解的情结

根据现在能查到的文献资料显示,19世纪就有热心人搜集澳门土生歌谣,在《大西洋国》杂志上发表,还出现了一些土生诗人的诗作。20世纪40年代以后,在澳门的土生族群中,出现了一些重要的作家和诗人,他们的作品是澳门400年华洋杂处、中西合璧历史的反映,具有鲜明的特色。但长期以来这个作家群体及其作品并未引起人们的注意,在大陆更是鲜为人知。

澳门土生葡人,俗称"Macaense",葡文的直译是"澳门人"。"土生"的定义,至今仍存在一定的模糊性,过去一些关于"土生"的文章,界定都比较含混和宽泛。一般的看法是:有葡国血统的欧亚混血儿、在澳门出生的纯葡裔人士、在澳门以外出生但迁澳定居并接受当地文化的葡裔人士[1],也有把从小接受葡国文化教育、讲葡语、融入葡人社会的华人包括在内[2]。但近几年从社会学、人类学、历史文化学诸方面研究澳门土生的专著论文中,在界定"土生"一词时,都特别强调这个族群的"东方血缘"或"华夏血液",主要是指在澳门出生的欧亚混血儿[3]。他们生于斯,长于斯,与这块土地有切不断的血缘的联系。他们能讲流利的葡语和粤语,在他们的精神世界里,交融有中葡两种不同文化的基因,用葡国驻华文化参赞彭慕治的话说,他们是400年历史遗留给中葡共有的一份"遗产"。

但是,长期以来,我们对这份"遗产"缺乏应有的关注和重视,对这一族群中所产生的各种问题和现象的研究,是近十年才开始的。文学方面,在20世纪90年代汪春的《论澳门土生文学及其文化价值》一文发

---

[1] 参见盛炎、欧名祖《中文的官方地位与公务员的中文培训》,见澳门社会科学学会《澳门语言论集》1992年编印。

[2] 参见飞历奇《在澳门基本法咨委会召集的土生葡人座谈会上的讲话》。

[3] 参见《文化杂志》中文版第20期:"澳门土生人"论文特辑,澳门文化司署1994年版(第3季)。

表之前①，仅有几篇研究"澳门土语"的文章②，其中虽有个别文章涉及早期土生诗歌的创作情况，也只是提出一些资料和问题，未见有深入的分析和研究③。澳门的土生文学，作为不同文化交汇的结晶，形成了别具一格的文化审美模式，作品的内容丰富、独特，它们以不同的形式从不同角度反映中西文化在澳门相遇、接触以后社会和人心的表现。尽管土生作家在创作中使用的语言是葡语，由于受到特殊生存环境和历史文化背景的影响，作品中表现出来的思想感情、思维方式、心态特征、价值取向、审美情趣等，都有其特殊文化身份的印记，既不同于当地华人，也不同于大西洋彼岸的葡国人。

20世纪以前，澳门土生文学作品极少；20世纪40年代开始，陆续出现了一批作家，并且创作和出版了一批颇有影响的诗歌和小说，其中具有代表性的有李安乐的诗集《孤独之路》、江莲达的短篇小说集《长衫》、若瑟·多斯·圣托斯·费雷拉的诗集《澳门，受祝福的花园》和小说《玛丽亚与欧美勒·若翰的故事》、飞历奇的长篇小说《爱情与小脚趾》《大辫子的诱惑》和短篇小说集《南湾》、爱蒂斯·乔治·玛尔丁妮的《废墟中的风——回忆澳门的童年》、马若龙的诗集《一日中的四季》、飞文基的剧本《见总统》《毕哥去西洋》《西洋，怪地方！》等等。由于这些作品的作者本身就是两种文化的载体，生活在中西两种文化层中，接受两种文化的影响，具有一种独特的文化身份，即他们自己所说的"澳门之子"的身份。在土生作家笔下，他们是很认同澳门这块土地的，在他们作品的文化底层，确有一种视自己为"澳门人"的"根"的情绪。著名土生诗人李安乐在《澳门之子》一诗中就热切地表达了他对澳门、对自己的"澳门之子"身份的激越之情：

---

① 《论澳门土生文学及其文化价值》一文是汪春在暨南大学攻读文艺学硕士学位时撰写的硕士论文，论文的主要部分曾在《澳门日报》上连载，后经修改收入刘登翰主编的《澳门文学概观》，题目改为《澳门的土生文学》。

② 参见彭慕治《澳门文化的交流与合作》，载《文化杂志》第5期，澳门文化司署1987年版。

③ 见 Craciete Batatha Nogueira 在《澳门》杂志1987年8月第4期发表的《澳门传统诗人》一文。

永远深色的头发,
中国人的眼睛、
亚利安人的鼻梁,
东方人的脊背,
葡国人的胸膛,
腿臂虽细,但壮实坚强。
思想融会中西,一双手
能托起纤巧如尘的精品,
喜欢流行歌但爱听fardos,
心是中国心,魂是葡国魂。
娶中国人乃出自天性,以米饭为生,也吃马介休,
喝咖啡,不喝茶,饮的葡萄酒。
不发脾气时善良温和,出自兴趣,选择居住之地,
这便是道道地地的澳门之子①。

李安乐生于澳门,父亲是葡国人,母亲是中国人。父亲很早去世,自幼由中国母亲抚养,家境十分困难。他从小酷爱读书,一心"梦想能成为一个优秀的中葡诗人"。他在诗歌《知道我是谁》中写道:

我父亲来自葡国后山省,
我母亲中国道家的后人,
我这儿呢,嗨,欧亚混血,
百分之百的澳门人!
我的血有葡国
猛牛的勇敢
又融合了中国
南方的柔和。
我的胸膛是葡国的也是中国的,
我的智慧来自中国也来自葡国;
拥有这一切骄傲,

---

① 引自澳门大学汪春的译文。

言行却谦和真诚。
我承担了些许贾梅士的优秀
以及一个葡国人的瑕疵,
但在某些场合
却又满胸的儒家孔子。
……
确实,我发起怒来
就像个葡国人,
但也懂得自我抑制
以中国人特有的平和。
长着西方的鼻子,
生着东方的胡发。
如上教堂,
也进庙宇。
既向圣母祈祷,
又念阿弥陀佛。
总梦想有朝能成为
一个优秀的中葡诗人①。

在这首诗中,李安乐摆脱了"中""葡"之间的两难,对中葡文化在澳门的相遇、交汇,对土生人与葡中两种民族文化的血缘联系完全认同,表现出诗人作为"澳门人"的一颗赤子之心。

心系澳门,通过自己的作品来表达对澳门无限热爱和眷恋之情,是土生作家作品中的一个共同特色。在土生作家笔下,澳门美丽得像个花园,西望洋山的晚霞,东望洋山的松涛,白鸽巢花园的树丛,妈祖阁庙的房屋,还有芬芳的植物,繁盛的鲜花……这里,是他们的故土,是根之所在。但是,土生作家对澳门的认同、对自己双重文化身份的认同,不等于现实中不存在身份的危机和焦虑。"我是谁?""是葡国人还是中国人?"是每一个土生葡人现实生活中常常感困惑的问题,也是他们在文学中不断自我追问的问题。土生剧作家飞文基在他创作的剧本《见总统》中,具

---

① 引自澳门大学汪春的译文。

体写到土生人的身份尴尬。剧中的土生人布治,在澳门出生,长大后到葡国当过兵,背得出葡萄牙境内所有河道和铁路线,有许多葡国朋友,但向葡国使馆申请护照却遭到拒绝,作者让布治在剧中提出这样的疑问:"我不是葡国人,又不是中国人,究竟是什么人?"飞文基的另一个剧本《毕哥去西洋》,写一位在澳门出生、长期居住在澳门的土生葡人,已有葡国国籍,退休后决定回葡萄牙去定居,可是在"回国"过程及"回国"后,却感到"人事全非",使他陷入了一连串的"文化僵局",他自认为是葡国人,而葡国人并不把他当自己人。他从心底发出哀伤的感叹:"最好还是回澳门吧!"很显然,澳门才是土生人的"家",土生身份的特征和澳门的文化环境具有和谐的一致性,他们在异域认同的困境面前,心和目光总是向着澳门。

澳门土生人是澳门历史发展过程中形成的一个特殊族群,在他们身上承载着中葡两个不同民族的血统,在几百年来葡萄牙管治澳门的情况下,由于他们能掌握葡语和粤语,了解当地情况,成为"葡国官员赖以治理澳门的社会基础,也是联系上层官员与广大市民的中间桥梁,因而在政治上、经济上、心理上都处于远较一般华人优越的地位"[1]。但他们的社会地位又远不如从大西洋彼岸"乘船而来"的葡国人,这正如葡国学者施白蒂所指出:"这在最早的一些土生就已明白,乘船而至的帝国王朝的人是发号施令者,自己人虽不多,但想要的自由却无一席之地。""常常见到竹子,弯曲而不会折断,澳门土生有幸深刻感到这完全是他们自己的象征。……当竹子在生长时弯曲了,日后再难复原,为了避免更痛苦,接受这一缺陷特征。因为拥有东方血统,所以澳门土生便生活在这种痛苦习惯中。"[2] 这种"竹子"般弯曲的心理特征,在土生诗人笔下也常常有所流露,如李安乐在《两座小屋》一诗中所写:

途经那座小屋,屋里安息着
我深深怀念的父亲;沉思他

---

[1] 杨允中:《土生葡人——澳门社会稳定、成长、繁荣的重要因素》,载《澳门日报》1990年11月20日。

[2] 施白蒂:《澳门土生——一个身份问题》,见《澳门研究》,黄汉强、吴志良译,澳门基金会、澳门大学1993年编印。

为何离开了布格德阿基老林
来这儿，在这儿挣扎受苦？
途经那座小屋，屋里安息着
我贤淑的母亲；寻问她
为何离开了故乡广东
来这儿，在这儿独受煎熬？
你俩的灵魂在此相遇，
神秘的命运把它们吸引在一起，
这命运也使我在此诞生。
也就在此地，我已倦意深沉，
我的乖戾已使我历尽辛苦，
但不知我是否也将在这里埋葬①。

在这首诗里，诗人通过对自己身世的追问、感叹，表达他那与生俱来、无法排解的痛苦。诗歌的文化底蕴依然是一个身份问题，这个问题对澳门土生人来说，是本质性的、长期的，也是难以排解的。

身份的焦虑与对未来的焦虑息息相关，葡国学者贾渊曾在他的学术著作中指出：在"土生近代史"上，"有一个论调经常出现，就是澳门土生族群快将瓦解"②，这个预告"死亡"的提示，使他们内心深处潜藏着一种忧虑，因而过去每一次更换澳督或任何有关这一族群的谣传都导致一部分土生人移民他处。土生族群这种特殊的文化心理在文学作品中投射出来，就表现为无根的心态，而这种无根的心态又常常与他们感情中的"澳门情结"纠缠在一起。

澳门是土生族群诞生之地，在他们心中，生命和根都在这里，他们在这里继承了欧亚两种不同的血缘，这个地方复杂的历史在他们现实生活中留下了复杂的影响，如身份的暧昧和由此而形成的文化教育上的两难处境等等。所以，尽管许多土生现在已入了葡国国籍，但由于这种特殊的文化背景，"生命在别处"，依然是他们心中的一个难解的情结。澳门始终是他们魂牵梦萦的地方，如上述诗人若瑟的《澳门，受祝福的花园》、李安

---

① 采用澳门大学汪春的译文。
② 转引自刘登翰主编《澳门文学概观》，鹭江出版社1998年版，第373页。

乐的《松山灯塔脚下》等诗歌，都以饱含着情感的诗的意象，表达了他们对这片土地的一种刻骨铭心的感情。在飞文基的剧作《西洋，怪地方!》中，写到葡国旅游的土生人，和一个葡国当地人因误会而发生冲突时，他们就一起唱起了《澳门之歌》，表现出他们虽身在西洋，却心系澳门，澳门时时在他们心中。作者还借剧中葡国人依波利问土生游客阿斯泰莉，为什么不到葡国居住，阿斯泰莉回答说"因为我们的心在澳门!"进一步表明他们灵魂和心之所在。

在一些土生作品中，怀旧的情怀萦绕其间，在对澳门历史的缅怀、追想之中，实际上是在为一个行将消失的族群筑起记忆的文字世界。土生女作家玛尔丁妮在她的自传体文学作品《废墟中的风——回忆澳门的童年》一书的序言中说："她（作者的外祖母）孤独地死了，遥离她的根，遥离她在那儿出生的生活，建立家庭的迷人土地。而我却仍身处一个对我从属的那片土地一无所知的更为遥远的国度。也许因此，……她伸出了她的手，带着活在里面的那个小女孩，一起跨越分隔过去和现在的漫长的时间距离，指示我走向我的根，让我更好地认识我自己。"① 玛尔妮丁出生于一个传统的土生家庭，曾在瑞士和法国受教育，后嫁给一个阿根廷外交官，长期旅居国外。她在这本书中，通过"昨天"和"今天"两个"自我"在暴风雨之夜相见，带出在澳门童年生活的回忆，展示出一个上层土生大家庭错综复杂的生活场景，其描写充满了作者对故土的怀念，有一种重温旧梦的温馨之情，从而表现了作者意识深处对澳门这块诞生之地的历史追寻和体认。由于土生身份的暧昧，土生族群正面临着两难的抉择，玛尔丁妮在她的文学叙述中也表现出某些隐忧。在书中"过去"一章的开头，她通过5岁的"我"面对窗外暴风雨的感受、联想，"我"的内心的恐惧，以及害怕"老屋"会被暴风雨吹走、掀掉等等，表达对自己生命扎根故地的关注，"暴风雨"则意味着不安全，担心昔日的一切将随风逝去。

当然，也有一些作品，对自己的文化身份和现实的变动有积极的回应。青年土生诗人马若龙，是一位专业建筑师，又是著名的画家，作品多次获葡国评论界的好评，曾任澳门文化司司长，是中葡人民友好协会负责人之一。他的诗集《一日中的四季》，就没有那种无奈的边缘品性。他自

---

① Edith Jorge De Martini：*The Wind Amongst the Ruins*. New York：Vantage Press，1993.

己是一个中葡混血儿,具有谋求结合两种文化的素质,从 80 年代末至今,曾先后十几次到中国内地参观和交流,非常热爱中国古代文化,对中国当代社会也有一定的了解。他在《祖母的镜子》《黑舌头的龙》《中国》《李白》等许多诗篇中,都直接表达他对中国文化、古典文学的向往。如他的一些诗句如《黑舌头的龙》中的"我取得/象牙的坚硬/偷来樟脑的清香/我向碧玉借取他的纯洁/向墨汁求取它的才华/我要用它来创造/一种不被禁止的鸦片",在艺术上,也模仿中国古典诗歌的手法。他诗集中的意象,大多是飞扬的,感情的基调是热烈的,虽不无怀旧情调。如《祖母的镜子》诗中所写:"我的中国祖母/很久未在中式镜子中/出现在我眼前……"还写到镜子犹在,而镜中的中国祖母"却随同最后一场雨/随同那收获的稻穗/一去再也不复返"。但调子是轻淡的,未见有"末世"的愁绪。这应与他个人特殊的文化身份有关。

　　澳门曾受葡萄牙管治达几百年之久,作为历史遗留给中葡共有的一份"遗产",土生族群具有鲜明的澳门特征:在土生文学里,我们看到澳门的边缘文化特征——东西文化的混合形态。土生作品的人物、事件、感情发生的背景及时间都是以澳门这一特征地区定位的,本文的撰写,就是试图从一个角度切入,探讨土生文学中土生人的边缘心态,让人们了解在中葡文化影响下产生了怎样的土生文学。

（原载《学术研究》1999 年第 12 期；收入李观鼎主编《澳门人文社会科学研究文选·文学卷》，社会科学文献出版社 2009 年版）

饶芃子自选集

第三部分

海外华文文学选辑

海外华文文学的命名意义

一

1979年北京的《当代》杂志发表白先勇的《永远的尹雪艳》。这是大陆文学界首先注意到在新中国成立以后的30年，还存在着另外一个复杂的文学空间。随之而来的便是"台湾文学"与"香港文学"的命名以及这种命名带来的介绍与研究热潮。1982年召开了全国首届"台湾香港文学学术讨论会"，到1986年召开第三届时更名为"台港与海外华文文学学术讨论会"，意味着大陆学术界对于台港文学与海外华文文学之间差异性的认知，也意味着"海外华文文学"这样一个特殊命名的确立。1990年召开第五届时，又更名为"台港澳暨海外华文文学学术研讨会"，至此，大陆以外的汉语文学空间都被清晰地显示出来，进入文化领域的操作层面并成为学术领域的研究对象。

90年代初期，对于"台港澳"文学或"海外华文文学"的界定显得极为迫切。《台港文学导论》①《海外华文文学概观》②《海外华文文学发展史》③等著作相继出现，这些研究者将"台港文学"或"海外华文学"视作新的学科或新的研究领域，所以，他们面临的首要任务便是论证为什么在"中国现代文学"之外增添这样的命名，意义何在？台港澳属于中国领土不可分割的一部分，其文学自然也是中国文学的组成部分。但因历史上殖民地、政治分裂等因素，"三个地区出现三种社会，分属三个政府"④，因而，有必要将它们特别从"中国文学"的概念中抽出，予以特别的关注。潘亚暾等这样阐述他们的基本立场："从中国当代文学总

---

① 潘亚暾、翁光宇、卢菁光著：《台港文学导论》，高等教育出版社1990年版。
② 赖伯疆：《海外华文文学概观》，花城出版社1991年版。
③ 陈贤茂：《海外华文文学发展史》，鹭江出版社1994年版。
④ 潘亚暾等著：《台港文学导论》，高等教育出版社1990年版，第4、8页。

格局来考察，台港澳文学无疑是'边缘文学'，他们是母体文学的一种延伸、补充和扩展，在中国当代文学史上占有特殊的地位。"① 海外华文文学的情况却正好相反，大陆论者极力澄清他们不是"中国文学"的组成部分或支流，他们的主要理由似乎以国界为依据，只要在中国以外的另外国家发生的汉语写作，均属于"海外华文文学"。例如：

陈贤茂说："在中国以外的国家或地区，凡是用华文作为表达工具而创作的作品，都称为海外华文文学。"②

王晋民说："海外华文文学，是指中国本土之外，即中国大陆、香港、台湾、澳门之外，散布在世界各地的华人与非华人的作家，用中文反映华人与非华人心态和生活的文学作品，它包括亚洲华文文学、美洲华文文学、欧洲华文文学、澳洲华文文学、非洲华文文学等中国本土以外的华文文学。"③

许翼心说："华文文学是一种国际性的文学现象，因此，华文文学不能等同于中国文学，也不可以将海外的华文文学称之为海外的中国文学。"④

这些看法强调的是区域特征与语言特征，在论著自身看来均十分科学与严密。证之于东南亚地区，尤其是战后的东南亚地区，应无丝毫异议。然而证之于战前的东南亚地区，或20世纪60—80年代的美国地区，情形的复杂性恐怕非上述定义所能包含。苗秀曾提到"马华文学在其开始时期，本质上也是一种移民文学。早期的马华文艺写作人，也和19世纪初那些法国作家一样，大多也是流亡者一类。他们都是不满中国的黑暗政治，逃亡到星马两地来，他们有些是参加实际革命工作失败后，在家乡无法立足，亡命而来的；另外一些则是为了生活，远走异地谋生，写作不过是他们一种业余工作，但绝不是毫无意义的工作。他们是有意识地把文艺当作宣传武器，揭露中国的腐败跟落后的社会封建性。……马华文学由移

---

① 潘亚暾等著：《台港文学导论》，高等教育出版社1990年版，第4、8页。
② 陈贤茂：《海外华文文学的定义、特点及发展前景》，见《海外奇葩——海外华文文学论文集》，暨南大学出版社1994年版，第35页。
③ 王晋民：《论世界华文文学的主要特征》，见《中华文学的现在和未来》炉峰学会1994年版。
④ 许翼心：《世界华文文学的历史发展与多元格局》，见《台湾香港澳门暨海外华文文学论文选》，海峡文艺出版社1993年版。

民文学蜕变为独立发展的国民文学，是在第二次世界大战结束后才告完成"①。

人文学科所面对的研究对象往往不是通过定量化与逻辑化可以被完全界定的，人文学科中的命名也往往不能使所命名者变得简单明了。实际情况是，可能将被命名者所具有的全部复杂性呈现无遗，从而使研究者在问题的质疑与追索中进入人性与思想的幽深地带。以区域与语言为标志的"海外华文文学"在大陆文化界高频率的运用中，日益成为套语式的词汇②，而很少有人去探究这一命名本身的复杂含义及其引起的一系列学术难题。

"海外华文文学"这一貌似简洁清晰的概念，关系近百年中国的离乱历史，其中蕴含的风风雨雨、离愁别绪、沉浮荣枯，引起种种难以言说的情绪。从中国台湾、海外的某些作家、学者对"海外华文文学"命名的反应即可见一斑。1985年秋，美国纽约市立大学举行了一个"海外作家的本土性"的座谈会，参加者有陈若曦、张系国、张错、唐德刚、杨牧等，均为"海外华文文学"这一命名所指涉的对象。他们发言的基调反映了对于"海外华文文学"这一说法的抵触、拒斥，他们均认为自身的写作充满"中国意识"，不应被逐出"中国文学"的大家庭。③ 命名者与被命名之间抵牾，耐人寻味，正好说明不能简单地以语词的逻辑性为终点，而是要透过逻辑性，窥测到隐藏于其间的逻辑以外的许多复杂的背景，才有可能整体地感受、把握一种命名的意蕴。其实，早在1983年，由海外作家自己编辑的一套《海外文丛》由香港三联书店出版，这套丛书的取材范围完全是美国的华人，而且全是50年代前后从中国台湾、中国香港赴美的华人知识分子。透过这一套丛书，我们也能看到他们的心态与立场。

木令耆说："在心理上，他们的感情寄托是在祖国，从他们的作品中常会看出他们的流浪心情，如果他们的作品为了迎合中国广大读者，在词汇、形式上努力去接近中国本土的作者，这将是他们对祖国怀念向往的结果。……现今的海外作家可能是最后一两代的海外作家，除非日后不断地

---

① 苗秀：《马华文学史话》，新加坡青年书局1968年版，第1～2页。
② 例如，有时它成为出版商招徕读者的标志。
③ 参见《台港文学选刊》1986年12月第6期。

有中国移民移居欧美,才有可能在他们之间产生继续用汉语文学的作家。很可能现今的欧美华人作家是历史上畸形发展现象,在中国历史上从未有过海外华人作家的传统,现今的海外华人作家很可能是'前不见古人,后不见来者'的时代的孤儿……"①

李黎说:"20世纪中期以后的海外华人,是中国有史以来最大规模的知识分子的海外移民。这在中国近代史上算是没有大规模战乱的一个时期,却也是国家断然分裂的时期。中国人到了海外,势必深刻感受到作为分裂国家的国民是怎样的不便、困扰与痛苦。'认同'的危机不仅在母体文化与客体的对峙中,甚至产生在面对自己分裂的祖国的彷徨中!个人的失根、祖国的纷争,使得海外的中国人背负着比任何一个其他国家作客异邦的'外国人'更深重的历史重荷。因此,海外华人的文学作品,便有其先天上的历史感和时代感——是这样特殊的历史与时代成长了这些写作,而这些写作便将是一个真正的作家不可残缺的历史感与时代感放进他们的作品中去。"②

显然,他们的阐述渗进了自己的切身感受,是从他们的独特处境出发的。我们之所以要引述他们的看法,只不过要说明,"海外华文文学"这个命名所指涉的对象,其实是由不同的多种声音协调而成,既有历史的痕迹,又有政治的冲击,既有肉身的流徙,也有心灵的漂泊,在不同的时间与空间,汉字以层层叠叠的意象,记录了相似或相异的渴盼与挣扎。当我们面对"区域"与"语言"这两种似乎定量化的科学标准,一旦依附于具体的个人或具体的时空,会以千百种姿态变幻莫测。

台湾地区、美国的一些华人作家、学者之所以对"海外华文文学"乃至"台湾文学"这样的概念有所疑虑,原因在于林耀德所言的:"80年代以前,台湾现代诗和中国现代诗在台湾文学界的言谈中是一对同义词。另一方面,当大陆评论界将所有在台湾成长的作家规范为特定的'台港澳暨海外华文文学'范畴之中,成为边陲化的课目;……五六十年代崛起的外省裔台湾诗人可能在世纪末面临的两岸的'主流'中同时缺席的窘境。"③确实,像白先勇、欧阳子、叶维廉、郑愁予、杨牧、陈若

---

① 木令耆编《海外华人作家散文选·前记》,香港三联书店1983年版。
② 木令耆编《海外华人作家散文选·前记》,香港三联书店1983年版。
③ 林耀德:《论洛夫〈杜甫草堂〉中"时间"与"空间"》,载《创世纪》1995年春季号。

曦等，他们或从大陆或从香港漂泊到美国，他们的文学历程从台湾开始，参与了在台湾的中国文学发展史，有的还写下重要的篇章，如叶维廉从20世纪50年代至今一直以他卓越的诗论与隽永的诗作参与了现代诗的成长。对于这样的作家，尽管他们已经成为美籍华人，定居在美国，"海外华文文学"的命名不但不能展示他们全部的意义，反而会遮蔽许多意义；在此，"海外华文文学"的命名有它的局限性，必须与"中国文学""台湾文学"这两个命名协商性地共存，才能说明上述作家的真正风貌。当然，这在操作中会遇到这样的困难，同一个作者被肢解得支离破碎，他在海外写作的作品被纳入"海外华文文学"，而在台湾或大陆的写作被纳入"台湾文学"或"中国文学"。任何一个作家都是一个整体，都有他之所以为他的基本心理架构，无论怎样变化，基调仍会存在、延续，如果为了"科学"而将他割裂，恐怕只会抹杀他的创作真相。事实上，在目前一些台港澳暨海外华文文学及中国当代文学著作中，相当一些作家交叉出现在不同的"命名"中，如上面提到的叶维廉，既在《台湾新诗发展史》①中占了一定的篇幅，也在《海外华文文学概观》②中拥有一席之地，又在《中国当代新诗史》③《中国当代十大诗人选集》④中赫然具名。叶维廉就是叶维廉，是同一个人，却浮移在不同的"命名"之中，这对于文学史或对于他个人的创作而言，到底意味着什么？在这种情况下，我们不能不质疑命名的目的是为了什么？

如果我们坚持将"海外"与"汉语"作为严格的标准，那么，我们还会遇到另一类的"海外华文文学"。近代中国文学中的黄遵宪、梁启超、康有为等到现代中国文学中的胡适、鲁迅、郭沫若、郁达夫、老舍、徐志摩、戴望舒、艾青、萧红等重要作家，都曾在海外留下大量的、优秀的创作作品，有些甚至为文学史上的开拓之作，如郭沫若《女神》中的多数作品。我们是否应将这些作品归入"海外华文文学"呢⑤？要是果真如此，一部近现代中国文学史可能会出现1/4的空白。一位作家的"海外生活"固然会影响到他创作的选材、视角，然而，只是因为他在海外

---

① 古继堂：《台湾新诗发展史》，人民文学出版社1989年版。
② 赖伯疆：《海外华文文学概观》，花城出版社1991年版。
③ 洪子诚、刘登翰：《中国当代新诗史》，人民文学出版社1993年版。
④ 张默、张汉良等主编：《中国当代十大诗人选集》，台湾源成出版社1979年版。
⑤ 事实上花城出版社正在编辑的尚未出版的《海外华文文学大系》即收入了这些作品。

用汉语写作过，即以"海外华文文学"的命名来规范他，恐怕值得商榷。涉及这个文学群体时，我们认为"海外华文文学"的命名有它的限度，不应肆无忌惮地滥用。张爱玲等重要的现代中国作家中年或晚年移居美国，因而成了海外作家，相当令人困惑，在此，被肢解的不仅是作家本人，也是一部完整的中国现代文学史。

总之，我们认为，"海外华文文学"的命名以"区域"与"语言"为最基本的界定，自有它合理的依据，但在实际的运作中，所面对的是流动的、富有情感与思想的作家个体或族群，是不同时空的复杂背景，因而，它应当谨慎地被协商性地、有限度地使用。

二

任何一种学术命名，不仅仅揭示某类特殊的现象以引起关注，更预示着方法论与学术视角的更新，或者暗示着某种被忽略的隐蔽关系以引起探讨。命名可能导致一门新学科的诞生，也可能只是带来一些崭新的学术问题而开拓原有学科的视野、思路。

如果我们接受"海外华文文学"的命名，那么，我们必须提出如下的质询：它所指涉的对象之特殊性何在呢？为什么要将它们独立地标示出来？这样的命名会引起何种学术研究的新路向呢？它对于原有的学科如中国现当代文学、文学理论等会造成怎样的冲击呢？而最终，它是否能作为一门学科存在呢，还是只能作为一种课题性的命名游走在其他学科之间？

该命名的语词组合透露了某种不寻常的关系。"海外"指地域上的本土以外，"华文"指的汉语，"文学"指的是人类表情达意的共通形式之一。民族的语言离开本土以文学的形式生长，这种事实隐含着政治、历史、种族、文化、经济之间的纠葛，也显现了该命名以"边缘性"的地位承担着重重叠叠的"关系"，诸如语言与生存、记忆与同化、漂流与国家、世界性与民族性、边缘与中心等等。简要说，该命名呈现了这样一种特殊的文学写作：在飘浮不定的异质环境中以汉语书写情志。此类写作被这样的一些事物包围：异域感、流亡、战争、不同的语言、陌生、幻觉般的回忆……这些事物令作家迷失，也可能会令作家意识到"人类的根是没有边界的，人类的心就在大地下面，就在世界之梯的底层跳动着"①。流动的分类法将此类写作纳入"边缘文化"之中，因为他们生存在两种乃至多种文化的空隙间。此类写作者也常常认可这样的归类，如一位至今仍在海外漂泊并持汉语写作的女作家说："如今我是什么？回到自己的家园，人家说你假洋鬼子；呆在外面又浑身不自在，既不是中国人，也不是外国人；不是华侨，不是自己；四不像?!"② 即使成为国籍意义上的"外国人"，又何尝能够一下子从身体到灵魂与"外国"融合？也许可用文学性的语言诉说：一旦远涉他乡，"家园"便永远地成为一种若隐若现的景象，在生活的颠簸中忽明忽暗的，永远不会有确定的形状与质地；他既不属于他正生存着的地方，也不属于他的故乡。在海外，无论以怎样的身份，却在满耳满眼异国语言文学的环境里固执地以遥远的汉字表达情怀，无论如何，这是内在的"怀乡"情结，同时也使自身置于两个"世界"的交相辉映之中，成为"边缘性"的存在。③ 换言之，"海外华文文学"的主旋律是由"流动性"形成的，而"流动"的原因总不外是战争、经济、政治等，不外是财富或和平的梦想，其或是逃避式的对于世外桃源的追寻，或者只是随波逐流式的偶然因素，可能是被迫的，也可能是自愿的。海外写作的心态之异于本土，几乎完全可从他们的"流动性"中找到原因。"流动性"包容了一系列关键的语词如放逐、怀乡、冲突等，成为海外作家笔下或评论家评论海外作家时常用的词汇。更为重要的是，"流动"的特殊状态，引申出一系列边缘性学术话题，对于某些传统的理论架构构成一定的挑战意味。

（1）文学与历史。尽管事实上早期以华工身份离开中国的海外华人几乎并没有留下什么文学作品④，但绝大多数的研究者在谈及海外华文文学的发展史时，都会提及"海外华人"的早期移民史。这是该命名中"海外""华"这些词、字引起的联想。或者说，海外华文文学的命名使华人的历史与文学构成了某种联系，乃至相互印证的关系。一方面是作为

---

① 埃莱娜·西克苏：《从无意识的场景到历史场景》，程锡麟等译，见《文学理论的未来》，中国社会科学出版社1993年版，第21页。
② 友友：《四不像》，见《人景·鬼话》，中央编译出版社1994年版，第6页。
③ 新加坡华文作家是例外，因为那里大多数人使用华语，而且华语文学已成为国家文学。
④ 在美国天使岛或在东南亚各地发现的早期华工"诗篇"更多地具有史料的价值，而非文学的价值。

"华文文学"创造者"海外华人"的历史,另一方面是华文文学中反映的一般海外华人的历史。就前者而言,海外华文文学基本由"知识者"的流亡、留学或移民而形成①,一部海外华文文学史可能是一部 19 世纪末至 20 世纪全部岁月的中国"知识者"的海外流动史;就后者而言,我们可能要重新审视黄遵宪的海外诗篇,据说他是最早使用"海外华人"这一名词的中国外交官②,他将"海外华人"这一群体的存在带进文学的视野,成为以文学表现海外华人生活的先驱。时至今日,华人的第二、第三代可能更多地以本地语言如英语创作寻根式的文学,而本人是第一代的华人仍偏于汉语写作,如张错的《黄金泪》,甚至也有本土——中国大陆的作家描写海外华人的作品,更甚而还有异乡作家如美国作家描写的海外华人的作品。海外华人的历史在这几种不同语言、不同身份的写作之中交错,形成文学的历史画面。在相互的比较中,我们也许更能把握到海外华文文学的某些表现功能及其独特角度、情意。

海外华文文学的命名,不仅将其自身历史及相关的华人海外"流动"史从历史的暗角推到前台,而且作为一种"中介物"、一种"旁观者",他们又为中国及所居住国的历史提供了另一类的诠释。海外华文文学的整体性存在,本身隐喻着一部 19 世纪以来的中国历史,从另一角度说明着一个文明古国的式微以及在外力激荡下的变迁。同时,他们身居异国书写中国的历史事件,必然与身居本土时的心情不同。对于居住国而言,他们是非主流性的居民,他们对于居住国已经发生或正在发生的"历史"采取的又必定是一种微妙的态度。

因而,海外华文文学的命名包含着四种历史的影像,一是海外华人史,二是海外华文文学史,三是居住国的历史,四是中国本土的历史。这四种历史以"海外华文文学"为纽结产生关系,对于海外华文文学本身有着重大的制约作用,而海外华文文学又从文学的观点补充一般通史的见解。由这样的具体例证,我们又可引申出文学与历史之间到底是怎样一种关系的提问,从而达臻某种文学理论的形成。

---

① 参见王赓武《"华侨"一词起源诠释》,见《东南亚与华人——王赓武教授论文选集》,中国友谊出版公司 1987 年版。

② 参见王赓武《"华侨"一词起源诠释》,见《东南亚与华人——王赓武教授论文选集》,中国友谊出版公司 1987 年版。

（2）文学与文化。一件物象，一种信仰，一个制度，当它们由一个部族或民族传播到其他部族或民族时，如果单从外部的媒介去观察，而不从内部的心态去体认，则文化的一切真相不会暴露出来。① 文学为心灵的写照，在文化学的领域，它常常充当生动的素材，去探测数字、历史事件、习俗背后的深邃世界。"海外华文文学"的命名显而易见地揭示了两种文化的冲突或交流，也就是周策纵所言的"双重传统"②。但问题在于：从"一战"前后开始，大多数东方国家都面临着双重传统的处境，一方面是西方文明的冲击，另一方面则是本民族传统文化的瓦解危机，如何在调适中寻找到新的生机，这是中国本土当代文化的重要命题。所以，仅仅指出海外华文文学产生了"双重传统"是不够的，还要指出它与本土处境的差异。在我们看来，这种差异也许表现在：由于海外华文作家处于活生生的异域，因而他们所负载的中华民族传统文化的许多素质可能会变成精神上的"家园"；而在本土，出于变革的要求，异域的文化因子常常作为革命的思想被广大的知识分子接受，并借以抨击传统文化的许多质素。海外作家、学者与本土学者、作家对于"传统"的感受显然不同，因而他们采取的立论也往往相异。

此外，由于海外华文文学的"中介性"位置，我们可以通过它更清晰地看到本土的文化传统被置于异域环境时所发生的种种形象。一些中国传统文化的基本观念以怎样的方式在域外延续，它们对于"华人"生活造成了怎样的影响？尤其是在异国人眼中，华人社区的文化到底是怎样的一种状况？另外，海外华文作家的文化活动如中外文学作品的互译，在中外文化的交流中也起到了很大的作用，他们本身也是活的文化标本，外国人从他们身上了解感知中国文化的气息。

世界各国的华文文学，虽然都出自同一源体，具有炎黄文化的基因，彼此有文化上的血缘关系，但是它们已经分别与各个国家的本土文化相融合，各自成为所在国文化的组成部分。用文化的眼光对世界各国华文文学进行考察，探索它们同中有异、异中有同的文化意蕴，对于了解华文文学

---

① 参见王赓武《"华侨"一词起源诠释》，见《东南亚与华人——王赓武教授论文选集》，姚楠编译，中国友谊出版公司1987年版，第180页。
② 王润华：《从中国文学传统到海外本土文学传统——论世界华文文学的形成》，见《台湾香港澳门暨海外华文文学论文选》，海峡文艺出版社1993年版，第15页。

的传播及其融入主流社会之后所产生的变化，认识和把握世界华文文学的总体状况，不同民族文化的互相交融、借鉴、转化、认同的规律，都会有所促进。

海外华文文学为中外文化的比较研究，为文化交流、冲突模式的研究，提供了新的素材与路向。

（3）文学与语言。在某一个时刻，对于丧失了一切的人来说——而且无论这意味着丧失一种存在还是一个国家——语言就变成了国家。人进入了词语的国度。当一个人"流动"至异域，他能够与他的过去不断相遇之途径，唯有他的语言。对中国人来说，即是汉语。"汉语"中积淀了中华民族的集体意识，无形地塑造着中华民族的思维与生活方式。当一个人在海外使用汉语写作，他相遇的不只是他个人的"过去"，同时也是一个种族的过去。因而，在海外的汉语写作别具一种本土作家难以体会的意义。海外的汉语写作也推动我们更深地认识汉语的文学表现功能，以及如何表述异质文化圈中的形形色色，等等。而海外的汉语写作者因为在一个陌生的情景中，可能会比国内的写作者更热衷于对汉语本身的体悟、沉思，也就是说，有更多的语言自觉。因为他们的写作，面对的是一个很少或完全没有读者（不懂汉语）的空间，他们在静默与孤寂中自己倾听自己的汉语之声。这样，他们对于汉语有着一种血肉的关切，一种不得不的专注。当然，从总体而言，真正具有语言自觉的海外作家并不多，至于思考如何以汉语写作参与世界当代文学的意识，更是罕见。本来，他们在海外，应更容易思考并实践这样的问题：为什么在本土或海外，当代汉语写作界都未能产生"世界性"的作家？如果是汉语的局限，它的局限又在哪里？如果汉语本身并无局限，那么它的尚未敞开的魅力又该怎样发掘、拓展？也许，由于谋生的艰难，许多海外作家只是不自觉地"情之所至"，下意识地运用汉语写作。然而，海外华文文学的命名者却应思索上述问题，这种思索也许有助于汉语与文学关系的进一步研讨。

（4）文学与文学性。不管从文化的角度，还是从语言的角度，最终都不是要抹杀"海外华文文学"的文学性，而是要从不同角度来说明它的"文学"性。"海外华文文学"的命名最根本的也只不过是要告知一种特殊的文学现象与族群。因而，站在文学的立场，这个命名提出的基本问题是：海外的生存经验如何被转化成一种"诗学"，从而造就成一种独特的文学范式？在这里，牵涉文学与社会的关系、文学与个人际遇的关系等等。迄今为止，我们使用的一些套语远远不能够刻画海外华文文学的美学品格。也许，必须找寻新的语汇，新的诠释策略，才有可能描述这样一种命名对于"文学"本身会造成怎样的震动，如对于中国现当代文学、比较文学等，是否会丰富它们的研究题材、视角等，从而引出一个至为关键的问题："女性文学"与"黑人文学"的命名导致了"女权主义文学理论"与"黑人文学理论"的产生，形成了"革命性"的文学思想，"海外华文文学"的命名是否有可能带来一种新的文学理论或新的批评模式？

上述四个方面的分析，揭示了"海外华文文学"这个命名在学术或批评领域显在的或潜在的意义所在。再回到本段开头的问题：它能否作为一门学科？一门学科的诞生需要它自己的哲学基础，换言之，一门学科之所以被称为"学科"，不单单其外在的如被开课、被研讨之类，而是指它包含着人类认识世界的一种独特方式，是人类与世界发生联系的一种独特途径。除此之外，它还应包含许多规律性的、别的学科无法涵盖的东西。就目前的成果而言，"海外华文文学"是否已成为一门学科，还有待于进一步地拓展，因为现在的许多著作还停留在现象的"罗列"之上，给人印象是从"中国当代文学"、国别的"华文文学"中抽出一些作家，加上生平资料，组合而成。而对于一门学科而言，即使对于一般的学术研究而言，重要的是"解释"。如果不能透过现象作出深刻的"解释"，又谈何学术或学科。那么，换一种问法，海外华文文学本身是否具备被"解释"的广阔空间，从而成为一门"学科"呢？我们的回答是有这样的可能性，但在现在，它更多的恐怕只是一种课题性的研究，在当代文学批评、比较文学、中国现代文学史乃至所居住国的文学批评及文学史，还有历史学、文化学中寻找到用武之地。

三

从中国当代文学到台港澳文学、海外华文文学，整个"汉语文学的写作"全部进入了当代文学研究、评论的视野；而且，这样一些命名客观上促成了像"世界华文文学""中华文学""汉语文学"之类的命名，使学者、作家把立足点定在"汉语"之上，或者，回到汉语本身。在20世纪即将结束的时刻，海内外的华人写作者终于能够超越民族、国家等等的制约，以一种博大的心态来从事写作，而文学研究者一旦将汉语写作视作一个整体，必然会有助于"汉语诗学"的丰富创新。

在研究与创作界，近年来的许多会议都以"中华文学"或"华文诗"标榜①，表现出整合的要求。王润华更是明确提出："世界华文文学的大同世界，也该要建设起来了。"②梁锡华则预言："中国，无论如何，讲历史、讲传统、讲民族气质，讲汉字在文学创作上的优势和成就，可以自诩文学上邦而无愧。就说散文罢，它在欧美地区少见踪迹已有好几十年，但在中国人中间，今天仍然活得清健。不妨乐观地说，中华文学受社会一时的商风狂刮痛袭之后，再经数十年，最迟不会超过100年，应能唱出凤凰再生的欢歌。凡钟情文学、系怀文化，并关心精神健康，乐于看社会发展平衡的炎黄子孙，对于中华文学的美好将来，馨香祝祷，不但待之，更该成之。"③而杨炼、高行健以"漂泊使我们获得了什么？"为名的对话，表明了与相当多的"海外作家"，尤其是与东南亚的华文作家或60年代前后的美华作家很不相同的写作取向。杨炼提到："而我说的语言的吸收、凝聚、扩展，过去是由'母'这个概念，就是祖国、社会家庭等等大的群体来完成的，那么现在，首先从意识上，应当由作家个人来完成。而如果这个作家又偏巧住在海外，这是不是一个契机——从内到外、从精神到现实恰恰获得了这样一个处境：'母语'仅仅依靠你自己继续发展，而你亦借助于这一点，脱出'母语'（母体）的束缚达到个人而对语言的至境？"④高行健则以为"当其他的外加因素都不在时，你只面对你的语言。……一个作家只对他的语言负责……我的中国意识在哪儿呢？就在我自己身上。这就是对汉语、汉语的背景、中国文化的态度——它自然就在于你身上。"⑤这些关于"汉语文学"的思考也许预示着一个"汉语文学"新时代的到来。

---

① 例如，黄维樑编辑1994年"两岸暨港澳文学交流研讨会论文集"时即以《中华文学的现在与未来》命名；而"国际华文诗会"也已在广东召开两届。

② 王润华：《从中国文学传统到海外本土文学传统——论世界华文文学的形成》，见《台湾香港澳门暨海外华文文学论文选》，海峡文艺出版社1993年版，第13页。

③ 梁锡华：《看古镜——中华文学的前途》，见《中华文学的现在和未来》，见炉峰学会1994年版。

④ 《杨炼·高行健对话录：漂泊使我们获得了什么？》，见《人景·鬼话》，中央编译出版社1994年版。

⑤ 《杨炼·高行健对话录：漂泊使我们获得了什么？》，见《人景·鬼话》，中央编译出版社1994年版。

综观当今世界,已有11亿以上的人使用华语。许多国家和地区的华族公民数量日增,华文文学创作既是各国、各地文化事业构成部分之一,还共同汇集成世界华文文学的庞大体系。作为世界文化艺术宝库中必不可少的组成部分,世界华文文学已自成体系,与英语文学、法语文学、西班牙语文学、阿拉伯语文学一样,正赢得海内外越来越多的读者与学者的关注和重视。华文文学交流的范围,早已超越国界,要把华文文学研究扩大开去,很需要建立一种更为博大的世界性文学观念,即从世界文学的格局来审视、研究各国、各地的华文文学。正是在这样的背景下,"海外华文文学"的命名被赋予了强烈的学术生机。

(原载《文学评论》1996年第1期,与费勇合作)

海外华文文学与文化认同

一

刘绍铭曾在一篇随笔中感叹法国贵族格雷蒙伯爵可以心无顾忌地归化美国，并且还著书大肆张扬，不以为耻，而美籍华人却无法做到如此，因为有着文化上的"心魔"，害怕数典忘祖。① 政治上，可以认同居住国，可以加入居住国国籍，成为美国人或日本人，甚至在价值观念上，也可以认同居住国文化中的相当一些成分，如美国精神中的民主自由法制理念。然而，在深层文化心理层面，总还会有唐宗宋祖的记忆，还会执着于"华族"的族群意识，小的方面如春节、中秋等文化习俗的被延续，大的方面如儒家思想乃至"文化中国"理想的宣扬、追索。总之，外在的认同较为容易，而内在的认同却非常困难，"麦当奴归麦当奴，文化归文化"②。恰如钱穆所言："文化可以产生出文明来，文明却不一定能产出文化来。由欧美近代的科学精神，而产生出种种新机械工业。但欧美以外的人，采用此项新机械工业的，并非能与欧美人同具此项科学精神。"③ 所以，国籍意义上的"美国人"与文化意义上的"美国人"可能不完全统一，甚至分裂。

在事实上，对于移民而言，一般都希望能够融入居住国的主流社会，而对于居住国而言，一般也希望能够将移民同化，成为自身机体的一部分。但是，融合与同化，常常论于一种理论神话，一旦落实于具体的人事或时空，就显现出希望与现实之间的鸿沟，有时甚至是宿命的、难以逾越的鸿沟。在一个多民族的移民国家里，同一空间分布着无形的文化边界，割裂成许多个边缘性族群，既不属于渺茫的故国，也与所生存的环境有着

---

① 参见刘绍铭《认同与执着》，见《遣愚衷》，三联书店香港分店1987年版，第27页。
② 刘绍铭：《认同与执着》，见《遣愚衷》，三联书店香港分店1987年版，第27页。
③ 钱穆：《中国文化史导论》，商务印书馆1994年版，第1页。

或强或弱的隔阂。"在美国出生的第三、第四代华裔,虽然,他们基本上属于'西化'了的一代,但'黄皮肤'使他们不能称心如意地'融入'美国社会……在美国人眼中,他们毕竟是 Chinese。"① 一些亚裔美国人说:"不管他受的同化有多深,因为他们的语调、文化和肤色的异己因素使他们绝不会被认为是真正的美国人。"② 而有些国家,如印度尼西亚、越南等,都曾以政府干预的形式遏制华人族群意识的发展,企图将华人完全同化为本国人,采取了诸如禁止华文教育、限制华人习俗等手段;但一旦条件许可,被压抑了的族群意识又会冲破沉默,发出自己的声音,就像 1995 年出版的一本印尼华文文学选集的题目所暗示的:即使是广大的沙漠,却仍会有绿洲的潜流在生生不息。③ 越南的华文文学,在中越战争期间,似乎也仍在静默地开花结果。④

移民对于本民族文化的认同,实际上只不过是一种生存意志的体现,是在异质环境里消泯陌生感、不安全感从而构建心灵家园的努力。在较低层面上,族群的标志唤起温暖的归宿感,并且具有互助的凝聚力;在较高的层面,可能是文化理想的诉求。相比较而言,在世界各民族中,华人与犹太人由于拥有几千年的文化遗产,似乎更多地被赋予某种文化自豪感,以及不懈地保存、弘扬族群文化的热情与使命意识。在异乡漂泊中,不论如何艰辛,仍奋力延续一种文化的理想,一种独特的生命形态,一种悠久的生存样式。杜维明在《文化中国:以外缘为中心》一文中,精辟地描述了在中国大陆以外的华人如何以经济的、科技的成就,以及独特的人文关怀塑造了一幅意义深远的"文化中国"图景。⑤

但是,假如我们认定海外华人的文化认同只是聚焦于本民族文化,且将民族文化理解为一种静态的模式,那么就可能将一个复杂的动态过程过于简单化了。华人远涉海外,首要的需求是生存,因而他首要的问题是如何学会居住国的"游戏规则",以便支撑起自身的存在地位;其次他才可能考虑到既学到了居住国的文化精神,又不把自己的族群文化精髓丢弃。不解决第一个问题,华人便无以为生,不解决第二个问题,作为"华人"

---

① 载加拿大《大汉公报》1989 年 11 月 15 日。
② 载美国《时代周刊》1990 年 3 月 5 日,第 45 页。
③ 参见晓彤、冯世才等著《沙漠上的绿洲》,新加坡岛屿文化社 1995 年版。
④ 参见陶里《越南华文文学的发展、扩散及现状》,载《华文文学》1995 年第 2 期。
⑤ 参见杜维明《文化中国:以外缘为中心》,载《文化与传播》第 3 期。

的文化意义将完全消失。较为流行的解决方法是采取的折中途径,"移居海外的移民融入居住国,是极其必要的,但融入有异于同化,因此不必为此舍弃本身的文化传统"①。美国华人也不希望他们的"孩子们永远失去华人的文化与历史,因为当他们在镜子中看到自己时,他们就会知道他们与白种人是不同的。如果他们为自己的种族背景感到骄傲,他们将找到自己的本来面目以提高他们的自尊心"②。因此,海外华人与民族文化之间的关系,除了天然的血缘或理想诉求外,还有生存策略的因素在起着更为重要的作用。对研究者而言,与其将注意力过分地置于海外华人对于文化传统的保留之上,倒不如更多地探究海外华人在应对异质环境时,如何创造性地运用文化传统所蕴含的智慧去化解、协调、平衡各种冲突、危机等等,并且在此过程中,形成了一种植根于海外生活经验之上的"华人文化",它与中华传统文化之间恐怕并不能简单地画上等号。

另外,当我们论及海外华人的文化认同时,还必须考虑到以下背景:第一,近代以来中西文化的相遇造成中国文化的认同危机,从五四运动到80年代,中国本土的知识分子曾深深地陷于"全盘否定传统"的迷思,在"中西"之间徘徊挣扎、寻找出路;第二,"二战"以来世界性的现代与传统之间的紧张以及西方思想对于西方文化传统的革命性反思,使得现代人普遍洋溢着一种无"根"的惘然,一种抉择的疑惑、焦虑。也就是说,在本世纪的大部分岁月里,所谓的"中国文化"或"西方文化"都处于支离破碎的瓦解状态,迅速变幻的科技、商业已将他们逐出日常生活的场景,成为一种缅怀中的意象。文化认同的混乱、危机,是我们这个时代的基本主题。海外华人(也包括其他民族的移民)在边缘化的逼迫中,可能更深切地,或者说,从另外的角度感受着、回应着这个基本主题,从而寻求自我的价值、形质,确立起赖以生存的信念系统。

在这样的文化认同过程中,文学无疑扮演了重要的角色,有时,甚至是华族文化的重要标志、象征,无论在什么地方,只要我们能读到华文作品,就能感觉到华人的存在、华族文化的存在。许多海外作家将写作与族群文化的绵延相提并论。例如,陈松沾认为:"华文,就像世界其他优越的语言文字一样,是人类精神文化的结晶,作为华族的民族特定文化形

---

① 陈烈甫:《菲律宾的民族文化与华侨同化问题》,台北中正书局1970年版,第71页。
② 朱蒂·杨:《美国华人妇女》,华盛顿1987年版,第108页。

式，它代表着华族的魂灵所在，其存亡与否关系华族文化的生存和延续，因此它的生存和发展的权利是不容被剥夺的，对它的切割势必遭遇到强烈的反对。"① 司马攻则认为："中华文化有数千年的历史，占尽了传统的优势。泰国有众多华人、华裔，他们对中华文化有浓厚的感情和根性，这又是另一方面的优势。因此，中华文化在泰国的承传和衍生，而至成为一个独立的华文文学，这是理所当然的。"② 巴西的南美洲华文作家协会之所以发起、成立，缘由之一就是参与者以"发扬中华文化确有其必要"，而"中华文学就是中华文化的灵魂"③。诸如此类，不胜枚举。但是，我们必须看到，文学产生的文化亲和力有其一定的限度，如果不适当地加以夸大、渲染，就可能造成错觉，以为凡是用汉语写作的人都必定认同中华文化传统，以广义的汉语传播功能代替遮掩了写作本身多姿的个性色彩。并不是所有的华文作家都必然地承担弘扬民族文化的使命或责任，有些作家可能倾向于一种纯然的"文学的态度"。比如，郑愁予就说过"诗就是个人的态度……是自主的艺术""应该有一种使命感，但这种使命感并不是政治上的，而是艺术上的"④。另有一些作家则可能完全倾向西化的立场等等。汉字本身的文化意蕴与它所传达的认同取向之间，或和谐，或分裂，相当耐人寻味。文学以其特有的表达方式，为一群特殊的人群、一个特殊的历史时刻，留存下细微、深邃的心灵感触，使我们得以在冷冰冰的历史素材之外，还能从一种带着暖意的字里行间，感触到文化认同对于一个人，一个生活在家园以外的人，意味着什么。

二

确实，"华人移居海外，常会由于生活在从语言到文化习俗、风土人情全然陌生的社会而强烈地思乡，又由于受歧视不为该社会完全接受而牢牢固守故国的传统，并生怕出生在外国的子女与该国文化传统认同而与自己产生隔阂，便特别迫切地向子女传授故国的文化与习俗，希望子女能接

---

① 陈松沾：《简论东南亚华文文学的前途》，见《东南亚华文文学》，新加坡歌德学院与新加坡作家协会1989年编印。
② 司马攻：《泰华文学漫谈》，八音出版社1994年版，第35页。
③ 苏平三：《巴西华文文学今昔谈》，载《南美文艺》1992年第2期。
④ 彦火：《海外作家掠影》，香港三联1984年版，第82、83页。

受自己的价值观念"①。占相当比例的海外华文作品反映了这种心态，反映出多数华文作家（尤其是20世纪80年代以前的）面对两个世界的撞击时，常常情感上认同"中华文化"，这不仅仅是一种文化的选择，更是在险恶、孤绝的异乡立身安命的人生取向，是作为"异类"见斥于主流社会而生起的自我防卫本能。

有一类海外华文文学作品可以说是本能的"中华文化"的颂歌，表现出强烈的"生为中国人"的自豪感以及认同诉求。"龙的传人""炎黄子孙"之类的语汇构成了一个血脉相连、亲如兄弟、历史悠久、光辉灿烂的族群神话，代表了一种最普遍但又最本原的族群认同，常常出现在一些诗歌作品中，如"两千岁的巨龙啊／你吞吐渤海湾的波涛／呼吸东西大平原的五谷花香／背负北国的滚滚寒流／胸怀震动着黄河长江的脉搏"② 等等。这类建立在情感基础上的文化诉求，往往促使作家更深刻地感受到，在一个异质文化环境中，自身的生存样式、价值观念处于被湮灭的恐惧或忧虑，因而形成了海外华文文学叙事作品中常见的冲突模式；一方渴望着绵延，另一方则是无情的断裂；一方是记忆中的过去，另一方则是正在变化着的现实。有意思的是，这类冲突模式总是通过代沟的形式或习俗力量如商品化、殖民主义心态与传统文化理念之间的紧张、对峙来加以表现。父母或祖父母的形象仿佛总是代表着"美好的过去"，总是试图将一些文化的表征物延续下去，而儿孙一辈总似乎缺乏历史的负荷，易于接受生存环境所赋予的一切。如果细加区分，这类冲突模式的作品还可分为两类。

一是召唤式的。充满着悲怆的忧患情怀，极度渲染民族文化所面临的危机，又极度抒发对于民族文化复兴的向往与呼唤。一位泰华诗人就这样吟唱：

祖先曾告诉我们，
在数百年来，在任何恶劣的环境下，
在任何残酷的岁月中，
我们都千方百计，甚至用血、用生命去保护，
我们民族生存的火种！

---

① 王家湘：《漫谈海外华人作家诗选》，载《中国比较文学》1983年第1期。
② 李黎：《大地之歌》，见《海外华人作家诗选》，香港三联社1983年版。

抢救吧，炎黄的子孙们，抢救吧，每一个龙的传人！
用我们所有的一切，
用我们所有的一切，
用我们赤膊的身躯，
层叠围成一堵密不透风的墙盖，
去挡住狂风暴雨，不让火种熄灭！①

赵淑侠的长篇小说《我们的歌》则是典型的此种类型的叙事文本。小说描写了急剧西化的时代，在欧洲的中国人努力着要打进西方人的圈子，而本土的中国人则竭尽全力要跨出国门，没有什么目的，只是要出去，要拿绿卡，要变成德国人或美国人。在这样的氛围里，一个逆潮流而行的音乐家——江啸风深感中国人在文化上的殖民心态造成了一个民族的集体"失语"——失去了自己的声音；于是，他摆脱了物质诱惑，而一心创作"我们的歌"——中国人的歌。最终还放弃了人人羡慕的居留国外的机会，回到国内，在乡间从事音乐教育，希望培育下一代的中国意识。这个人物无疑带有浓郁的象征色彩，反映出在强势的西方文化压迫下中国人内心的郁结以及对丧失自我标志的焦虑。江啸风的结局是死于非命，为小说的慷慨激昂涂抹了一层挥之不去的黯淡与绝望。

二是感伤式的。民族文化中的许多东西在异乡注定要被遗忘、被丢弃，一种无奈的哀感，洋溢其间，仿佛挽歌似的，回首凝眸来时的路。但时空在变移，生存的方式也会随之变移。文化的遗迹，只是心头偶尔升起的明月。庄因的《夜奔》颇能代表这类情绪。小说撷取了贾博古教授生活中的一个小小片断：课堂上与美国学生的争执，为了一句中国古诗的意义；归家路上风吹过而想起少年时代三峡船头的情景；回到家后与儿子间的认同冲突；朋友来访带来了另一位朋友的婚变消息，一个中国男人与一个美国女人怎么都合不下来；篇末是两位中年人对酒当歌，唱《林冲夜奔》。

这种以二元冲突为框架的对民族文化的情感性认同，冲突程序的强弱因时因地有所不同。大致而言，东南亚地区本身即为泛中华文化的辐射区，受中华文化影响深远；而且在某种程度上，中国华文相对于当地的土

---

① 林野：《抢救》，见《泰华文学》，香港汇信出版社1991年版。

著文化,是一种强势文化,因而,在东南亚华文文学中,表现对民族文化情感性认同的作品,大抵以喜剧收场。例如,菲律宾小华的小说《龙子》与美国庄因的《夜奔》有着一定的相似性,也是写一个异乡的中年父母那种落寞的情怀,但《龙子》的结尾,以儿子对父亲的理解,并按父亲的教诲生活而收场,与《夜奔》形成鲜明的对照。实际上,中华文化在东南亚地区受到的挑战,不是来自当地文化,而是更多地来自全球性的"商业化"潮流。在欧美,华人所面对的乃是强势的西方文化,是鸦片战争以来不断征服着全球的"西方文化",因而,所感到的挫折感自然更强烈。

  进一步的问题是:对民族文化的情感认同到底包含哪些内涵?或者说,哪些东西引发了作者的情感认同?几乎所有地区的华文文学中,基本的情感认同都指向"华文",即希望"华文"能够延续、被接受。《龙子》与《夜奔》中的冲突是典型的,父亲希望儿子讲中文,儿子却不以为然,父亲的看法是"中国人永远说中国话",而儿子却以为既然已归化了外国,就该说"外国话"。表面看这仅是口语的选择问题,但在"父亲"的深层意识中,"中国话"可能代表着"中国",代表自己的精神寄托。华文作品本身即是对"华文"的认同。因而,作为一种语言实践的华文,对于海外的华人,或者对于海外的华文作家,具有一种怎样的文化意义,仍是一个值得深入探讨的问题。除此之外,情感认同的内涵还包含家庭观念、两性规则等等,在东南亚华文文学中,我们还能读到大量浸染于中国民间道德意识的作品,如贫富分野的伦理化描写,将富裕与道德败坏相联,而贫穷总是伴随着义气、刚直、同情等等。而在美国华文文学作品中,我们则能体味到儒家哲学的影响,比如忧国忧民的知识分子情怀,乃至因此而萌生的自我责备:为什么不回去?"既然老说中国,就干脆回去算了,为什么不回去?"①

  情感认同试图在异质环境里仍保持作为一个中国人所应具有的意义,但作为一个中国人,到底意味着什么?说中文、尊敬长辈、会功夫、过春节,诸如此类,是否意味着一个中国人的意义?仍有很大的讨论空间。而且,情感认同有时流露出来的过分的民族自豪感,乃至种族主义倾向,都是值得检讨的。

---

  ① 李黎编:《海外华人作家小说选》,香港三联书店1983年版,第322页。

三

另外还存在着一种理智型的认同，不像上述的情感型认同，以冲突的方式看待"中外"二元结构，而是以对话的方式看待"中外"二元结构，对话表明了作者的立场是敞开的、宽容的、中性的。至少，在主观意识上，作者力求做到客观，避免狭隘的民族主义情绪，将中华文化与外族文化（主要为西方文化）置于平等的位置，进行比照，从而选择那些合乎人性的、合乎历史发展要求的因素。这种理智型的文化认同，造就了两类海外华文文学作品。

一是自我批评、反省式的。国民性批判是鲁迅创立的现代中国文学传统。在海外，在与外民族的直接比较中，更能显现中国人的独特之处，当然也就更能感受中国人性格中的某些缺陷。於梨华的《考验》探讨了中国人传统的为人处世方式是否适用于竞争激烈的美国社会，其意向是明白的，那就是为了适应现代社会，中国人必须改变自己的观念，改变自己的生活方式，而黄娟的《刘宏一》则对中国人性格中圆滑、谄媚、势利的一面作了深刻的解剖。还有许多作品则描写了华人之间的内斗，感叹华人不如犹太人团结合作。然而，这类批判性的作品，其深度并没有超过鲁迅的观察。海外经验并没有为作家提供一个更高的制点，来重新审视国民性问题，抑或是作家本身缺乏利用更高制点来重新审视国民性问题，抑或是作家本身缺乏利用更高制点的质素。

二是寻求沟通式的。这类作品是理想主义式的，是以人性善、人性相通为前提的。例如，聂华苓的《千山外，水长流》，表达的正是两种文化、两代人之间的相互沟通，从而达臻理解与共存。通过两种文化的比照，达到融合的境界。

理智型的文化认同所要解决的乃是：如何在海外成为一个更好的中国人？他们认为文化传统是可以进行改造的，是向着更完善的方向发展的。但是，到底哪些因素是应当被扬弃的，哪些因素应当被保留，不同的作家可能会有完全不同的理解。

还有少数作家对民族文化的认同完全是属于审美层面上的。他们只是认同一种"中国式"的美感经验，并企图以它来整合异质的现实。例如，叶维廉、杨牧、郑愁予的某些诗作。现实层面的痛楚、剥离，被诗人提炼成一个个隽永而意味深长的意象，其间折射出中国人的深层记忆：关于生命、关于美。就文学而言，审美型的认同是最有价值的，它其实是积淀了前面两类认同心理而升化成的，它要承传的不仅仅是我们文化的精髓，更是我们心灵深处的美学神韵。

总起来看，情感型、理智型、审美型三种文化认同虽然取向不同，但底子里都有深刻的"中华情意结"，都以一种二元结构观察自身及自身以外的世界，更确切地说，是以一个"华人"的眼光去思考、审视存在的一切的。

四

当一个作家真正超越民族的视阈，他们认同的可能只是各种世界性的文化意识。对于客观存在的歧视、冷漠与压制，要做到超越是相当困难的。只有在20世纪90年代，随着世界各国"种族歧视"政策的日益消失，加上国际交流的日益频繁，新一代的华文作家虽然背景不一，有的来自大陆，刻有"革命文化"的烙印，有的来自中国台湾、东南亚，带有转型社会的痕迹等等，但在文化认同上，却大多能采取多元化的立场，甚少"民族文化"情意结。

当然，这种超越型的认同取向，我们可以追溯到60年代的马森。他的作品预示了一个新的时代，一种具有崭新品质的人物，在这一个时代，在这一种人物身上，历史感、狭隘的民族意识正在渐渐消失。例如，在《孤绝》这本短篇小说集中，那些人物常常没有名姓，不知道来自何处，又不知道要往哪儿去。他们是否是中国人并不重要，重要的只是，他们是生活在现代的人，思考着：我是谁？人是什么？《夜游》中汪佩琳产生根本怀疑的，不仅仅是她父母的中国式的人生取向，同时也是她丈夫詹教授所代表的西方理性主义精神。汪佩琳这个人物使我们感到：60年代以来，西方与东方面临着共同的问题。那就是，个人如何在传统的价值体系分崩离析之后重新负起生活的责任，确立自我存在的意义。

对于90年代的作家来说，传统不再是经验性的东西，而是不断地被塑造着"形象"，它的真相如何，永远无法考察。马来西亚钟怡雯的《可能的地图》写"我"根据祖父念念不忘的场景与氛围，去找寻祖父的"故土"，却难以考定哪一个村落是真正的"故土"。"属于祖父的，应当存在另一个不同的时空。那是我无法落足的所在。它可能存在，也许消失。"① 虹影的《岔路上消失的女人》写了一个白种男子的"东方梦"。他通过电影等传媒构筑了一个关于中国女人的图像，当遇到一个真正的中国女人时，他的关于东方、关于中国女人的一切想象都被摧毁，他却不顾一切地爱上那个中国女人，直至她神秘地消失。而王文华的《爱丽丝梦游仙境》则写了一个白种女人如何迷恋梦想中国的一切，她沉醉于中文、京剧等，而且不断梦见："在远方的一座寺庙，那是一座东方的寺庙，在中国，中国一个偏远的省份……庙的四面堆满奇异的佛像，大部分是生气的表情。没有人去整理那些佛像，上面都是灰尘……神坛上插着一支香，就快烧尽了……我梦见我是一个中国女孩，是那庙里的小尼姑，每天负责点燃神坛上的香……"②反讽的是小说中的中国人"我"却对中国一无所知，而且要别人记住"我是迈克张，我是美国人"。爱丽丝代表着一个"我"所完全不熟悉的领域。这些外国人所怀恋着的"中国情调"，已成为一般的中国人都可以理解的东西，似真似幻，在一个变幻多姿的时空，不得不浮游在梦想之中。

二元结构如中外、现代与传统等的痕迹，在这些作家的作品中十分淡薄，他们所呈现的是一个更广阔的人性地带，有点虚无，但却执着于存在真相的探究，执着于人生意义的探究。尽管这类超越性的作品本身还不尽完善，也尚未引起足够的重视（因为它们不符合读者、评论家对于海外华人文学的期待心理，一般的读者期望的是海外发迹史，而评论家总要找寻海外作品中的"中国色彩"），但它们却指示着一种更澄澈的文学空间，正是在这样的空间，人的心灵会摆脱一切观念的栈桥桎梏，达臻真正的自由状态，成为真正的自己，真正的人的自己。

（原载《国外文学》1997年第1期，与费勇合作）

---

① 钟怡雯：《可能的地图》，载《明报月刊》1996年第3期。
② 王文华：《爱丽丝梦游仙境》，载《台湾文学选刊》1996年第3期。

海外华文文学理论建设与方法论问题

我国学者对海外华文文学的研究，起始于20世纪的80年代，如果从1982年在暨南大学召开"台湾香港文学讨论会"算起，至今已有15年的历史。15年来，我们经历了海外华文文学的"命名"、对海外华文文学"空间"的界定、海外华文文学历史状态和区域性特色的探索、海外华文文学与中华文化关系探源，以及如何撰写海外华文文学史等重要问题的研讨，进而转入到学科本身发展中各种理论问题的追问，已经有了许多的成果，在国内学术界、文学界，海外华文文学这个领域已经有了相当的"知名度"和影响。但相对来说，如何在文学理论、文学史和文学批评上做出更多的成绩，使其在学科建设上有更大的发展，依然是摆在我们面前的不可推卸的历史任务。在这世纪之交，当人们纷纷在本学科领域作回顾与展望的时候，我们也应该回顾一下"自己"所走过的"路"，从历史中总结经验，联合世界范围的华文文学研究力量，彼此协调合作，在不同国家、地区人们的视野融合的基础上，寻求新的起点，创造新的未来。

当80年代初广东、福建两省学者首先关注台港文学并在内地倡导此项研究时，"不少人是在毫无准备的情况下被推进这一研究领域的"[①]。由于开始时资料缺乏，早期的开拓者都是从最原始的基本资料积累做起，而响应者则基本上是手头有什么资料就写什么，难免存在一些人所说的"瞎子摸象""失衡""误读"等现象。后来，随着改革开放政策的推行，中外文化、文学交流日多，兼之两岸直接交往的逐步实现和最初这批学者奠基性工作的扩展，研究者拥有较多的资料，能够比较自由地选择自己的研究对象，研究热潮迅速展开，研究范围不断扩大。继1982年、1984年在广东、福建召开的两届"台湾香港文学学术讨论会"之后，1986年第三届会议在深圳大学举行就更名为"台港与海外华文文学学术讨论会"，这一更名说明，大家已认识到"台港文学"与"海外华文文学"的差异

[①] 刘登翰：《在华文文学研究机构联席会议上发言》，见《华文文学研究机构联席会议论文集》。

性。1991年在广东中山市召开第五届会议,又更名为"台港澳暨海外华文文学国际学术研讨会"。至此,大陆以外的华文文学"空间"都被清晰地显现出来,并进入了研究的操作层面,成为这一学术领域的研究对象。在这之后召开的第六、第七、第八届研讨会,国内外与会作家、学者很多,每一届的研讨会都有新的学术成果。特别应该指出的是1993年在江西召开的第六届研讨会上,与会代表有感于世界范围内的"华文热"正在加温,华文文学活动已成为一种世界性的文学现象,华文文学同英语文学、法语文学、西班牙语文学、阿拉伯语文学一样,在世界上形成一个体系,正赢得海内外越来越多的读者和文化人的注意和重视。经过充分酝酿,发起并成立了"中国世界华文文学学会筹委会"。"筹委会"的成立,意味着一种新的学术观念的出现,即:要建立华文文学的整体观。也就是说,要从人类文化、世界文化的基点和总体背景上来考察中华文化与华文文学,无论是从事海外华文文学研究,还是从事本土华文文学研究,都应该有华文文学的整体观念。因为世界华文文学发展到今天,已到了一个新的阶段,很应该加强这一"世界"的内部凝聚力,"把世界华文文学作为一个有机的整体来推动"①。只有这样,才能联合世界范围华文文学的研究力量,进行华文文学的整合研究和分析研究,更好地"发扬东方群体主义的宝贵内核",重建新时代的华文文学。

在过去15年的时间里,我们对海外华文文学的介绍和研究,做了大量的工作,这集中体现在已经发表和出版的许多论文和专著上。但是比之一些历史较久的传统学科,这一领域还很新,对研究对象的整体认识和把握还有若干局限,在研究上要踏上新一级台阶,困难仍然不少,必须在多方面努力,当中最重要的是应拓展和深化学科内部的理论研究,还要引进新的研究方法,重视方法论的改革和更新。

记得1993年6月暨南大学中文系和香港岭南学院现代文学研究中心在广州暨南大学举办"华文文学研究机构联席会议"时,就有学者提出"建立学科观念问题",并且认为"把这一领域的研究作为一个'学科'提出来,是研究者的一种自觉"。与此同时,也认为"如何加强学科建

---

① 刘以鬯:《1991年在香港世界华文文学研讨会上的讲话》,见《华文文学研究机构联席会议论文集》。

设,却还存在许多盲点"①。事实上"盲点"确实存在,如把台港澳文学与海外华文文学"混同一起"是否科学？又如这一领域作家流动性大,在研究中如何避免对他们"文学人生"的"肢解"？……此类问题,既涉及"学科"内涵的界定,也关系到文学史的撰写,同这些问题相联系,还有如何确定作家"文化身份"等理论问题。当然,海外华文文学作为华文文学整体中的一个分支"学科",它的基点是这个领域的文学在当代的发展。由于不同的人文生成环境,海外华文文学表现出与大陆本土华文文学不同的模式和轨迹,具有自己独特的进程和形态,因此,加强对其独特性的研究是十分重要的。

从我们现在发表和出版的许多论文和著作看,大体可以分为五类:一是作家论、作品论、作家传略、作家评传；二是"概论""导论""现状""概观""初探"；三是国别文论、文体论；四是论文集、辞书；五是文学史、文学理论批评史。早期的成果多是对某一作家的"个例"研究,"个例"研究可以是我们考察问题的基础和起点,但随着研究的发展,必然要进入整合性的研究、规律性的研究。学术史上许多事实说明,没有终极的研究目标,很难显示出真正的意义,海外华文文学是一个新兴的领域,但它的发展同样要受到学科发展规律的制约。正如前面所说,我们研究的目的,是要在华文文学的整体观照下,把握海外华文文学这一特殊领域的文学特性。对这个问题在过去的成果中已有过各种各样的回答,有概念判断式的,也有现象描述式的,前者是回答"它是什么",后者是回答"它是怎样的",但要在这一基础上形成学科,还必须做好学科"底部"的理论奠基工作,那就是对它作进一步的学理式探究,要回答"它为什么是这样的""它何以能成为一个学科",而这就离不开研究者的学科自觉性和整合性的研究。

华文文学的"根"是中华文化。但海外华文作家都是在双重或多重文化背景中写作,在他们的背后隐含着政治、历史、种族、文化、经济之间的种种纠葛,他们的作品承担着各种关系的交织。所以,在这个特殊的华文文学空间里,充满着异域感、流亡、放逐、陌生和对故土的回忆。他

---

① 刘登翰:《在华文文学研究机构联席会议上发言》,见《华文文学研究机构联席会议论文集》。

们在异域他乡坚持用华文写作，"这是一种'灵魂'的活动"①，是意味着自己的灵魂已回到了故乡，也是对自己精神家园的寻找。他们自感不属于或不完全属于当今生存的地方，但他们也已不是故乡的人。这是多么复杂的一种精神活动！为了深入探讨他们的精神产品的特殊形态及其复杂性，就必须具有文化学的视野和跨文化的方法。海外华文作家在居住国生活，必然会受到居住国社会文化的影响，与此同时，也会把华族文化传播到居住国，无论是哪一方，接受的过程必然有所选择，也必然有基于不同历史积淀、文化传统、社会心态等等所作的解释和误解。华族文化传播到另一国时，会遇到异质文化，有一个播迁、冲突、认同、溶摄、变化的过程，从而以多少改变的形态出现，并且浸透在作品所描写的人物和艺术形式之中，我们应在文学作品中研究这种文化"变异"的现象，研究这种传播与接受的发生过程，如这一传播与接受是从何时开始的？发生在什么历史文化背景下？产生了怎样的"变异"？同本土的华文文学作品比较，二者的反差有多大？这种研究将大大丰富作为整体研究对象的华文文学，也是对海外华文文学特殊性认识深入的一个方面。

"方法不是别的，只是反思的知识。……好的方法在于提示我们如何指导心灵依照一个真观念的规范去进行认识。"② 比较方法在海外华文学研究领域的提出和运用，是对传统的社会历史学研究方法的一个补充。从整体看，华文文学研究的着眼点是既要求"同"，也要明"异"，求"同"是有助于规律性问题的探索，明"异"是为了出新。因为"异"有助于丰富和整合世界华文文学的整体形象，因此更具有真正的意义。求"同"和明"异"都必须借助比较方法的运用。我们可以在华文文学整体观照下，将中国本土文学同其他国家的华文文学相比较，在比较中探索其发展的脉络以及不同民族文化相遇时碰撞和认同的过程及其规律；也可以将本土以外的其他国家、地区的华文文学相比较，研究不同国家、地区华文文学的特殊存在方式、美学模式、文学风格以及作为语言艺术的衍变史；还可以将同一国家不同群体的华文文学作比较，探讨它们在同居住国主流文化碰撞时所采取的不同态度以及做出怎样的反应与选择。这样做不只是求"同"和明"异"，而是使我们对研究对象存在的方式的认识更为

---

① 叶君健：《我的外语生涯》，载《光明日报》1997年4月23日。
② 斯宾诺莎：《知性改进论》（中译本），贺麟译，商务印书馆1960年版，第31页。

深刻和全面。

　　将海外华文学放入文化和文化的传播与影响中去研究考察，用比较的方法，围绕某一问题或某一种文学现象，在不同的文化背景中进行相互比照和阐释，可以使我们的研究更具有开放性和丰富性。此外，由于海外华文文学文坛上女作家很多，而且不乏著名的女作家，在研究不同的作家群体的时候，如能注意到性别与文化的结合，以女性主义批评与文化研究相结合的方法，来考察这一领域的女作家及其文本，探索其"身份"的共同性、差异性、边缘性对文学创作的影响，也是通往这个领域深处的一个重要方面。应该指出，女性主义批评和文化研究都是多元的概念，不是一种确定的话语体制和方法，都面临着为自己定义的问题，有如一幅尚未完成的"自画像"。从广义上说，女性主义文学批评是一种"身份"批评，它以性别和社会性别身份为出发点，将历史上被压抑的妇女声音，被埋藏的妇女经历，被忽略的妇女所关心的问题，推向"中心"位置，对它们进行研究和言说，侧重于对女作家独特的文化经历和身份的研究。因为海外华文女作家是在一个全球化多元化大背景下通过文学创作，来对"性别""民族""国家"等等问题进行思考与追问，基于她们多重的文化身份及处在不同社会、文化中的"混杂性"等特点，我们从研究对象出发，要找到关于她们及其创作的研究理论基点，也可以尝试运用女性主义批评与文化研究相结合的方法。海外华文女作家的创作是总体海外华文文学的一部分，同样包含有海外华文文学的重要特征和复杂性，具体到文学主题上，羁旅主题、乡恋主题等海外华文文学常见的主题，在女作家笔下也时常出现，但在表现和艺术处理这些主题时，她们往往是站在女性的立场，从女性的视角切入，以女性的观点表现女性的感受，具有与男性作家不同的女性独特的意识。例如，她们会更为关注在文化碰撞冲突中女性的生存状态，将羁旅、放逐、怀乡等海外华人共同的处境及感受以女性的体验加以表述；而海外女性的双重边缘性处境及在婚恋中困惑的自省，实际上也反映了海外华人生活的特殊处境和情感生活；男与女、本族与异族、祖居国与居住国等各种错综复杂的关系。所以，运用女性主义批评和文化研究相结合的方法来透视海外华文女作家及其文本，对海外华文文学的总体理论研究同样是很有意义的。

　　把文学研究和文化研究紧密结合在一起，是当今世界上文学研究发展的一个特点。法国已取得显著成就的形象学，主要就是研究在不同文化体系中,文学作品如何构造他种文化形象。在一般情况下,作家都是从自己民族文化出发,对异族文化的"他者"进行思考和解释,创造出他(她)所理解的形象。这是两种文化在文学上"对话"的结果,也是一种文学传统、观念对另一种文学传统、观念的过滤和选择,当中不无"误解",但可以作为一种"镜像",是异族文化在本民族文化中的折射。例如,海外华文文学作品中"他者"形象问题,就非常值得重视,因为在不少海外华文作品里,特别是在那些表现爱情、婚姻和家庭主题的小说中,这种"他者"形象就更为常见。"他者"即"异""异己"。但华文作品中的这些"他者",并非是现实中真正的"异"和"异己",是经过华文作家的文化眼光、文化心理过滤过的,是作者按照符合本民族文化要求的道德标准、审美标准评判过的,是异族在华族文化中的"镜像"和折射;他们虽是我们眼中的"他者",是华文作家笔下的异族人,但已不再属于他们自己。通过对海外华文文学作品中"他者"形象的考察、分析,一是可以反观自己的文化,把握两种文化在文学相遇时的反差;二是通过不同文化在人物形象中的结合和"变异",给海外华文文学的研究带来新的意义。

海外华文文学作为一种世界性的文学现象,是其作者人生经验和艺术思想的体现。生活在不同国家、地区的不同华文作家,各有他们创作的出发点和艺术切入点。研究者在对其进行考察的时候,有的努力从总体去把握这一文学现象,有的则只从一个方面以本文、结构、符号、叙述等,力求阐明这种文化现象中的某些问题,故可能形成多种不同的理论形态、见解。但所有这些,都可看作激活自己思维的积极因素,有助于拓展学术视野和理论构架,做到互识互补,共同把学科的理论建设推向前进。

(原载《文艺理论研究》1998年第1期)

海外华文文学的新视野

中国学者对海外华文文学这个特殊文学空间的普遍关注，是在20世纪的中后期，开始时只是对局部地区和某些国家具体作家作品的研究，经过近20年的努力，才逐步进入总体的研究，将其视作新的学科或新的研究领域。现在，这一领域的研究已蓬勃展开，出版了不少专著和论文集，还有好几种文学史问世，成果丰硕。但当前世界正处在文化转型期，文化的发展在一定程度上是以横向开拓、文化外求为特征。面对多元文化崛起、东西方文化必然交汇的前景，为了求得海外华文文学研究的更大发展，一是要建立一种世界性的文学观念，把华文文学作为一种世界性的文学现象和文化现象来研究；一是要在方法和视角上有所拓展和更新。而这两个方面又是密切联系在一起的，因为任何新的观念的出现都预示着方法论与学术视角的变化，好的方法总是提示"我们如何指导心灵依照一个真观念的规范去进行认识"①。

过去，学界对海外华文文学的研究，多是把它作为本土母体文学的一个延伸、补充和发展，研究大陆以外地区和国家的汉语文学写作，把握各地区、国家华文文学的特性，探索它们各自演变和发展的路向。但世界范围内华文文学的整合性研究才刚刚起步，一种明确的从国际角度进行世界华文文学的诗学研究，尚未真正开始。为此，如何从本领域的研究现状出发，建立新视野，以开放的态度，通过对海外不同地区和不同国家华文文学的诗学研究，特别是将它同本土华文文学作比较，进行有深度而非盲目性的阐释，认识、探讨其普遍的文学规律，追寻全球范围内华文文学作者共同拥有的"诗意表达"，建立具有真正世界意义的汉语诗学，应是我们在面向21世纪时必须去面对的问题。

海外华文文学，作为一种世界性的文学现象，迄今已有大半个世纪的历史，但引起人们关注和研究的历史却要短得多。尽管我国海外移民的历史很早就开始，但由于早期移居海外的华人绝大多数是没有文化的劳苦大

---

① 斯宾诺莎：《知性改进论》（中译本），贺麟译，商务印书馆1996年版，第31页。

众，移民以后干的也是苦力的工作，谈不上有华文文学的创作。20世纪初在海外出现的华文报纸刊物，主要是转载中国的文学作品，极少有当地作家创作的作品。海外华文文学的诞生，是在"五四"新文化运动之后，而且是在"五四"新文学思潮直接影响下诞生的，从各国华文文学诞生的历史看，早的有七八十年，迟的也有二三十年，都不同程度地走过了艰难曲折的道路，经历了从"华侨文学"向"华文文学"的转变。80年代以来，世界范围内出现了"华文热"，华文文学活动成为一种被人们关注的世界性文化现象。许多事实说明，世界华文文学发展到今天，已到了一个新的阶段。海内外的一些学者先后提出要建立华文文学的整体观，即：要从人类文化、世界文化的基点和总体背景上来考察中华文化与华文文学，无论是从事海外华文文学研究，还是从事本土华文文学研究，都应该有世界视野，有一种更为博大的华文文学的整体观念。

  海外华文文学无论是在哪个国家，都是处在他种民族文化的包围之中，海外华文作家在双重文化背景下生活，使他们对两种文化传统和观念的差异有一种特殊的敏感，但由于各所在国国情不同，他们对两种文化的隔阂、碰撞及其生存状态的感受和表现也不尽相同。有的在主流社会强势文化"俯视"下，仍顽强地保持本民族文化传统，有的与主流文化认同而不被接受，有的则选择了兼容和互补的道路。在这方面，西方的华文作家和东南亚的华文作家就有很不同的际遇。中国人侨居西方的历史，如果从较具规模的移民开始计算，有100多年，但早期的移民几乎全是劳工和小生意人。到20世纪中期，新移民中才有少数知识分子，才有了华人作家的作品出现。20世纪60年代前后，大批的台湾留学生负笈海外（主要是美国），学成之后留在西方定居，他们同老一代的华侨不一样，不是为了生活不得已才离家弃国，而是自己选择了移民的道路，普遍受过高等教育，接受西方文化的影响，对西方社会有所认识，有的还加入了所在国的国籍，但由于原先的母体文化同居住国的客体文化相差较大，价值观念、道德标准、生活习惯、思维形式依然是中国式的，要同客体文化认同，需要经历一个长期艰辛的历程，再加上西方社会主流文化以其强烈的文化优越感"俯视"东方，他们不得不承受许许多多的压力，这是一种嬗变和重建精神家园的痛苦过程。在60年代他们所写的"留学生文学"中，这种精神"放逐"的酸涩和痛苦，就无处不在。到了70年代以后，很多作品就不再限于个人生活的浪子悲歌式的抒写，而是"由异国飘零的生活感受层面挖掘下去，思考探索了文化差异、认同、民族主义、历史等等较深刻的问题"[1]。这与西方国家（主要是欧美国家）70年代开始对中国和中国人有比较开放容纳的态度有直接的关系，更主要的因素是中国本身的历史发展。这对许多在中国大陆以外长大的华文作家来说，是一种崭新的思想和感情的体验；中国在他们心中成为一种自我的重新发现与追寻，于是在自己用汉语写作的文学作品中，记录下思想、感情、发现、期望，通过文字，"来呵护着那丛本来即将枯断了的根"。在东南亚地区，移居的华人众多，文化交流频繁，而且有一定的社会经济基础，形成了自己的华人文化圈，华文文学兴起较早，前期的侨民文学，主要是反映华侨移居海外以后的种种不便、困扰与痛苦，作品里布满了"放逐"者的伤痕。50年代开始，这个地区的许多华人加入所在国国籍，华侨意识慢慢淡化，华文文学作品的内容也从过去面向祖国转为面对所在国的社会现实。70年代以后，随着东南亚一些国家在经济上的快速发展，封闭的社会结构被打破，华人社会的传统观念也产生了大的变化，从昔日的"落叶归根"变成为今天的"落地生根"，他们中的一些人还有介入主流社会的参政意识。这种观念的转变反映在华文文学作品中，一是以往的"放逐"意识在实际意义上消亡了，作品里抒写的"望乡"和对故土的怀念，只是精神上对经历过的一段生活的缅怀和眷恋；另一是热情地讴歌所在国的建设，表现不同民族公民在建设中的亲善合作。从东南亚华文文学反映出现的文化现象看，华族文化在那里同所在国文化相遇，虽然也存在隔阂和碰撞，但由于这一地区的绝大多数国家过去曾存在于殖民体系的掠夺之中，不像西方世界那样有强烈的文化优越感，所以能够彼此兼容互补而得以存在和发展。为此，当我们探究海外华文文学的存在及其意义时，就必须具有一种多元文化和跨文化的视角，在不同民族文化的重叠和交汇中，在不同文化背景下作家的视野融合的基础上，展示其丰富多样的文化和美学价值。

　　海外华文作家的写作阵容相当大，国别、地区、个体的差异性也很大，为了深入把握这一研究领域的有关论题，有必要对他们及其作品进行具体的分析和探索。由于海外华文作家并非是一种千篇一律的存在，不同的经历和背景、不同的时空及语境，使我们无法以一种固定的本质的标准

---

[1] 李黎：《海外华人作家小说·前记》，花城出版社1986年版，第2页。

来衡量他们,因此,"身份"是我们切入研究极为重要的角度。

"文化身份"这一概念,在西方社会科学文献中已被广泛使用。"身份"不等于特性、特征,但特性、特征、特点都是"身份"的表现。我们所说的"身份"是在更高层次上的抽象和概括。它包括五种主要的成分,"这就是:①价值观念;②语言;③家庭体制;④生活方式;⑤精神世界"[①]。据学界人士的不完全统计,在西方,文化身份的定义有300多种,学术界尚未有一个清晰明确的理论界定,但对构成文化身份的这些主要成分,却大多数人是认同的,差别在于各自强调的重点不同。所以,当我们提出"身份"批评适用于海外华文文学的研究时,也是以构成文化成分的这些具体成分为基点的。

"身份"批评运用于文学研究中,是与对主体的理论反思紧密地结合在一起的。虽然后结构主义极力鼓吹主体的打碎或消解,但实际上人类不能离开身份而生活,那是一种对自我的确认。在海外华文文学研究中,笔者曾经多次论述应将文化研究与比较研究作为文本的研究方法,当中也就包括要重视探索海外华文作家的文化身份,或者说要重视对他们的"身份"批评和研究。

"身份"批评对于我们切入海外华文文学的研究之所以是可能和可行的,是因为海外华文作家是带有特定的"价值观念"的,都是在由特定的文化、种族、社会性别、政治经济和个人因素所形成的立场上从事写作,由于文化身份各别,作品也无不深深打上"身份"的烙印。从现在呈现在我们眼前的众多的海外华文文学作品看,他们都是在双重或多重的文化背景下写作的,文化身份十分复杂。可以说,每个海外华文作家的"身份"都是独一无二的,但求同存异,以种族为基础,他们也具有一种共识和身份认同——他们都是炎黄子孙,有华族血统,家庭体制和生活方式相似,而且是在异域以汉语从事写作,这些共同的因素,使得他们的写作具有某种共同的性质和形态。我们应透过这些去探测其背后深邃的华族文化世界。

海外华文作家常常处于双重身份的矛盾之中,他们一方面由于自身的经历或华人社区及家庭的影响,华族的文化和价值观念已深深植根于意识

[①] 张裕禾:《从何着手研究文化身份》,见耿龙明、何寅主编《中国文化与世界》(第4辑),上海外语教育出版社1996年版,第169页。

之中，而且经常以汉语写作，语言本身就是历史与文化的缩影，在汉语象形文字中包含着中华民族独特的主体意识；另一方面，他们定居或旅居异域，要在所在国立足，他们必须去接受或认同当地社会的主流文化、价值观念，学习新的语言，了解异域人们的生活方式，这种观念和行为上的认同与对本民族文化的执着和眷恋，使其时时处于矛盾当中，不断思考和追问自己确切的身份，因而有无根的漂泊之感和"边缘人"的散聚心态。"身份"批评会提示我们去研究和认识这一"真实"。

海外华文作家，大多数是从大陆、中国台湾移民的，有不少还是从大陆到中国台湾或者中国香港以后才移民海外，移居地还经常变动，其中蕴含的风风雨雨、离愁别绪、沉浮荣枯，引起种种难以言说的内心情绪，精神世界十分复杂，所以我们在研究工作的实际运作中，所面对的是流动的、富有情感与思想的作家个体或族群，他们有不同时空的复杂背景。就每一个个体而言，任何一个生活在海外的作家都是独一无二的，其身份具有任何人无法代替的独特性，又因为他们自身的流动性，身份往往是变动不定的。正是因为海外华文作家具有以种族的基础的共识和身份认同，又因各自的差异性及流动性造成其身份变动不定，所以我们无法把他们纳入固定的类型之中，因而文化身份的研究就有助于揭示这一群体和个体的特殊性，这也正是其精神和艺术活力之所在。

与身份的多重性及流动性相应，海外华文作家的边缘性位置也是评价其创作不可忽视的。用汉语写作，对于海外作家来说，不仅是以写作来宣泄个人情感为他们自身言说和分辨，而且在某种程度上，还是确认自身精神价值的方式。记得R·瓜尼在谈到语言的重要性时，曾这样写道："一个人所说的语言，是他生存和活动的世界，深深地根植在他身上，比他称之为国家和土地和物产更重要。"①在文化身份五个个体成分中，语言扮演着联络员的角色，其他成分都通过语言起作用。海外华文作家，在异国他乡，在异国语言的喧闹中，以汉语从事创作，既是抵抗失语、失忆的努力，也是对母语、母体文化的依归。

对于边缘处境的海外华文作家，有种种无法备述的艰辛和困苦，但对于文学创作而言，这种痛苦也不一定是负面的。它有可能是一笔宝贵的资

---

① 转引自J·格朗迈松的文章《魁北克语言前途十二论》，加拿大蒙特利尔魁北克省官方出版社1984年版，第107页。

源和财富,因为文学需要自身感受和体验的积累,也需要客观的审视和思考,海外华文作家的边缘性形成了他们文化上的空间张力——不即不离的引力和斥力抗衡,使他们不论对本民族传统文化,还是对所在国文化的回顾和思考,都获得必要的距离,这种距离往往有助于客观的审视,使之与主观体验相平衡。"边缘人正是可以在他(她)无比的孤寂中洞视两种文化的差异和交叠,从而检视自己和他人的外在世界和内心世界。"[1]以他们这种独特的人生经验,切入生活的角度与本土作家不同,他们的创作在某种程度上变成不可替代的记忆与命运书写,是与"民族""历史""文化"等互有联系的记忆与命运书写,在深层的文化意识中主体的位置呈现出多姿多彩。

(原载《社会科学家》1998年第2期,《新华文摘》1998年第9期转载;1999年获"广东省第六次优秀社会科学研究成果奖一等奖")

---

[1] 龙应台:《干怀吧,托马斯·曼——谈放逐中的写作》,载《读书》1996年第2期。

海外华文文学与比较文学

海外华文文学和比较文学是两个不同的学科,但由于这两个学科的对象都是跨国别、地区的,都具有世界性、开放性的特点,因而有许多交叉和可以相互跨越的学术视点,如若有意识地让这两个学科相接轨,既有助于拓展比较文学的学术领域,又能在某种程度上深化和扩大海外华文文学的研究成果。

事实上,20世纪90年代以来,在比较文学的高层学术研讨会上,已陆续出现了一些这两个学科交叉的学术论文,1993年在湖南召开的"中国比较文学学会第四届年会暨国际学术研讨会"上,讨论"本土文化与外来文化间的关系"问题时,不少学者认为,这个问题的核心是如何对待两种文化接触的态度。两种文化可以是不同国家的文化,也可以是一个国家内主流文化与非主流文化,而对后者进行探讨中,就涉及海外华人文学在各居住国所处的边缘状态,以及其是否被所在国主流文化接受的问题。与会者还就美国华人文学处境问题展开讨论。1996年,在长春召开的"中国比较文学学会第五届年会暨国际学术研讨会"上,就有笔者和澳大利亚悉尼大学萧虹等五位学者向大会提交了这方面的论文,为此,大会学术组还专门安排一段时间研讨海外华人作家的写作问题。中国比较文学学会会长、北京大学乐黛云教授在大会的总结发言中特别指出:"海外华人文学是比较文学即将要去拓展的领域。"1999年,在四川召开的"中国比较文学学会第六届年会暨国际学术研讨会"上,大会学术组把"异质文化背景下的华人文学"作为研讨会的命题之一,并且收到了12篇这方面的学术论文,由于论题新颖,讨论十分热烈,成为研讨会的一个学术热点。与此同时,90年代以来,在学会的全国性刊物《中国比较文学》上,还开设了"海外华人文学研究"专栏,刊登比较文学视野中的海外华人文学研究成果。从上述这些情况看,海外华人文学(包括海外华文文学和海外华人用其他语种创作的文学作品)的研究,已被比较文学学界所接受,并且把它作为一个新的正待拓展的领域在推动。

相对而言,如何把比较文学的理论和方法引进海外华文文学研究领域，人们却关注得较少。本文要讨论的问题是：把比较文学的理论和方法投射于海外华文文学这个特殊的汉语文学空间，可能对海外华文文学研究产生哪些深化和促进。

我国学者对海外华文文学的研究，始于20世纪的70年代末、80年代初，至今已有近20年的历史。20多年来，我们经历了海外华文文学与中华文化关系探源，海外华文文学历史状态和区域性特色的探索以及如何撰写海外华文文学史等重要问题的研讨，已经有了丰硕的成果。近几年，已有学者在进行海内外华文文学的整体研究，还出现了海外华文文学诗学层面的论文和著作。所有这些，都充分表明，这个领域的学术研究正在不断扩展和深入。但是，在这世纪之交，我们如何加速研究的步伐，对这个非常特殊的汉语文学书写空间，它所蕴含的内在的丰富性，作更深的挖掘和多样性的展示，这就有一个进一步拓展视野、观念和方法的更新问题。比较文学本质上是一种跨界限的文学研究，世界视野、开放意识、跨文化、跨国别、跨学科的研究是它的最主要的特征。海外华文文学作为一种世界性的文学现象，在未来世纪，如能借鉴比较文学的视野、理论和方法，将会使海外华文文学这一现象的生成和深化，得到多方面的理论诠释。

从海外华文文学研究领域的实际出发，引进、借鉴比较文学的理论和方法之所以是可行的，是因为海外华文文学作家都是在双重文化背景中写作，他们的作品中常常有两种文化的"对话"，极需要以跨文化的眼光去对其审视和观照。海外华文作家在本土以外从事汉语写作，他们是处在居住国主流文化的"他者"，面对两种不同文化的接触，既有一个自身群体文化归属问题，也希冀能建立同主流文化交流的平等对话模式，但这在现实生活中的主流与非主流文化沟通中是很难实现的。因为在权力结构中主流文化的话语权远远超过了非主流文化的话语权。这就使处于非主流文化的"他者"要自找出路：一是保持本民族的文化传统，在边缘状态生存；二是与主流文化认同，通过各种方式去化解、协调与主流文化的各种矛盾、冲突；三是相互兼容、互识互补，这往往是在一些文化差异不大的国家和地区才可能达到。但无论处于何种状态，都有一个不同文化相遇、碰撞、影响和融合问题，而这些，就会这样或那样反映在他们创作的文学作品中，并非以本土的单一文化的眼光所能理解和诠释。

由于海外华文作家所在国国情不同，作家个人的文化身份不同，他们的文化生存状态和对文化所采取的态度也不尽相同,因而在文学中对两种文化的隔阂、碰撞及其生存状态的感觉和表现就各有区别。为了把握这一研究领域的更具特色的问题,比较文学的多维度比较方法,应是我们进行研究极为重要的方法。

海外华文文学的根是中华文化。生活在西方的华文作家,因为原先的母体文化同所在地区、国家的客体文化相差较大,而且西方社会主流文化总是居高临下"俯视"东方,还有种族上的歧视,很难同客体文化平等对话或完全认同,他们不得不承受许许多多的压力,在他们的作品里,既有个人生活的浪子悲歌式的抒写,也有对中西文化差异的思考和对文化上平等对话的追求。当然,也不排除一些主要接受西方教育的华人作家,或者是在国外出生的第二、第三代华人,有可能完全倾向于西方的文化立场,他们对本民族文化只是作为一种纯然的个人和历史的记忆来书写。在东南亚地区,由于华人移居较早,数量多,文化交流频繁,而且有一定的社会经济基础,兼之这一地区的大多数国家过去曾存在于殖民体系的掠夺之中,不像西方世界那样有强烈的文化优越感,华人作家在那个地区生活和创作,虽不无文化疏离和阻隔,但经过不断调整,还是能走上两种文化相互兼容、互识互补的道路。这就自然形成了不同地区、国家华文文学的不同特色。

海外华文作家移居海外,原因是复杂多样的,在他们的背后,隐藏着政治、历史、经济、文化各种关系的交织。他们在异国他乡坚持用汉语写作,实际上是一种生存意志的体现,是在异国文化环境里努力建构自己的精神家园。美国著名华文作家聂华苓就说过:"汉语就是我的家。"① 瑞士华文作家赵淑侠、泰国华文作家司马攻、新加坡诗人陈松沾,都曾在他们的文章中表达与母体文化的这种深切感受。在他们的作品里,我们不断相遇那些跳荡地寻找着的心灵,心灵的呼应千姿百态,文学以其特有的形式,让我们从中感受到文化的归属和认同,对于那些生活在家园以外的人意味着什么。

为了探究海外华文文学的存在及其意义,展示其丰富多样的文化和美学价值,显现这种汉语文学的域外特性,完全可以在研究中引进比较文学

---

① 聂华苓:《在"第3届世界华文女作家会议"上的发言》,载(马来西亚)《南洋商报》1993年11月14日第6版。

多维比较的方法。例如，将其同中国本土文学相比较，探索世界华文文学发展的脉络，以及与不同民族文化接触、变异和被认同的程度；将中国本土以外各个国家、地区的华文文学相比较，研究不同国别、地区华文文学的衍变史及其特色；将一个国家、地区不同时期、性别或同一个时期的不同华人作家群体进行比较，探索他们在异质文化背景下的创作状况，特别是在主流文化与非主流文化的碰撞，或同其他非主流文化的接触中，对本民族文化所采取的态度。通过这种多维的比较，把这些植根于海外生活经验的文学转化为一种域外汉语诗学，进一步去促进其未来的发展。

海外华文作家都是在双重文化背景下写作，在他们创作的作品里，有许多不同文化相遇、碰撞和融合的文学想象，对文学想象空间中不同民族文化影响的研究，是比较文学常见的课题，也应该是海外华文文学研究中具有深远文化意义的论题。我们在阅读、研究海外华文文学作品过程中，不难发现，在海外华文作家笔下，在表现华人在异乡生活的同时，也常常涉及他们与不同民族人们的交往和关系，因而在他们的作品里也塑造了一些所在国不同族群的人物形象，如黑人、白人、泰人、菲律宾人、印度尼西亚人、马来人、印度人等，还有华族与其他族群的混血儿。从这些人物形象中，我们接触到处在不同文化体系中的华人作家如何理解、构造异族人物形象问题，这是一种文化的折射。分析、追寻、研究这些文学中的文化现象，从中可以看到华族文化与异族文化相遇时的各种不同状态，也有助于了解作家在两种文化接触时所采取的态度，更重要的是可以将其作为一种文化"对话"的依据，给海外华文文学的跨文化研究提供新的理论研究空间。

华人作家笔下的异族人物形象，是文化中的异质层面的对话，也是民族间的相互看法、想象间的相互诠释。① 重视对他们作品中异族形象的研究，进而展示：这个领域的文学怎样以变化多端的形式表现异国、异族，塑造不同于本民族的"他者"形象，是一个极具文化意义的命题。

研究"文学中所塑造或描述的'异国'形象"，是法国比较文学的奠基者之一让－马丽·卡雷提出来的。他认为，这是"文化中的异国层面的对话"，是"民族间的相互看法""想象间的相互诠释"。卡雷的主张，

---

① 参见卡雷《〈比较文学〉前言》，转引自陈惇、孙景尧、谢天振主编《比较文学》，高等教育出版社1997年版，第165页。

把比较文学意义上的形象学从一般的"形象"研究中凸现出来。近年,形象学在国外,特别是在欧洲大陆发展迅速,已引人瞩目。笔者正是在这一理论的引导下关注海外华文文学中的这个命题。

海外华人作家的创作,是处在"自我"与"他者","本土"与"异域"关系的自觉意识之中,即使这一意识有时并不那么强烈。他们所创造的异族形象,是在两种不同文化间的差距所作的文学想象,是一种文化现实的描述。这些形象虽来自异族,但他们是经过华人作家的文化眼光、文化心理选择、过滤、"内化"而成的,是作家从一定的文化立场出发,根据自己对异族文化的感受和理解创造出来的不同于本民族的"他者"形象,已不同于现实生活中的"他"和"她",而是他们在华族文化中的"镜像"和"折射",是在两种文化"对话"中生成的,可视作一种文化对另一种文化的解读和诠释。所以,在对这些艺术形象进行分析时,追问的重点不在于他们是否忠实生活中的原型,而是在于这种描述、表达,显示出作家所向往的是怎样的虚构空间,作家怎样以文学的形式表现"他者"和"他者"文化,通过他们提出和表现了哪种文化、意识形态的范式,这种想象和描述在多大程度上、出于何种原因而产生了什么样的文化偏离和美学效果。

以东南亚华文文学中的一些"他者"形象为例。他们基本上是分属于三种不同的类型。

一是按本民族的需求塑造"他者"形象,着重表现"他者"对本民族文化的认同,是一种集体化、理想化的文化诠释,其效果是强化了本民族的文化。菲律宾女作家黄梅的小说《齐人老康》①,女主人公玛丽娅是菲律宾人,她跟当雇员的华人老康生活了二十几年,已是六个孩子的母亲,因为老康来菲之前在中国老家已有妻子,所以一直没有名分,但她并不计较,一年四季不辞劳苦地操持家务,养育儿女,同老康一起渡过许多生活难关。从作品中玛丽娅的思想和行动看,她对华人的生活习俗是很认同、融入的,是一个已经"华化"了的"他者"。异国女人以中国女人的形象出现,这是作者臆造的异国女人形象,并非真正的"他者"面貌。这也是作者怀念故土、故土文化而设计、表现于形象之中的一种新形式。作者在作品中赞扬"华化"的玛丽娅,实际上是言说了"自我",肯定了

---

① 参见张香华主编《茉莉花串》(菲华女作家卷),香港远流出版公司1988年版。

本民族的文化传统。因此，作者笔下的这个"异"国女人所扮演的就是一个重要的文化角色。

新加坡女作家孙爱玲在小说《绿绿杨柳风》①中，男主人公韩逸文是印尼人，一个年轻的大学教授，虽然曾在西方接受高等教育，但很认同中华文化，而且深深地爱上了华人寡妇秦勤，他们文化背景不一样，却彼此理解并相互接受，由于各自过去婚姻的历史，又都有了孩子，在新的爱情到来时，不得不去面对以往遗留下来的种种问题，他们最终未能结合。这个没有结果的异族相爱的故事，既朴实又动人，作者在描述时不带有民族偏见，表现的是"本我"在异乡的寂寥以及自己所向往的生活，是一种族群的文化理想。在这个故事里，作者创造了自己文化理想的正面图像，他们作为作家内心的投影被用来补偿他们所处的令人感到陌生的自我和现实的环境。

二是质疑现实的"他者"形象，反映出现实与理想有距离，对本民族的某些保守意识和偏见有"颠覆"作用，表现出来的是文化思想的开放状态。菲律宾女作家范鸣英的《同是等待》和佩琼的《油纸伞》，②女主人公分别是菲律宾人玛蒂丽丝和中菲混血儿李珍妮，她们是老一辈华人心中的"番仔婆"和"出世仔"③。这种看法带着排斥情绪，表现出移居菲律宾的老一代华人与当地民族间的隔离状态。他们拒绝自己的儿女同菲人通婚。《同是等待》的男主人公威立，与菲律宾姑娘恋爱，遭到母亲的激烈反对，无法正式成婚，直至有了爱情的结晶，因怕伤害母亲而不敢公开，只好白天下班后到"爱巢"，晚上又赶回家陪母亲，精神上十分痛苦。《油纸伞》写的是两个男女大学生相爱，因女方是一个"出世仔"，遭到男方体面的华人家庭的反对，尽管女方的父亲是华人知识分子，母亲是菲律宾的比较文学教授，有很好的家庭教养，对华族文化有所了解和认同，依然无法保护自己的爱情，只好放弃自己之所爱，出国留学。这两个作品的作者都具有文化的"自省"精神，她们在作品中通过两个母亲无理地拒绝"他者"，批判了传统文化中的那种狭隘、排外的民族观念。作者在作品中所采取的保持距离的文化态度和平实的真实描写，使读者可以

---

① 参见杨越、陈实编《新加坡华人小说十五人集》，花城出版社1988年版，第318页。
② 参见潘亚暾主编《菲华小说选》，花城出版社1993年版，第95页。
③ 中菲混血儿被称为"出世仔"。

接受、理解这两者的"对立",人们从中听到这两种文化的撞击声,这是来自两种文化"跨点"所发出的第三种声音。在这种声音里,既不缺乏对"自我"的批判性理解,也没有把这种批判理解局限于本民族传统的文化立场上,而是表现出一种开放的现代意识。在这类作品中,被批判的"自我"那种排外、狭隘的民族观念是显性的、直观的,而较隐蔽的"自我"是小说的隐含叙述人,由他在叙述中的语气、角度、态度、评价、感情倾向等主观因素聚合而成的本民族的新意识。

三是表现文化相异性的"他者"形象,用本民族的话语,对各种相异性作出自己的诠释,同时也进行"自我"的审视和反思。新加坡女作家尤今的小说《织布匠》①,写的是印度姑娘茵蒂娜"相亲"和结婚的故事,美丽的茵蒂娜受过高等教育,但观念保守,尽管她向往自由,但没有勇气去争取,最后由家人做主嫁给一个有钱人,把抑郁变成食欲,从此,美丽、迷人的茵蒂娜就一去不返了。这是一个由保守的民族文化酿成的当代人的悲剧。这个故事表现了不同民族的文化差异,也有作者对某种保守的民族文化范式的批判。泰华已故女作家年腊梅的小说《我的上司宇文坦先生》②中的主人公宇文坦是一个中缅混血儿、经济学专家,在一个跨国公司任高职,工资丰厚,公司还配给他洋房、轿车,但他笃信佛教,长期过着清教徒式的生活,处处自律。作者在作品里刻画了这样一个"他者",既有文化反差的描述,也有两种文化之间的沟通和理解。这应是两种文化教育相遇时人们所追求的理想模式。马来西亚女作家李忆君的小说《风华正茂花亭亭》③写的是北印度女子妈妮同华人周承安的爱情、婚姻悲剧。他们年轻时能冲破文化教育障碍,相爱结婚。但在家庭生活中,妈妮所受的西化教育和高层社会背景,使她常常有意无意地"俯视"周承安;而周承安内心深处那种华族的"妇道"观念,也使他难以接受妈妮的思想行动,最后导致婚姻的破裂。这个悲剧故事的酿成,不无妈妮的性格因素,但也有两种不同文化的撞击和阻隔。

以上三类只是尝试性的区分,应当指出的是,在具体的文学作品中,这三种类型并非互不相关,有时还是相互包含的。而且这种分类主要是在

---

① 尤今:《织布匠》,见《广州文艺·东南亚华文文学专辑》1991 年第 11 期。
② 周新心主编:《泰华小说选》,花城出版社 1993 年版,第 264 页。
③ 云里风主编:《李忆君文集》,鹭江出版社 1995 年版,第 27 页。

文化层面上展示"他者"形象的虚构意义，并未对他们做出艺术上的具体分析。如若从艺术的层面切入，这些作家笔下的"他者"形象也是个个有别的。

20世纪以来，"他者"形象和"自我"形象的关系一直受到形象学研究者的关注，因为作家在对异族形象的塑造中必然会引起对自我民族的观照和透视，"他者"形象有如一面镜子，照射了别人，也会反作用于自己，不同文化的差异正是在这种比较对照中更明显地展现出来。现在，世界范围内的移民潮频繁涌动，特别是第三世界的作家移民西方和其他地区，在他们的作品中，"他者"形象和"自我"形象面对面对话，不无碰撞和冲突，叙述人在对母体文化和客体文化进行选择时，表现出来的各种文化态度和深刻矛盾，都有重要的研究价值。在中国比较文学学科发展中，形象学的研究还是一个新的领域，本文将其运用于海外华文文学研究，旨在探索新的理论思路，为这个学术领域提供一个文化与文学研究结合的新视点，从而挑战旧的理论模式。

（原载《东南学术》1999年第6期；2005年获"广东省哲学社会科学优秀成果奖二等奖"）

拓展海外华文文学的诗学研究

进入全球化语境的海外华文文学的诗学研究,是现代化精神观照下凸现出来的问题,有待于拓展和建构。20多年来,我国学者对海外华文文学的研究是很有成绩的。这一领域的丰硕成果,扩大了我国文学研究的空间,显示了学术的开放和进步。但面对新的21世纪,如果我们把这一研究领域仅仅定义在文学范畴内的文本解读,或者是各地区、国家华文文学历史的追踪,显然是不够的。还应该将它放在当前新的大的文化背景下来考察,研究这一特殊文学领域蕴含的各种诗学问题,获得理论层面的研究成果,来推动学科的形成和发展。海外各地区、国家华文文学有各自不同的历史流程,呈现出不同的状貌。但由于语言和文化的渊源,也有超越历史与国界时空的共同诗学话题,通过对不同地区、国家有代表性文本和重要文学现象的分析研究,在异中识同,在同中探异,在诗学层面展示其生命力和丰富性,从而推动世界格局中的华文文学交流,是一个至今尚未真正"开封"而又极具张力的问题。

2002年5月,笔者曾在《中国世界华文文学学会筹备经过及学科建设概况》一文中说:"大陆的海外华文文学研究已有了良好的基础,具体表现在:形成了一支包括老中青几代学者的跨世纪研究队伍;出版了一批学术成果,包括作家、作品的专题研究和地区、国别的华文文学史;建立了这一领域的初步学术规划;完成了学术研究基础性的资料准备。"① 随着学会的成立,我们的研究将进入一个新的阶段,我们要在总结过去经验的基础上,把这一领域的研究作为一个"学科"来建设,这就必然要涉及一些至今尚未厘清的基本理论问题,如学科的"命名"、概念与范畴的建立、特色的确认等等,都必须进行多方面的探讨,并对其作有效的归纳和提升,做到有学理性、原创性、独特性,同时又不妨碍思维的多重性和多元化。

---

① 饶芃子:《中国世界华文文学学会筹备经过及学科建设概观》,载《华文文学》2002年第3期。

海外华文文学的理论研究，是一种直接思考海外华文文学的诗学，其研究对象既是海外华文文学自身，也应包括对这一领域的文学批评、文学研究的研究。这种诗学，是海外华文文学的反思之学；反思的目的，是探索这一领域自身的理论问题，尤其是那些有特色、带根本性的问题。这种海外华文诗学研究与具体的海外华文文学作家、作品的评论有密切的联系，但也有区别。它更重视科学性，注重对这一学科得以建立的"理论依据"的反思，以开放的眼光，寻找、考察这一领域特殊的诗学范畴和方法，特别是中国传统文论的"元范畴"在各地区、国家文化创作中的"演变过程与方式""融合与分离方式""死亡与再生方式"，同时也重视异域汉语写作中的中外"文学相关性""文化相关性"和"话语模式"等问题，还涉及诗学范围的"边缘性""本土性""世界性"以及正在进行的"后现代性"的渗透与尚未终结的"现代性"等问题。这种研究的关键是：要建立海外华文诗学体系，寻找这一领域可以建构体系的"网结"和"基本词汇"，由它们构成体系，因为它们是存在于海外华文文学深入的"理论真实"。我们要走向这一"真实"，深入地理解作为一个学科"路标"的特殊诗学范畴的性质、功能、特征、系统性等问题，为建立一门经典学科奠定良好的理论基础，也使其在世界性汉语诗学中的地位具有一定的规范性和科学性。

　　重视海外华文文学的理论研究，建设海外华文诗学，是一件长期、艰苦、需要许多学者共同投入的工作，但就当前的学科建设而言，在现有的基础上，组成学术群体，撰写"海外华文文学概论"或"海外华文文学理论要略"一类的教材，不仅仅是必要的，同时也是急需的。因为海外华文文学早已进入大学课堂并成为许多学校的常设课程。要促使其成为一门独立的学科，基础理论教材的建设应是其中重要的一环。回顾20多年来这一领域的研究历史，许许多多学术成果已为学科地位的确立打下了一定基础，但学科的学理积淀还较为薄弱，学科的基本原理、深刻内涵、应用前景、新形态展示等远未被发掘出来。这种"概论"或"理论要略"教材的撰写，应该有学科基本概念的表述、独特内涵的阐释、相应的理论性话语的建构、合适而有特色的方法论的提出，以及属于这一文学空间的文学形态的展示。要做好这一工作，首要的一点是找准学科研究的立足点，理清这一学科得以建立的相对独立性和有机性（这种有机性是指学科内部各种要素的相互联系），它与别的文学学科的区别和联系，阐明这一文学领域的独特理论价值和魅力。这不是一般的表象性概说,而是学科道理与发展规律的提炼升华和科学表达。

无论是海外华文诗学研究,还是作为教材的《海外华文文学概论》《海外华文学理论要略》的撰写,都要以这一领域大量的文学创作实践和文学批评实践成果为基础。如果理论不是根植于具体文学作品的分析和文学发展的历史研究,它所概括出来的原理、概念、范畴、方法就失去了存在的依据。任何一种文学,都有一个历史发展过程,考察研究这个过程,过去一直被认为是文学史家的事。事实上,文学理论研究同样要关注这个历史进程,认识其"与时代同时出现的秩序"(韦勒克),历史地分析、研究各种各样的文本,把握该文学领域新旧文学现象的交替及其延伸的法则,找出蕴含其中的矛盾及其转化的规律,其间不仅仅要注意结论的提炼,也要重视结论的产生与展示过程,因为过程中就有规律的存在,而规律的概括就是原理形成的一部分。为此,进行海外华文诗学研究,同样有一个"历史性"问题。从海外华文文学的存在看,最早的国家应有七八十年的历史,晚的只有二三十年的历史,研究者在对其整体考察的时候,必须去面对具体地区、国家的历史,把握历史,深入历史,求同探异,弄清哪些是这一领域文学发展中相对稳定、带根本性的东西,哪些是历史匆匆的过客,大浪淘沙,留住"根本"。当然,这些在今天看来是"根本"的东西,也不是永恒的,它只是某一历史阶段的产物,历史向前发展,又会有新的文学现象出现,人们又要去发现、研究新的问题,探索这些原来被认为是"根本"的东西,如何变化和发展。这是一个动态的过程,每个研究者都是"在路上的人",而路,是无穷尽的,是永远没有尽头的。

海外华文诗学的确立,应有自己的独特方法论系统。由于海外华文文学是一种世界性的文学现象,本身就具有开放性的特点,其方法论系统也应该是开放的,也就是说,不应局限于某一种研究方法,而应该是立体的、多层次的。既然是学科理论的研究,基本的方法主要是哲学的和逻辑的方法;具体的方法则可以是多样的,如社会学方法、文化学方法、心理分析方法、比较诗学方法、阐释接受方法、新批评方法、结构主义方法、符号学方法、语言学方法、形象学方法等等。不同的研究者不但在进入问题的角度上存在差异,在研究的方法论上也往往表现出不同的旨趣。在这些具体方法中,针对我们研究的对象,我认为文学的文化研究和比较研究的方法是值得倡导的，因为海外华文文学文化的根是中华文化，但它们都不是本土的"花"，而是异地、异国的"奇葩"，从整体上看，具有多元文化背景的特点，其文学的文化空间极具张力，蕴含有丰富的文化研究命题。比如，对海外华文作家主体的理论反思，就常常与"文化身份"的理论紧密结合在一起。文化身份是隐藏在社会的各种力量和矛盾之中，由内部差异决定，如种族、性别、阶级、年龄、语言以及个别存在的价值等等，都与文化身份相关，故从广义的文化研究看，对作家主体的理论考察，最后都必然要落实到文化身份上。海外华文作家离开本土，对应着不同的被重组和建构的现实，文化身份不断发生变化，文化身份的变化，直接影响到他们的文化想象和创作，形成一种独特、不断变化与发展的性质和形态。纵使他们中的不少人已加入了居住国的国籍，但母语身份和母语存在的那种集体意识，永远不可能改变，新国籍的身份只是理性的，而自身内在的文化心态、倾向却是超理性的，或者说是前理性的。这种理性上和行动上的认同与对民族文化的感情使其时时处于矛盾之中，他们在文化身份上的抗争和碰撞，形成其对生活、人生的独特视点、角度及文学表现方式，这就给他们的作品打上了"身份"的烙印。因此，从文化身份切入研究海外华文作家创作上的特色问题等等，是极具潜力和张力的。当前，国际学术界在文学研究方面，有一个明显的转向，就是越来越转向文学的文化研究，更多地关注文学中的种族、性别、阶级、身份等问题，一些传统的文本也因为这些新的理论视角而得到重新阐发，而且这种阐发都做得很细、很具体，常常落实到某一部具体作品的某个具体细节上。从海外华文文学界现状看，理论成果很少。海外华文诗学的建构，要面对大量文学文本，而文本的作者都是在特定的文化、种族、社会性别、政治经济和个人因素形成的立场上从事创作，文化背景、历史语境复杂多样，从文化的视角切入、追问，定可从中提升出有新的价值归属的诗学话语和理论。

关于海外华文文学的比较研究，我曾在多篇论文中论及，现在，我仍然认为跨文化的比较研究方法十分契合海外华文文学的跨地区、跨国别研究的特点。"比较"本身，就昭示研究范围是一种有距离的关系域，即时间或空间的关系域。我们对海外华文文学研究，既可以在空间关系域作横向的比较，也就是说，我们可以根据不同的空间关系进行比较，如美、加华文文学与东南亚华文文学的比较，东南亚地区各个国家华文文学的比较，某一国家的华文文学与大陆本土、台港澳华文文学的比较，不同地区、国家相互影响或文学主张相近的文学与大陆本土、台港澳华文文学的比较,不同地区、国家相互影响或文学主张相近的文学集团、流派的比较以及不同地区、国家个人诗学主张之间的比较;也可以在时间关系域作纵向的比较,如各地区、国家不同时期华文文学的比较,新移民文学与早期留学生文学的比较,各地区、国家华文文学与华人非母语文学的比较等等;还可以作时空纵横的平行研究与影响研究,如不同地区、国家现实主义、浪漫主义、现代主义文学的比较,这种比较既是空间上三类诗学的比较,又是时间上前后承续的三类诗学的比较,又如大陆著名作家对海外华文文学的影响研究,寻找其影响的"起点"传播的"中介"、影响者的"接受"及其独创性等,从而发掘在影响中接受者独创的价值。在过去的比较研究中,研究者往往把关注点放在探索两者的相同点和亲和性,这当然是必要的,但对于海外华文文学而言,这种比较的真正价值是在于对其特殊性的发现。

  与文化研究和比较研究密切相关的是世界视野和理论视角的观照。面对世界多元文化崛起、东方西方文化必然交汇的前景,海外华文文学如何在理论层面上展示其丰富的空间,除拓展其自身诗学的建构外,还可以把它们作为一种依据,开展对中外文化传播的各种问题的研究,把作为文化记忆的海外华文文学置于理论视野中作"文化阐发"将有助于深化中华民族族性书写的研究,这也是一条极具"文化中国"特色的通向世界文学之路。

(原载《文学评论》2003年第1期)

海外华文文学在中国学界的兴起及其意义

　　海外华文文学，是指中国以外其他国家、地区用汉语进行写作的文学，是中华文化外传以后，在世界与各种民族文化相遇、交汇开出的文学奇葩。它在大陆学界的兴起和命名，始于20世纪70年代末、80年代初，从台港文学这一"引桥"引发出来的，后来作为一个新的文学领域，进入学界的研究视野。

　　海外华文文学命名之初，人们只是把它看作一个与本土文学有区别的新的研究对象，并没有认识到它的世界性和独立学科价值，若干研究成果也未能突破对传统中国文学的理解和诠释。海外华文文学学科意识的萌发，是在20世纪90年代初，更具体地说，是在1993年6月暨南大学中文系和香港岭南学院现代文学研究中心联合召开的"华文文学研究机构联席会议"上提出来的。那次会议，在广州暨南大学召开，共有大陆和台港20个研究机构的学术带头人参加，与会代表在总结、交流经验的基础上，一致认为在新的历史文化背景下，应积极努力促使其成为富有文学性独立价值的学科之一。之后，才有了学科理念的萌生，有了学科建设的自觉。

　　海外华文文学作为一种历史的存在，它在世界各国的诞生和发展，都与我国"五四"新文学运动有不同程度的关系，已有近百年的历史。但本文所讲的不是海外华文文学的发生史，而是它在中国学坛被关注和对其进行研究的历史和意义。

　　第一，海外华文文学在中国学界的兴起。

　　我国学者对海外华文文学的关注和研究，起始于20世纪70年代末、80年代初，是在我们国家实行改革开放政策之后。首先关注这一领域的是广东、福建等沿海地区的学者，他们早期侧重的是中国大陆以外的台港文学，海外华文文学则是在台港文学"热"中引发出来的。之所以把海外华文文学在学界的兴起定位在20世纪七八十年代之交，是以下列标志性的事例为依据。其中之一：1979年广州《花城》杂志创刊号，刊登了曾敏之先生撰写的《港澳与东南亚汉语文学一瞥》[①],这是中国大陆文学界发表的第一篇介绍、倡导关注本土以外汉语文学的文章。其中之二:1979年2月,北京大型文学杂志《当代》刊登了白先勇的短篇小说《永远的尹雪艳》[②],这是国内文学杂志早期发表的美华作家写的小说,被喻为"一只报春的燕子",引起热烈反响。该作品语言精练、意蕴丰富,且运用了反讽、象征、意象等多种艺术手法,成功塑造了一个从大陆到台湾的名交际花尹雪艳,那是一个与历史上的名妓、交际花完全不同的带有魔性的美丽女人,通过她和她芬芳、雅致的"尹公馆",展现台湾社会的"众生相"——一群在历史转弯时堕落在人生泥沼中徒然打滚的人。通过他们围绕着尹雪艳这个"总是不老"的"美丽死神",自娱、挣扎,走向衰败和死亡,展现出一个与中国大陆完全不同的特殊的文学空间。

　　白先勇是台湾旅美作家,小说《永远的尹雪艳》的题材也是取自台湾社会的生活,而且首先刊登在1965年台湾的《现代文学》第24期上。虽然这篇小说写于1965年,是白先勇到美国以后创作的[③],应属于美华文学,或旅美留学生文学,但因当时"海外华文文学"尚未命名,学界同人均把它当台湾文学看,并由此发端引出了对"台湾文学""香港文学"的关注,特别是从事中国现当代文学研究的学者,感到以往的中国现当代文学史中"台港文学"的"缺席",为填补这一"空白",很快就在学界掀起台港文学的评介、研究热潮,而且于1981年3月中国当代文学学会就成立了分支机构"台港文学研究会"。

　　为推动此项研究,1982年6月,由中国当代文学学会台港文学研究会、厦门大学台湾研究所、福建社科院文学研究所、福建人民出版社和中山大学、华南师范大学、暨南大学中文系等多个单位,在暨南大学联合举办首届"台湾香港文学学术讨论会"。1984年,继续在厦门大学举办第二届"台湾香港文学学术讨论会"。这两次会议的讨论对象都是香港文学、台湾文学,虽有个别海外的学者和作家参加,但未见有提交海外华文文学

---

① 曾敏之:《港澳与东南亚汉语文学一瞥》,载《花城》1979年创刊号。
② 白先勇:《永远的尹雪艳》,载《当代》1979年第1期。另据资料统计,1979年最早发表海外华文作家作品的,除《当代》外,还有《上海文学》《长江》《清风》《新苑》《收获》《安徽文学》等杂志刊登了聂华苓、白先勇、於梨华、李黎共14篇小说,1979年被称为海外华文作品的"登陆年"。
③ 白先勇于1963年赴美。

方面的论文，先后出版的两本会议论文集，也都命名为《台湾香港文学论文集》①。

1986年由深圳大学牵头，联合北京大学、中山大学、暨南大学、华南师范大学等国内多所大学，在深圳举办第三届"台港文学学术讨论会"，海外与会作家较多，如美国的陈若曦、於梨华、非马和东南亚的一些诗人和作家，还有少数学者，如当时在美国加州大学任教的陈幼石教授等，提交研讨会的论文中有15篇是研究海外华文作家作品的，②因此陈幼石教授对研讨会原来的名称提出质疑，会议更名为"台港与海外华文文学学术讨论会"，从此，"海外华文文学"得以在研讨会上命名。但由于历史原因和地区的特殊性，中国的台港文学与海外华文文学确有若干粘连和切不断之处，因台港两地的作家经常进出国门，和各国华文作家关系密切；海外华文作家中有不少是从台港移民出去的，与这两个地区的文化、文学有割不断的联系，文学形态也有许多相似之处。兼之原先会议的讨论对象是台港文学，所以更改后研讨会的名称依然是台港文学为"主"，海外华文文学为"宾"。尽管如此，第三届研讨会名称的变更，"海外华文文学"的正式命名，学术上的意义不可低估，其创意在于：学界的关注点已从台港文学扩展到海外各国的华文文学；并且在思想上认识到台港文学和海外华文文学的差异性。此后，海外华文文学逐步进入大陆文学研究者的视域。

1988年在上海复旦大学举办了同名的第四届研讨会。1991年7月，紧接着香港作联、《香港文学》、香港联合出版集团、岭南学院等单位在香港召开的"世界华文文学研讨会"之后，广东省社会科学院在广东中山市举办第五届研讨会。由于有澳门笔会理事长陶里先生带领的五位澳门文学界的代表参加，并提交有关澳门文学的论文，于是会议又更名为"台港澳暨海外华文文学国际学术研讨会"。至此，大陆本土以外过去被忽略的华文文学"空间"都被清晰地显现出来，成为大陆学者的研究对象。

从海外华文文学学科意识的萌发、孕育、形成历史看，第五届国际学术研讨会有值得注意之处。一是该次研讨会是紧接着香港"世界华文文

---

① 第一届会议论文集《台湾香港文学论文选》，福建人民出版社1983年版；第二届会议论文集《台湾香港文学论文选》，海峡文艺出版社1985年版。

② 第三届会议论文集《台湾香港暨海外华文文学论文选》，海峡文艺出版社1990年版。

学研讨会"召开的,有多个国家、地区的海外华文作家、学者参加,在研讨中,海外华文文学的问题成了讨论的一个"热点",如东南亚各国华文文学的生存与发展、中华文化与海外华文文学的关系等问题,就备受关注;二是在第五届会议所提交的论文中,出现了三篇以"世界华文文学"为题的论文,它们分别是广东许翼心的《世界华文文学的历史发展与多元格局》、赖伯疆的《世界华文文学的同质性和异质性》和新加坡王润华的《从中国文学传统到海外本土文学传统——论世界华文文学的形成》。①这三篇论文从不同的方面论述了如何从总体上认识、把握世界华文文学问题。

之后,1993年8月在江西庐山召开的第六届研讨会上,学者们有感于世界范围内的"华文热"正在升温,汉语文学日益成为一种世界性的文学现象,它同英语文学、法语文学、西班牙语文学、阿拉伯语文学一样,在世界上已形成一个体系,是一种跨国别的语种文学,许多国家也已先后成立了华文文学的机构。于是经过酝酿,大家一致同意将研讨会名称更改为"世界华文文学国际研讨会",并成立了"中国世界华文文学学会筹委会"。

研讨会名字的更改和"筹委会"的成立,意味着一种新的学术观念在汉语学界出现,即:人们认识到汉语文学不只是中国的文学,而是世界性的语种文学之一,应建立世界华文文学的整体观。也就是说,无论是研究海外文学还是中国文学,都要从人类文化、世界文学的基点和世界汉语文学总体背景来考察。尽管此前在香港召开的"世界华文文学研讨会",就已启用"世界华文文学"这一概念,研讨会的主题就是"世界华文文学与华文文学世界"。会议主持人刘以鬯先生在会上还明确提出:华文文学发展到今天,已进入了一个新的阶段,世界华文文学是一个有机的整体,很应该加强这一"世界"内部的凝聚力,把世界华文文学作为一个整体来推动。但当时内地学界对此尚未有明确的认识。所以第六届研讨会的收获和创意在于:通过讨论,学者们已认识到在华文文学研究中应有一种更为博大的世界华文文学整体观,这是认识上的提升,也标志着这一领域新的学术理念的形成。

---

① 第五届台港澳暨海外华文文学国际学术研讨会论文集《台湾香港澳门暨海外华文文学论文选》,海峡文艺出版社1993年版。

在这之后，又分别在云南玉溪、江苏南京、北京、福建泉州、广东汕头、上海浦东、山东威海、吉林长春、广西南宁召开了第七、第八、第九、第十、第十一、第十二、第十三、第十四和第十五届国际研讨会，有关学科建设的一些基本理论问题不断被提出来并加以讨论。就大的学术论题而言，经历了海外华文文学"空间"的界定，世界各个国家和地区海外华文文学历史状态与区域性特色的探索，从海外华文文学与中华文化关系探源到海外华文文学的整合研究，从文学史的撰写到从文化上、美学上对这一领域各种特殊理论问题以及相关文学母题的研究等等，成果丰硕，显示出这一新兴学科的学术生机和创造力。

除此以外，特别值得注意的是：经过八年的艰苦努力，2002年5月，作为国家一级学术团体的"世界华文文学学会"，获民政部批准，并在暨南大学召开成立大会，从此结束了学会的"史前史"阶段。学会的成立，不仅有助于加强自身的凝聚力，吸引更多学人参与，特别是吸引对这方面有兴趣的年轻学者进入这一领域，对促进世界范围内华文文学的交流、互动，也有十分重要的意义。

学会成立以后，2003年11月在江苏徐州召开了"世界华文文学教学研讨会"，是这一领域首次全国性的教学研讨会，着重探讨如何保证教学质量和加强教材建设问题，与此相联系的还讨论了学科的命名、释名问题。在会上，有学者提出海外华文文学与海外华人文学的联系和区别问题，与会代表普遍认为："海外华文文学"是指海外华人作家用汉语写作的文学，"海外华人文学"应包括海外华人作家用汉语和非母语写作的文学。此外，有个别学者提出：可否以"世界华文文学"来为学科命名？与会代表就这个问题展开了讨论。不少学者同意这样一种看法：世界华文文学应包括中国文学和海外华文文学，而海外华文文学不等同于中国文学，是指中国以外世界其他国家的华文文学。以海外华文文学命名，虽然有只从地域上去认定这个学科的局限，未能显现这一新兴文学领域的内涵和精神特质，但在更富有历史感和学术深度的命名没有出现之前，现阶段这样认定有助于进入具体操作层面。而"世界华文文学"，如前所说，它是一种新的学术理念，是所有华文文学研究者都应有的一种世界性华文文学整体观。这个会议的召开，一方面是引起这一领域的学界同人对各层次课堂教学、特别是本科教学问题的重视，另一方面是对学科命名内涵的进一步关注。

以上，是海外华文文学在中国学界兴起的历史进程。从中不难看出，学界同人在学科建设与方法论的选择等问题的研讨已有一种可贵的学术自觉，这种自觉正在逐步化为系统的、有深度的学术成果，为这一领域的学科建设奠基。

第二，海外华文文学兴起的学科意义。

学术史上许多学科在形成过程中的经验说明，学术研究如没有终极目标，就很难探得其本真的意义。因此，把握海外华文文学这一特殊文学空间的根性和特性，探讨这一领域的显现给人们提供了何种新的学术思维，是关系到它是否能够作为一个学科存在的科学性问题。也就是说，从学科建设的角度，我们还要进一步追问：作为一个新的文学学科，它从哪些方面表现了人类生存的独特方式？有哪些是别的学科所不能取代的？它对原有各文学学科有何补充、推动和影响？

20多年来的实践证明，海外华文文学作为一种具有世界性和民族性的汉语文学领域，其学术特色和学科意义已日益为人们所认识。

1. 海外华文文学的兴起，为我们展现了一个特殊的汉语文学空间

作为一个汉语文学空间，海外华文文学的特殊性主要表现在它的世界性、边缘性和跨文化性。首先，海外华文文学作为一种世界性的文学现象，迄今已有近百年的历史。虽然引起人们关注和研究的历史只有30年，但由于海外华文作家都是处在世界各地，在"他种"民族文化包围下写作，是在不同时空复杂背景下，流动的、富有情感与思想的作家群体或个体，其以华文为文心的情缘、墨缘，以及文学作品中所表现的各个国家、地区华人独特的生存方式，不同民族文化的重叠与交融，具有与中国本土文学不同的研究内涵和文学审美形态，是一个具有世界性和民族性的汉语文学领域，有它自身的活力和张力。其次，海外华文文学作家是在本土以外用民族语言书写情志，以文学的形式生长在异国他乡，这无论是从居住国抑或从祖居国的角度，都是处在边缘的地位。在他们的作品里，充满异域感、陌生化、放逐和漂泊的无奈，"我是谁，我的根在哪里"成为他们作品中的一个普遍的主题。因为从文化上他们不属于生存的地方，也不属于故乡故土，自身就是一种双重边缘性的存在，所以海外华文文学具有明显的边缘特征。由于海外华文作家绝大多数是从中国移居海外的华人，而他们移居的国家、地区又是各不相同的，但他们都是生活在异族文化包围的环境里，所以在文学中的文化诉说和表现也就十分复杂和多样，总是这样或那样地表现出中外文化复合的跨文化特色。这也是它区别于中国本土文学的最基本的特点。

2. 海外华文文学的兴起，直接间接地推动了中国文学现有各学科的发展

第一，整合了中国现当代文学，拓展了中国现当代文学的研究视野。20世纪80年代以前，台港澳文学在中国现当代文学史中是"缺席"的，因而这个文学史的"版图"是不完整的。近30年来，作为海外华文文学"引桥"的台港澳文学的研究成果，已不同程度地被运用于中国现当代文学史的教学和教材之中，使中国现当代文学具有了完整的形态。另外，海外华文文学的早期发展，是受到中国"五四"新文学的影响和激发，有些国家海外华文文学的拓荒者，就是移居海外的中国现代作家，所以海外华文文学与中国现当代文学之间，常常有一些共同或相似的命题、话语和主题，在其早期，甚至有彼此呼应和同步的现象。20世纪下半叶，随着世界的发展和多元文化的崛起，在新的语境下，海外华文文学有着更加广阔的空间，文学母题的演进、更新，艺术模式的多样化，文学中文化内涵的丰富性等等，体现出自己鲜明的文学特点。这些年来，不少中国现当代文学学者特别是中青年学者，已通过有效的学术研究，探索中国现当代文学的外传及其影响；同时，还吸取不同语境下不同国家华文文学创作与批评的经验，互动互惠，拓展了自身的研究视野，为营造该学科新的学术语境做出了突出的成绩。第二，为文艺学提供一些新的命题，如语言与文化、文化与文学、中心与边缘、世界性与民族性等理论问题的探索，以及这一领域文学作品中表现出来的无根意识、怀乡情结和漂泊心态等带有某种母题性质问题的阐释。近几年，海外诗学家、批评家也成为理论界新的研究对象。学者们对他们著作中的一些新的文学观念、文学研究方法已有所关注，并将其作为更新本学科理论话语时的参照和借鉴。第三，间接地推动了中国古代文学学者对中外汉语文学关系史、世界汉语文学史以及域外汉学的研究。此外，由于海外华文文学在学界的兴起与发展，对英美文学等专业也有一定的促进作用，主要是引起对世界华裔/亚裔英语文学的关注和研究，而且已经出现了不少的成果。

3. 海外华文文学的比较文学意义已备受关注

由于海外华文文学和比较文学都是在改革开放之后才迅速发展起来的，它们发展的过程有相同与相似的背景和路径，有一种不寻常的天生的学术联系，在研究的视野与方法上，有许多可以互通和相互跨越的学术空间与视点。首先，海外华文文学的兴起为比较文学提供了一个极富创造性的探讨对象和新的学术空间。开放交流、沟通对话，是比较文学作为一门学科与生俱来、贯穿始终的本质所在。海外华文文学是中华文化在世界各国的传播过程，与各种"异"文化接触、对话之后，形成的一个各具特色、丰富多彩的"文学世界"。这中间有许多两个文化圈之间的相互交叉点，这是海外华文作家从自身的体验出发，以文学的形式，表现这些"家在别处"的华人，在双重文化背景中的各种生存状态和情感世界，是他们感受文化差异之后的艺术结晶，极具跨文化特色，对其作解读和文化诠释，是比较文学跨文化研究的一个新领域。其次，海外华文文学的兴起，还为比较文学提供了一系列新的视阈、新的对话模式、新的融合和超越的机缘。海外华文文学在各国"旅行""居住"、开花结果，生成、发育、发展的条件和土壤很不一样，对它在各个国家、地域的起点、传播、中介、影响、融合、变形等等的追问，就极具比较文学的价值和意义。最后，海外华文文学为比较文学的国别、地域比较，特别是理论研究和拓展学科"边界"，提供了新的内容和视点。在传统比较文学的跨文化、跨国别、跨学科和比较诗学研究范式中，未见有关海外华文文学或海内外华人文学的阐释。海外华文文学的兴起，海外华文文学作品中表现出来的纵横交错的文化"边界"，有助于比较文学去发现、拓展新的学科"边界"，使中国比较文学学者在本领域有可能获得新的突破。

事实上，早在1996年，中国比较文学学会会长乐黛云教授就在"中国比较文学学会第五届年会暨国际研讨会"的总结发言中指出："海外华文文学是比较文学即将要去拓展的领域。"1999年、2002年、2005年和2008年，在中国比较文学第六、第七、第八、第九届年会暨国际研讨会上，海外华人文学的研讨均成为会议的一个"热点"。2004年国际比较文学学会在中国（香港）召开的"第17届年会暨国际研讨会"上，乐黛云教授代表中国比较文学学会在大会上作题为"全球化时代的比较文学——中国视野"的学术报告中，谈到中国比较文学20年来的开拓和创获时，也特别推介"海外华文文学与离散文学的研究"。她认为，"这种研究从理论上将海外华文文学视为不同文化相遇、碰撞和融合的文学想象，进一步展开异国文化的对话和不同文化的相互诠释"，"已汇入世界性离散文学的研究潮流"。①

　　以上是笔者个人的一些认识,希望能让朋友们对海外华文文学这一新兴领域产生兴趣,有更多的人前来参与,通过学界同仁的共同努力,使其成为一个有自己独特研究内涵的学科。

(原载《华文文学》2008 年第 3 期)

---

① 参见乐黛云《全球化时代的比较文学——中国视野》,载《中国比较文学》2005 年第 1 期。

全球语境下的海外华文文学研究

长期以来,学者们一直在讨论"中华文化、文学如何走向世界"的问题。事实上,从20个世纪80年代开始,随着"西方中心论"的动摇,世界多元文化崛起,国际文化界的一些有识之士都有一种在多元文化中求和谐的愿望,那就是:共同建构一种多元共处、"和而不同"的新的全球文化景观。中国有几千年的优秀文化传统,完全应该成为世界多元文化中备受关注的一"元"。中华文化走向世界,让世界走向我们,渠道应是多种多样的,但很重要的一点是,我们要主动与各种文化对话,而海外华文作家处在华族文化向世界各地移动,跟异族文化接触的最前沿,海外华文文学正是海外华人作家和世界各种文化对话的结果,是中华文化与不同国家文化交汇的结晶。海外华文文学作为一种客观存在的独特文化文学现象,已给世界多元文化格局增添了新的成分,为20世纪的世界汉语文学开拓了新的篇章;同时,也在某些方面对我国传统文学起到既补充又挑战的作用。以往我们文学界、学术界对海外华文文学在推动中华文化走向世界进程中所做出的这种贡献关注不够。本文从这一少为人们关注的命题出发,通过对海外华文文学表现出来的特殊文化、文学现象的诠释,展现其所蕴含的世界性、全球性特征和审美价值,说明其有可能以"边缘"的身份,从一个方面为中华文化、文学走向世界作出自己的贡献。

一

海外华文文学是一种世界性的特殊文化载体的文学,一种新的汉语文学形态,也可以说,是一种用汉语写作的"混血"文学。这种新的文学形态,既不同于中国本土文学,也有别于东西方各个国家的主流文学。作为一个汉语文学空间,海外华文文学的特殊性主要表现为它的世界性和跨文化性。海外华文文学的根是系在中华文化这棵老树上,但由于海外华文作家都是处在世界各地,是在他种民族文化包围下写作,他们是不同时空复杂背景下流动的、富有情感与思想的作家群体或个体,其以华文为文心的情缘、墨缘，在文学中所表现的各个国家、地区华人独特的生存方式，不同民族文化的重叠与交汇，以及作品背后隐含的不同文化之间交织过程的种种纠葛，具有与中国本土文学不同的文化内涵和文学审美形态，是一个具有世界性和民族性的汉语文学领域，有它自身的活力和张力。在这个特殊的华文文学空间里，既有中国传统文化的基因，也有与"他者"文化对话之后产生的文化"变异"现象，是一种跨文化的汉语文学，在某种程度上已经具有世界性的因素和视野。所以，世界各国华文文学的发展，这种世界性汉语文学"圈"的形成，有助于中华文化走向世界，跟世界各个国家、民族的文化互动。

特别值得注意的是：20世纪90年代开始，随着全球化时代的到来，在世界范围内伴随"流散"现象而来的新的移民潮日益加剧，离开故土流散在异乡的华人常常借助文学来表达自己在异域的情感和经历，他们的写作逐渐形成了全球化时代世界文学进程中的一道独特风景线，当中有流散之后对故土的眷恋，也有异国的风光。他们的写作是介于两种或两种以上的文化之间的，可与本土文化对话，又因其文化上的"混血"特征而跻身世界移民文学大潮之中。但对本土而言，它有独特的视角，在世界文学中它又有挥不去的民族特征，故使其成为全球化时代后殖民和文化研究的一个热门话题。

作为移民海外的华文作家，到了异国他乡，心中总有一种离开真正家园的不可弥合的裂痕，那种精神上的哀伤是永远无法克服的，那是一种与母体隔离所导致的巨大悲伤。这种悲伤无时无刻不萦绕在他们的心头，表现在他们笔下的字里行间中。所以，在他们的作品里，常常有一种难以排解的矛盾：一方面，出于对自己在居住国生存状态的考虑，他们希望处理好两种民族文化身份的矛盾，在异国他乡有自己的立足之地，能找到心灵的寄托；另一方面，却由于内心深处本民族的文化根基难以动摇，很难与居住国的民族、国家的文化和社会习俗相融合，在矛盾痛苦之中借助文学写作，将隐匿在他们内心深处的各种文化记忆召唤出来，作为自己的一种生存意志的体现，是在异质环境里泯消陌生感、不安全感而构建心灵家园的努力。尽管如此，他们已经不能回到过去。虽然在文化上他们不属于生存的地方，但也不再是故乡故土的人。这是他们在移民生活中的真实感受，是他们内心的"第三种经历"。正是这种"第三种经历"的文学描写和叙述，在某种意义上体现了全球化进程所带来的文化、文学的多样性。

如我们能从这一视角切入，将其置于全球化语境下进行考察、研究，展现这些作品中所蕴含的世界性乃至全球性文化特征，并从中思考中国和世界的关系，应能深化和拓展我们对海外华文文学存在及其意义的认识。

二

每个民族都有自己的文化，这种无形的文化的"墙"，是客观存在的。但民族文化的"墙"不应该是封闭的，应有可以沟通"墙"内外的"门"和"路"。因为民族文化向前推进的活力往往需要外来的参照，中国文化的发展也是这样。对于生活在世界各地的海外华文作家来说，他们在世界各国与他种文化相遇时，不可能是自我封闭，而是有如汤一介先生所说，"往往呈现出一种在'有墙与无墙之间'的状态"，即"非无墙"和"非有墙"的"非常非断"的状态。[①]"非常非断"，原是佛经用语，汤先生根据佛教中的三法印之一的"诸行无常"，引申作如下解释：一切事物都是在时间中流动，是变化无常的，事物在变动中好像是变到另外的地方，但又好像并没有变到另外的地方。他把这个道理用于文化上，说明两种不同文化交遇时彼此相辅相成、互促互动的关系。他所说的"非常"是指一种文化在时间的流动中与他种文化接触，必然会发生某种变化；他所说的"非断"是指在时间流动中所吸纳的他种文化又需要有所改变以适应原有文化的某些需要。海外华文作家在异国他乡，是在他种文化包围下进行写作，处于两种不同文化之间会有矛盾和碰撞，也必然会有影响和交汇，在他们的文学作品中，这种"非常非断"的现象是十分明显的。他们出国以后，在中外文化的比照中深深感受到中外文化的差异，在感受差异的同时回望"自己"、反思"自己"，在回望和反思当中又进一步发现"自己"。这一方面，是进一步认识我们传统文化中那些完全属于"自己"的温馨甜蜜的成分，以及它那种具有隐秘生命的魅力；另一方面，又在时间的流动中，接受他种文化的影响，引发新的精神力量，"再造自己"，并把这一切呈现在他们所创作的作品里，这就为我们的华族文化、文学在世界发展中增添新的基因。

[①] 参见汤一介《在有墙与无墙之间——文化之间需要有墙吗？》，见《独角兽与龙——在寻找中西文化普遍性中的误读》，北京大学出版社1995年版，第13～19页。

事实上，在众多海外华文作家那里，中华文化的"墙"，不是地界，而在他们心里。他们心中的"墙"，不是封闭的堡垒，而是有沟通"墙"内外的"门"和"路"，因而能够和他种文化交流、互动，又能自觉地承传和发扬本民族文化特色，以民族文化的"生命活态"参与到整个人类文化发展的大潮之中。在这个过程，开放、积极地感受差异是很重要的，以白先勇和严歌苓为例。白先勇原来是西学出身，在台湾学的是英语专业，到美国以后，在西方文化参照下，感觉到中西文化的巨大差异，所以渴望更多地了解本民族的文化，自觉积极地学中国历史，阅读各种中国经典文本，特别是琢磨中国古典小说的艺术经验，在创作中既借鉴和吸收了西洋文学技巧，如意识流、象征主义等现代派的手法，又能以此激活"自己"，发现和承传中国古典文学中的优秀传统，不断寻求一种自我的文化归属和拓展。严歌苓是美国的一位新移民作家，也是海外华文文学中很有成就的女作家，作品曾多次在海内外获奖。她的长篇小说《扶桑》在20世纪90年代出版后备受关注，这个作品的女主人公扶桑，是150多年前被拐到美国旧金山的妓女，作者根据历史的资料，从她的人生际遇演化出一个动人、奇崛的故事。严歌苓在《扶桑》中采用的是一种双层的艺术结构，表层是她所描述的人物行为和事件，包括故事中人与人之间的关系、矛盾、冲突等现象；深层是特定环境里中西两种文化的碰撞与较量，包括两种不同文化相遇以后对异族文化的感知、态度、回应、变形，正如作者在代序中所说，"是两种文化谁吞没谁，谁消化谁"的问题。实际上，她是通过第一代移民生活的外部世界的描写来展示离开故土的人的内心走向，或者说，辟出一条"走向人内心的路"。所以，在《扶桑》中，严歌苓不仅像自己所想的，"给读者讲一个好听的故事"①，其实，这个故事不仅好听，而且是一个有文化底蕴、有故事精神的故事。无论是白先勇还是严歌苓，他们的作品都是在移居西方感受文化差异之后，实现了文化上新的融合，在不同程度上为华族文化、文学增添了新的质素，因其出新，有各自的原创性，故受到广大读者的欢迎。

我们读一些海外华人学者关于中国文学的论著，如刘若愚、叶维廉、叶嘉莹、王德威等所写的著作和论文，也会有一种新的文化感受。这与他们移居西方以后，接受了西方文化的影响，特别是在西方学坛接触到源于

---

① 严歌苓：《扶桑·代序》，上海文艺出版社2002年版。

不同思维模式、审美视角的各种方法论,将其投射于本国的文学作品、文学理论和文学现象,从而在原有人们言说的基础上有了新的发现。他们以跨文化的视野和知识背景,分别在文学理论和实践批评上做出了突出的贡献,刘若愚的《中国的文学理论》、叶维廉的《中国诗学》、叶嘉莹的诗词评析文章和王德威的《想象中国的方法》,均先后受到国内学界的关注。以叶维廉和叶嘉莹为例。叶维廉出国前曾先后在香港和台湾念书,深受西方现代诗的影响,产生诗歌创作"外求新声于异邦"的审美理想,在西化、"他者"化、现代化的审美系统中,开始了诗歌创作之旅。出国留学以后,他身临其境地感受到他心目中的"异"风,在中国诗歌的英译工作中,从庞德等意象派诗人瞩目东方的视角,获得启发,回头寻找自己的文化之根,在诗歌创作上,回归到纯净朴实、淡雅自然的中国传统;在学术上,以差异性作为中西比较诗学的本体概念和主导研究方式,从对中西诗歌的比较分析入手,追索到中西不同文化的根,以中国人的传统文化视角嫁接西方现代诗学理论,并通过对西方意象派诗歌的解读寻求中西文化的汇通,提出了许多有创意的诗学观点,为中西比较诗学开拓了一条崭新的路。而叶嘉莹的中国古典诗词研究成果,则是在巧借西方现代形式主义和阐释学方法的基础上对中国古代诗词鉴赏批评的继承和延伸,她以唐宋才女式的细腻婉约匹配现代学术理念和规范,所撰写的大量带有她自己体温的鉴赏评析文章,在海内外读者心中播下了中国优秀文学传统的种子。海外华人学者在感受差异之后所作的"回望"本土文化、文学和诗学的研究成果,极大地扩展了汉语文学和汉语诗学在世界文学和总体文学中的影响和存在意义。

为此,总结海外华文作家、海外华人学者去国之后从起步到成熟的经验,特别是他们汇通中西文化的那种"非无墙"和"非有墙"的"非常非断"的文化态度和经验,无论对于拓展海外华文文学、诗学本身,还是对中华文化与世界其他民族文化的互动关系,都大有裨益。

三

一些中国内地的作家,包括批评家和学者,认为海外华文文学水平有限,不值得花力量去研究,这不能不说是一种片面的看法。我们国内的作家一直都是用汉语写作,从文化渊源、文学传统和文学技巧诸方面看,有很长时间的积累，每个历史阶段都出现了许多优秀的作品；而世界各国的华文文学，从其诞生发展的历史看，早的只有近百年，短的才有三四十年，跟国内很不好比。事实上，我们国内作家的作品也是成就不一，有很优秀的，也有比较一般的。海外的华文作家，很少是成名以后才移居国外，更多的是到了外国，在双重文化背景中生活，有各种各样的人生经历，内心深处有一种离家去国的伤痛，所以借文学来建构自己的精神家园，寄托自己的文化诉求。现在各个国家都已经有一批相当好的作品，有的还很优秀，当然也不排除有一些比较幼稚的。但如上所说，它是一个非常特殊的文学空间，是和本土文学不同的新的汉语文学形态，作为全球化语境下"流散"及其写作研究的一个领域，有其先行性和前沿性，中国学者完全应该在这方面进行研究，并在国际学坛上发出我们独特的声音。

为了让更多的人能认识海外华文文学，也为了确立海外华文文学在世界汉语文学界的地位，我们很有必要通过对这一领域优秀作品的审美阅读，突显其文学性和审美价值。这种审美阅读，出发点不是文学性的定义，而是这些文学作品中所呈现的富于创意的各种各样的艺术形象。文学性是存在于作品话语的表达、叙述、描写、意象、象征、结构、功能以及审美心理等方面，存在于艺术思维之中。它与其他的文化现象不同，具有相对的历史超越性，而这种历史的超越性是源于人的审美情感的积淀，它蕴藏在人类文化心理的最深层，是那些实用价值的文化现象所不能比拟和触及的。

重视文学性的探究，就是要重视探讨文学形象的奥秘。也就是说，我们面对一个有震撼力的优秀文学作品，着重要关注的是：它为什么会如此感染人？要对其作艺术的解说，这种解说不只是艺术之外的解说，而是要进入作品假定的境界，从作者的心理、情感、想象去阐释，分析作品的内在结构，研究这些海外华文作家如何将自己在域外的人生经验转化为文学创造，并通过独特的艺术形式，创造出感人的艺术形象。因为艺术是一种假定性的东西，它要求"真"，但不是绝对的真，正如莱辛所说："艺术是一种逼真的感觉。"（《拉奥孔》）一个作品的艺术形象能令我们感动，引起我们强烈的情感回应，往往是从它给我们那种不寻常的逼真的艺术感觉开始的。我们欣赏、分析形象，实际上是与作者、文本的交流与对话，追索它之所以能唤起我们心中这种感觉的缘由，探究文学作品感染人的奥秘。

分析作品的内部结构，对于叙事性的作品来说，最不能忽略而又容易被忽略的是艺术细节。20世纪中期成名的海外华文作家於梨华、聂华苓、白先勇等，都能在自己的作品里营造有情思深度的细节。例如，在白先勇的《永远的尹雪艳》《游园惊梦》《谪仙记》中，那些不见人工痕迹的精致的艺术细节，常常在小说情境的转化、人物性格的逆转时起着内在逻辑的联结作用。现在活跃在海外华文文坛的女作家严歌苓、张翎，也很具这方面的艺术功力。严歌苓的《扶桑》《第九个寡妇》，张翎的《交错的彼岸》、短篇小说集《雁过藻溪》中都有这种能调动读者想象和经验的精彩细节，它们像镶在故事情节当中的小珍珠，动人心弦。精彩的细节不仅有特点，而且有情感和情绪的深度。艺术审美和科学认识不一样，不能忽略微观的视角，我们的艺术感觉，常常是被"逼真"的形象，特别是那些能调动我们想象和经验的细节唤醒的。所谓"审美"，就是要从文学作品的精致、独特处，分析、展现其隐藏在里面的思想和情感，作家的创造。

我们读严歌苓移居海外以后所写的小说，无论是海外题材，还是故土题材，都明显地感觉到她的思想意识和审美情趣已发生了很大的变化。她多次提到西方的教育和生活经历，使她深深感受到中西语言、文化之间的距离和对话的鸿沟，自觉地把西方文学的优点融入自己的文字里面，"试图通过这种借鉴和融合创造一种新的汉语体"①。正是从中西的文化差异中，严歌苓找到了自己文学创作的新起点。《扶桑》是严歌苓享誉海内外的一部小说，是海外华文文坛重述美国旧金山第一代华人移民辛酸史的叙事力作。在这个作品里，作者同时使用第一、第二、第三人称，借助不同时间层面叙事预设的机制，对主要叙述对象扶桑层层聚焦，运用第一人称叙述者的"干预"手段，非连续性和蒙太奇拼接叙述结构，让故事外的作家以寻访者的身份对故事女主人公观看和评说，产生了许多叙述视点。三种人称在作品中交叉叙述，叙述流并没有因为叙述者的轮换而断裂或混乱；相反，却促成有限叙述和全知叙述，主观和客观交叉、互释、互补，使昔日这个在夹缝中求生存的华人妓女故事，在中西异质文化强烈碰撞中有了充分的言说空间。严歌苓曾说，《扶桑》的创作灵感源自旧金山"唐人街历史陈列馆"中德国摄影师摄于1870年的一幅华人名妓的巨照，是这幅照片对她产生的"视觉的撞击"，促使她用直呼式的"你"和画中人

---

① 李亚萍、蒲若茜：《与严歌苓对谈》，载《中外论坛》2005年第5期。

直接"邂逅"①,期望用丰富的想象和翔实的史料基础来还原"一段被人遗忘的最屈辱的历史"②。正是这种客观事物和作家主观感情的猝然遇合,人物的历史、感情、个性和生命力在作家独特的想象力诱导下被具体、生动地表现出来。在故事叙述上,作者运用三种叙述者的交叉叙述方式,确实为自己的小说构筑了不同一般的叙事格局。这是中西两种语言艺术在她那里交汇融合的结晶,是严歌苓在努力寻求中西异质文化对话中找到的一条"多声道"。

现在海外华文文坛上,已有不少优秀的作品,包括诗歌、散文、小说等,以往我们对它们所蕴含的文化特殊性关注较多,艺术解读则明显不够。对作品的艺术解读,是和探讨作家的观念、情趣、情感、个性、想象力与原创性联系在一起的,是探索这一领域文学性的基础。海外华文文学是一种"文学性"的语言结构,拓展这方面的研究,是关系到它作为一个具有世界性的特殊文学领域有何等审美价值的问题。对于研究者来说,就是要建立一种文化与"文学性"相联系的新维度,为这一领域的研究开拓更为广阔的学术空间,同时也从一个方面为其他领域的"文学性"探求提供新的参照。

今天,在文化研究热潮中,"中国经验"成为西方学者的重要研究对象与思想资源,正不断被引入学术领域。海外华文文学作为全球化时代文学进程中新的汉语文学现象,也日益成为全球化时代后殖民和文化的一个关注点,作为中国的海外华文文学研究者,如何在新的语境下,将其置于全球背景中加以审视、考察和研究,展示其世界性和"中国经验"结合的特性,从文化和美学两个方面为中国文化、文学走向世界提供某种有益的启示,应当是在新的历史阶段我们必须努力深化和拓展的工作。本文所论,只是一己之见,以期能引发同行对这方面问题的回应和探讨。

(原载《暨南学报》2008年第4期;其英文版后被选登于法国《比较文学》杂志2011年第1辑"中国专辑")

---

① 严歌苓:《故事外的故事》,载《青年文学》2004年第9期。
② 周晓红:《与严歌苓用灵魂对话》,载《中国妇女》(中文海外版)2004年第1期。

多元文化视野中的海外华文文学

一

海外华文文学是指生活在中国以外的华人用汉语书写的文学作品,这是一种具有跨文化特色的世界性汉语文学现象。

中国人移居海外有着漫长的历史,在中国古代,自汉代始,由于战乱、大规模的灾荒,或是商业上的交往,几乎每个朝代均有中国人迁居海外。明清两代还出现了真正意义上的大规模移民。20世纪以来中国移民的数量更是前所未有,尤其是闽粤沿海一带,地少人多,水旱频仍,每年都有大批破产农民,到南洋谋生。第一次世界大战前夕,已有近千万中国人背井离乡,移居到世界各地。20世纪中叶,海外的中国劳工已超过3000万人。近半个世纪,中国台湾、香港、内地三地区有大量留学生、专业人士移居西方各国,与早期移民多为劳工相比,这一时期的移民,从事商业活动和知识分子的比例不断上升。中国人移居海外,不仅给世界各地带去了中华文化,他们中的一些人还通过写作述说自己在异域生活的经历和体验,这些生活在中国以外具有汉语书写能力的华人,在各个不同的国家以自己的文学创作,共同建构了另一类的华文文学,是一种和中国本土作家创作不同的文学。

海外华文文学作为一种历史存在,它在世界各国的诞生与发展,均与我国"五四"新文学运动有不同程度的联系,早的已有近百年的历史,迟的也有二三十年。而它在中国学界被关注和研究的历史却只有30年。我国学者对海外华文文学的关注和研究,始于20世纪70年代末80年代初,是在我们国家实行改革开放政策以后,从"台港文学热"中引发出来的。① 国内第一篇涉及和介绍海外华文文学的文章,是1979年《花城》

---

① 参见饶芃子《海外华文文学在中国学界的兴起及其意义》,载《华文文学》2008年第3期。

创刊号上发表曾敏之撰写的《港澳与东南亚汉语文学一瞥》。同年,《上海文学》《当代》《长江》《清风》《新苑》《收获》《安徽文学》等杂志,先后刊登了聂华苓、白先勇、於梨华、李黎等多位海外华文作家的14篇作品。其中白先勇的短篇小说《永远的尹雪艳》在北京大型文学杂志《当代》发表后,因其独特、深邃的内涵和精美的艺术手法,在文坛和读者中有强烈反响,引起了学界的关注。① 1986年在深圳大学召开"第三届台港文学讨论会"时,因与会者有不少来自美国和东南亚的作家、学者,提交研讨会的论文中有15篇是讨论海外华文作家作品的,有美籍华人学者对原先会议名称提出质疑,他们认为海外华文文学不是中国文学,与中国的台港地区文学不同,研讨会更名为"台港与海外华文文学讨论会"②,这是"海外华文文学"首次在国内学坛命名。此后,海外华文文学逐步进入内地研究者的视阈。1993年,在江西庐山由南昌大学承办的第六届研讨会上,学者们有感于世界范围内的"华文热"正在升温,许多国家先后成立了华文文学机构,汉语文学在世界上已形成一个体系,是一种跨国别的语种文学,大家一致同意将研讨会名称更改为"世界华文文学国际学术研讨会"。但从学术的进程看,早期学者关注较多的主要是美国华文文学、东南亚华文文学,随着研究领域的不断拓展,欧洲华文文学、加拿大华文文学、东北亚华文文学、澳大利亚华文文学,也备受关注。现在,新西兰华文文学、中亚东干族的汉语文学等也为学者所注意,已有一些相关的文学评论和学术论文发表。特别要指出的是,20世纪的最后十年,不少学者已进入到对这一领域的总体研究和理论探讨。

海外华文文学作为一个新兴学术领域,在内地学界的兴起与发展,至今已有30年的历史。从已经发表的大量论文和数以百计的学术著作看,大体可分为六大类:一是作家、作品论(含作家评传);二是各地区、国别的华文文学概论和专论;三是以问题为中心的各种专著(如文化身份、女性写作、新移民文学、文化母题等);四是各种论文集,其中有代表性

---

① 白先勇是台湾旅美作家,他于1963年赴美,小说《永远的尹雪艳》写于1965年,是白先勇在美国创作的,应属于美华文学,或旅美留学生文学。但因小说的题材取自台湾社会生活,而且首刊登在1965年台湾《现代文学》第24期,学界同仁把它看成台湾文学,并由此引起了对台湾文学的关注。

② 此前,1982年和1984年,曾先后在暨南大学和厦门大学召开第一、第二届"台湾香港文学学术讨论会",讨论对象都是台港文学。

的是历届国际研讨会已出版的 15 本论文集;五是地区或国别的华文文学史;六是教材,以及与教材配套的文学作品选。此外,还有少量的辞书和译作。30 年来,这一领域有了自己全国性的学术机构——中国世界华文文学学会;在国内举办过十六届全国/国际性学术研讨会,三届"世界华文文学高峰论坛",两届"海内外华文文学机构负责人联席会议",两届"世界华文文学中青年学者论坛";为了适应教学的需要,还先后举办了三届"世界华文文学教学研讨会",两期"世界华文文学高级教师进修班"。这一领域的研究成果已进入大学课堂,国内有 70 多所大学开设这方面的课程,不少大学还招收这一专业方向的硕士生、博士生。2009 年暨南大学成功申报教育部"研究生教育创新项目",于 2010 年 3 月在广州举办"海外华文文学与诗学"全国博士生学术论坛。现在国内学坛已拥有一支数量相当的老中青相结合的研究队伍,这一改革开放以来迅速发展的新兴文学研究领域,正作为一个具有特殊学术意义的文学学科,在国内外学界备受关注。

　　海外华文文学在中国内地学界兴起以来,通过与世界各地区、国家不同形式的"对话"、交流、互动,经历了自己的初创期、拓展期,到世纪之交,步入了相对成熟的阶段,即具有学科形态的研究。从已经取得的成果及其影响看,这一领域兴起的意义,不仅在于有了许多学术著作和论文,已具有一个学科的基础和形态;更重要的是:它从整体上改变了海外华文文学的格局,它不再只是中国以外一些国家的少数民族文学,它们之间也不是孤立的文学空间或流程,而是世界文学格局中的一种汉语文学,并且与中国本土文学互动,共同形成一种世界性的文学现象。但由于海外各个国家的华文文学,已有各种不同民族文化元素的介入,具有与本土文学的多种不同特点;各个地区、国家的华文文学也因介入的民族文化元素不一样,有各自不同的特色,为了进一步在理论上探讨、认识海外华文文学的特质,以及它在世界华文文学发展中的意义和价值,如何做到在世界文学格局中从多元文化的角度,去对这个具有多种中外文化混融的汉语文学"世界"进行一种学术性的文学追问、诠释和建构,还是一个有待开拓和深化的重要课题。

二

海外华文文学是一个世界性和民族性交汇的特殊汉语文学空间，也可以说，是一种用汉语写作的"混血"文学。作为世界文学格局中的一种特殊的汉语文学形态，它既不同于中国本土文学，也有别于东西方各个国家的主流文学。海外华文作家身处世界各地，都是在他种民族文化的包围下用汉语写作，文学中表现的是各个国家、地区华人独特的生活状态和生存方式，当中有中华文化与各种不同民族文化的重叠和交汇，也有不同文化之间交织过程的种种纠葛，具有与中国本土文学不同的文化内涵和文学审美形态，有它自身的活力和张力。在这个特殊的华文文学空间里，既有中国传统文化的基因，也有与"他者"文化对话之后产生的文化"变异"现象。

人是文化的载体，汉语是华族文化的"家"。移居海外的华文作家，离开本土，无论生存状态如何，文化意识、思维方式、心理素质仍然是中国式的，内心深处总有一种离开真正家园的裂痕，面对异国他乡的人事或时空，会有或强或弱的隔阂。一旦有条件，这种源自本土的族群意识就会冲破沉默，发出自己的声音。许多海外华文作家在异域里坚持用汉语进行写作，在某种意义上，也是一种构建心灵家园的努力。他们在文学作品中所表现出来的这种对中华文化的执着，使其与本土文学之间有一脉相承的血缘关系。但这种建基于海外生活经验之上的"文化认同"，并不完全等同于中华民族的传统文化，因为当中已有着与居住国千丝万缕的异质文化联系。在他们的作品里，中华文化更多的是一种对故土的缅怀，一种超越时空的记忆，一种对于"文化中国"的渴求与向往。"文化中国"这一概念，是海外学者杜维明提出来的，他在《文化中国：边缘中心论》《文化中国与儒家传统》《文化中国精神资源的开发》等文中认为中国不只是一个政治结构、社会组织，也是一个文化理念。事实上，对于众多华文作家来说，中华文化不是地界，而是在他们心里。就其整体而言，海外华文作家在各个国家的生活、创作，文化上是一直处在"混融性"之中的，他们那种与生俱来的华族文化的"根性"在文学中的表现也不是凝固、静止的，常常会在多元文化语境中形成它的"变异体"①。因此，研究者在面对它时，就不能仅仅从传统"中华文化"的角度去认知它，把他们作品中的外族文化因素看成完全被动受影响的，而是他们在新的生活环境里面对问题和困境创造出来的结果，如能把它放在世界多元文化视野中分析，展现其中外"混融"独特的文化形态和艺术思考，我们就会有一种新的感觉、体验和认知。

由于许多海外华文作家，是在中国接受教育之后才移居国外，其创作的文化源头当然是华族文化，他们的艺术思维方式和感情表达方式，他们的创作方法、语言词汇和表现方法等，都不无"唐人"这条"根"；但移民之后他们在不同的国家生活，在与异族文化碰撞和交汇中，又融入了"非中国元素"，所以他们笔下的中华文化是能够与他种文化交流、互动，又能承传和发扬本民族特色，以民族文化的"生命活态"参与到人类文化的发展大潮之中。研究者在面对这个群体时，就要去发现它那隐含在形象当中的各种"非中国元素"，也就是那些交融于其中的各种各样的"世界性因素"，以"跨文化视野"观察、分析这些含有多元文化元素的"新文本"，展示它如何从华族文化"原发性文明"的承传中，在不同时空与接触到的异质文化相遇、融合，从而形成各种"新文本"的不同特征。在各个国家的华文文学中，中华文化的底蕴和异质文化的内部组成及其形成的文学特征是各式各样的，因而存在着多种形态的"多元复合"的内部结构，研究者如能从上述所说的跨文化"变异体"的视角，通过对各地区、国家优秀（或有代表性）文本的具体细读方法，分析、揭示文学文本中所表现的新观念、新范式，以及异质文化进入主体文化的途径与轨迹，探究这种新的"文学文本"生成的"过程"，追索文本成型过程中融入的新质素，就有可能把握海外华文文学内部更加真实的文化、艺术、美学的逻辑。

笔者认为，面对海外华文文学作品中文化上这种"多元复合"的文学形态，要深入探究、阐明它作为一种新的汉语文学的若干特质，下列三个方面的努力是不可免的：第一，研究者要有一种宏大的学术视野，也就

---

① "变异体"，原是生命科学范畴内的概念，北京大学严绍璗教授将其用于日本文学研究，用它来说明"多元文化语境"中构成的"文学文本"（参见严绍璗《比较文学与文化"变异体"研究》，复旦大学出版社2011年版）。笔者在此处使用他所构建的这个概念。

是多元文化语境下的跨文化视野；第二，要把这一领域各种各样的文学作品作为"客体"对象进行研究，探讨其成为这样一种文学形态的文本内部的艺术逻辑，并根据自己的阅读和感知，做出具体的解读和理论概括；第三，由于这一领域的文学文本是多元文化元素与华族文化各种复合的产物，故要注意到各个文本创作"特定时空"的文化语境。所谓"特定时空"，就是作者所生活的环境。研究者要去了解、贴近、体验和感悟作者创作时的文化氛围，包括与那个"时空"有关的物质与非物质的各种元素，也只有这样，才能使所述所论经得住时间的考验。而文化语境，应包括三个层面的文化元素：第一层面是社会文化语境，即特定时空里人们的生存状态、生活习惯、心理形态、价值观等；第二层面是认知的文化语境，即作家自己的生存状态、文化取向、认知心理、认知程度和途径；第三层面是作品中形成的交互混融的"文化场"，"文化场"中作者所感知的生活，以及其如何以形象化的艺术手段表现出来。通过上述三个方面，研究它们在多大程度上改变和拓展了本民族原来的文化、文学形态，展现其因异质文化的渗入而产生本民族文化在承传中的"变异"，并通过对作家文化身份的探究和作品的分析，特别是对这一领域出现的文化、文学新因素的思考，认识多元文化语境下的海外华文文学的特质。

三

海外华文作家由于居住的地区、国家不同，身份认同有别，所处的异质文化语境不一样，就形成了海外华文文学的多元文化性。

海外华文作家在异国他乡生活、创作，他们的文学作品是植根于海外生活之上，他们以文学性的感受和体验承载着中外文化的差异性，而差异的多样性和丰富性，也造就了海外华文文学文化上的多元性，这是海外华文文学与中国本土文学不同的一个突出特征。

目前，世界许多国家都有华文作家，他们文化身份的构成，主要是由他们所生长和后来生活的国家、地区文化生态与社会思想所决定，作为"离散"群体的华文作家，他们四处落地生根、生长，身上承载中外文化的"混融"已从两重性发展为多元化。同是东南亚地区的华文作家，新加坡的华文作家与泰国的华文作家在文化、政治认同上就有极大的差异；同是马来西亚的华文作家，主要接受英文教育还是华文教育，是老移民还是新移民,文化上交互混融的程度也不一样。我国改革开放之初,新加坡华文作家、学者王润华第一次来中国,就惊讶自己与中国人的文化意识有许多不同,虽然他自感内心上认同中华文化之处甚多。①

如上所说,汉语是华族文化的"家",但语言本身也是动态、发展的。海外华文作家,由于居住地与文化语境的改变,为了准确、形象地书写域外的生活经验与自然环境,更恰当贴切地去表现他们在异域的生活,展现居住地人与人的关系,就需要重构汉语的性能,以便能具体生动地表达当地华人的生存状态、文化思想,真实地承载他们在新土地上的生活经验。马来西亚华文作家吴进(杜运燮)在用华文写作时,就大胆改变原先汉语使用上的某些规则。② 为此,王润华曾经倡导要"把世界华文文学与它所产生的国家和土地、文化属性、政治认同相联系起来分析";他还引用杜维明的话说:海外的华人是"改变中的华人"③。我们读海外华文作家的作品,就常常发现:当中有世界各个国家华人反映居住地社会习俗或现象的词语。以东南亚地区为例,菲律宾华文作家的作品中,就经常出现"番仔婆""出世仔"这样的名词,前者是指菲律宾女人,后者是指中菲混血儿。而马来西亚的作品中,却常按当地习惯,将中国与马来西亚烹饪结合的食物,称为"娘惹菜肴"。这些不同国家华人区的"地区词",具有地区、文化的色彩,有不同文化背景下的特殊意义。

海外华文文学呈现出来文化上的差异性和多元化,各有其独特的内涵和语言个性,这就需要研究者从新的文化角度去认知。20世纪90年代以来,笔者曾在多篇论文中倡导将比较文学的跨文化视野与比较方法运用于海外华文文学的研究④;在2000年撰写的《海外华文文学与比较文学》一文里,还就如何在海外华文文学研究中引进比较文学多维比较方法问题,作了较为详细的论说:"既可以将海外华文文学与中国本土文学作比较,研究其传播、影响和在各个不同国家、地区延伸、发展的状态,探索世界华文文学发展的脉络,以及与不同民族文化接触、变异和被认同的程

---

① 参见王润华《文化属性和文化认同:诠释世界华文文学新模式》,见饶芃子主编《流散与回望》,南开大学出版社2007年版,第22页。
② 参见王润华《越界跨国文学解读》,台北万卷楼2004年版,第443~461页。
③ 王润华:《文化属性和文化认同:诠释世界华文文学新模式》,见饶芃子主编《流散与回望》,南开大学出版社2007年版,第24~25页。
④ 参见饶芃子论文集《世界华文文学的新视野》,中国社会科学出版社2005年版。

度;也可以将中国本土以外各个国家、地区的华文文学相比较,研究不同国别、地区华文文学作品中的美学模式、风格、文学语言的演变史,研究他们如何在特有的社会文化环境中产生这种蜕变;还可以将一个国家、地区不同时期、性别或同一时期的不同华人作家群进行比较,探索他们在异质文化背景下的创作状况,特别是在主流文化与非主流文化的碰撞,或同其他非主流文化的接触中对本民族文化所采取的态度,以及做出怎样的文学反映与选择,探求其异同。通过这种多维的比较,从总体上更深、更广地认识、把握这一特殊空间文学的多样性和丰富性,把这些植根于海外生活经验的文学转化为一种域外汉语诗学,进一步去促进其未来的发展。"①这些,在学界都曾引起同行的关注和回应。但由于世界上有许多不同的华人离散群体,而华文离散群体的多样性和复杂性,又形成了海外华文文学的多元化和丰富性,为了从整体上进一步认识、把握海外华文文学的特质和文化上的意义,我们还必须寻找和采用更多的诠释理论与方法来对这个多姿多彩的"文学世界"进行解读。

从学术上看,多元文化视野中的海外华文文学研究,应是中外文化"对话"研究的一种新的理论视野。早在20世纪80年代开始,学者们就一直在讨论"中华文化如何走向世界"的问题。事实上,中华文化走向世界,渠道可以是多种多样的;但很重要的一点是,我们要以开放的态度,主动与各种文化"对话",而海外华文作家处在华族文化向世界各地移动,跟异族文化接触的最前沿,海外华文文学正是海外华文作家和世界各种文化"对话"的结果,是中华文化与不同国家、民族文化交汇的结晶。海外华文文学作为一种客观存在的独特文化文学现象,已为20世纪汉语文学开拓了新的篇章;也在某些方面对我国传统文学起到既补充又促进的作用,从一个方面为中华文化走向世界和中外文化的交汇、互动做出自己的贡献。为了深入探讨这方面的意义,我们就要去面对和诠释这一领域千姿百态的文化文学模式:一是要探究各地区的华文作家是处在什么样的文化语境中创作,接受了哪些外来文化的影响,从而创作出一种别样的华文文学作品?二是要在他们创作的文学作品中,分析、阐明本民族的文化文学基因是如何在不知不觉中被"改造"了,以自身的独特面貌加入

---

① 饶芃子:《海外华文文学与比较文学》,载《暨南学报》(哲学社会科学版)2000年第1期。

到世界文学的行列,丰富了世界文学的内容。作家的创作是一种个体的精神劳动,任何一位华文作家,无论自己身置何方,都不可能在文化真空里进行,他们的创作过程必然会大量调动起长期积淀在意识深层的文化信息,包括在本土和域外的人生经验和阅读信息,域外的现实生活与感受或许成为他们感情爆发的引线、具体故事情节的基础,但对于一个有文化积淀和艺术创造力的作家而言,他笔下的艺术形象必然是由中外许许多多文化信息共同熔铸而成的。所以面对各种各样的海外华文文学,如何从跨文化和"互文性"角度去解读和探讨,展现其在中华文化走向世界进程中的特殊意义,同样是当今这一领域学者需要去深入研究的。

综上所述,本文着重讨论的是如何认识、探讨多元文化语境下海外华文文学的特质和意义问题。对海外华文文学作为人类共同的精神产品,在世界文学格局中的位置,与世界文化、文学的联系,其在世界文学进程中表现出来的独特生命力,以及由此而形成的文化、文学传播与扩散的丰富状态,尚未正面涉及,而这些方面学术的空间还很大,笔者期待有更多的学者来关注这一领域,以一种更为开放的世界视野和文学观念,将其作为凝聚人类共同智慧的精神产品解读、诠释、研究。

(原载《社会科学战线》2011年第12期)

百年海外华文文学经典研究之思

文学经典是文学发展变化过程的集中表现。任何一种新的文学传统的形成、发展，其特质主要是表现在经典著作上。海外华文文学在世界各地存在至今，已有100多年的历史，无论是西方和东方，都出现了一批优秀的文学作品。探讨这一领域的艺术传统与艺术创造个性等问题，清理出其中一个连贯的经典谱系，辅以国别间文学的影响研究，从历史的、文本承传的角度去解读，展示这一领域所形成的新的文学传统，阐明其与本土的联系和区别，诠释其"新"和"不同"，不仅有助于我们把握这一特殊文学"世界"的发展和律动，了解其特质，而且有利于深化中外文化交流，与本土文学发展互动。

一、海外华文文学经典研究的意义

文学是"人学"，是不同时代、社会人们的认识观、价值观、审美观的形象反映。文学创作指向的是人变化着的活的灵魂，而其中的经典正是这些变化着的活的灵魂的集中表现。对此，学界已有共识。海外华文文学作为一个近百年来新兴的文学领域，其在发展中已经形成了一种新的文学传统。这种传统，既有别于中国古代和现代，也不同于西方和东方其他国家的主流文学传统。如何从世纪的长度，审视百年来海外华文文学的发展，梳理其脉络，对其所形成的新的文学传统进行研究和阐释，在文化上直接关系到近百年中华文化的外传，特别是中外文化频繁相遇和交汇的现象；在文学上就与这一领域的文学经典研究有密切的联系。海外华文文学的经典研究，是一种新的文学经典研究，一是它已突破了"国族"的文学疆界，当中蕴含许多民族性和世界性多元文化混融、对接的文学问题；二是作为一种世界性的汉语文学，它具有开放性、跨越性的文化/文学特质。也就是说，海外华文文学经典，是一种新的汉语文学经典。这就要求研究者要以新的眼光和世界性的视野，用心去解读海外华文作家笔下那一幅幅多重文化话语的精神形象图，通过对系列作品深入的剖析，特别是对许许多多优秀作品研究成果的积累，在文学领域里形成一个自身的"张力场"。

何谓经典？20世纪意大利著名作家卡尔维诺在《为什么读经典》一文中，曾给文学经典下了12个定义。① 可见文学经典的内涵是无限丰富的，很难从一个方面就将其论说清楚。但文学经典是文学史的重要路标，应有一些不可或缺的共性，中外学者针对不同的经典，有各种各样的界定和阐释。从广义的角度，笔者认同陈众议新近提出的两个方面的概括：一是它必须体现时代社会（及民族）那种高度的认知和一般价值（包括人类永恒的主题、永恒的矛盾等）；二是其文学创作方法的魅力及审美高度，不会随着岁月的更迭而褪色和消融。② 沿着这一基本思路展开，笔者认为，经典文本应具有下列三个基本特征：第一，从时间的意义看，它是历代读者的共同选择，经历过不同历史时期读者的检验；第二，从展示的生活深度看，其内容能直接诉诸读者的灵魂，能与不同时期的读者"对话"，具有多种阐释的可能性，有超越社会、时代的意义；第三，从艺术的角度看，在自己的艺术传统中有"陌生"的一面，也就是有自己的创新。文学史上的许多事实说明，任何文学经典的产生，都是建立在对以往经典的传承、翻新甚至是对前者"颠覆"的基础上。传承、翻新，是指对原先经典优秀传统的发扬和拓展；而"颠覆"，则是指借助以往经典的艺术生命力，在它的启迪下，反其道而行之，创造出有另一种新意的经典，而原来的经典并没有因此被"取代"和"淘汰"，反而因此而获得了新的意义。

海外华文文学是一种"离散"文学，世界各国的华文文学都是一时一地华人文心的艺术呈现。100多年来，这一领域通过不同历史时期各个地区华文作家个人的不断表达、传递、塑造，艺术地展现本民族人们在外的生存状态和生命体验，已涌现出许多优秀的作品，并且以其独特的文化、文学形态在世界各地产生了广泛的影响。这些作品是海外华人作家在域外与各民族文化对话之后创作出来的，当中已发生了文化上的"染色体"作用，蕴含各种"世界性"的因素。因此，这一领域的优秀文学作

---

① 参见卡尔维诺《为什么读经典》，黄灿然、李桂蜜译，译林出版社2006年版，第1～10页。

② 参见陈众议《外国文学学术史研究大系》，译林出版社2011年版，第1页。

品，其文化生态往往是多元重叠、丰富多彩的，是无数"这一个"的"和"。对这一领域经典文本的确立和阐释，既关系到对这一新兴文学领域的认识、评价，也直接关系到对其形成的新的文学传统特色、价值的展现。

二、海外华文文学经典研究的基础和特殊性

如果从1910年美国华工刻写在天使岛木屋墙壁上的汉语诗歌算起，海外华文文学的存在已有了100多年的历史。在百年的文学历程中，无论是西方和东方，都出现过相当数量具有开拓性、令人瞩目的著名作家。当中有程抱一、陈舜臣等在历史上饮誉世界的文学大家；还有白先勇、王鼎钧、郑愁予、杨牧、洛夫、痖弦、於梨华、聂华苓、赵淑侠、余心乐、方北方、姚紫、吴岸、黄东平、司马攻、云鹤等一大批作家，他们中有的以其艺术的突破达到一个新的高度，有的在其所在国华文文坛上率先创作出具有开拓性、标志性的文学作品，从而确立了自身在海外汉语文学史上的重要地位；更有活跃在当今海外华文文学领域中具有独特个性和艺术影响的一批中青年作家，如严歌苓、张翎、虹影、陈河、抗凝（林达）、欧阳昱、陈大为、钟怡雯、黄锦树、林幸谦、黎紫书等。这些不同历史时期、不同地域的华文作家通过自己的创作，在世界各个地区和国家传播和扩大了华文文学的影响，参与这一领域文学的经典化过程。正是这些优秀作家作品的沉淀，为我们百年海外华文文学的经典化和经典研究提供了重要的基础。

海外华文文学是中华文化外传以后，在世界各地开出的文学奇葩，是一种处于中外东西文化交汇点上的独特文学现象，各种不同"质"的文化艺术精神、思想元素在这样一个平台上错综交织，丰富性、多元性、复杂性是它的突出特征。面对这样的"文学场"，特别是其中的优秀作品，要对其解读、研究、阐释，如研究者不能以开放的思维，突破传统的"国族"界线，就难以把握这一领域文学的特殊性。从现在我们读到的许多海外华文文学作品看，有三个明显的特点：一是海外华文作家的作品，隐含着他们离家去国之后"离散"生涯的生命体验，是一种有跨越性的独特精神历程的形象叙写；二是因其创作主体是在"本土"以外，处在各种"异"文化包围的环境里，有多种文化的参照与介入，多数作品具

有反思性和多元性；三是这些作品淡化了中国历史传统主题的内容，更多的是"离散"华人在外生存状态和生命意识的审美表达，在思维模式上更加突出了人的主体性，在社会行为模式上更重视现代价值的普适性和开放精神。这些只是我们在平时阅读中感受到的，今后要在学术的层面从整体上探讨这一领域的文学特质，认识其所形成的新的文学传统，还有待于学界同仁的通力合作，从广度和深度上作研究，既要从百年长度梳理其兴起、发展的文脉，也要通过具体文本的阅读在众多文学作品中寻找、选择那些具有路标式的文学经典，并对其进行系列的分析和阐释，从文化、文学上展示它们所蕴含的新的质素。

由于历史的原因，以往学界对中国新文学传统和经典的研究，多从意识形态上看待问题，对其传统的形成和经典特色的论说，也多依附于革命历史的线索，因而在思维模式上不同程度存在"现代化革命大叙事"为主线的局限。在对新文学自身特质的寻找、分析中国新文学如何从古代文学蜕变过来的原因时，对其中的各种复杂因素往往关注不够，少有从文学自身的发展去作更深入的追问，在一些经典著作的研究成果中也少有从文学传统内在的变化和经典作家独特的人生解读展开其阐释空间。近十几年，一些现当代文学的学者，如黄曼君、陈思和、洪子诚等都曾在他们的著作中反思和论说过这些问题。① 黄曼君还特别倡导：要通过对经典著作的诞生、阐释和论述，揭示新文化特质与"诗性转向"的思、诗、史关系结构线索。② 也就是说，要从文化精神、审美诗性与史的定位，对文学经典的真正意义进行分析，通过对具体经典作品的阐释，进一步认识、展现中国新文学传统的特质。他们所论的虽是针对中国新文学传统的研究，但对我们今天开展海外华文文学传统和经典的研究，如何去突破那种原先可能有的思维定式和某种局限，也是很好的提醒和启示。

经典作品是历史承传的标志。文学经典既是文学传统的集中表现，也是建构文学史的一个重要路标。任何文学经典都是以"诗性"为核心的思、诗、史的结晶。探讨百年海外华文文学形成的新的文学传统，同样要

---

① 参见黄曼君《新文学传统与经典阐释》，湖北教育出版社 2005 年版。陈思和：《中国现当代名篇十五讲》，北京大学出版社 2003 年版；洪子诚：《问题与方法：中国当代文学史研究讲稿》，读书·新知·生活三联书店 2002 年版。

② 参见黄曼君《新文学传统与经典阐释》，湖北教育出版社 2005 年版，第43～45页。

通过经典化过程和经典文本研究，了解这一领域文学经典化复杂的历史变动，展示其在新的文化语境中思、诗、史不同组合形成的新文学经典特质；从文化和审美的视角，认识其从"本土"到"域外"文学传统的变化、延伸和重构，特别是其独具的审美内容、那种跨界超越的美学品格，以及由此而表现出来的某种原创性，那种能够成为新的经典或新的文学经典性特征。

三、海外华文文学的经典化和经典文本研究

文学经典是经典化过程的结晶。开展海外华文文学的经典研究，首先是要对这一领域的经典化过程进行考察和研究。考察和研究海外华文文学的经典化问题，可以有多种角度，而其中的重要视角是文化上的从"一元"到"多元"。海外华文文学作为"离散"华人在域外生命体验的审美表达，是中外文化交汇的艺术成果，尤其是当中的一批有才情和智慧的优秀作家的作品，这种多元文化、互识互补的特色就更为突出，具有新的文学经典性的特征：从精神意蕴看，这些优秀的文学作品，都有一种多元文化跨界认同的开放品格，在文化和美学上呈现出不同程度的原创性；从艺术审美看，它们涵纳了多个地区移民作家复杂多彩的心灵世界和"离散"生涯独特精神历程的叙写，为读者提供了与中国本土文学不同的审美经验，有新的"诗学"内涵；从文学史的层面看，它们为世界文学史翻开了新的篇章。21世纪以来，国际学界不断质疑现有的"20世纪世界文学史"，认为当中存在明显的"西方中心论"印记，因而提出了重构新的"20世纪世界文学史"问题，其问题的内核正是文化上应从"一元"到"多元"。而海外华文文学是20世纪兴起、发展起来的具有世界性的华文文学领域，具有从"一元"到"多元"的"跨界"文化、文学特质，作为世界近百年发展中出现的新的文学元素，在现有成果的基础上，开展此领域的经典化问题和经典文本研究，既是"海外华文文学及其研究深入发展的关键"[1]，也将为20世纪新的世界文学史的重构提供一个新的版

---

[1] 黄万华：《第三元：百年海外华文文学经典化的一种视角》，见《学术史视野中的华文文学——第十七届世界华文文学国际学术研讨会论文集》，福建师范大学文学院、福建省台湾香港澳门暨海外华文文学研究会2012年10月编印，第438页。

块。因为这个新的汉语文学领域,有多种"跨界"的文化特质,早就突破了中国文学"国族"的范围,是新的20世纪世界文学史重构中不可忽略的内容。

正如许多论者所言,文学经典的生成与确立,本质上是立足于审美接受的群体。而其之所以拥有审美接受的群体,前提是它自身是一个极其优秀的文本,有很高的审美价值,已成为一个开放性的平台,能在各个时代的读者中产生特殊的影响。用卡尔维诺的话说,"是一本每次重读都好像初读那样带来发现的书","是一本即使我们初读也好像是在重温我们以前读过的东西的书"。[①] 因此,笔者认为,在开展此项研究之初,必须着重关注和回答下列这些问题:①百年来这一领域已经出版的众多文学作品中,有哪些可称为经典?②这些经典是怎样诞生的?有何独特的人生解读和阐释空间?③在其存在的历史长度,审美群体对它的阅读、接受、传播和评价如何?④作品自身形成了怎样的跨文化超越的形态与模式?在审美方面有何原创性的贡献?

而要回答上述这些问题,首先是要从这一领域大量的资料工作做起。饶宗颐先生在《文学与神明》一书中,曾具体谈到掌握材料在学术研究中的重要性。他说:"不论做什么题目,都要材料,这是基础。"还特别指出:对经典材料,更要反复地下功夫。"第一次或者了解不深、不透,第二、第三次继续了解。有时需要十次,或者十次以上。"他认为"只有掌握了材料,才有立足之地"[②]。我们进行海外华文文学的经典研究,同样要以材料为基础。其次是要"直面作品",在文本的阅读上下功夫。通过对各种文学作品及其相关材料的阅读、比较、筛选,突出文学性,从中选择出更具有心灵感动、更具有审美内容,为社会、受众公认的有代表性的名著。"直面作品",不是孤立地面对文本,而是将文本和历史结合起来(包括文学史、批评史、接受史和传播史),与这一领域的文学历史"对话"。因为同一作品,不同时代的人理解可能不一样,即使是同一时代、不同的人也会有不同的理解;就是同一个人,对同一作品,在不同时间、不同语境,理解也可能会有差异。所以,在这个过程,研究者就要去

---

① 参见卡尔维诺《为什么读经典》,黄灿然、李桂蜜译,译林出版社2006年版,第1页。
② 饶宗颐:《文学与神明:饶宗颐访谈录》,读书·新知·生活三联书店2011年版,第23~24页。

面对历史上这种种的差异，既要了解人们在各种不同情况下对同一部作品的不同评价，以及他们解读文本时不同的态度和方法，联系他们不同的"文化身份"（一般读者、批评家、专业研究者）、历史背景和文化语境，分析其差异的原因；还要关注本领域特殊的文化、文学问题（如流散者的生存、生活问题等），把握与这些问题相关的特殊文学现象，思考、研究"经典"的选择和确立的依据，阐明其在何种意义上成为经典。

由于百年海外华文文学是一个在文化上有多种中外混融的世界性文学领域，因而还有一个如何从国际化角度看待经典的问题。任何经典都是思想和艺术秩序确立的范本，所以此一领域中的中外文化、文学传统的交融、对接（如古今传承、中外交接），以及因不同地区、国家历史时空的差异而衍生的多重文化观照结果等，也将是我们经典研究的"焦点"问题。也就是说，我们还要从世界文学的角度，通过本领域文学经典化问题的追问和文学经典研究，展示其作为这一特殊汉语文学领域经典著作独特的思想内涵、精神意蕴和审美品格，以及其所表现出来的原创性与新锐性、丰富性与超越性。

百年海外华文文学经典化问题的研究，是关于这一领域文学经典形成过程的研究。而经典的确立，是基于艺术的本体，也就是作品所达到的一种新的艺术高度。所以解读和阐释经典文本，展现其之所以成为经典的审美价值，是本课题研究最具意义的工作。

西方著名学者纳博科夫认为：一部文学作品的经典性和审美价值，"最终要看它能不能兼备诗道的精微与科学的直觉"①。因为这样的作品才能给人一种既是感官的又是理智的快感。可见，作品的艺术本体和读者的审美接受，是文学经典研究的两个重要方面，中西方学者均有共识。由于海外华文文学是近百年新兴的文学领域，因而我们面对的是一种新的文学经典研究，所以我们的工作是要去开发一个新的"矿藏"。这就需要从最基础的"入门"工作做起，除上面所说的搜集资料、探清"史路"外，更重要的是要通过对各种文学文本的阅读、解读，特别是对其中的优秀文本的细读、精读和不断地重读，展示这一领域的优秀作家在文学作品中如何运用语言、结构、文体等创作手段和表现方式，组成不平凡的故事、情节和细节，使作品具有真正的艺术生命，怎样令人读了能产生情感的火

---

① 纳博科夫：《文学讲稿》，申惠辉等译，上海三联书店2005年版，第5页。

花,引起心灵的震颤;并通过各方面的比较,选择其中的经典名作,将其拆开、窥探,研究其风格、意象、体裁,从作品的艺术设计和构造,深入到作品内里最具创意和精美的部分,揭示其文学和美学上的不寻常价值,阐明那些经典名作为何得以成为经典,以及它们是如何生成的。

艺术的魅力存在于作品形象的骨骼和思想的精髓里,任何经典著作都是一个独特的"新天地"。我们要真正地了解和阐释它,就必须"进入"到这一个个的"新天地"当中去。作为海外华文文学经典著作的研究者,在艺术上我们要"进入"的是一块以往人们尚未涉足或涉足不深的"天地",除了对其历史进程、文化交汇应有所了解外,还应该具有想象力和艺术感,也就是艺术感觉。因为有了艺术感觉,我们才会在阅读和研究时在自己和作者的心灵之间形成一种和谐关系,甚至随着不断重读和研究日深还成了艺术上的"知己"。记得纳博科夫在讲解经典著作时,曾用一段形象的描述来说明优秀读者和优秀作家的那种难以言喻的共鸣感。他说:"在那无路可循的山坡上攀援的艺术大师,只是他登上山顶,当风而立。你猜他在那里遇见了谁?是气喘吁吁却又兴高采烈的读者。两人自然而然地拥抱起来了。如果这本书永垂不朽,他们就永不分离。"[①] 笔者认为,这种发自内心对艺术之美的共鸣感,对于文学经典的研究者来说,也是极其重要的。

"文本是历史的,历史是文本的。"我们要从世纪长度探讨海外华文文学的特质及其所形成的新的文学传统。在大的方面,一是要梳理百年海外华文文学发展的历程,明"史实";二是要对体现其历史变化发展的文学经典进行阐释,立"标志"。前者,学界已有若干或详或略的文学史问世;后者,是近期才提出和被关注的问题。但从探讨此领域所形成的新文学传统的角度,这两者都十分重要,而且它们之间有着密切不可分割的联系。记得陈思和说过,"所谓文学作品和文学史的关系,大约类似天上的星星和天空的关系";构成文学史的最基本元素就是文学作品,是文学的审美,"就像夜幕降临,星星闪烁,其实每个星球彼此都隔得很远很远,但是它们之间互相吸引,互相关照,构成天幕下一幅极为壮丽的星空图,这就是我们所要面对的文学史"。[②] 事实上,任何一个文学的"天空",都

---

① 纳博科夫:《文学讲稿》,申惠辉等译,上海三联书店2005年版,第2页。
② 参见陈思和《中国现当代名篇十五讲》,北京大学出版社2003年版,第2~3页。

离不开那些"星星闪烁"似的文学作品,它们是"史"的基础、"论"的依据,各种优秀文学传统的生命之"光",没有它们的"灿烂",我们就很难观赏到壮丽的文学"夜空"。所以,我们在探讨百年海外华文文学存在、发展意义及其形成的新传统时,就不能不关注这一领域那些类似"明星"的文学名著,因为只有通过它们,才能观赏到这一特定"天空"夜幕中的深邃神秘。

(原载《暨南学报》2014 年第 1 期)

附录

饶芃子主要著述目录

一、个人专著

[1]《文学批评与比较文学》，花城出版社 1991 年版。
[2]《艺术的心镜》，暨南大学出版社 1993 年版。
[3]《心影》，花城出版社 1995 年版。
[4]《文心丝语》，广东省高等教育出版社 1999 年版。
[5]《比较诗学》，陕西师范大学出版社 2000 年版。
[6]《世界华文文学的新视野》，中国社会科学出版社 2005 年版。
[7]《比较文学与海外华文文学》，复旦大学出版社 2011 年版。
[8]《世界文坛的奇葩》，花城出版社 2012 年版。

二、与人合著

[9]《文学入门》（饶芃子、谭志图），广东人民出版社 1986 年版。
[10]《中西小说比较》（饶芃子等）安徽教育出版社 1994 年版。
[11]《本土以外——论边缘的现代汉语文学》（饶芃子、费勇），中国社会科学出版社 1998 年版。
[12]《中西比较文艺学》（饶芃子等），中国社会科学出版社 1999 年版。
[13]《戴平万研究》（饶芃子、黄仲文），汕头大学出版社 2000 年版。
[14]《边缘的解读：澳门文学论稿》（饶芃子、莫嘉丽等），中国社会科学出版社 2008 年版。

三、英译版论文集

[15]《中西文学戏剧比较论文集》（饶芃子著，谭时霖等译），暨南大学出版社 1998 年版。
[16]《华文流散文学论集》（饶芃子著，蒲若茜等译），复旦大学出版社 2011 年版。

四、主编教程

[17]《中西戏剧比较教程》,广东高等教育出版社1989年版。

[18]《海外华文文学教程》(饶芃子、杨匡汉主编),暨南大学出版社2009年版;《海外华文文学教程》第二版("十二五"普通高等教育本科国家级规划教材),暨南大学出版社2014年版。

五、主编著作和文集

[19]《比较文学与比较美学》,暨南大学出版社1990年版。

[20]《文心雕龙研究荟萃》,上海书店1992年版。

[21]《台港澳暨海外华文文学大辞典》(秦牧、饶芃子、潘亚暾主编),花城出版社1998年版。

[22]《中国文学在东南亚》,暨南大学出版社1999年版。

[23]《比较文艺学论集》,学林出版社2003年版。

[24]《流散与回望:比较文学视野中的海外华人文学》,南开大学出版社2007年版。

六、主编学术丛书

[25]《思想文综》(共10辑),暨南大学出版社1995—1998年、2005年、2006年版,中国社会科学出版社1999—2003年版。

[26]《传统文学与当代意识丛书》(共8本),广东高等教育出版社1988—1992年版。

[27]《万叶文丛·学术书系》(共8本),中国社会科学出版社1999年版。

[28]《比较文艺学丛书》(共6本),中国美术学院出版社2002年版。

[29]《比较诗学丛书》(共4本),上海文艺出版社2003年版。

[30]《港澳及海外华文文学研究丛书》(共10本),中国社会科学出版社2005—2008年版。

后 记

　　这本文集,是我从20世纪80年代以来发表的多种论文中挑选出来的,共30篇,从中人们可以看到我几十年来所走过的学术道路。全书按论文研究对象和所属领域,分为三辑(三个部分),即文艺评论选辑、比较文艺学选辑和海外华文文学选辑。各辑论文的次序,除文艺评论选辑是按所论内容外,其他两辑基本上是按发表时间先后编排,少数论文因论题之间有某种学术上的内在联系,则做例外处理。

　　由于所选论文,撰写和发表的时间跨度较大,在编选本书的过程中,我对原先论文中的若干疏漏之处做了修正,使其更为准确和明晰。本书的编选和校阅,得到暨南大学"海外华文文学与华语传媒研究中心"陈玉珊博士的协助,在此,特对她表示谢意!

　　中共广东省委宣传部、广东省社会科学界联合会策划编辑"广东省优秀社会科学家文库",并由中山大学出版社出版,作为文库的作者之一,谨在此一并表示深切的感谢。

饶芃子

2014年11月10日